傑斯・沃特 ——著 呂玉嬋 ——譯

直到黑夜盡頭

The Cold Millions

Jess Walter

謹以此書獻給Bruce Walter與Ralph Walter

目錄

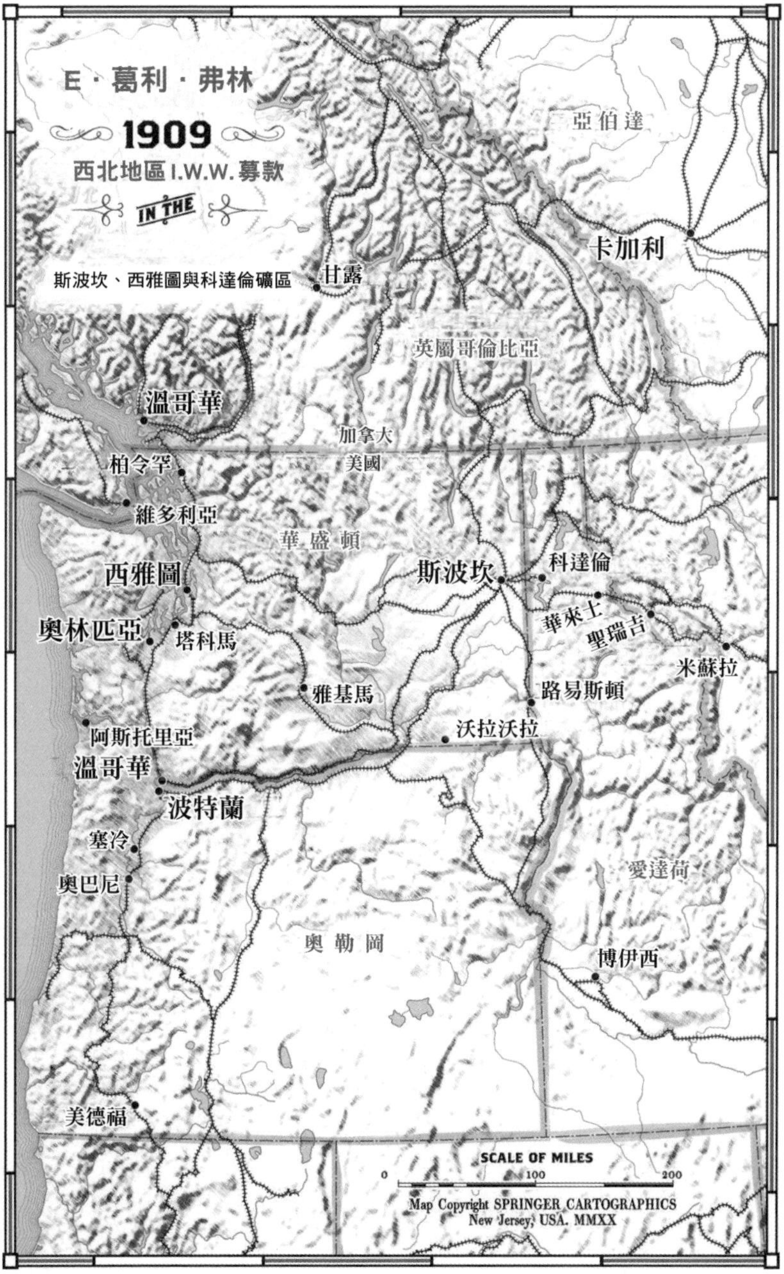
E·葛利·弗林
1909
西北地區I.W.W.募款
IN THE
斯波坎、西雅圖與科達倫礦區
亞伯達
卡加利
甘露
英屬哥倫比亞
溫哥華
加拿大
美國
柏令罕
維多利亞
華盛頓
西雅圖
斯波坎
科達倫
華來士
聖瑞吉
米蘇拉
奧林匹亞
塔科馬
雅基馬
路易斯頓
阿斯托里亞
沃拉沃拉
溫哥華
波特蘭
塞泠
奧巴尼
愛達荷
奧勒岡
博伊西
美德福
SCALE OF MILES
0
100
200
Map Copyright SPRINGER CARTOGRAPHICS
New Jersey, USA. MMXX

沃特伯里

一九〇九年

彷彿一根蠟燭被掐熄，那座城市會在一瞬間就天黑了。在斯波坎幹了兩年警察，這是我太太蕾貝嘉對那裡最大的抱怨，她說那是一種「嚴峻」的秋季夜色。我們是從蘇城來的，她依然把那裡稱為家，我在那邊當差也當得比較輕鬆。斯波坎這個地方，我是看土地投資廣告知道的，只是我買的那塊地，原來是崖面玄武岩，開墾不了，所以我們在河的北側租了一間四房磚屋公寓，而我和那幫呼么喝六的警察也處得來。一九〇八、〇九那兩年很辛苦，斯波坎的每一件事都很辛苦，讓我想起蕾貝嘉的形容——「嚴峻」。陡峭的山丘，深邃的峽谷，冷冽的冬日，酷熱的夏季，還有讓她傷感不已的黝黑秋夜，才傍晚五點，就已經感覺像是午夜了。

就是在這樣一個夜晚，蘇利文局長把我拉到一旁，說是有個賊子在大砲山那些大房子附近出沒，他要找能幹又清醒的警察去處理。有人窺探南邊的窗戶，想偷山上維多利亞式建築裡的燭臺，沒有比這更叫市長火大的，他立刻提醒蘇利文，他是代理警察局長，讓礦業富豪的有錢太太感到安全是他的職責。蘇利文最後派了我和其他兩名警察去巡邏南山山腰，設法逮到這個大盜。

正逢流浪漢湧入的季節，蘇利文局長說：「好啦，你們也只是錯過了遊民大豐收。」我覺得倒好，比起去驅趕跑了又來的流浪漢，我還比較喜歡真正的警察工作。

蘇利文把這個爬南山窗戶的傢伙說得像是地獄大惡魔，有個銀礦大亨威脅要向平克頓雇個人，蘇利文最受不了的就是有人請私家偵探。斯波坎有六家偵探社，三家全國性的——平克頓、泰爾和同盟；還有三家礦場用來阻撓工會的本地保全。全國性偵探社把我們這些都市警察當成馬糞，對付遊民妓女還行，辦起案來則和一隻瞎眼的農場狗沒什麼兩樣。我覺得這種看法不能說完全不公平，我自己就不只一次抱怨那些老粗警察的懶惰和貪污，甚至想過把工作辭一辭，自己也改行當偵探算了。

如果我繼續幹警察，那一定是因為約翰．蘇利文，因為我敬佩這個男人。老蘇是從凱里郡移民來的，剛正不阿，平易近人，高六英尺四英寸，重兩百二十磅——其中五磅是鬍子。在一八八九年的大火後，他和香農、克萊格那幾個獷悍的傢伙一起加入警隊，聽他們說，這三個人獨力趕走最後一批印第安人，控制住這座位於西部邊疆的城市。

但與其他那些人不同的是，蘇利文不僅獷悍，還勇敢精明。一九〇一年，兩個持槍的賊子在霍華橋北端幹起勾當，像童話裡的食人魔，馬車來一輛搶一輛，來兩輛搶一雙。蘇利文去捉拿他們，一個賊子拔出手槍，砰砰開了兩槍，接著我們的大約翰就把槍從他手中打落了。老蘇對搶匪拳打腳踢時，才發現自己一隻靴子裡都是血，原來那混蛋打中了他的腿，子彈從鼠蹊下方鑽進去。他把兩個亡命之徒丟進牢後，才自己騎馬就醫，當下動了手術，結果遇上一個年齡只有他一半的護士，最後和她結了婚。

你怎麼會不想為這種男人效命呢？

老蘇可能很懷念過去靠蠻勁的日子，但自己心中也很清楚，這座淘金老鎮已經發展成一座像樣的城市，克萊格這種作威作福的人的時代到來了。克萊格認為他的工作是騷擾流浪工人和妓女，逼他們付他保護費，如果哪個女孩給少了，他也會不惜親自去追。我抱怨克萊格從證物室偷酒時，蘇利文說：「算了，這是他們這些老傢伙最後一次值班了。」

他刻意提拔海格、羅夫和我這樣的警察，我想是因為我們有腦袋，品德正直，但也因為我們不計較比爾・香農把酒桶從窗戶扔出去，也不在乎哈伯・克萊格有一回騎著巡邏馬，穿過一間失火的酒館，去救一個他偏心的妓女。

這就是為什麼他派我們三個人去辦大砲山竊賊。但在流浪漢季節，東區滿街都是臨時工和工會成員，從各地趕來抗議史蒂文斯街的工作介紹所，三個男人算得上是不小的人力。我不是不支持那些人的目標，因為那些工作介紹所的腐敗是賴不掉的，就連窮到骨的人，他們也要收一塊錢，才肯提供工作情報，而這情報還靠不住。但IWW怎麼表示抗議？他們讓城裡擠滿了外來的亂民，臭氣熏天，也招來了酒家女、鴉片客、神祕主義者、預言家和扒手，吃喝嫖賭，搞得娛樂紅燈區像一條蜉蝣游來游去的臭溪流。

「夥計們，趕緊把這個爬窗子的賊抓了，因為別的地方還用得上你們的警棍。」蘇利文對我們說。

於是，我、海格和羅夫大著膽子，走進了那個冷冰冰的黑夜。我們搭乘一輛無人的電車上了南山，在第一站下車。我們一身便裝，罩著大衣，戴上毛皮帽保暖，這樣我的光頭也不會反射路燈。我們計畫讓海格在巷子慢慢晃，我走前面的街，羅夫走後面的街，把每一個街廓都包圍起來。我們從第七大道開始往上走。煙囪的煙像低矮的天花板，路燈投下陰森的長影。我一邊走，一邊透過窗簾縫看，看那被柴火和燭光照得金黃的大房子，我真想念自己家裡的爐火，想念蕾貝嘉和孩子，這麼寒冷的夜晚，這麼安靜的夜晚，我懷疑我們要逮的賊會來。

過了第七大道，我跟海格在亞當斯街的巷口碰上，羅夫已經在那裡停下來，對著一棵楓樹的瘤狀樹根撒尿。

「我不喜歡這樣。」海格說。

「不喜歡羅夫對著樹小便？」

「那個我是不喜歡沒錯，不過我是說，我不喜歡走上這座山，想要人贓俱獲逮到哪個大盜。」

「唉，我們總不會發現他跟克萊格在市中心一起攆遊民吧。」

「如果他是遊民就會。」

「對一個遊民來說，那是不賴的工作。」

「我想也是。」

羅夫撒好了尿，我們轉進下一個街廓，在第九大道再度兵分三路。我欣賞第九大道的大房子的柱廊，走著走著，停下來點上煙斗，當時心裡還想，要是我們能從窮苦公寓搬進山坡豪宅，蕾貝嘉對斯波坎的感覺會不會不一樣。

光靠警察的薪水哪有可能，蘇利文局長自己也住公寓。總之，我想就算住進這些豪華的房子，也不能讓太太開心。不能，這裡不能，不行。這些陡峭的西部水濱城市有什麼特別的地方呢？——西雅圖、斯波坎、舊金山，三個地方我都去過，在這三個地方，錢都是直接往山上流的。這讓我想起聽說過的一件事：在東方，那裡的水往相反的方向排走。誰會想住在一個水往後退或錢往山上流的地方？這些城市橫跨了島嶼、海灣、懸崖、峽谷和瀑布，這些城市根本不該成為城市。

我越想心情越是沉重，琢磨著蕾貝嘉說的那兩個字——嚴峻。這時羅夫從陰影中走了出來。

「你發現什麼？」我問，「還是——」

我不能肯定接下來發生了什麼：爆裂聲，我大喊「住手」，一道閃光亮起，或者意識到那人不是羅夫。至於最後發生了什麼，我則沒有疑問，因為我彎下了腰，抱著我那破了的鮮紅肚子。還有一個順序也說得通：**不是羅夫，「住手」，閃光，爆裂聲，彎下腰，鮮紅的肚子**，但我不能確定——

不是羅夫的那個人要逃了，他的黑色長外套飄著，鞋子咯噔咯噔跑過鵝卵石。我想起蘇利文大腿挨了一槍，還不是逮到了他要的人，便設法掏出左輪手槍，砰砰砰砰，勉強開了四發，但沒辦法瞄準。那人閃進了兩棟屋子中間。

我往前一晃，跪倒在碎石上。我的肚子變成一個窟窿了，我羞愧地大叫——

海格頭一個跑到我身邊，一遍又一遍喊著我的名字，「阿弗烈德，阿弗烈德，阿弗烈德。」

「他開槍打我！」我居然如此缺乏想像力，真是太令人失望。我都想到一個人能說的所有句子，莎士比亞、希臘語、甚至是《聖經》，我要說一句像樣的遺言，但竟然只能說出「他開槍打我」。

「我知道，阿弗烈德。」海格說：「我很難過。」

海格把手伸進我的大衣，摸摸我的背。「羅夫！」他喊道。我從他的聲音中聽出，他沒摸到射出孔，子彈在裡面，他們得挖出來。

我聽老警察說，致命傷不怎麼疼，不過那些老畜生就是那樣，從他們的肥嘴說出的每一個字，都是童話，都是辯解，都是惡毒的謊言。

「羅夫！」海格大喊。「沃特伯里中槍了！」

「他們怎麼會知道？」我說。

「什麼？」

「他們怎麼知道致命傷是什麼感覺？」即使聽在我自己的耳裡，這句話也是含混不清，好像我在水底說話。這句話也洩漏了我的內心想法：中槍後可能拖上幾個小時、幾天，但結果都是一樣的，是身心的煎熬和——

其他想法一湧而上：我晚餐吃了嗎？那會是我的最後一餐嗎？誰會去通知蕾貝嘉？她會補這件襯衫嗎？也許她會把我的衣服賣了賺點錢。我摸看看子彈有沒有穿透大衣。

「大衣沒破。」我說，但聲音聽起來很遙遠。

「羅夫！」海格再次大喊。「他開槍打阿弗烈德！」

「讓我躺下。」我說。海格扶著我，讓我側身躺下。

「羅夫！」海格又大叫起來。

我說：「蕾貝嘉。」但我的話是水中的氣泡。我想確認她知道——知道什麼？我無法思考了。「蕾貝嘉。」我又喊了一遍，這次說得清楚一些。即使我背下莎士比亞全集和整部聖經，我想這就是我最後想說的話，**蕾貝嘉，蕾貝嘉，蕾貝嘉**，一遍又一遍，直到進入了黑暗。

第一部

……我們最愛的是我們必須擁有但永遠無法擁有的東西；於是我們繼續前進，向西再向西。

——布萊恩．杜爾尼，《鴿》

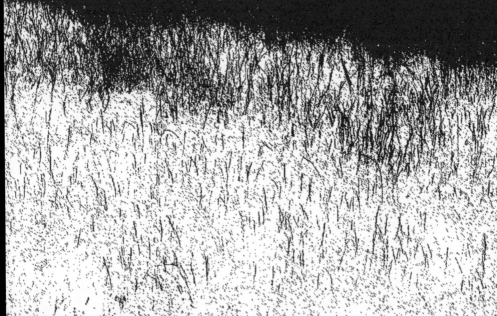

1.

他們在一個球場醒來——二十多個乞丐、醉鬼、遊民和流浪漢，躺在鋪蓋和毯子上，就在貧民街下面一個狹窄的洪氾區，前面還有酒館、皮匠鋪和帳篷，獵槍小屋像獵犬舌頭吊在斯波坎河上。季節性工作結束後，他們從礦場、農場和伐木場遊蕩到這裡，破旅社滿了，家庭旅館也滿了，所以有人睡在公園或小巷，有人在巡迴傳教士的大帳篷裡過夜。前一晚，這個廢棄球場內場睡滿了散工、流浪漢、臨時工和美國人。

小萊．多蘭在一壘線中間坐起來時，太陽剛剛開始從山邊緩緩升起。他放眼望去，整座球場都是呼呼大睡的身軀，哥哥吉格在他的身旁，蜷縮在離投手丘幾英尺遠的地方。

小萊往後看著塞爾扣克山的日出——曾有人為了有救火工作可做，故意放火燒山，留下了一個燻髒的紅色缺口。如果是去年，小萊可能會塞點錢，弄把幫忙撲火的鏟子，今年就不能了，因為吉格加入了IWW，這個聯盟抵抗工作介紹所，因為他們很腐敗，你得拿一塊錢跟他們換取工作情報。

同樣的一塊錢，如果不小心處理，可能會給哥哥帶來很多麻煩。就像昨晚一樣。

口袋有錢時，吉格．多蘭喜歡從荷蘭傑克酒館，一路喝到吉米杜金酒館，喝到一毛不剩才肯罷休。這一年來照顧小萊，本來已經磨去他一半的野性，不過他們最近分開了三個星期——小萊去洛克福德附近收割晚期莊稼，吉格到斯普林代爾的伐木場，加入集材工班。結果吉格因為參與工運活動，被炒了魷魚，現在每到晚上就同他那群東區勞工哥兒喝酒，白天到城裡的雜耍劇院搶散工的工作做。就在那裡，在怪物、雜耍演員、綜藝表演和脫衣舞秀中，他偶遇一個叫烏蘇拉的女演員。小萊回到斯波坎還不到一小時，哥哥就拿了一份報紙給他看，上頭有關於她的表演評論。「看一下。」吉格說。「上星期我在喜劇劇院幫木匠搬木材，這位紅髮仙子從她的化妝間走出來說：『咦，你是誰啊？』我說：『呃，大英雄，那還用說。』她說：『那你一定抱得了美人歸。』我說：『每晚都抱一個回去，星期六還能來兩回呢。』她說：『我敢說第二回的表現肯定遜色了。』我笑著回答說：『哦，這我倒不知道，應該是更持久，雖然熱情稍退，但彼此的距離更近了。』」

她的藝名是烏蘇拉天后，《發言人評論》說她是「猥褻的奇觀」、「四個傷風敗俗節目中的最後一個」。吉格說服小萊拿襪子裡的錢去公共澡堂一起洗澡——哥哥要去追女孩子，所以洗熱水，小萊只好洗剩下微溫的水——他們還理了髮，花五分錢刮鬍子，只是小萊的嬰兒臉沒幾根毛可刮。他們也沒有用炊火煮衣服，而是去唐人街，花錢請人把衣服好好洗一洗，摺疊整齊。把自己打扮得像紳士之後，他們去喜劇劇院，買了五毛的座位，坐下來先觀賞沒那麼傷風敗俗的娛樂——盲人手風琴手，巴伐利亞雜耍演員，缺手男人和缺腳男人摔跤（總是賭有腿的贏）——直到大幕拉開，第四場傷風敗俗的壓軸好戲登場。舞臺煙霧繚繞，燈光打在吉格迷戀的對象身上。小萊看了很納悶，哪個吝嗇的評論家第一眼看到這位一頭火紅頭髮的美女，大步走入大鐵籠子前的燈光，會想出「傷風敗俗」的形容——

因為籠裡關的可是一隻成年的美洲獅！牠一邊踱步，一邊咆哮。樂隊演奏著手搖風琴，烏蘇拉繞著虎視眈眈的大貓跳舞，唱了幾支曲子，慢慢脫到只剩胸衣長襪，最後把背靠在籠子上，一雙長腿越踢越高。接著，舞臺變暗，聚光燈亮起，烏蘇拉打開籠門，大貓垂下頭，嘶嘶嘶地低吼，吐了一口口水，整座劇院的人都屏住了呼吸——藝高人膽大的烏蘇拉若無其事走進去，彷彿只是去儲藏室拿奶油。她關上籠門，開始為野獸演唱小夜曲，一邊用邪惡的高音唱著，一邊扯下緊身胸衣。天啊！那閃著光芒的肉體，纖細的腰身，白皙的美背，還有那頭山獅的憤怒，牠就要撲向她裸露的胸脯了——但這部分小萊只能運用想像，因為她背對著觀眾——這時，烏蘇拉把緊身胸衣扔給大貓，所以大貓沒有咬破她的白淨皮膚，而是把胸衣咬得稀巴爛。喝采聲、口哨聲蓋過了她的歌聲，她從籠子後面拿下一件絲質袍子穿上，綁好腰帶。在大貓和群眾的大聲叫喊中，烏蘇拉天后唱著動人的曲子，步出了籠子。

小萊不得不同意：這個烏蘇拉很不簡單，讓盲人手風琴手看起來像……就像一個盲人手風琴手。表演結束之後，小萊忙著在通道找吃剩的食物，吉格則一副神魂顛倒的模樣，當吉格神魂顛倒時，不管是為了理想還是女人，都會失去理智。他拖著小萊走出溫暖的劇院，從小巷走到舞臺門口。

一個粗壯的看門人守著門，即使兄弟倆的臉剛刮過，襯衫也洗得乾乾淨淨，他也不打算讓這麼破舊的靴子進去見大明星。吉格千拜託萬拜託，但看門人解釋說，烏蘇拉有事，吉格塞了兩角五分錢問，什麼事。接待一個紳士。又是兩角五分，誰。一個採礦的，很有錢，叫勒繆爾．布蘭德。多蘭兩兄弟被勒姆．布蘭德名下的事業騙過很多次，知道吉格再英俊迷人，像他這種搬木材的，也敵不過布蘭德那樣的有錢人，於是他們開始走回小巷。小萊說：「希望美洲獅下次能贏。」這時舞臺門口傳來一聲呼喚——「格雷戈里！」——仍穿著長袍的烏蘇拉出現在閃爍的煤氣燈下。「格雷戈里。」她又喊了一遍，好像第一次音沒唱準。他沿著小巷跑向她。天后小姐開口解釋，吉格聽到了壞消息，兩手插進褲兜，烏蘇拉摸摸他的胸口，吉格點點頭，轉身留她在舞臺門口，回到小巷盡頭的小萊身邊。吉格不肯回頭看，烏蘇拉失望地撫著心口看著他離去。

「怎麼樣？」

「她發誓她不會和那個人上床。」吉格說：「但劇院是他的，所以……」

他們無話可說，於是兩人決定大膽地回到街上去安慰吉格受傷的靈魂。

斯波坎有二百五十間酒館，昨夜每一間都嘈嘈雜雜，像即將煮開的大鍋。街頭警察找酒鬼搜索，收穫季節結束，伐木場也要關了，加上即將到來的工會行動，娛樂紅燈區擠滿了人，市中心像風煽起的火焰，熱鬧哄哄。一星期前，有個工會發言人被捕，《產業工人報》傳出消息，要臨時工來參加「斯波坎自由言論之戰」，這些遊民像蘋果一樣從貨車車廂和鐵路桁架上掉下來——來自芝加哥、丹佛、西雅圖的白人、黑人、印第安人、華人、哥薩克人、愛爾蘭人、義大利人、芬蘭人，酒吧凳和長椅都被他們給坐到變形；華語、俄語、法蘭德斯語、塞爾維亞語、薩利什語、西班牙語，嘰哩咕嚕，嘰哩咕嚕，沒完沒了，聽得小萊不禁發出驚嘆。

多蘭兄弟遇上吉格幾個從前街IWW工會來的勞工朋友——喜歡交際的詹姆斯．沃爾什，芝加哥派他來負責斯波坎的勞工行動，還有一個叫法蘭克．利特爾的蒙大拿人，人很認真，沃爾什說他是「一半是印第安人，另一半是麻煩鬼。」

小萊不喜歡吉格和工會這些人打交道，認為他們的革命戲言有一半很愚蠢，有一半很危險，而且他從來分不清什麼是愚蠢的，什麼是危險的。他們大口喝酒，愛開玩笑，喋喋不休講著什麼「工資奴役制」，他都聽不懂。在條件相同的情況下，他更喜歡河對岸小義大利區李奇太太家庭旅館的寧靜，一碗熱湯，一小張硬床，為率先搶到一份好工作而早起。

但昨晚小萊非常同情為愛心碎的吉格，所以讓自己跟在工會成員的後面，他們則偷偷帶小萊進了吉米杜金酒館。大啤酒廳上掛著一個牌子，上面寫著：「如果你的孩子缺鞋子，不要買酒喝。」所以他們向小萊的二手靴子敬酒，又講了許多關於工作騙子和工頭的精采故事，小萊不久就開始點頭大笑，跟著唱歌了。

當世界顛倒了，聽到有人說未必只能如此，一個人其實可以掙到夠自己吃夠自己住的錢，感覺實在是太棒了。喝下兩杯啤酒後，一絲的希望讓小萊心情好了起來。

詹姆斯．沃爾什是一位音樂家礦工，曾經找了二十個無賴，要他們穿上紅衣服，帶他們乘坐牛車橫越美國，在一九〇六年芝加哥舉行的IWW大會上搖旗吶喊，還在沿途的勞工營停下來唱歌。他稱這群人「工作服大隊」，說是「為了提醒那些穿西裝戴眼鏡、為修正案和條款爭論不休的花花公子，這是關於他媽的男人的權利。」那天晚上，在座無虛席的吉米杜金酒館，他開始展現出自己的魅力，喊小萊「阿弟」，稱吉格「人敬人愛的多蘭參議員」，請了一輪又一輪的酒，小萊喝到生平頭一次喝醉，攬著這群工會成員的肩膀，跟著法蘭克．利特爾的「IWW歌本」一塊唱歌：

哦，你為什麼不像其他人那樣工作呢？
沒有工作可做，我怎麼工作？
哈利路亞，我是個遊民
哈利路亞，又成了遊民——

後來啤酒喝完了，因為啤酒一定會喝完，接著威士忌沒了，時間到了，錢花光了，工會的人也都走了，只剩下吉格和小萊。他們閃躲驅趕流浪漢的巡邏警察，在大馬路上唱著他們的憤怒，那是他們父親教他們的苦澀調子，所有男孩的記憶，走了，男孩們——都走了！經營家庭旅館的寡婦李奇太太不喜歡吉格喝酒，所以哥哥告訴弟弟，有一個雜草叢生的球場，投手丘上還會熊熊燒著炊火，只是當他們跌跌撞撞走下坡進入和平谷時，炊火快熄了，球場已經鋪滿了鋪蓋卷。他們自己的行囊在李奇太太的門廊，所以兩人直接穿著外套，蜷縮在內野的泥地上，倒不是因為缺乏外野的野心，而是因為如果你被那柔軟的中場草地誘惑，可能會在露水中醒來，然後冷得要命，等於是找死——

你找死啊。萊恩．多蘭看著煙紅色的太陽從天空升起，冒出了一個念頭，想起自己小時候常常不穿外套光著腳在外面玩，那時他的母親就會說這句話。到了現在，他跟死已經混得很熟了，熟到幾乎能夠互相直呼大名的地步，而就他所看到的，一般不是人找死，而是死找人。

小萊用手肘輕輕推了推哥哥：「嘿，吉格，我們去看看帝國飯店的門房願不願意出兩角五，讓我們幫他把他的垃圾搬到河邊。」

吉格坐起身，打了個哈欠，摸摸身上有沒有紙和菸草，兩樣都沒有。「你去吧，小萊，我今天要去工會。」他說。

＊　＊　＊

這就是小萊對於吉格加入世界工業工人工會（IWW）的主要抱怨。芬蘭伐木工、黑人女裁縫、印第安牧場工人，不管是誰想加入這個大工會，工會都會接受，連像他們這樣的臨時工，也可以成為會員。但是如果吉格老待在工會，沒辦法去工作，那麼照理要幫他們找工作的工會，又能幫上什麼忙呢？

格雷戈里．多蘭長得稜角分明——方正的肩膀，方正的下巴，濃密的褐色頭髮蓋著淘氣的藍眼睛。人也很聰明，但他的聰明較少用在工作上，較多用在書籍上，工作是小萊的領域。吉格讀到十一年級，比多蘭家孩子都多讀了三年，之後就是自學了，他的鋪蓋裡總是塞著一本書，好像在準備考試一樣。小萊的閱讀能力也不差，看得懂薪資單或刷油漆工作的傳單，但他始終不明白，讀經濟學跟鋤地一天賺六角有什麼關聯。

他們之間的另一個差別與女性有關。小萊．多蘭身長夠高，騙得過工作介紹所的人，但近距離一瞧，就看得出他娃娃臉，肩膀單薄，耳朵像花瓶的把手。但當吉格走在街上時，就連是坐在車裡的淑女貴婦，也會多看他幾眼。小萊懷疑，在姑娘、窯姐、小野鴿和歌舞女郎中，史上沒有哪個流浪漢能像他高大迷人的哥哥，得到這麼多半價優惠和免費的床笫之樂。

「跟我一塊去帝國，之後我們再去工會。」小萊說。

「才不要。」吉格笑著笑著打起了呵欠。「我想我要躺在這裡，再思考一下人的本質。」

「哎呀，你不去，我也不去。」小萊說。他的整個世界都在那個球場上，因為吉格．多蘭和小萊．多蘭是懷特霍爾的多蘭家僅存的兩個人。姐姐蕾絲十六歲時在比尤特醫院產下了一個冰冷的嬰兒就死了；丹尼哥哥在俄勒岡州木材廠工作，平日在池塘的木頭上跳來跳去，引導漂浮的木頭進入鋸木廠，但有次側身撞上被雨打滑的原木擋柵，不小心失去了平衡，溺死在一條都是樹的河中。接著是他們「不在天國」的父親，那個可惡的老礦工丹，入土很久了，久到兄弟幾乎想不起他的臉，卻記得他更悲傷的歌曲和他手背上的每一寸肌膚。

他們老媽最後一個走，死於肺結核。當時家裡只剩小萊一個孩子，他幫她做彌撒，打了一些零工，晚上勉強還有酥餅和蘿蔔可以吃。他打濕圍巾讓母親呼吸，並對這個女人說了無數個謊言，答應寫信給她在哥爾韋的姐姐，說老爹在天國等著，還有蕾絲和丹尼也在那裡，噢，對了，格雷戈里帶著一個可愛的天主教姑娘正在回家的路上——在那間屋子，小萊說了那麼多的謊，很驚訝基督沒有現身抽打他瘦骨嶙峋的後背。最後，媽媽持續發燒，但沒錢去醫院，咳出一團又一團的血，身上的瘀青也不知道從哪來的，關節長出了腫瘤，她有時呻吟，有時大叫，有時祈禱，有時哀嚎。十五歲的小萊只有自己一個人，以為是魔鬼進了她的身體，最後教區牧師來了，替這個可憐女人做了臨終祈禱。牧師說：「這只是死亡，萊恩。」主，原諒他吧。她終於不再發出咕咕的聲音，離開她那可憐的小身體，殯儀館像搬垃圾一樣把她抬走了，小萊感到了解脫。隔天，小萊當了父母的結婚戒指，母親屍骨未寒，墳上泥土未乾，他就成了多蘭家最後一個離開蒙大拿懷特霍爾的人——去尋找他失散多年的哥哥格雷戈里。

兩個星期後，小萊找到他了。他和一個大麻煩睡在斯波坎這邊的花煙間。他走進那間瀰漫著威士忌煙燻味的昏暗房間說：「吉格，媽死了。」哥哥瞪著他，好像不認得這個長手臂的孩子。然後，吉格發出一種聲音，好像身體的空氣被擠出來，轉過身去，對著他的女朋友長了疹的胸膛哭了起來。看到哥哥哭，小萊也跟著哭，這是他對這件事唯一流下的眼淚，他就站在潮濕的破旅社，看著哥哥趴在那女孩的胸口啜泣。第二天，吉格把這個女孩送回他找到她的那個麻煩窩，兄弟兩人匆匆走了——

有一年的時間，他們不停地移動，幾乎沒有停下來喘口氣。有時他們走二十英里路，在城鎮邊緣的減速區追貨車，跳上車廂後，就蹲在郵車之間的風檔。吉格向小萊展示他最喜歡的旅行方式——在空曠的地方，坐在平板車和木材架上——他說這叫「飛行」，風吹過他的臉龐，陽光照在他的手臂上。他們就這樣飛來飄去，一份工作接著一份工作，一個星期接著一個星期，一個農場接著一個農場，從華盛頓州，到俄勒岡州，到愛達荷州，最後在聖喬河加入一個吉普賽伐木隊。吉格靠著一張嘴，弄到了兩人一組的鋸巨木工作，小萊則用勺子舀水，把楔子敲入截口，防止鋸條黏住。不過他們後來被工頭的侄子們取代，又丟了工作。他們循著傳言來到內陸農場，收割農作、種植小麥、採摘越橘。一九〇七年的大恐慌引發擠兌，幾乎沒有一個穀倉或貨車車廂沒有流浪漢。大多數時候，他們在工作介紹所排了幾個小時的隊，最後卻獲知沒有適合他們的工作。他們窩在貨車車廂的粗麻布底下，喝小溪的水，用流浪工營地的炊火烤松鼠肉、煮衣服，睡在星空下，閃躲火車幫和鐵路局人員，生活並不容易，但小萊倘若不承認這其中夾著冒險的樂趣，那他就是在說謊。

斯波坎是五千名流動工人的大本營，史蒂文斯街兩側有三十家工作介紹所，兄弟兩人換上最好的襯衫，到介紹所前排隊，上頭的看板承諾提供工作給「好人！介紹費一塊！人人有工作！內洽！」對男人不容易的季節，卻是謊言業績特別好的一年。

小萊假裝老成，吉格也保持清醒沒喝酒，他們為了工作十二個小時的快樂，掏出了一塊錢，但心裡很清楚，工作騙子很可能會和二工頭對分他們的一塊，在兩星期後，把工作換給另一夥人做（照樣一人收一塊），把他們像槳輪裡的水一樣攪動，所以沒有人能夠建立穩定的工作基礎。那年夏天，邦克山礦公司讓三千名飢餓的泥工輪流做五十份工作——三千塊的仲介費與二工頭們對分。不只如此，工作騙子還從其他地方榨乾他們的血，看醫生，扣兩角五；不新鮮的麵包，扣兩角五；草墊子一張，扣兩角五。接著，收穫季過後，他們把流動工人重新塑造成沒有價值的遊民，讓保全敲他們的頭，把他們趕出城鎮。

這就是IWW的訴求。IWW的成員叫「沃布里」，這個綽號來自於一個經營鐵路餐廳的華人老闆，他想問客人你是「IWW」嗎，但發音不標準，把W唸成了「沃布」。整起行動於一九〇五年在芝加哥展開，好不容易才擴展至波斯坎，這裡有七條貨運路線和客運線路彙集，是芝加哥以西最繁忙的終點站——也是某種的「流浪工中央車站」。在斯波坎，有一千人加入IWW，格雷戈里．多蘭是其中一個。他把小萊拉去市中心，聽沃爾什呼籲採取非暴力行動，聚集在街頭，和平抗議工作騙子。如果警察想因為他們的發言而逮捕他們，那也無妨，他們會讓監獄人滿為患，讓法院案子堆積如山。一九〇九年春天，臨時工回去工作，工會行動於是冷卻下來，吉格和小萊也去蘋果園打工，最後在「襪子銀行」攢夠了錢，每個人付給寡婦李奇太太十二塊，以便在她位於小義大利區的家過冬。

斯波坎是吉格在這個世界上最喜歡的地方，他老說它是「西部戲劇之都」，他真正的意思是「女演員之都」，因為每個在妓院或花煙間工作的姑娘，在城市工商名錄上都把自己登記為「女演員」。小萊不像哥哥那樣喜歡斯波坎較難以駕馭的那一面，但是李奇太太以正規家庭旅館一半的租金，把她圍起來的門廊租給他們，甚至提議把她家後面的果園賣給兄弟兩人，讓他們可以自己蓋房子，因此這個城市也開始感覺像是他的家了。「我們的門廊應該有這樣的柱子。」他們走過一排房子時，小萊會這麼說。或者，「蓋個雨水蓄水池怎麼樣，吉格？」

小萊可以想像他們就這麼在斯波坎定居下來，再也不離開——只要他們找到固定的工作，吉格不酗酒，只要他們是在更暖和更醉人的夜晚露宿，只要鋸子不脫滑，乾草堆不垮下，只要他們不從火車上掉下來，或被企業組織的狗腿子或鐵路局人員打死。只要只要只要——只要格雷戈里．多蘭和萊恩．多蘭繼續呼吸——耶和華一千九百零九年那個涼爽的秋日。

吉格二十三歲，小萊還沒滿十七。

小萊躺在那裡，有一種恍如白日夢的頓悟：不管男人還是女人，不管天主教徒還是新教徒，不管是華人、愛爾蘭人、非洲人、芬蘭人還是印第安人，不管是富人或窮人或窮人或還是窮人，這個世界就是為了把你生吞活剝而建造的，但在你被吞下去以前，那些混蛋無法阻止你四處張望。他懷疑，在舊金山市豪宅裡，還會有哪個大人物醒來看見的風景，比他和哥哥那天看到得更好。那天早上，他們兄弟兩人，在一個雜草叢生的棒球場，從凍硬的泥土內野，凝視著一片紅色的天空。

「烏蘇拉的事，別太難過。」小萊說。

吉格靠過來，他那張寬大的臉展開笑容。他聳聳肩。「啊，那也是沒辦法的事，打球吧。」他說。

小萊笑了，正準備講一個關於組一支流浪漢球隊打到第九局的笑話時，身後的道路出現一陣騷動。不是地平線上的煙霧，不是白日夢，而是有群人從安靜的棒球場上方的山坡衝下來。他們周圍的死屍紛紛跳了起來，捲起鋪蓋，套上靴子，趕忙抓了平底鍋舊勺子。但是，來不及了，那群暴徒衝進球場，看到腦袋就是一陣亂打，像打穀那樣輕鬆。

2.

這群人裡，有沒當班的條子，有礦場的代表、警衛和普通百姓。他們脫了外套，捲起襯衫袖子，靴子踢出團團灰塵，手上揮著警棍、球棒、斧頭、鋤頭和鐵鍬。這是他們今天早上搗的第三個流浪漢營地，已經不再拿尋找殺害沃特伯里警察的兇手做幌子了。

吉格和小萊站起來，向左外野跑去，經過一個搖搖晃晃想穿上靴子的男孩，小萊想起那個男孩的名字，他叫迪亞哥，左腳被捆包機弄傷後，工作介紹所就不肯再為他介紹工作。小萊想起這件事時，迪亞哥拿了一根耙子柄到後面。

「該死的流浪漢！」有人喊道，「滾，你們這群遊民！」他們也不是不曾被人從鐵路旁的流浪工人營地中趕走，但小萊感覺這次不一樣——這些人想活埋他們。

兄弟二人跳過低矮的左外野圍欄，溜下堤壩，往河邊逃去，揮著短棍的人裡面，幾個比較狂熱的跟了上來。沿河的路上有一排雙柱屋，在一個堆著木頭的門廊，有個黃裙子女人拿著錫製咖啡杯，看著這場追逐戰，彷彿在潘塔奇劇院看戲。

這時，小萊才留意到還有兩個流浪漢也跟著他們一塊跑，一個是他的朋友朱勒斯，朱勒斯是斯波坎本地人，有帕魯斯印第安血統，他是在比利．桑德[1]的帳篷復興會上認識這個老人。在洛克福德打工時，朱勒斯跟他同一組，都六十歲了，幹起活來還是不知道什麼叫疲倦。他也在牧場打過工，背駝了，滿臉風霜，黑髮如潑出來的油。他說起話來同樣不知道什麼叫疲倦，常常在爐火旁講故事，講到一半時，還會從英語切換成法語，笑聲洪亮，他說那是「我唯一還會說的薩利什語」。

另一個跟著他們一塊跑的男人，小萊並不認識。人很瘦，很蒼白，穿著破舊的大衣，戴著一頂幾乎看不出原樣的帽子。他有白鬍鬚，但除此之外，此人的年齡完全是個謎，說他三十，說他五十，都有可能。

他們四人拚了命，爬上懸崖上一塊突出的岩石，底下就是湍急的河水。既然無路可走，只能折返，走到一塊狹窄的泥地時，這四個流浪漢對上了六個持械的男人。

帶頭的暴徒往前一站：「看來你們走到十字路口。」他又高又壯，一頭灰藍色的頭髮像是剛鋪柏油的馬路。小萊猜他是沒在當班的警察，想像他的警用雨衣掛在斯波坎常見的護牆板後方的門把上，屋裡正烤著麵包，他的妻子在照顧嬰兒，而他，則來給流浪漢拔牙齒。

吉格也往前一站——他和那個警察好像兩枚棋子。「這是怎麼回事？」吉格用他那老百姓的口氣問道。

小萊見過吉格對警察來這套——裝得一副漫不經心的模樣，好像在理髮椅上突然坐直身體。有一次，他們在一個鐵道機廠宿營，來了兩個警察，要替塔夫特的巡遊火車開路，吉格居然開始跟對方討論塔夫特是否有足夠票數通過《潘恩關稅法》，當掛滿彩旗的火車隆隆駛過時，吉格已經讓一個警察相信威廉·詹寧斯·布萊恩會是一個更理想的總統。

但這次這個傢伙一點也不喜歡吉格的魅力，「這裡不歡迎你們這些無政府主義的沃布里。」他說。

「那麼，你今天走運了。」吉格說：「因為這裡沒有無政府主義者，我是世界工業工人工會的一員，我想這並不違法。」

灰藍髮的男人說：「對我來說就是違法。」他拿著警棍敲打自己的手。「那麼，你們這些臭遊民首先要什麼？挨一頓揍還是洗一頓澡？」

小萊和朱勒斯交換了眼神，兩人都轉頭往後看。跳河？但斯波坎河不能洗澡，不能玩水，也不是古樸的蒙大拿魚溪。它將整座科達倫大湖的水排到哥倫比亞河，最後流向太平洋，一路岩石嶙嶙，白浪淘淘，而且湍急洶湧，要是跳下去，沒淹死也要凍死。

吉格還在扮演律師。「你為什麼不先告訴我們我們犯了什麼法呢？」

「反煽動法，不能有三人以上聚在一起進行公開演說或組織活動。」灰藍髮說。

「我們又在組織什麼了？」吉格問：「瞌睡球手工會？」

聽了這句話，連沒穿制服的條子都咧嘴笑了，朱勒斯更是發出他的招牌大嗓門笑聲。他們之中的第四個人——穿著破舊西裝的瘦子——保持沉默，雙手插在口袋裡，頭往前傾，帽子斜向前。

「兩天前有個警察中槍。」灰藍髮說。

這句話讓吉格也安靜下來了，他清了清嗓子。「你不會認為我們中有人跟這件事有關。」

「的確。」灰藍髮承認。「我不認為跟你們有關，但如果這能給我一個藉口攆走一營的流動工人，我會接受。」他拿著警棍又向前邁了一步。

這時，第四個人做了一件極為奇怪的事。他一言不發，走到另一邊，好像剛剛想起了一個約會。他走向灰藍髮右邊的一個年輕人，冷靜得就像往銀行窗口走去。那年輕人站在那裡，持著一根較小的包革棍棒——兒童用的暴徒頭領棍棒——這時，也許是因為第四個人聳起的瘦削肩膀，也許是因為他那張愁雲密布的臉，那個年輕的平民似乎沒有絲毫的戒心。

這個瘦巴巴的流浪漢一副放鬆的模樣，面帶微笑，身體前傾，雙手插在褲袋裡，所以當他伸手把棍棒拽走時，那個年輕平民根本沒有退縮——好像被爸媽從手中奪走了棍子的孩子。瘦子肯定在吉格說話時就計畫好了這個動作，因為他沒有打那個小個子，而是往左走了一步，面無表情，拿著棒子，像打南瓜一樣往灰藍髮的頭揮下去，好像還在那個銀行窗口——我想存……你的頭骨。

這一棒斜斜打在大個子厚實的雙下巴上，下巴啪的一聲，發出了靴子踩到乾樹枝的聲音。小萊聽了險些反胃，也差點為大個子感到難過。兩邊的人都退了一步，就像受到獵槍的後座力一樣自然。灰藍髮腳步踉蹌，瘦子又掄起了棒子。

接著，灰藍髮倒下了。

一個沒穿制服的警察朝瘦子跑去，但吉格用粗壯的肩膀一撞，正中他的胸口，那人頓時癱倒在泥土裡，接著慌裡慌張爬起來，轉身就跑。見了別人逃跑，你也會想逃跑，又有四個人跟著跑上坡求救，灰藍髮則是滿地找牙齒。

吉格、小萊和另外兩個人轉身，沿著小路，往反方向跑去，跑了四分之一英里的路，吉格才停下來問瘦子叫什麼名字。

「厄利．萊斯頓。」他說。

「好，厄利．萊斯頓，我叫格雷戈里．多蘭，我很欣賞你剛才在那邊的舉動，但你要和我們一起，我就會要求你遵守IWW的非暴力規範。」

「非暴力？」萊斯頓停下腳步，眨了眨眼，似笑非笑。「當一群暴徒打算把你扔進河裡的時候？」

「尤其是那個時候。」吉格說。

萊斯頓哈哈大笑——他的笑聲有種生銹的感覺，很像一扇古老的門打開時的聲音。「好傢伙。」說著，他拋下手上的棍子。「我結交了一群理想主義者。」

---

1 Billy Sunday（1862–1935），從中外野手轉為福音傳教士，以熱情幽默的傳道方式著稱，影響力大，追隨者眾。

3.

「你想是流浪漢殺了那個警察嗎？」小萊問。他們循著河畔小徑繞回市區，怕暴徒又集結起來，所以走得很快。他們排成一列縱隊，吉格帶頭，接著依序是厄利、小萊和朱勒斯。

「不可能。」吉格說。

厄利．萊斯頓同意：「如果是遊民幹的，他們不會拖了一天才突襲營地。」

朱勒斯說：「而且不會只帶棍子來。」

小萊說：「那他們這樣趕我們是什麼意思？」

「意思是，上頭知道我們打算掙脫奴隸制度的枷鎖。」吉格拿出他那套宣傳工運理念的口氣說：「也就是說，他們打算在星期一以前讓我們倒下。」

厄利笑了，「為什麼？」

吉格說，星期一是IWW的言論自由日，警察想嚇得他們不敢參加。「你應該留下。」他告訴厄利。

「再打那些條子一頓？我看還是別了。」

「好吧，不管怎樣，如果你在後面忍不住要幹這種事，可能最好還是別待著。」吉格說。

「噢，我倒是可以忍住不讓人把我扔到河裡。」

吉格露出笑容，「我是說你的反應。」

「我知道你的意思。」厄利遮住眼睛抵擋陽光。「那麼，格雷戈里．多蘭，你是IWW的一號人物嗎？」

「不不，我不是。」被誤認成工會領袖，吉格好像既尷尬又高興。他說他屬於言論自由委員會，但不是選出來的幹部。「我只是贊同一個信念：既然所有財富都來自於勞方，勞方就應該分享他們所創造的財富，而不只作為財富的燃料——」

厄利．萊斯頓咧嘴露出笑容，「你有沒有約翰．洛克沒有先寫出來的觀點？」

「也許有吧。」吉格停下腳步，幾乎無法忍住笑意。「告訴我，你是什麼樣的遊民經濟學學生？」

於是，厄利．萊斯頓說了他的故事。他在伊利諾州謝爾比維爾長大，在普渡大學讀採礦工程，接著去了洛磯山脈西部邊境工作，遇到一個來自科羅拉多市的女孩，和她結了婚。他不是工會成員，但為了聲援一九〇三年西部礦工聯盟的罷工挺身出來，國民警衛隊被派去時，他和罷工者一起被捕，在拘留營待了三個星期。他獲釋後返家，發現懷孕的妻子死在廚房的地板上，「我們的兒子從她肚子跑出來一半，也死了。」

一行人默默無言，沿著河畔小徑走了一會兒。

厄利說：「所以，『世界非理性工人』的格雷戈里．多蘭，我對於這些事傾向採取更強硬的觀點，不管你的演說多麼動聽，如果有人打厄利．萊斯頓，那人也會被回敬一下。」

小萊覺得哥哥通常會準備好一句名言佳句，走在小徑上，他果然說出一句他非常喜愛的名言：「與怪物搏鬥的人，應當小心自己，不要在這個過程中也變成了怪物。」

他們繼續走著，厄利．萊斯頓瞇起眼睛，臉上的笑容不變。「哇，繼續啊，你這個飽讀詩書的狗崽子，不要停。」

「因為如果你凝視深淵的時間夠長——」

「深淵也會凝視著你。」厄利說：「朋友，那就是我——對你微笑的深淵。」

在引用名言佳句方面，小萊從來沒有見過有誰比吉格更厲害，認識了這個厄利．萊斯頓，吉格好像同時遇到了他的對手和摯友，他們來來回回討論這個叫尼材或是叫馬可斯的傢伙，還有某個叫盧索的。厄利說他相信「有危險的自由比有奴役的和平更可取」。

「湯米．盧索？」小萊從後頭拋了一句，想到和他們一塊摘過蘋果的義大利少年。

「我們是在談讓—雅克．盧梭。」吉格轉頭說，他不是要教育小萊，而是要在新朋友面前賣弄。「他的《論人類不平等》，基本上就是洗完澡喝杯波爾多葡萄酒後的沃布里論點。」

這個形容連朱勒斯聽了也哈哈大笑，小萊則覺得受到了冷落。吉格只要聊起工會的事時，他常常有這樣的感受，這個沃布里論點他聽了快一年，但還是不能全盤接受。木匠、磨坊工、機械師……小萊看到這些人為了追求穩定的工作和好處，加入許多工會，但他認為IWW比較像是一個流浪工教會，不是真正的勞工組織。吉格說小萊「想法狹隘」，「這不只是你我掙夠了錢，可以買塊地的問題，小萊，這是平等的問題，是工人擁有的生產手段的問題。」

小萊覺得這怎麼可能呢——這不就像一個很想吃麵包的乞丐得到整間麵包店嗎？還有，你以為說出來就能讓人人平等？見鬼了，只要在蒙大拿州破旅店住過一晚，或者站在你母親的無名墓碑前，你就會知道，平等，不是人人擁有的東西。少數人過著國王般的生活，其他的人擁抱泥土，直到大地裂開，帶他們回家。

在小徑前頭，厄利．萊斯頓也提出類似觀點。「依我看來，你們這麼一個龐大的工會，違背了人性和人類歷史。」

「但這就是歷史，工人階級革命即將發生。」吉格說。

厄利轉過身，對著朱勒斯和小萊眨眨眼。「我想你和我看了不同本的歷史。」

吉格也笑著看著弟弟，彷彿在說，這不是很美妙嗎？小萊心想，確實很美妙。他想像人人心中都有一幅代表「美國」的畫面——國旗、老鷹或喬治．華盛頓的假髮——但從那一刻起，他會想像和哥哥在球場上醒來，擊退暴徒，走進城裡，展開一場關於經濟和正義的感人辯論。

「朱勒斯，你怎麼想？」小萊問。

他們落後了幾步路，老人瞥了一眼山坡另一頭的溪口。劊子手溪流經洛克福德附近的農場，他們在那邊一起打工時，朱勒斯告訴小萊五十年前這條溪流命名的故事。那時，山谷只有印第安聚落。在科達倫戰爭期間，一個叫喬治．萊特的騎兵上校沿著斯波坎河騎行，只要發現一處聚落糧倉就摧毀一處，還奪了八百匹馬——那是部落全部的財產。在上游十二英里的地方，萊特下令開槍射馬，一匹都不留。一開始，他們把馬一匹匹牽出來，朝頭部打一槍，後來發現這麼做要花上好幾天時間，萊特就要士兵直接朝著馬群開槍，亂槍之下，小馬倒地成堆，八百匹馬在哀嚎聲中被射死，斯波坎人只能在山腳下無奈地看著。之後傳教士說，願意與萊特談和的酋長，他會保證他的人身安全，但每一回有人騎馬進入營地，下場都是被捉拿。一個叫夸爾幹的雅卡馬族勇士前去請求釋放他的父親，結果他和他的同伴當場就被絞死。

在洛克福德，朱勒斯對小萊說了兩個地方的故事，分別是城東的屠馬營和西南邊的劊子手溪。他說這兩個地方是「*Père Blanc*」和「*Mère Blanche*」，雖然是法語，小萊不用翻譯也知道意思：在這個以被趕走的原住族群命名的城市，一切被稱為文明的東西，都誕生於這對父母。

「朱勒斯？」小萊又說：「你對工會的事有什麼想法？」

他們走上坡，朱勒斯的目光從小溪上抬起來。他說：「我小時候，在這一切都還沒發生以前，在上游一百英里內唯一的渡口幫法國老船夫普朗特工作。萊特襲擊我們的部落後，我母親求普朗特收留我，這樣她可以少養一個孩子。我爺爺——我父親的父親——是捕獸人，所以普朗特答應了，教我法語，也教我英語，就是他幫我取名為朱勒斯。我睡在他小屋後頭的棚子，清掃駁船甲板上的馬糞，整理岸邊的灌木。我從六歲開始幫普朗特工作，做到十五歲，一分錢也沒拿，但他給我東西吃，給我地方睡。」

走在他們前面的吉格和厄利繞過一個彎道。

朱勒斯說：「有一天，有兩個人騎馬到對岸，我用繩子把駁船拉過去，讓人和馬都上了船。不料他們原來是歹徒，到了河中央，就把我扔下去，切斷纜繩，偷走駁船。我游回岸上，跑去叫醒普朗特，他跟我往下游去找駁船，沒想到其中一個人竟然直接坐著船翻下了瀑布。回去後，普朗特扁了我一頓，因為我弄丟了他的船。」

在洛克福德時，小萊就聽過朱勒斯這樣回答問題：講幾個曲曲折折的故事，還沒講出個結論，聲音就逐漸變小了。他不確定這是薩利什人、法國人還是朱勒斯的風格，但懷疑故事寓意就像水面下的暗流。吉格和他的工會朋友恰好用相反的方式說故事，他們跳過故事，直接進入集體主義或工會組織主義的結論。朱勒斯似乎想讓小萊自己弄明白其中有什麼主義。

小萊最後等不下去了，「朱勒斯，你到底是要說什麼呢？」

朱勒斯哈哈笑，「*Un homme dans Un bateau.*」

「別這樣，你知道我只會英語。」小萊說。

「一個人一條船，我們都是一個人過去。」朱勒斯說。

他們翻過小山丘，追上了吉格和厄利，前方就是那座煙霧繚繞的城市，四人朝著堅固的磚牆天際線邁進。

4.

斯波坎——當時，沒有一個地方能與之相比，那座城市簡直是地獄，孤立在山脈之間層層堆疊的瀑布之上，不管你從什麼地方來，都得要坐上一整天的車。小萊頭一次坐火車到達時，驚訝地屏住了呼吸：玄武岩懸崖像牙齒，從松林山丘突出來，火車橋在山谷縱橫交錯，中間一條大河，雕鏤出一個樹木成行的陡峭峽谷，這座峽谷從愛達荷州的銀礦和森林山脈，一路通往華盛頓州的肥沃農田。

它是一個蓬勃發展的新興城市，人口每六年增加一倍，在短短三十年，從幾百人激增到了十幾萬人，該州只有那醜陋破敗的港口城市西雅圖比它大。斯波坎感覺像是西部邊境與文明的交會點，是一種東西變成另一種東西前的最後一口氣，吉格則說它是「最後一座淘金鎮」，因為山腳下有人趕來淘銀礦，鐵路、銀行、學校、商人、磚頭、石頭和鋼鐵也迅速增加，古老的木材變成了有柱子的房子，錘子不停地敲打著野地，瘋狂地伐木，瘋狂地鋪出整個世界。

在市中心，錢流在霍華街轉向西邊，流向銀行、服飾店、俱樂部、律師事務所和金光閃閃的大飯店，流向路易士達文波飯店的高級餐廳和總督廳，流向大理石砌成的斯波坎俱樂部，流向通往礦業和木材大亨的高級社區的磚路，也流向為他們提供金融、醫療和法律服務的人士。

市區東半部則都是貧民區與娛樂紅燈區，橫向六個街廓，縱向也六個街廓，在這裡可以喝酒、跳舞、租屋、碰運氣、抽鴉片，在花姑的床上過週末。吉格說，在小萊找到他之前的那些年裡，他坐過舊金山和聖保羅兩地之間每個大城小鎮的火車，以他的口袋深度來說——無可否認，他根本沒錢——

斯波坎是所有城市中最好的。

小萊卻是因為不同的理由而對這座城市漸漸有了感情。這裡的社區寧靜，抬頭可以仰望褐色石頭構成的峽谷，即使在最繁忙的街道盡頭，也能看到一片松樹覆蓋的山坡。而且他懷抱著一個想法：有朝一日，在李奇太太家庭旅館後面的果樹林，蓋自己的房子。但無論多蘭兄弟多麼喜歡斯波坎，這個和他們交情甚篤的城市並沒有確實回報他們的感情，只當多了他們兩個遊民。關於這一點，吉格是這樣認為：

遊民一面遊蕩一面喝酒。
流浪漢一面遊蕩一面作夢。
流動工人一面遊蕩一面工作。

第二句有待商榷，但小萊和吉格流浪四方毫無疑問是出於需求或者性格，或兩者兼而有之。如果他們生來是麥農或者有身分的雜貨商，而不是丹．多蘭這種人的兒子，也許他們會留在一個地方。丹．多蘭來自愛爾蘭，原本的姓氏「多海爾」在蓋爾語是倒霉的意思，這個「倒霉」顯然完全翻譯到了美國。丹先是欠債坐了一年的牢，然後找到鏟泥工的工作，這時他要人帶話回去萊特里姆郡，說阿海恩．多海爾的么子去了美國，初露頭角，成了礦業大亨，正在找新娘子。鄰近的村子湊了錢，把他們最討厭的老處女送來美國，當時她二十二歲，已經有兩個男人為了不想跟她訂婚離開了愛爾蘭。她一路搭船、坐火車、乘馬車，兩個星期才抵達蒙大拿州，看到的卻是這個比宣傳年齡大上十歲、沒力氣又坐過牢的傢伙。她說的第一句話是：「我祈禱你還有生孩子的力氣。」

「你媽帶著委屈來了。」丹．多蘭常常這麼說：「還打算帶著同樣的委屈把我趕走。」她生下四個孩子，小萊是最後一個，他八歲時，父親死在酒館的臺階上，「死在上酒館的路上」恰好正是愛爾蘭對於地獄的定義。不久，小萊的母親也臥病在床——可憐的丹這個這個，可憐的丹那個那個——在病中創造出一種永恆的愛，也許這確實是愛：一路從委屈到悲痛，最後進了墳墓。爸死了，媽病了，工會不再收會員，礦場鐵路遣散工人，多蘭家的孩子別無選擇，只能偷偷溜走。第一個是走霉運的丹尼，接著是可憐的蕾絲，吉格最後一個，他無法忍受身為健康的年輕人卻不在礦場工作的恥辱，某天一聲不吭就走了。

吉格總是說，如果有另一個人生，他會是一個演員，這就是他到「西部戲劇之都」的原因。紅磚砌成的禮堂劇院是斯波坎寶石，有世上最大的舞臺、華麗的樓座和藤壺似的包廂，寬六十英尺，長四十六英尺。其餘十家劇院在規模和文化程度上則稍有遜色，從西到東有潘泰奇劇院、奧菲姆劇院、喜劇劇院，西邊可以觀賞金粉戲，聆聽鋼琴音樂會，中間有歐洲號角和戴夾鼻眼鏡的獨唱藝人，東邊則是聲名狼藉的綜藝劇場，有烏蘇拉天后，還有「名拳王菲茲」一類的節目，拳王以一敵五，然後把一匹馬打到地上。這些精彩節目對上了酒館、賭場、鴉片館、落魄女孩的收容所、博彩站、酒樓、體育館、社交廳（在社交廳，有各種惡習，也有各場戰爭的老兵，比如美西戰爭、美國內戰）。還有工會、士兵俱樂部、救世軍、禁酒聯盟、仁慈的「仁慈之魂」社團——有因有果，生病的和治病的全都在紅燈娛樂區打轉，可憐的光輝人性在東區大街小巷徘徊，一個街廓接著一個街廓，饑渴、孤獨的乞丐、流浪漢、手藝人、鋸木工人、磨坊主、礦工、混混、破產的兄弟、失敗的父親和被上帝拋棄的祖父，各種語言，各種宗教，各種種族，花菸間的娼妓，酒家女，提倡禁酒的女士，修女，囚徒，扒手，社會主義者，支持女性選舉權者，缺德的、破產的、邪惡的——他們也是美國人，每一個都是美國人。

斯波坎這頭窮哈哈，另一頭卻很富有，布朗社區和南山的林蔭大道上都是大莊園，一大片又一大片的豪宅，鍍金的房子有山牆，有角樓，有簷口，有圓柱，有天窗，有門廊，有管家，有車夫，有女僕，天啊，一個人走在這些街道上，如果不思考沃布里宣傳的理念，那簡直是瘋了——該死的，為什麼不是所有男人女人組一個工會，尤其在這樣一個世界裡，少數富人生活在雲端，其餘的忍受飢餓奴役，睡在泥土上，結果卻被一群打算淹死你的憤怒暴徒從睡夢中喚醒。

5.

他們走到河邊的高原，這一帶叫布朗社區，私人宅院前面立著高高的鐵柵欄，雇了幾個人從門房窗口望著。厄利還在和吉格喋喋不休，「我只是不明白，沒有戰爭，你怎麼打階級戰爭。」

他們繼續往煙霧繚繞的市區移動，打算去IWW工會享受免費的早點，途中又巧遇三個臨時工，其中兩人以前跟朱勒斯在奧馬克附近堆乾草，老夥伴們說起農場宿舍的故事，朱勒斯又開始呵呵大笑。第三個是一個年輕的黑人旅館行李員，自稱名叫艾弗瑞特。他告訴小萊，他的工資只有白人行李員的三分之二，而且不許加入他們的工會。「我要是加入IWW，老闆會叫我走路，不過他不能阻止我去吃早點。」艾弗瑞特說。

一輛電車轟隆轟隆駛過。電車軌道遍布全城，上方的電線劈哩啪啦，像是閃閃發光的木偶線。從電車車窗，小萊看見一張又一張愁眉苦臉，猜著他們對這次的遊行會有怎樣的看法。吉格走在前頭，像什麼流浪漢大將軍。

在大街對面，有個人穿著一件長到遮住了步槍的大衣，在他們經過時，那人直起了腰。小萊想起前兩個晚上有個警察遇害，所以這幾天警察、偵探和礦主雇用的凶狠保全都在街上走動。

IWW工會位於前街，才剛開門，他們到食堂排隊吃早點，領了麥片、咖啡和麥粉餅乾，穿過雙扇門，進入了大會議廳。填飽肚子後，就連吉格和厄利也安靜下來了。

小萊跑回食堂想再吃點東西，這時臨街的大門突然開了，大警察局長約翰．蘇利文走了進來，東瞧瞧西看看，好像正在考慮買下這棟樓。他彎著羅圈腿，站在報攤和食堂之間的前廳，粗略瀏覽了牆上的小冊子、海報和傳單，最後目光落在端著一碗燕麥粥的小萊身上，露出一絲輕蔑的表情。局長長著濃密的鬍鬚，足足有兩英寸厚——小萊有點期待這一臉的連鬢大鬍子會從中間分開，出現烏蘇拉天后對著一隻生猛的美洲獅唱歌。

「沃爾什。」他用低沉的聲音說。

小萊什麼也做不了，只能透過開著的雙扇門，指向會議廳另一端的辦公室。

蘇利文從口袋摸出一枚五分錢硬幣，啪一聲放在報攤上，抓起一份《產業工人報》。他把報紙摺起來，塞到厚重大衣裡，只有「言論自由日」的大標題露出來，然後穿過雙扇門走進會議廳。小萊聽過這位大局長的故事，但從來沒有近距離見過他。他走起路來左搖右擺，好像騎在自己的屁股上，腳尖朝外，眼睛鼓著。你或許以為他笨手笨腳，但小萊知道這人拿著警棍的名聲——你在街上最好避開他的影子。

進了會議廳，蘇利文闊步穿過中央過道，十幾雙眼睛尾隨著他，他走到舞臺上，另一個人指著左邊的辦公室門，這位警察局長於是轉個身，三步就走到了門前，用指關節敲了敲，高喊一聲：「沃爾什！」辦公室的門開了，蘇利文走進去，門關上，十來個流浪漢同時舒了一口氣。

厄利和朱勒斯快喝完咖啡，小萊在他們中間，三人看著吉格和兩個沃布里站在走道上，爭論警察局長的性格。一個男人說，蘇利文沒帶著一票條子就來，有勇氣。另一個說，蘇利文會「抽打你的屁股，親手把你趕出城。」不過他也說，比起「把你打倒在地，亂翻你口袋」的哈伯．克萊格，他還比較喜歡蘇利文。

吉格說：「蘇利文的性格不重要，那個不講道理的警察局是他管的，因而，不去追究他對於那個單位過度腐敗的責任，就像相信蛇頭不知道它吞下的老鼠會有什麼下場。」

厄利和朱勒斯轉身對著彼此點頭，讚賞吉格的口才。「因而。」厄利重複他的用語。

「蛇頭。」朱勒斯答腔。

厄利朝小萊湊過去。「你哥哥那張嘴會害他進監獄去蹲。」他站起來。「我呢，我可不想待在這裡，等條子老大出來問今天是哪個流浪漢在河邊痛毆他的手下。」他看著朱勒斯。「你知道吧，你也很容易被認出來。」

朱勒斯不以為意地聳了聳肩，「我想留下來看戲。」

「隨你便囉。」厄利說：「夥伴，很榮幸認識你們。」他向朱勒斯伸出手。「*Bonne chance*（祝你好運），朱勒斯。」

「*Tout le plaisir etait pour moi*（很榮幸認識你）。」朱勒斯說。

吉格見到厄利起身，便走了過來。「厄利，要走了？」

「離開一陣子。」

「去哪裡？」

厄利似乎還沒有好好想過這個問題。「西邊吧。」他說：「也許去西雅圖，不過大家都知道我常常躲在南邊的林德，你知道那地方嗎？」吉格點點頭，林德位於東南方，開車兩個小時可以到，是一個小麥鎮。「話說回來──」厄利咧嘴笑了，「我最遠可能只走得到吉米杜金酒館。」

「我會從那裡開始找你的。」吉格說。

他們握握手，厄利拍拍吉格的肩膀。「說這些廢話要小心。」

厄利一邊繼續握著吉格的手，一邊笑著轉過頭。「還有小萊，下次你哥講起人的固有權利講到閉不了嘴，我允許你拿鐵鏟給他加冕。」他戴上帽子。「那麼，就這樣了，王子們，後會有期——」說完他從大門走了。

沒過五分鐘，辦公室門突然開了，蘇利文怎麼放肆地走進去，就怎麼放肆地又走了出來，後頭跟著沃爾什、利特爾，還有一個褐色西裝的瘦小義大利人，他是查理．菲利尼奧，工會祕書，老是一副悶悶不樂的模樣。

沃布里們趕緊閃到兩旁，蘇利文大局長穿過走道，走到撐開的雙扇門，接著轉過身，像嚴厲的牧師對著整屋子的人。「我跟你們的沃爾什說了，現在也告訴你們好了，不要做你們正在計畫做的那檔事，兩天前的晚上，我底下一個警察被人殺害——」

沃爾什打斷他的話。「你自己說兇手假扮成房地產商人，聽起來會像這裡的人嗎？」

「是不像。」蘇利文悲傷地承認，好像如果是這樣事情就好辦了。「不過這並不重要，對我來說，重要的是我底下的人現在焦慮不安，其中一個還在今天早上清理流動工人營時遭到襲擊。」

小萊縮了一下身子，吉格嚴厲地瞪他一眼。

蘇利文舉起報紙，拍了拍言論自由日的標題。「你們要是這麼做，就拿骨頭牙齒付出代價。」

他轉身往外走，一秒鐘後，臨街的大門砰一聲關上。在隨之而來的沉默中，小萊環顧了一下屋子，看看哥哥，看看朱勒斯，看看沃爾什和利特爾，又看看行李員艾弗瑞特和農場幫工，還有六個衣衫襤褸滿臉鬍鬚的人。這幾個窮困潦倒的男人湊在一塊，組成了一支軍隊，但仍舊是孤身一人，各自朝著各自終點所在的地平線走去。

一八六四年
好小子

博寧解放了蘇格蘭人的毛皮後，我和他騎馬走在南岸較低的小道，最後走到一個崎嶇的渡口，那個法國人在這裡經營這條荒野之河的纜渡。不過駁船拴在另一邊，也沒見到老捕獸人普朗特的影子。

用「解放」來形容你幹的事也太誇張了，我對博寧說。

穆蘭小徑的後方沒有塵土揚起，我猜或許沒有人在追我們。

那天早晨我們拔營準備騎馬北上，博寧帶著綁在馬鞍上的厚毛皮袋回來。他說，蘇格蘭人給了一批便宜貨，如果我們從普朗特的渡口過河，可以到科維爾堡賣了這些毛皮。

但博寧不停回頭張望，我開始懷疑皮毛是他偷來的，就直截了當地問他，他則想出了「解放」的說法。如果我是一個敬畏上帝的人，就會騎馬一走了之，讓他自己挨鞭子去。但我性格軟弱，博寧熟悉那塊陌生土地，所以我厚起了臉皮。

普朗特渡口沒人當班，我們的計畫就要泡湯。船夫在河對岸有一間小屋，那邊也沒有人影，博寧把手放在嘴邊，朝著對岸大喊「**哈囉！**」，小屋仍舊黑漆漆的。

我們就騎著馬過河吧，我說。但博寧往下游看，發現水勢猛急，臉都漲紅了。山麓仍有積雪，河水洶湧澎湃。

他說毛皮可能會濕掉，但我知道其實是博寧不諳水性，頂多只能踢兩下水。另外，早春了，斯波坎河可能浸濕毛皮，把他的小馬往下游拖，讓他掉進水沫中。

這時，對岸灌木叢中冒出一個男孩，離我們有一百英尺遠。他皮膚黝黑，個頭矮小，十二歲上下，黑髮打了一個髮髻。普朗特在一群印第安人中間生活，小男孩應該是那個河岸部落的人。

你家的法國人呢？博寧叫道。

我可以帶你過河，男孩回答。

那帶我過河吧。

男孩動手解開駁船。

由於那條河只有這個渡口，公告的渡資非常昂貴：一輛馬車四塊，一個人頭七角五分，一頭牲口五角。我們沒有馬車，只有我們，我們的馬，還有那一捆皮毛。

小印第安人用一根長篙頂著岸邊，把平底船朝我們划來。粗繩從船的兩端連接到滑輪，固定滑輪的繩索則是繫在大樹上，懸在河面上方。划到靠近中央的地方時，水流猛拽著駁船，大樹繃緊了，引導繩也像獵人拉開的弓一樣彎了。

在岸上，博寧拉拉他那匹膽小小馬的韁繩。希望那孩子動作快點，他說。我和博寧一起望著身後的小徑。

男孩總算把駁船停到了岸邊，我們牽著我們的牲口，踢躂踢躂走上木甲板。男孩個頭矮小，一張臉倒長得較成熟，他看著我，好像他知道我的麻煩。博寧幫自己和他的馬付了渡資。事情是你搞出來的，我說。於是他也為我掏出了七角五。

小男孩一推，帶我們離開了水岸，開始往對岸划去。這時，我看到對岸有樣奇怪的東西，河上方的空地有堆閃著光的白色土墩。男孩順著我的目光看過去，馬骨頭，他說。

接著博寧直起身子指著我們的身後，在南方的那條路上，不出四分之一英里的地方，塵土飛揚，有人騎馬朝我們這邊追來了。我們還沒到河中央，已經有四個人騎著馬出現在南岸。

把篙子給我！博寧大喊，但男孩不肯，於是他們扭打了起來。博寧抓住小男孩的衣褲，把他往船邊拋去，他掉入水中，水面幾乎沒有泛起一絲的漣漪。博寧從鞘中拔出刀開始割引導繩。

我知道他想做什麼。我不得不讚許博寧，這可能是我們唯一的希望，騎馬的人涉水的速度比我們撐篙還要快，但是水流強勁，我們可以快速順流而下，況且小徑偏離了河岸，拐個一兩個彎，我們應該可以在北岸草地找到適當的逃生地點。

雖然河水凍寒，男孩也是輕輕鬆鬆往岸邊游去，我真羨慕他，很想對他說我很抱歉。不過自從我和博寧第一次騎馬離開堪薩斯之後，我對很多事都感到抱歉。

博寧割斷了引導纜，我們在水流中轉了一會兒，然後脫離了滑輪，船開始往下游移動。我笑了，我說，真夠絕的。跟博寧一塊就是這麼回事，無時不刻都在恐懼，都在興奮。馬骨頭，鞍上的皮毛，突然又是坐船穿過急流。我的馬躁動起來，我拉住韁繩叫牠安靜。

回頭望去，我可以看到兩岸：南岸，男人的馬停在塵土之中，北岸，游泳的男孩正涉水走上岸，他把手放到嘴邊，大聲呼喚船夫。

有些事我應該告訴你，好小子，博寧說。

我看著他。

蘇格蘭捕獸人跟我拿著刀子吵了一架。

這句話才從他嘴中說出來，我的肩膀就被猛然拉了一下，耳朵聽到一陣砰砰砰的來福槍槍聲。

我的馬脖子中槍了，牠掙脫開我手中的馬勒帶，跳下船，還撞斷了船欄杆，船於是沉了下去又浮了起來。博寧的小馬跌跌撞撞，也從另一邊掉下去，另一邊的船欄杆也跟著牠一起沒了。兩頭牲畜都在河中往岸邊游去，我的馬脖子上有傷，博寧的馬則拖著我們吸飽了水的戰利品。打中我的馬的那顆子彈，有塊碎片射進了我的肩窩，我的肩膀痛得像在燃燒。

我中槍了，我對博寧說。這時我們兩人都趴下，牢牢抓著駁船，又繞過了一個河彎。我察覺對我開槍的人沿著南岸小徑跟著我們，他騎著馬開槍，瞄得可真是夠準，現在又逼近了。一聲巨響在岩石中迴盪，不過這一槍射偏了，河水帶我們快速通過一群擋在我們和他之間的巨石，這位射擊好手射不出下一發。

河水波濤洶湧，我們顛簸前行，在激流和看不見的岩石上起起伏伏，駁船左搖右擺，篙子已經和馬一塊沒了，我們沒有任何東西可以用來剎車或轉向，只能平貼著劇烈晃動的船，每一次的顛簸都讓我的肩膀一陣的痛。

到下一個漩渦我們就撤，博寧說。但水流的速度看來對我們不利，騎馬人揚起的塵土仍然從南岸跟著我們。

我向博寧喊道，你們吵架後，蘇格蘭人還活著嗎？

他沒有回答。但我知道，他帶著毛皮騎馬回營地的那一刻，我就知道了，也許我們為躲避徵召逃離堪薩斯的那一刻，我就知道了。不知道那些人在吊死我以前會不會治療我的肩膀。

河水像一匹新生小馬，仍然動盪得厲害，山脊樹叢逐漸消失。

我無法描述這條河，只能說它又寬闊又湍急，是一股從山間湖泊流出的激流，是一股憤怒的水流，衝擊著堅硬的岩床，急於奔向大海。即使走到較緩和的河段，或者駁船被樹枝卡住，我們也下不了船，因為岸上不是巨石，就是垂著灌木，沒有能夠支撐我們的殘樁。小徑偏離了水岸，南岸捕獸人也跟著後退，他們所揚起的塵埃漸漸變得模糊。也許這條河的湍急終究會救了我們。

博寧爬過船板，看著我的肩膀。

嚴重嗎？我問。

我看還好，他說。但隨後又爬回了他那一側的船。

這時，我發現河北岸也出現了揚塵，有人騎馬來了。

所以我們現在被人從兩側包抄。果不其然，兩個人騎著馬從河北岸的小徑疾馳而來，出現在我們上方的高地，一個年紀較長，留著鬍子，我猜就是那個法國船夫，船小弟騎著一匹較小的馬帶路。

是我害了我們兩個，博寧說。

我不否認，我說。

水流又加快了，忽漲忽落，兩度帶我們穿過激流。我們緊緊抓著船，留意身後的兩岸。我們的追兵往下走到河邊，但礙於地形和灌木，只能又騎上去，在崖上繞了一圈。我等著騎馬的人再一次瞄準我們，但他沒法子打準。

這時，我發現我的精力好像從傷口流光了，彷彿我正在從自己的皮膚裡中流出來。我趴在濕冷的木板上，在河上飄來飄去，上上下下，不知道過了多少的時間。水流速度又慢下來，但博寧還來不及把我們弄到岸邊，水流又把我們拉遠了。岸邊一棵柳樹向我們伸出一隻手，博寧伸手一抓，卻只抓到一把從枝椏上扯下的葉子。

我擔心我已經虛弱得游不動，河水又深又急，冷得刺骨，少數幾處可以上岸的平靜河段，也連著兩條河岸小徑，不管是在南岸追趕我們的捕獸人，還是北岸的小男孩和普朗特，也都能走近那裡。我們只好抓緊，船板起起落落，被水拍打，被岩石樹枝刮傷，我的手臂麻木得像大衣的空袖子。

真遺憾，你和我要一起掉進水裡，好小子，博寧說。

我想要怪也是怪我自己的性格，我說。

我們緊貼著船板這樣交談，隔著濕漉漉的木板，望著對方的眼睛。我可以告訴你，反倒在最後一刻眼睛會讓你覺得驚訝。我想起我母親的從容藍，帶我們過河的男孩的樹皮棕，這兩者中間還有幾百種顏色？還有多少是我永遠不會看到的？博寧的惡魔綠，是我看到的最後一個。

他似乎看穿了我憂鬱的心思。

聽著，他說，我必須告訴你這條河的情況，前面有個大瀑布，共有六、七階，最後一階是四十英尺高的岩石，接著瀑布就直接瀉入峽谷。夏天這裡的印第安人聚在那裡捕魚，但現在由於融雪，河水暴漲——他搖了搖頭。

也許我們就坐著船越過去，我說，也許我們會成為第一個順利越過瀑布的人，以後還可以拿來當故事說。想到我們在西部的冒險經歷，我笑了。

博寧沒有答腔。

水流終於稍微減緩，北岸小徑朝我們的方向斜下來，男孩和船夫也下來了，他們騎得很快，男孩幾乎和我們在船上時一樣靠近，好像我們結伴旅行，兩人走水路，兩人走陸路。我好奇男孩有沒有繩子可以拋。

原諒我，博寧說。起初我以為他在和那個男孩說話，說出我對於偷船的想法。但當我回頭時，博寧已經從船上溜進了河中，正向著岸邊游去。他不大會游，一陣亂划亂踢，沉甸甸的長外套像濕翅膀展開，水流不斷將他沖回船邊。我看到了他的臉，他的臉沉下去，又在十英尺外浮出水面，他仍舊拚命想要游上岸。他回頭看我一眼，我們的目光再次交接。

這時，博寧總算明白自己的愚蠢，想回到船上，兩手胡亂攀著船邊。我想奮力爬過去幫他一把，但已經虛弱得動不了，再次見到博寧時，只看到他的頭髮漂浮在船邊——然後就消失了。

我原諒你，我說。「好小子」這個渾號是我亂編的，我還是希望博寧走之前能再喊一次我的教名，我好想再聽一遍。

後來我再也沒看到南岸的捕獸人，但北岸的印第安人善於騎馬，他與船夫分開，沿著前面的懸崖騎行，像是要攔截我。河水拍打著船邊，我從水中嚐到了自己的鮮血。

我又想起了母親，不知道姐妹們是不是都已經嫁人了，好希望能夠再見她們一面，也許那會是在另一個世界。

愚蠢的想法，沒有另一個世界。前面出現一塊窪地，河水分成了兩個水道，我猜想大瀑布的第一階要到了。

我又想起成為第一個活著越過瀑布的光榮，我想起擺渡男孩、馬骨和他的部落永遠生活在河岸上，男孩會怎麼看我，說我是第一個越過瀑布的人，就像第一個看到某座湖的白人，或第一個翻過某個山口的人，給那個男孩的族人捕了幾百年的魚的溪流命名。

也許他們之中早已有人越過了瀑布，活著說那個故事。也許他們常常越過瀑布，就像用河繩盪鞦韆一樣。也許那個小男孩自己根本就做過。這個念頭為我帶來了希望，我坐起身，想看看這趟冒險會有什麼結果。頭暈眼花中，我冒出一個奇怪不已的想法——我需要為此保持清醒。

一座小島將河流一分為二，我聽到前方的白水嘩啦啦地響，男孩騎著小馬，在下游三十碼處的玄武岩山脊上。靠近時，我舉起我那沒有受傷的手臂，他臉上仍然掛著那種好奇的表情。

看好了！我喊了一聲。我說不出為什麼要那樣喊，只是想像要是現在有人看見我，我可能會繼續存在，哪怕只是存在在一個使孩子興奮不已的故事中——偷了一艘渡船，坐著船，越過了瀑布的大壞蛋。

我經過時，男孩從小馬背上舉起手來呼喊我，好像我是他認識的朋友。船經過時，他發出三聲短促的叫聲，這首歌的意思我永遠不知道，但我認為意思是：**我看到你了**。

除了這個世界，沒有別的世界，我們所想要的，只是在這個世界被人看到。

我看到你了，男孩說。我很感激。

然後，先是「啪」的一聲，接著一聲「轟」，船底卡住了，船頭豎起，彷彿上帝親自從天而降，用祂那偉大雷霆般的寬恕之手拯救這個好小子。

但不是——

我撞上一塊巨石，巨石將水流和船都截成了兩半，罪孽將我從救贖中趕走，我滾到破船較小的一端，牢牢抓著船緣。我回頭一看，簡直不敢相信發生了什麼事——我越過去了！我在半截木筏上墜了十英尺的距離，而且還活著！我望向北岸尋找男孩，想要發出跟他一樣的呼嘯——但我虛弱得使不上力，如果第一階最容易，接下來的肯定是我的末日。

在身後那塊岩壁上，男孩騎著他的小馬——他的大眼睛反映出了我的思緒：**你看到了嗎！**他再一次開始舉起手（這是他日後給孩子講的故事的結尾，**他過去時，我揮了揮手**），我也準備舉起手回應，但我們誰都沒來得及舉起手，下一階已經到了，我被守候著的冰冷泡沫帶走——

6.

流浪漢靠鐵路車站認識斯波坎：大車站在市中心，大車廠和詹姆斯希爾貨運站是希爾亞德區，這一帶有許多小房子、大酒館、乾貨鋪和飼料店，由於有許多流浪的雜種狗，又叫「狗鎮」。

小萊認識李奇太太的那一天，走在一條與河畔鐵軌平行的小徑——這條小路被戲稱為「流動工人公路」——準備去狗鎮找哥哥。市中心和狗鎮之間全是天主教的勢力範圍，聖阿洛伊修斯教堂嶄新的大尖塔蓋在河邊，一邊是耶穌會的貢薩加學院，聖名學院，哥倫布騎士團，多明尼加和方濟各會修女的神學院和女子修道院，孤兒院、收容所和高中，如同一座廣闊的梵蒂岡。四周則是寬敞的愛爾蘭式住宅，小義大利區的農舍和平房，愛爾蘭小客棧，義大利麵館，食品雜貨店和各式商店。以及，新移民聚集的貧民窟。

李奇太太的家庭旅館位於小義大利區的北緣，在利德格伍德山腳下，是一棟單層樓農舍，有個圍起來的門廊，後頭還有一塊空地，她的丈夫生前種了三排果樹，非常寶貝。小萊一開始會注意到李奇太太的家，是因為發現山坡下有兩棵結實累累的李子樹，就在那棟油漆剝落的屋子後面。他本想摘了幾顆李子就走，最後卻還是敲了敲門。應門的女人上了年紀，駝著背，不到五英尺高，頭巾下幾乎全禿了。她撅起下唇，上下打量著小萊，用口音濃重的英語提議讓他帶走四分之一他所摘下的果實（「我三，你一」），最後還借了他梯子、水桶和手套。不到二十分鐘，小萊就摘完第一棵果樹，這時李奇太太也帶著麵包、麵條和一杯冰茶回來。

她有三個成年兒子，兩個住在愛達荷州，娶了非天主教徒的妻子，她非常不喜歡媳婦，所以兒子也很少回家探望老母親。第三個兒子是弱智，住在六條街外的瘋人院，李奇太太每天做完彌撒都會走去看看他。

她一見小萊就喜歡，至於吉格，則是過了一段時日才接受——她覷著眼睛，好像認為他太圓滑，信不過。去年十二月，多蘭兄弟在她的後廊搭了行軍床，開了通風口，讓柴爐的熱氣可以傳過來。她圍起來的門廊成了便宜的過冬處，前提是他們必須遵守李奇太太的特殊規定：不能醉醺醺地出現，不能罵髒話，她分心不小心用她兒子的名字喊他們時，不可以糾正她。在他們進入廚房吃早餐之前，吉格總要問：「等等，我是馬可還是吉諾？」小萊回答：「你是馬可，我是吉諾。」

這是他們在李奇太太的門廊度過的第二個冬天，在偉大的自由言論之戰的早晨，培根香氣讓睡在行軍床上的兩兄弟從大衣毯子底下驚醒過來。

昨晚，吉格跑去吉米杜金酒館找厄利．萊斯頓，小萊自己一個人回來，很擔心哥哥根本不回家。不過一過了午夜，他就拖著疲憊的身體回來，渾身酒氣和雪茄味道。「我告訴你，小萊。」吉格一邊說，一邊坐到床上。「四杯威士忌下肚後，厄利那個製造炸彈而不要演說的理由，開始有點說得通了。」他用鼻子笑了一聲，害得小萊很嫉妒，他不知道要怎麼比較炸彈與演說（不如兩者都不要？），但無所謂，因為吉格很快就會開始打鼾了。

＊　＊　＊

到了早上，吉格起身，先去茅房，然後才輪小萊去。小萊總是在茅房門口停一下，回頭看了一眼他認為是自己的果園，三排果樹，蘋果樹、李子樹和梨樹，枯枝樹葉散落一地。李奇太太已經答應用兩百塊的價格把地賣給他們，不過他們才付了幾塊錢而已。

小萊從茅房回來時，吉格已經穿好衣服，整理好自己的東西，像要遠行一樣。他把多餘的襯衫摺好，他的三本書堆在一塊：傑克．倫敦的《白牙》，托爾斯泰伯爵的《戰爭與和平》第一冊和第三冊。吉格用一瓶酒換了第一冊托爾斯泰，在救世軍拍賣會找到第三冊，他告訴小萊，《托爾斯泰文集》共有二十冊，其中五冊是《戰爭與和平》。吉格一直在尋找《戰爭與和平》的第二冊、第四冊和第五冊，現在他小心翼翼把三本書擺在行軍床旁，好像這樣就是一間圖書館。

「不吃早餐就去？不是中午才開始？」小萊問。

「委員會要先開會。」

「好，等我一分鐘，我準備一下，我跟你一起去。」

「你又不是委員會的人。」

「那麼，我晚點再去？」

最後，吉格抬頭看著他，「小萊，你不要來。」

「我當然要去。」

「不要來。」吉格解釋說，有二十個人被安排發言，他是其中一個，所以可能會被逮捕，他不希望小萊在他們與警方發生衝突時受傷。

「我應該要去。」小萊說。

「不要，你留下來吃早餐，然後把李奇太太的樹葉耙一耙。」

吉格開始對他發號施令，好像什麼權威人物，小萊覺得很討厭。「我去工會吃，樹葉明天再耙。」

小萊說。

「不可以。」吉格面帶微笑，「你陪李奇太太吃早餐，然後耙她的葉子——」他穿上外套。「這不是你的戰鬥，小萊。」他走出門，進了後院，小萊緊跟在後。

「等等，一年來，我聽你沒完沒了地嘮叨這些事，現在你說這不是我的戰鬥？」

吉格轉過身來，臉色凝重。「我是你的監護人，我說你待在這裡。」

「我的監護人！」小萊簡直不敢相信他有膽這麼說，因為去年一整年把吉格從酒館拖出來的人是他。「你保護我什麼，吉格？你清醒嗎？一個家？」

這句話以小萊知道的方式刺痛了吉格，他別過身，嘟囔著往外走。小萊斷斷續續聽到幾個字：責任，鬼扯淡，小孩子。等小萊回過神來，他已經騎在吉格的背上。他根本不記得自己跑過去，也不記得自己跳起來，當然更不知道他自己想要怎樣。他雙臂摟住哥哥的脖子，像背包一樣掛在他的身上。

吉格把他甩到沾著露珠的草地，「你這是怎麼了？」

怎麼了？看著哥哥走開，他感到一陣恐慌——突然間又回到了單獨與母親在懷特霍爾的時光。「你不能就這麼走了！」小萊憤憤地說，聲音啞了，氣也喘不過來。他想起母親的手帕，他怎麼也洗不掉的血褪成了粉紅色。

吉格低頭看著他，過了一會兒，向小萊伸出一隻手，拉他站起來。小萊用襯衫袖子擦了擦鼻子。

「我很快就會回來。」吉格說：「這件事就像一場表演，他們會把我們幾個人拖進監獄，我們則把事情鬧大，就這樣而已。IWW 在米蘇拉也搞過同樣的表演，市政府在監獄養了二十個唱歌的流浪漢，一星期後就不想管了。」

小萊回想那個火爆的大警察局長——比吉格高整整四英寸，講起話來凶巴巴——他無法想像這個人會對一群唱歌的工人投降。

「拿去。」吉格一面說，一面把他的工作手套給小萊。「去吃早餐，把葉子耙一耙，下午見。或者，最壞的情況下，一個星期左右後見。」

小萊拿著手套，望著吉格寬闊的背影遠去，在懷特霍爾公寓那扇刮痕累累的窗外，永遠是哥哥遠去的背影。「該死，吉格。」他嘀咕道。

他走進屋裡和李奇太太一起吃早餐，吉格的盤子就在他的盤子旁邊，空著。小萊稀里呼嚕配著麵包吃下雞蛋。

「*Tu mangi come un cavallo, Geno*（吉諾，你吃東西像馬）。」李奇太太說。

「對不起，李奇太太。」他說。他努力回想義大利語的「對不起」。「*Dispatch?*」

「*Dispiace, Si.*」她說。

「對，就是這麼說。」小萊說。

吃完早餐，他戴上哥哥的工作手套，到屋邊抓起了耙子。風吹得樹葉團團打轉，他面無表情幹了起來，把兩堆樹葉放進焚桶點燃，但樹葉是濕的，只能悶燒，沒有發出劈哩啪啦的聲響。小萊看著灰濛濛的濃煙嫋嫋升空，山谷上方一定有風在呼嘯，因為高高的雲層像候鳥一樣掠過煙霧上方，彷彿整個世界正在飛馳。「該死，吉格。」他又罵了一次，接著把耙子靠在房子上。

7.

小萊匆匆穿過小義大利區和愛爾蘭區，看到了許多的孩子，有的吊在門廊上，有的在綠樹成蔭的大院子跑來跑去。他平日通常沿著鐵軌走河濱小徑進市區，但今天想在住宅區走一走，想像自己住在這裡。他穿過分區街，走在成排的磚砌公寓中間，循著霍華街，來到雜亂擴建的大火車站。車站位於上瀑布和下瀑布之間的哈弗麥爾島，這座小島將大河分成了兩條水道。

霍華街大橋的北橋面上有一個活板門，小萊站在那裡，看著一組工作人員把一車的錫罐和其他垃圾直接倒進洶湧的河水中，大河彷彿垃圾、污水和火車機油混合而成的褐色城市湯。過去民眾會直接將垃圾扔在河岸，希望河水沖走，但到了八月，水位降低，河就會變得臭不可當。因此，市政府在橋上裝了活板門，讓工作人員把垃圾直接倒到河中央，讓它更容易被沖到下游。

到了大北方火車站，小萊跨過四組軌道。一列大型載客列車在一百五十英尺高的塔樓下冒著熱氣，四個鐘面告訴小萊，離正午還有十二分鐘——吉格說過，工會將在正午展開行動。走到島另一側的前街，小萊不用看鐘，也知道有事將要發生了：幾十個人在工會外頭流連不去，不停有人從破旅社、咖啡館和酒館趕來。

在工會前面，男人三五成群站著抽煙，移動雙腳重心，用外國口音低聲交談。大多數人穿著褪色的衣服、流動工人的工作靴，但小萊認出了艾弗瑞特和另一個黑人行李員。他注意到有幾個穿高領戴帽子的婦人，這些人支持女性參政，提倡社會主義。他也看到了拄拐杖戴眼罩的老翁，那是參與過礦山戰爭的老兵。

他躲在一輛運貨馬車的後面，隔著前街看著。罷工委員會從大廳走出來，沃爾什和利特爾在前，吉格緊隨在後，小萊從沒見過他這麼緊張，胸口忽然綳緊了，是因為恐懼還是因為驕傲，他自己也不確定。「該死，吉格。」他又罵了一次。

當最後一個人從工會出來時，小萊再度覺得不安——朱勒斯獨自走出來，黑髮散落在肩胛骨之間。這群人圍著沃爾什，好像他在祈禱，然後彈珠似地往四面八方散去，以免一塊被捕。沃爾什領著五六個人走前街，小萊隨著一群圍觀的民眾跟上去，走著走著才發現吉格不在其中。

「他媽的沃布里！」小萊旁邊的一個人罵道，但大多數人只是露出好奇的神情。沃爾什走在大街中央，他們則走在兩側的人行道，沃爾什轉進了史蒂文斯街，改走在電車軌道之間，朱勒斯和幾個人跟在後面。

史蒂文斯街人潮洶湧，歡慶的氣氛達到了最高潮。一個纏頭巾的男人在販售「預見你驚人的未來！」，旁邊的小販叫賣薑汁汽水和栗子。居民從樓上窗戶探出頭來，像是買到了包廂座位，其他人則擠在大街上，有西區商人，娛樂紅燈區的妓女、賭徒，工人、酒保、記者、護士，還有穿著制服的救世軍，小萊只看到數不清的帽子和外套。沃布里也混入了人群中，小萊認出一個朱勒斯認識的牧場工人，那人嘴裡叨念著輪到他時該說的那句話：「我的工人兄弟……我的工人兄弟……」

沃爾什沿著寬闊大道的中央繼續走，小萊看到礦業和木材公司雇用的保全，他們從磚牆和燈杆上直起身來，或者交叉雙臂站在門前臺階，長外套下露出了棍棒和槍管。

街廓南側站著另一行人：六個制服警察，帶隊的是老大約翰・蘇利文。他們都留著類似局長的鬍子，濃密的大鬍子或土撥鼠鬢角，只是沒那麼誇張，小萊好奇他們是不是只憑鬍鬚來挑選警力呢。如果說局長前一天板著臉，那麼他今天看來是會扭下第一個發言的人的胳膊。

結果，第一個發言的是沃爾什。他從另一個人手中接過一個「國家餅乾」板條箱，擺在街上最可惡的工作介紹所，也就是臭名昭著的「紅線介紹所」的前面。開始了，開始了，一陣嗡嗡聲在人群中傳開來。

沃爾什還沒開口，蘇利文兩隻腳就動起來——「兄弟姐妹們，工人夥——！」這個勞工代表在箱子上晃了一下，差點失去平衡，幸好法蘭克．利特爾抓住他，拍拍他的外套，往上把他推回去。一陣笑聲在群眾間蕩漾開來，那一瞬間小萊覺得吉格或許說得沒錯：這件事就像喜劇劇院上演的表演，流浪漢做他們的流浪漢會做的事，警察做他們警察會做的事，一切將會恢復原狀。吉格下次到吉米杜金酒館會有一個精采的故事可講。

站在箱子上，沃爾什摘下帽子，像傳教士一樣張開雙臂：「我們在這裡反對不公。」有歡呼聲，也有噓聲。「和平行使我們的權利，反對這個城市市政府的殘酷暴政，以及它與這些工作介紹機構的腐敗協議——」

沃爾什個頭不小，箱子讓他又長了一英尺高，但當蘇利文局長左右各帶兩個粗壯的警察走過去時，他就像一個玩具。小萊認得其中一個警察，是哈伯．克萊格那個惡警。

蘇利文把沃爾什從箱子上拽下來，像抓著一隻會被他搖死的雞，抓著他的脖子把他摔到地上，接著伸出靴子一踢，踢破了餅乾箱。克萊格接著把沃爾什的手臂扭到背後。

「散開！」局長對著人群大喊。「下一個站到箱子上的人下場更慘！之後，一個比一個慘。」

沒人動，不管是沃布里還是圍觀群眾，都沒有人動。局長轉過身，不知道對克萊格說了什麼。

這時，人群中有一個聲音高呼：「堅守陣地！」這句話引起一陣歡呼——以及更多的噓聲，一個男人喊著：「殺了這些遊民！」更多的歡呼，更多的議論，許多人同時說話，蓋過了蘇利文的聲音。然後小萊前方的人把注意力轉向左邊，好像有一顆棒球被擺在中央。小萊踮起腳尖從帽子上看過去，原來往北半個街廓的街上，又出現了一個箱子，法蘭克・利特爾正要站上去。這是工會的計畫，沃爾什被捕後，在不同的地點，一個接著一個再站上去，讓警察在市區疲於奔命，逮捕幾十個人，用他們唯一的武器——他們的身體——塞滿監獄。

「兄弟姐妹們——」利特爾開始說，但來不及再說一個字，就有一個警察撲向他，把他摺倒到街上，他就這麼消失在人群中，彷彿潛入了海浪裡。

「散開！」蘇利文又喊了一聲，人群往後退了幾步，但沒有離開，沃布里向前推擠，圍觀民眾伸長脖子張望，史蒂文斯街的每扇窗戶都擠滿了探出頭來的人。一個男人從律師事務所二樓窗戶大喊：「這是自由？你管這叫自由？」

幾分鐘後，那男人出現在大樓門口，滿臉鮮血，被一個警衛推到街上，他的眼鏡滑落在鵝卵石上，他喊道：「我犯了什麼罪？我犯了什麼罪！」

人群鬧鬧嚷嚷，嘟嘟噥噥，好像還沒選好要支持哪一支球隊，一見到行動的跡象，腦袋瓜子就往左或往右轉。南邊一個穿著普通灰罩衫的年輕女子大喊：「醒醒！醒醒！」一個警察把她拉到街上。接著，人群轉向另一個方向，看向史蒂文斯街的北端，法蘭克・利特爾癱軟無力，被人拉著胳膊拖著走，兩腿在電車軌道上上下下。他的臨時講臺還留在街上，一個長鬍子爬上去，用濃重的斯拉夫口音開始唱道：「哦，你可聽見？」這是工人之歌〈星條旗〉的第一句，越來越近了——

那個人被一個保全用力打了一拳，也倒了下去。但是，又一個人站上他身後的箱子，小萊大喊：「朱勒斯！」好像他可以警告朋友。他這個朋友要麼不知道什麼是工人之歌，要麼不喜歡，因為他開始唱起法語歌：「*C'est la lutte finale, groupons-nous et demain*！」一個站在幾英尺外的警察歪著頭，一臉疑惑，不過哈伯．克萊格毫不遲疑，舉著警棍走到朱勒斯身後，小萊反射性地閉上眼睛，不願看到這一棍打下去——但當附近有人大喊「哎呀！」時，他睜開眼睛，設法鑽過人群。

這時，另一個聲音，蘇利文局長的聲音，發出了怒吼：「夥計們！」一股洶湧的浪潮襲來，這不再是一場表演或棒球比賽，而是徹徹底底的暴動，警察警衛好像在史蒂文斯街除草，揮著警棍，清理街道，人們跑的跑，跌的跌，還有人踩人的情況發生。小萊被捲入了向北移動的浪潮，最後看到的畫面是朱勒斯滿臉是血，雙手被銬在背後。

「堅守陣地！」有人喊道，小萊聽到另一個人繼續唱起工人的讚歌：「所有勞動的人都來吧——」那個聲音停了下來，有一個口音更重的聲音接上：「整片大地上的工業樂隊——」

但他已經看不到行動了，沃布里陣線似乎已經潰散，只剩下一兩個人在躲警察。人群像是一個有生命的東西，一下往前撲，一下往後拉，沃布里散到外圍，一批剛到的警察則衝入混戰，一面整理吊褲帶，一面扣上大衣。一個穿著高級西裝的男人拿著獵槍在街上跑。

在一個小時的時間裡，人群在史蒂文斯街和前街之間來回走動，混亂之中，一個男人開始在街角唱歌：「來吧，工人團結起來吧！這是人類的戰鬥！」一塊磚頭從三樓窗戶飛出來，那個人倒了下去。接著，磚頭像雨一樣扔來，小萊隨著人群跑出混戰。這一切持續了多久，小萊也說不清楚，人群像潮水四散流動，來來回回，磚頭、棍棒、喘不過氣的警察，唱歌的人和發言的人被銬起來拖走——發生了這麼多事，小萊無法集中注意力在任何一件事上。

直到他的目光落在一個打領結的黑髮小個子身上。這個男人冷靜地穿過人群，爬上了一個板條箱——這一定是IWW最後一個箱子，因為警察到處踩爛箱子。那人掏出一把口琴，吹了一個音符，深吸一口氣，開始唱了起來——小萊呆住了——「勞動旗幟必定很快就會飄揚」。那一瞬間，時間宛如停止，所有人——警察、工人、平克頓偵探和支持女性選舉權者——紛紛轉過頭去看——「在自由的土地上」——因為這個人的高音唱得非常動聽——「從主人和奴隸那裡」——像鳥鳴一樣純淨——「妻兒的鮮血和生命」——像是上帝突破了這場混戰，允許這首歌——「磨成了美元，供寄生蟲取樂」——如果不是這樣，那就是這個義大利人太矮了，警察沒看到——「孩子現在是奴隸，到沉入墳墓為止都是奴隸」——因為連上帝都失去了興趣時，男高音的臉歪向一邊，臉頰肉翻了出來，眼鼻嘴唇迸出鮮血，他的腦袋挨了一棍，人倒了下去。那個嚴厲的音樂評論家哈伯．克萊格見到他，如同獵犬見到了狗骨頭。

又一個人快步踩上臨時講臺，小萊的第一個念頭是驚訝，他竟然沒有注意到吉格站在那裡。但他上去了，爬上了義大利人的小舞臺。小萊喊道：「吉格！」踉踉蹌蹌向他走去。哥哥在上頭是那麼渺小，小萊掙扎穿過逆向逃竄的人群，吉格唱起男高音還沒唱完的副歌：「勞動旗幟必定很快就會飄揚——」

一個警衛把吉格從箱子上拉下來，他倒下時，另一個人用槍托朝他揮去，小萊大喊：「吉格！」小萊快走到哥哥面前時，發現自己就在空箱子面前，於是自己站了上去，接著唱下去，聲音既微弱又驚懼：「在那沒有主人——」

他用前臂擋住第一個揮來的東西，高聲唱出最後一句歌詞：「——和奴隸的土地上！」哥哥喊道：「小萊！」不知道什麼打中了他的背，他翻身滾到馬路上，在亂成一團的腿腳中尋找吉格，但有一隻腳踢到他的肚子，踢得他幾乎屏住了呼吸。小萊．多蘭終於放棄了，縮成一團，用雙臂擋著臉，等待他短暫而甜蜜的一生中彷彿一直在等待的事。

8.

離開懷特霍爾的那天，小萊爬上火車。那是一節黑魆魆的火車車廂，眼睛適應後，他才發現一隅有個老人，身體瘦削，頭髮灰白，坐在一個舊箱子上。他的左手缺了幾根手指，左眼只剩一個凹陷的眼窩。老人問小萊要去哪裡，小萊說：「西部，去找我哥。」

「那好，在斯波坎前就下車吧。」那人說。他在斯波坎被逮捕過，說那裡的警察對流浪漢很壞，他被打被搶，在一個無窗的牢房，被折磨了一星期，接著沒有經過法庭審理，某天早上就被警察直接拖到城市邊緣的鐵軌。警察說，他要膽敢再來，下回的下場就是在河裡。「我就是在那裡失去了這個。」他指著留著傷疤的扁平眼皮。「在斯波坎前就下車吧。」他又說：「鐵軌一直延伸，但死亡的西邊什麼都沒有。」

小萊戴著鐐銬，蹣跚走向斯波坎監獄，想起了老人家的警語。他這排有六個人，其他戴著鐐銬的囚犯不是坐在街上，就是已經被關起來。小萊的背部手臂都很疼，右手擋了一拳後，手指腫大瘀青，但他這還算走運了，義大利歌手最悽慘，嘴鼻被打爛了，呼吸說話還會噴出帶血的氣息。「你很厲害。」小萊對歌手說，想起有一天李奇太太做彌撒時說的一句話，「*Bel canto*（美聲唱法）。」

「謝謝你。」義大利人粗聲地說。

吉格在隊伍的前頭，不停回頭想看看小萊，前面的警察拍拍他的肩膀，「看前面！」暴動在他們後方逐漸散去，但囚犯被帶去史蒂文斯街時，仍有一些人向他們發出噓聲。

他們經過富麗堂皇的五層樓市政廳，看見許多臉從高塔拱窗往下看。監獄就在拐角，沿河而建，是一座石頭建築，一、二樓都有鐵窗。隔壁有三名消防員靠著一輛新卡車站著抽煙，看著手鐐腳銬的囚犯東倒西歪走過。

進了監獄，他們被帶入一個狹小的收監區，一個不勝其煩的獄卒從櫃檯後面走過來打量他們。「該死的沃布里。」他用一種讓蘇利文的英語聽起來像標準英語的土腔說，然後順著隊伍往下走。他說：「名字？」接著問：「年紀？」登記完畢後，他露出一個歪歪扭扭的笑。「呦，看看你們這些蠢貨都幹了些好事，操你們自己的屁眼。」

吉格注意到小萊，他的臉頰有一大片深紫色的瘀青，吉格搖搖頭，皺起眉頭，小萊別過臉去。又有三名獄卒來到收監區，其中一個戴圓框眼鏡的男子似乎是管事的。另一人給他們解開了鐐銬，搜身看看有沒有武器，把外套、錢、紙、小刀、香煙和他們身上不值錢的東西堆成一堆。愛爾蘭獄卒踢了踢那堆東西，挑出幾枚硬幣，失望地對著剩下的東西搖了搖頭，「該死，都垃圾吧？」

管事的獄卒低頭看看名單上的名字和年齡，然後目光從眼鏡邊緣看出來，「格雷戈里．多蘭在哪裡？」

吉格搖搖晃晃舉起了手。

「這個是罷工委員會的，C區。」管事的獄卒說。

「等等，我能不能和我哥哥一起？」小萊說。

這句話讓愛爾蘭獄卒哈哈大笑，拿起棍子往吉格的背部頂了一下，把他推進一扇打開的門裡。

當門在哥哥的身後關上時，小萊發現自己第一次真的害怕了：我做了什麼？

管事的獄卒抬起頭來。「先生們，我們的好房間被你們的沃布里兄弟佔用了，所以你們今晚只好睡豬圈。」

他們被帶到後面，下了木梯，進入地下室，這裡只有一間牢房，像是西部拓荒時代的遺跡。天花板垂著一球燈泡，旁邊有根管子，閥門開著，嘶嘶嘶地噴出蒸汽，噴灑到八英尺乘七英尺大小的牢房，裡面看上去像是已經塞了十五個人。

「拜託你！我真的很不舒服！」一個人從裡面喊道，其他人也開始喊叫，又是討水喝，又是要上廁所，最後愛爾蘭獄卒捻著手指，拖著警棍掃過鐵欄。「閉上你的臭嘴巴！」

戴眼鏡的獄卒把鑰匙插進牢房門開鎖時，小萊簡直不敢相信，他的意思是要把他們……關在那裡？哪裡？另一個獄卒用警棍戳了戳那一牆的流浪漢，對小萊和其他人打了個手勢，要他們通通進去。「你們這些沃布里想讓監獄爆滿嘛——成全你們。」

小萊被推到裡面，夾在三個大男人中間，惡臭薰得他眼淚直淌。除了呼吸聲和呻吟聲外，沒有任何的聲響，幾分鐘彷彿幾小時那樣的漫長。某個時候，又有三個人被推入牢裡，接著又來了兩個。「二十六個。」獄卒得意洋洋地說。但裡面熱得要命，燈泡滅了，無窗地下室漆黑一團，蒸汽管子徹夜嘶嘶作響，嘔吐物和尿液的氣味瀰漫，時間要用痛苦、惡臭和口渴來衡量——如果有人怒聲痛罵，旁人會制服他，因為掙扎起來，膝蓋手肘拳頭一陣亂踢亂揮，每個人都會受傷。此外，恐慌的心情也不斷加劇。然後，地下室的門打開了，一線光從樓梯間射入，眾人哭喊著說要小便或者病了，但兩個警察和兩個獄卒醉醺醺地笑著，啪嗒啪嗒地走下樓梯。「我們要打破紀錄了！」一個說。又有兩個沃布里不知怎麼被塞進了牢房，裡面的人推著門，警察獄卒使出渾身力氣抵著，才順利將門關上。小萊被擠在臭烘烘的身體和鐵條中間，周圍的人嗚咽、呻吟、吞咽，好像都被腐肉淹沒了。一旁有人昏了過去，但那人無處可倒，只能掛在兩個人中間。「堅守陣地！」組織某個人從某個角落叫道，一個獄卒喊道：「去你媽的。」

在夜裡不知道什麼時候，小萊忽然驚醒，鐵條壓著臉龐。他想到自己可能站著站著就睡著了，整個人都呆住了，只是不知道是睡了一分鐘，還是睡了一個鐘頭。後來，樓梯間的門又打開了，光線射入——原來換班時間到了。一個新的獄卒出現在戴眼鏡的獄卒旁邊，看了看牢房，厭惡地捂住嘴，「天哪，卡爾。」然後轉身悄悄問另一個人：「誰批准的？」牢門終於打開了，囚犯一湧而出，哭哭啼啼擠出了牢門。小萊回頭一看，裡頭還有六個人癱在地上起不來，義大利歌手是其中之一。

他們上了樓，被押進監獄院子，隨即其他區牢房的沃布里也來了，在廣場的四面排開。每個人看起來都很淒慘——黑眼睛，破嘴唇，爛衣服——但小萊這一群人最慘，渾身汗垢尿漬血跡，其他人都用憐憫的目光看著他們。小萊發現朱勒斯就排在他的右手邊，又是咳嗽，又是喘粗氣，眼睛盯著地上。吉格在四方院子的另一頭，用唇語問：你沒事吧？小萊點頭，撒了個謊：沒事。吉格和沃爾什、利特爾等工會領袖關在一起，與其他人隔離起來，以免他們又組織大家起身抗議。小萊旁邊有一個人說，一個只能容納四十人的監獄，竟然關了一百多人。三名獄卒和六名持步槍的私家保全在外圍站崗。

接著，他們拿到灰色粗布牢服，頂著冷風火速換上，舊衣服就丟在前面，一個獄卒拿警棍在衣服堆裡戳來戳去。又來一個人，要發給每個人一塊鬆餅和一杯水，他們便在原地跳上跳下，等著輪到自己，領到食物後，那吃相與禽獸沒兩樣。在悶熱狹隘的牢房待過後，院子感覺冷得不得了，即便脫下濕漉漉的衣服，換上了囚服，小萊也無法停止打顫。有人冷到摔倒了，周圍的人扶著他站起來。

他們在土院子待了一個小時後，哈伯·克萊格帶著另一個警察走出來，那人臉上一塊紫一塊青，小萊看了好幾眼，才認出他就是灰藍髮，也就是率眾襲擊他們營地的惡霸警察，後來被厄利·萊斯頓打到在沙土裡掙扎。

小萊和吉格對視了一眼。

克萊格警佐把手放在灰藍髮的肩膀上，親切地對他說：「愛德格，準備好了？」灰藍髮點點頭，和克萊格開始在隊伍中走動，查看一張又一張髒兮兮的臉。

灰藍髮經過時，小萊忍不住抬頭看了一眼，這個大塊頭警察被厄利．萊斯頓打得像顆紅到發黑的覆盆子，小萊心裡好不得意。

「沒看見打我的人。」看了所有的人後，灰藍髮說：「他瘦瘦的，年紀比較大。」

「其他人呢？」克萊格問。

大塊頭警察指著朱勒斯。「當時那個印第安老頭也在，但只是在一邊笑。還有一個孩子，我沒看清楚。」他指著吉格。「但就是這個人，在另一個人撲向我之前，哇啦哇啦講個不停。」

克萊格走到吉格身邊。「是嗎？你狗啊？這麼愛亂吠？」克萊格轉向灰藍髮。「他現在沒辦法亂吠了。」然後回到吉格身邊。「年輕人，你叫什麼名字？」

「格雷戈里．多蘭。」

「你是哪裡人，格雷戈里．多蘭？」

「蒙大拿，這幾年我住在這裡。」吉格說。

「不對，你跟蟑螂一樣都不住在這裡。」克萊格嘴唇厚，眼睛凸，一張臉看起來像被壓在窗戶上。「告訴我，格雷戈里．多蘭，是哪個蒙大拿州小鎮這麼聰明知道要把你趕走？」

「懷特霍爾。」

「你那婊子媽是愛爾蘭採礦無賴還是苦力生的？」

吉格只是瞪著眼睛。

「你長得不像中國人，所以我選愛爾蘭婊子，你爸呢？隨便哪個星期六晚上撩她裙子的男人都好？」

他沒有回答，克萊格湊得更近，近到願意的話可以往吉格的臉上咬一口。「說，襲擊我警佐的人是誰，蒙大拿混球格雷戈里．多蘭。」

「是你的人襲擊我們。」吉格說。

「我問的不是這個，昨天還有誰在河邊？」克萊格說。

「我不知道。」吉格說。但克萊格不喜歡這個答案，用警棍快速捅了一下他的肚子。

「再給你一次機會，說，誰在那裡？」克萊格問。

「我在那裡。」小萊說。聽見自己的聲音，他吃了一驚。

克萊格轉過身來，「是誰說話？」

「我。」小萊周圍的人略往後退，他急忙開口想把話說完：「你的人帶著一群暴徒襲擊我們的時候，我們正在睡覺。我們逃跑，你的人追來，想把我們扔進河裡。打他的那個我不認識，他後來馬上就走了——」小萊覺得自己這句實話說得很高明，在毆打灰藍髮之前，他確實還不知道厄利．萊斯頓的名字。

這時克萊格站到了他的面前，近距離一看，他的五官更加難看，牙齒都是煙草黑垢。「小子，你叫什麼名字？」

「萊恩．多蘭，我是他弟弟。」

「哇，婊子生的兩個多蘭都在我們這裡。」克萊格來回看著小萊和吉格。「真看不出來，一定是幹一半幹出了這個小的。」克萊格接著走到朱勒斯的隊伍，「怎樣，拉屎牛——這兩個多蘭兄弟說的是實話嗎？」

朱勒斯點點頭，頭也不抬，眼神也沒有接觸。克萊格往他的肋骨輕戳了一下，朱勒斯面不改色。

克萊格繞回去，又走到吉格的面前。「我想你這樣的小夥子，我就算拷打一個月，也問不出個什麼來，不如我改在你弟弟身上下功夫吧，讓他回牢裡再待一晚，聽起來如何啊，格雷戈里．多蘭？」

吉格艱難地吞咽著，咬緊了嘴唇。

「當然，除非你的記憶恢復，願意告訴我，和你一塊在河邊攻擊我的人是誰。」他湊近吉格。「說吧，格雷戈里，給我想好名字了嗎？」

「約翰．洛克菲勒[2]。」吉格說。

往肚子的那一戳，比其他幾次都要用力，吉格直接摔倒在地。

「康內留斯．范德比爾特[3]。」吉格跪起來粗聲說。

克萊格拿起棍子撓撓頭，接著搖了搖頭，在往吉格的臉踢下去之前，他縱聲大笑。「真可惡，我都快喜歡上你們這兩個多蘭兄弟了。」

2 John Rockefeller，美國實業家，有「石油大王」之稱。

3 Cornelius Vanderbilt，十九世紀末航運和鐵路巨頭。

9.

在苦牢的第二個晚上，一個叫布萊澤爾的沃布里把牢裡的人組織起來，要他們用自己的襯衫做簡陋的天花板阻擋蒸汽。由於很多人被送進醫務室，所以騰出了一小塊空間，他安排一次輪兩人坐下休息。他說話的口吻很像傳教士：「聽好，我的勞工夥伴們，我想告訴你們三顆星的事，不是伯利恒的三顆星，伯利恒星星只通往無人知曉的天堂，我要說的是IWW三顆星，分別代表教育、組織和解放，通往人人都想吃的豬排。」

過一會兒，布萊澤爾要他們唱歌，他們一唱就是一整晚——「人民起來」——唱著IWW歌本裡的歌——「打倒階級」——用各種單調的腔調——「用錢能收買的叛徒去死」——激怒獄卒——「合作是國家的希望」——提振自己的士氣——「現在就罷工，否則你們的自由就會消失。」最後獄卒開了條件，如果他們願意停下來，就帶他們出去上廁所。

消息在牢房傳開：第一天逮捕了一百人，第二天逮捕了五十人，之後警察開始將新囚犯送去喬治萊特堡的禁閉室。第二日上午，蘇利文局長特地弄了一個俯瞰市區的岩石堆，白天時把扣上手鐐腳銬的囚犯一行行押送過橋，在岩石堆上漫無目的地揮動大錘，局長希望兩邊的人都能看到他們受的折磨——向礦場老闆展示他對工會的強硬態度，同時阻止再有人起身抗議。但街上有人呼籲支持被鏈子拴在一起服勞役的囚犯，三個支持女性選舉權的民眾提供他們食物和水，結果被拉進了女子監獄。市區又有十幾個沃布里被捕，實際人數可能是這個數字的三倍，但蘇利文要消防員用水管堵住任何試圖說話的人，而且想出了關不下的囚犯可以關在什麼地方。

蘇利文為了避免工會領袖組織囚犯，把他們關在另一區，但消息還是傳了過來：他們應該拒絕在岩石堆上做工，以抗議所受的虐待。所以，第二天，大家把手臂垂在身側，大錘閒置在一旁。但也有人拿起大錘，輕敲著石堆，好像在哄石頭睡覺。那天小萊看到朱勒斯站在岩石堆上，咳得像是染上了肺炎，但他看到小萊時眨了眨眼。義大利男高音也在，一張臉縫成了棒球手套。

布萊澤爾靠著歌曲傳播消息——「這些你都聽過了，鏈子幫不敲石頭。」每天都有新的流浪工人進來唱歌發言，甲因為在市政廳前朗讀《獨立宣言》被捕，乙因為問街頭警察言論自由的抗議活動是否還在進行而入獄。

蘇利文也以行動反擊他們的行動。搞出敲石堆那齣戲之後，他只給囚犯吃麵包、喝白開水，第二天早上押他們到院子，用消防水管幫他們「洗澡」。工會領袖因而絕食抗議，要求他們對他們口中的政治犯給予人道待遇。好吧，蘇利文局長說，三百個唱歌的廢物想活活餓死自己，那他的麻煩事就少了。「不工作就不配吃。」蘇利文說。

這句話是一位獄卒讀給他們聽的，他每天站在牢房外，朗讀《紀事報》和《發言人評論》這兩份偏官方立場的報紙，要他們知道大眾多麼反對他們：「監獄裡的人的小動作，比如把食物丟到地上，打碎碗盤，大唱愚蠢的歌曲，對執法人員和警察大肆謾罵——是理智守秩序的人認為頑童和瘋人院病患才會有的表現。」

如果有空間搖頭的話，小萊聽了這些報導一定要搖頭：擠在一個蒸汽口打開的雙柵欄牢房，讓人拿棍子亂打，用消防水管噴水——這樣的囚犯還能「大肆謾罵」逮捕他們的人？第五天早上，第三百名抗議者鋃鐺入獄，監獄人滿為患，法院積案如山，這時小萊發現他們為他設計了最新的酷刑。

他被送進了學校。

＊　＊　＊

前街有一棟木板封起來的空屋，以前是富蘭克林學校，後來南山上蓋了一所中學，這裡就廢校了。由於監獄已經擠不下了，這場危機結束之前，市政府決定把這裡當成臨時監獄。

小萊三年沒有踏進過學校一步，當學生時，他總是覺得自己被困在學校，套著馬鞍，用韁繩勒著。他在石板上寫數字，讀聖經經文，寫錯或讀錯時，別人就會罵他白痴。

天剛亮，小萊和牢裡幾個比較能吃苦的人，連同其餘二十個人，一塊被押往前街。灰濛濛的天空飄下第一片雪花，他們邁著沉重的步伐，走到一幢陰暗但氣派的三層樓高磚屋前，一座鐘樓矗立在中央，指針停在午夜時分。臺階上有四名持步槍的平民，紙星代表他們暫代獄卒一職，以便應付此次的緊急需要。

囚犯被帶進兩扇厚重的木門，小萊低頭看著腳下刻在石頭上的字。

「*Sapienta et verita.*」一個高個子男人彷彿讀懂了小萊的心思，帶著濃重的口音說：「智慧和真理。」

「威士忌和鱒魚。」另一個人說，這行人響起一陣笑聲。

「酒和番茄。」又一個人說，笑聲更響亮。

「女人和麻煩。」另一個人說，這時就連看守都笑了起來。

「你們這群遊民走運了，有水喝，有蘿蔔吃。」一個心地善良的臨時獄卒說。他本行是理髮師，以拿手杖的方式持著步槍槍管。

學校又黑又冷，沒有家具，沒有暖氣，也沒有燈光。在堅硬的木地板上，每個囚犯只有一條毯子——但好歹不是地下苦牢。這是小萊被捕後睡得最好的一晚，布萊澤爾說他們在學校也不該做工，所以拒絕自己動手砍柴。蘇利文說，那好，讓他們凍死好了，並把他們的口糧減半。一個冷颼颼的晚上，他們屈服了，燒了窗扇門框，才沒有凍僵。他們把大大小小的櫥櫃門也拆下來，結果在一個櫃子中發現一箱舊書，箱子燒了，但書沒燒，小萊翻了翻，皮爾森的《拉丁散文寫作》、《國家書法綱要》和《美國歷史時代》——從一八九六年起。他撫摸封面上凸起的字母，有生以來第一次感覺自己沒受教育很委屈。那晚他用那本磚頭厚的歷史書當枕頭，早上起來後，便就著從學校窗戶斜射進來的陽光，讀起了美國革命的歷史。

還沒被逮捕的IWW成員越來越少，不過每天好像還是有四、五個人被抓進來。檢察官慢條斯理提訊犯人，審理的酒鬼法官叫曼恩，告訴報紙他的工作是「清除這座城市的穢物」。審判總是如出一轍，宣讀指控，駁回反對意見，沃布里被判妨害治安罪，處以三十天監禁。領袖以擾亂秩序的罪名關押，但另外被指控密謀煽動暴亂，若罪名成立，將被判六個月監禁。支持女性選舉權者和社會主義者也遭到傳喚，但最後都能無罪獲釋。被逮捕的改革派平民，還有一些太老或太孱弱坐不了牢的人，也都被放了出來。酒鬼法官有時慈悲心大發，如果沃布里答應出城，指控就會撤銷。這些人大多數搭火車走了，但當又一個人站上臨時講臺，曼恩法官就不再高抬貴手了。

小萊在學校的第四天，救世軍前來評估囚犯的待遇。在老舊的學校體育館，看守要小萊和十幾個狀似比較健康的人排好隊，常被戲稱為「挨餓軍」的重要人物穿制服進來，好像一支真正的軍隊。一個臉上有紅色胎記的人經過小萊身邊，然後轉過身來上下打量他，「孩子，你多大？」

小萊沒有聽到完整的問題，直接回答：「遵命，先生。」

但其他的囚犯走上前排成一排回頭看著小萊，獄卒也一樣，救世軍的人臉都紅了，轉身對著獄卒長。「這個孩子多大年紀？」

所有人安靜了一會兒，然後拿來福槍當手杖的理髮師頭腦很靈活，他開口說：「小萊，如果你在比尤特跳上一列以四十英里時速開往斯波坎的火車——」他的笑話還沒講完，房間裡就笑成一片。

「這孩子多大！」滿臉通紅的救世軍又問。

「多大，呃……」一個獄卒拿出原始的登記表尋找小萊的名字。「萊恩．J．多蘭，六十一歲。」

大家一聽都哈哈大笑，那個救世軍轉向小萊，用更溫和的語氣問：「孩子，你年紀多大？」

小萊又猶疑了，「今天幾號？」他問。

那人告訴他今天是十一月十日。

「哦，那再過一個星期，我就十七歲了。」他說。

10.

小萊和另外五個戴著鐐銬的囚犯上了一輛馬車的後面，被送往河對面那座童話般的新法院，淺色的石牆，高炮塔佔據每一個角落，中央還有一座巨塔，塔頂插著旗幟。囚犯下了馬車，解開了鐐銬，走上華麗的樓梯，來到黑色木頭裝飾的法庭。進了法庭，小萊發現他人生至今最了不起的一件事。

他有一個律師。

萊恩．J．多蘭，無名小卒一個，沒有背景，沒有房子，沒有床，沒有一個人可以稱為財產的東西，卻莫名其妙有一個律師。小萊懷疑這比在球場上醒來、老鷹或喬治．華盛頓的頭髮還要重要，這才是身為一個美國人的真正意義。

他的律師名叫弗雷德．摩爾，從他口中說出的第一句話就把小萊搞糊塗了：「多蘭先生，這是一場鬧劇，明顯違反了人身保護令。」

小萊「哦」了一聲，希望他說的是他的案子。

IWW的策略是要求獨立審判，讓過量的案件影響法庭的正常運作，同時拒絕聘請律師，因為法定代理人可能會相信他們認為違憲的反言論法。但後來市政府不再依據集會言論法，改以妨害治安罪起訴抗議者，弗雷德．摩爾於是自願無償代表工會。他看上去只比小萊大幾歲，除了眼鏡和粗花呢之外，沒有一絲小萊心目中的律師樣子，倒像一個穿了他父親的西裝的大男孩。

沒想到他在法庭上表現一流，再次提出人身保護令——這次是真正的令狀——還批駁市政府將

「這個單純的孩子」關了一個多星期，「甚至沒有把他關在少年監獄，而是關在一個都是成年男子的苦牢，打他，虐待他！」

曼恩法官酒醒了差不多，問檢察官普伊：「怎麼回事？」普伊是個開始禿頭的男人，自信滿滿，看起來才像個律師。他說小萊「收監時提供假資料，這個罪名也應該指控。他的被捕是一個預謀，目的是讓市政府難堪，進一步擾亂司法系統。我想問問庭上，比起讓一個卑鄙不中用的遊民在外頭亂來，過著不道德的生活，把他暫時關起來，又有什麼害處呢？」

小萊從頭到尾只是靜靜坐著，希望自己的律師能像普格一樣能言善道。然後，檢察官又一次口若懸河，直視著小萊說：「最後，由於多蘭先生過著流浪違法的成年人生活，且故意違反成人法律，本州建議庭上將他視為成年人來審判處理。」

檢察官坐下，法官說：「摩爾先生？」小萊轉向他的律師，摩爾盯著地板看了一會兒，小萊擔心他恐怕已經被難倒了。

然後，摩爾先生只簡單地說：「六十一。」然後深吸一口氣，「法官大人，在收監單上，多蘭先生被登記為六十一歲，州政府想讓你相信，一個詭計多端的十六歲少年看著獄卒，認為他們傻到分不清楚十六和六十一。雖然我們準備承認多蘭先生的獄卒的愚蠢，但多蘭先生想冒充老年人讓市政府難堪的想法，從表面上看很荒謬，法官大人。」

這引發了一陣輕笑。摩爾接著起身，斥責「道德和法律的墮落」，說市政府「試圖追溯過往，糾正一個惡劣的錯誤，糾正的方法竟是把受虐的孩子所受的虐待算到他的頭上，一個出生在命運最黑暗的烏雲底下的可憐窮人，一個無家無父母的孤兒，在這個艱難的世界上，沒有任何安慰——這是倒果為因。」他的口才絲毫不比普伊先生遜色。

律師說話時，小萊心中五味雜陳——得意，有如此雄辯的人為他辯護，但也尷尬，一種痛苦的自我意識，他正是摩爾先生所描述的那個過著流浪生活的流浪兒。還有，羞愧，因為他的模樣和氣味。他和其他被銬在他身後等待輪到自己審問都是邋遢鬼。他看看法庭裡穿著高級西裝的人，想起還在獄中的吉格，他的智力與這位律師不相上下，但摩爾先生說得沒錯，他出生在命運最黑暗的烏雲下，沒有機會穿上高級西裝，也沒有機會在法庭上說出巧妙的拉丁語。

弗雷德·摩爾講話時，小萊已經癱軟在椅子上，摩爾先生把小萊的羞愧誤以為是擔心，拍拍他的手臂說：「萊恩，不會有事的。」

曼恩法官嘆了口氣，翻了翻幾份文件，最後低頭看著檢察官。「把這條魚丟回去，你看怎樣？」

普伊先生露出笑容，好像連他自己也不相信自己的論點，轉過身對小萊眨了眨眼。法官敲著木槌說：「指控駁回，多蘭先生，你可以走了，但最好不要讓我在這個法庭又見到你，因為下次我就不會這麼仁慈了。」

這些話刺痛了小萊：卑鄙不中用的遊民、可憐的窮人，被毆打監禁了八天，然後丟回去？一切就為了讓工會表明他們的立場，讓法官開玩笑說誰佔了上風——像是某種遊戲嗎？

他移到後面的位置，看著五個隊友上陣。他為摩爾先生感到難過，接下來的案子中，他沒有「十六歲的流浪兒」和「愚蠢的獄卒」可以發揮，只能試圖論證法律禁止工會成員在街上集會不合法。曼恩法官則說，他不準備對這個問題的是非曲直進行裁決——「只裁決無政府主義流氓無法無天的行徑。」雖然摩爾先生不停積極提出*ipsos*（根據法律的自身效力）和*factos*（事實），其他五個人仍舊一個接一個出局了，被認定犯有擾亂治安的行為，必須返回富蘭克林學校再待三十天。

兩名獄卒進來給這五個人戴上鐐銬——而另一隊的人則打領結穿制服聚集在長椅上——小萊再度

感受到這場比賽的恐怖程度。

「堅守陣地！」小萊在隊友被帶出去時說。

「生日快樂。」其中一個回道。

朱勒斯
一九〇九年

我母親過世的前三年，把我送去法國船夫家，還說我不能再說話了。我可以說英語，可以說法語，因為她不認為說英語或法語算是說話。她真正的意思是，我應該拋棄我們的語言，她說我們的語言不再屬於這個世界，只會讓我受傷。所以，我同時失去了母親和舌頭。

她還警告我另一件事——少管閒事。

什麼事？我問。

所有的事，聽聽就好，閃到一邊去，少跟人打交道，改走別的路。

她也勸我不要沒事就笑。我的笑聲很宏亮，嘿——嘿——嘿——，跟我父親一樣。她說，要是我笑錯了人，肯定惹上殺身之禍，就像我父親惹上殺身之禍，就像我父親拔出了刀。

他確實拔了刀，我說。

她說，但那是在他嘲笑一個男人激怒他之後。所以，如果你一定要笑，就閉著嘴笑，用鼻子笑。

搬去船夫家後，我盡量不口開，聽聽就好，閃到一邊去。母親去世後，我說法語，說英語，就是不說薩利什語或薩哈丁語，只是有時仍會喃喃自語。

但我不能用鼻子笑，就像我沒辦法用耳朵看東西一樣。

她說得沒錯，我的笑聲確實給我惹上了麻煩。那天早上，我和多蘭兄弟在河邊，還有痛扁條子的那個厄利・萊斯頓。我跟他們這群少年人，還有幾個一塊幹過牧場活兒的老夥計一起笑，我跟他們大家去了工會，儘管我知道不該跟去，我們一起笑，一起吃，一起聽演說。我和工會的少年人唱啊笑啊混了兩天，我自己也唱啊笑啊進了市監獄。

暴動後，我跟七個人被關在一個擁擠的牢房，我們又冷又餓，但還是又唱又笑。在監獄的第四個晚上，有個警察把我單獨拖了出去，帶到空蕩蕩的院子裡。天空灰濛濛，也空蕩蕩，一顆星星也沒有。警察叫我等著，小時候普朗特也常常要我等著，等他的氣消，所以我最討厭的就是等。我不停換姿勢，想著那一拳什麼時候要打下來。我一直覺得等待比挨打還要痛苦，萬物皆有一死，但只有蜘蛛和人類會讓你等待死亡的到來。

終於那個條子克萊格出來了，入獄後的第一個早晨，他進來問過我和多蘭兄弟那天在河邊發生了什麼事。

酋長，我來單獨跟你談一談，克萊格說。你沒道理保護那幾個蒙大拿小子，或者那天打我警佐的人，不如直接跟我說了那人的名字，我保證讓你離開。

我沒說話。

這渾水你用不著淌。

少管閒事，不要說話，少跟人打交道，眼睛看地上，閃到一邊去。但不要發出笑聲？在世界變得*etrange et ridicule*（奇怪又荒謬）的時候？

他低聲說，說吧，酋長，給我一個名字，是誰？

我真希望我能像大多蘭開開玩笑，說個約翰．洛克菲勒一類的名字，但條子不會接受。不過我光是想就覺得想笑。

起碼不用再等待了。克萊格掄起警棍，先打我肚子，再打我胸口。第三下時，我感覺什麼東西塌了——一根肋骨。然後我倒到地上，那個院子連一絲微風也沒有。

一個獄卒把我拖回牢房，像丟一件沒人穿的衣服把我扔進去。我在石頭地板上睡了一整夜。

在睡夢中，我想像母親來了，呼喊著我的名字，非常生氣：**我是怎麼跟你說的？**小時候，我們有一回見到一個法裔加拿大老人，他是剝獸皮的，跟烏鴉爭奪一隻死浣熊。母親說，**看明白了吧？**但我從未明白。現在回憶起的她，和在夢中見到的她不一樣，也許人老了就不再有機會夢見自己的母親。

我在黑沉沉的牢房喘著粗氣醒來，牢房有兩張硬床，我們八個人輪流睡。四處流浪時，我睡過石頭碉堡，但沒有睡過像現在這麼擁擠的地方。我們可以填肚子的，只有不新鮮的麵包跟冰冷的水。挨了那頓打後，我的肋骨開始發出一種呼哧呼哧的聲音，我擔心這最後會把我送進棺材。我們輪流睡窄床，有一個人抗議，為什麼老印第安人也能輪，但其他人不理他，我就像一個幸福的妻子睡在床上。除了那個人，牢房都是好人。不錯的數字，八人同行，必有一痴。我有個表弟告訴我，善良是活在嘴上的，我仔細瞧瞧那個質疑我沒有權利睡床的人，發現他放食物、吐狗屎的地方只是一條線。算他走運，我現在身體不行了，否則看我不親手把他打到石頭地板上。

挨打後，我在石堆上見過小萊一次，不過我傷得說不出話來。**對不起**，他說，但我怎麼能因為我自己的笑聲怪他呢？他是個好孩子，希望他們不要把他傻點都打沒了。某天晚上，我聽說他們把他和一些人從牢房移送到一間舊校舍，我很高興。

牢房裡有個芬蘭鋸木工，叫哈拉。有天晚上，我應該是用法語喃喃自語，因為自此以後，每次他們給我們送來麵包髒水，他就會用法語開玩笑。*Merci, garçon*（謝了，小夥子）！他輕鬆地說，然後皺著眉撅起嘴唇，拿起手帕一甩，好像那是一塊高級桌巾。*Bon appétit*（請慢用）！哈拉拿起不新鮮的麵包聞了聞，好像那是高級的乳酪，然後對獄卒說：*Mais mon vin, garçon? Deux Côtes du Rhone*（但是我的酒呢，小夥子？兩瓶隆河紅酒）？我每次聽了都要大笑，哈拉就對我眨眼睛。有一次我也加入，對看守說：*Deux steaks du boeuf s'il vous plaît*（請給我兩份牛排），哈拉拍拍我的背，說我很不賴，雖然我的法語是「*chien de champagne*」，鄉下狗的法語。我一聽又笑了，邊笑邊咳，停不下來，咳到兩手都是血。

哈拉說，朱勒斯，你得看看醫生。

但獄卒說醫務室滿了。

夜裡，我們聊食物和女人，就像那兩樣都沒嘗過的男人。哈拉告訴我，他母親每天晚上都煎鯡魚當晚餐。我問，你吃膩鯡魚了嗎？他說，怎麼會膩。我問，波羅的海還有鯡魚嗎？他看著我，好像我腦筋不正常。他說，當然還有。

我告訴他，我們這條河曾經整條河都是鮭魚和鱒魚，在瀑布那邊，魚跳來跳去，多得跟池塘上的蒼蠅一樣，只要拿撈網揮一下，就能撈到 *dejeuner pour deux*（兩個人的午餐）。我叔叔吃魚、吃黑莓，吃到太胖了，結果變成了一頭熊，全身長了毛，聲音變成了咆哮。

但是我們的魚都沒了，我說。水壩擋住了牠們，現在我們的河都是糞便、垃圾和礦井沖洗出來的廢物。在地上，他們又錘又鋸，趕走所有的獵物，為了蓋更多的房子，砍光山坡上的漿果——他們殺死了世界，說這叫進步。

哈拉拍拍我的手臂，快休息吧，朱勒斯。但我做夢，我發燒，我怕自己要死了。

＊＊＊

我病得爬不起來，不能去敲石堆，但克萊格告訴獄卒我是騙他的，他們就把我帶到石堆旁，塞一把錘子給我。我一向喜歡工作，但站在夾著雨的雪中，看著戴上鐐銬的人不打石堆，好痛苦。我摔倒兩次，第二次站不起來，哈拉和一個人把我抬回牢房。哈拉說：*Ne t'en fais pas*（別擔心），朱勒斯。

Je ne suis pas inquiet，我說。我不擔心。我想告訴哈拉那個偷我渡船的男孩的事，但故事很長，我不確定這次會是什麼意思。人們都期望故事總是有同樣的寓意，但我發現故事像人一樣會改變。

我沒有睡著，也沒有醒著，早該輪到我去睡地板了，但我還在床上。我坐起來，發現哈拉把他睡床的機會讓給我。到了早上，我的腿感覺有一英里那麼遠，臉頰好燙，連咳嗽也咳不出氣。

一個獄卒說，這是冬熱病。

另一個人聽了我的胸部。是瘧疾，他說。

睡夢。我不願離開夢中的陽光，我期待母親把她的臉貼在我發燒的臉頰上，呼喚我的名字，責備我，責備我什麼都好，但她仍然沒有來。

哈拉告訴我，我用一種他聽不懂的語言說夢話，他重複我說的話，但我告訴他，他聽起來像是在說馬話。我說，靠近點。哈拉彎下腰，讓他的耳朵靠近我的嘴：我給我們點了兩份牛排。

哈拉笑了，拍拍我的胸口。*Très bien*（太棒了），朱勒斯。過了一會兒，他說，你有親人嗎，朱勒斯？

我告訴他，我有老婆。

我應該說到這裡就好，但我停不下來。

我老婆的姊姊有一個女兒，算是我的外甥女。

我不該說出名字，但我很害怕，就把外甥女和她在斯波坎的丈夫的名字告訴了哈拉。

沒事，他又說。快睡吧，朱勒斯。

發燒。呼吸急促。從梯子上滑下來。進入夢境，一捆捆乾草，一排排花園，一叢黑莓，一隻白眼狗，還是見不到母親，只有一個不認得我的老姑媽。而在夢中，我記不起足夠的語言去找她，甚至說不出我所失去的一切。

有人在我旁邊說話。

有人把手放在我的肩膀和腿上。

哈拉的臉。你要出去了，朱勒斯。

Deux vin（兩瓶酒），我說。

再見，朱勒斯，他說。

我知道你在做什麼，我說，但用什麼語言？

Repose-toi, maintenent. Mon ami（你現在休息吧，我的朋友），拉哈說。

夜。天空晴朗。乾淨的空氣，我像喝水一樣大口吞下，這是自由嗎？我被人用擔架抬著，抬我的人腳下的冰嘎吱作響。

他們把我放在馬車後面，我又漂流了。寒冷的空氣。馬在嘶叫，沙沙沙，噠噠噠，拉著馬車。車轍。毯子。馬車。高燒。

然後，我們就到了她家門外。手臂粗壯眼神和藹的多姆走了出來，他對獄卒說話，聲音聽不清楚。沒錯，他說，朱勒斯・普朗特是我太太的姨丈。當然可以。

擔架抬著我上了階梯，我被送進溫暖的嘉瑪家。然後，她的臉填滿了我上方的世界。

嘉瑪，我——沒有呼吸。

沒事了，別說話，姨丈，沒事了。

這也是我母親會說的話，別說話，朱勒斯。

來自火的高溫。嘉瑪啊，可愛的女孩。珠寶和寶石。

睡吧，姨丈，你到家了。

她的丈夫離開了房間，她俯身在我耳邊低語。

剩下的生活，都是夢。

第二部

我愛上了我的國家——它的河川、草原、森林、山脈、城市和人民……如果它屬於人民，而不是屬於少數有產階級，那它就是人間天堂。

——伊莉莎白·葛利·弗林

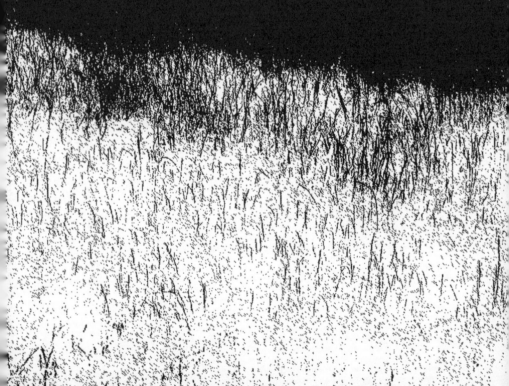

11.

她的父親叫湯瑪斯・弗林，愛爾蘭裔，是政治狂熱分子。她的母親是安・葛利，主張婦女參政，立志成為中產階級。她從小聽著艾瑪・戈德曼[4]和瓊斯媽媽[5]的演講長大。十歲時，伊莉莎白・葛利・弗林開始抨擊哈林區社交俱樂部不平等現象，在她就讀的文法學校呼籲女性應當擁有投票權。她在街頭發表演說，吸引成百上千的觀眾，十五歲第一次被捕時，在地方上已經小有名氣，被改革派報紙形容為「東區聖女貞德，一位愛爾蘭美少女，藍眼睛，黑色秀髮，說話洋溢著熱情。」偏官方立場的報紙《紐約時報》態度較為強硬，稱她為「無政府主義的母狗」。十七歲那年，葛利・弗林加入IWW，擔任組織幹部，到賓州和紐澤西州召集勞工，領導罷工，一路向西，到各地採礦營演說，贏得「叛逆女孩」的封號。她嫁給蒙大拿州一個叫瓊斯的勞工，在米蘇拉成功進行一次抗議活動後，被派到斯波坎協助組織本地的言論自由之戰——十九歲的她，已是參加過數十次工會行動的老手。

小萊獲釋後，弗雷德・摩爾律師帶他離開法院，向他介紹了這個人。但小萊無法集中注意力，獄卒把他的衣服還給他，衣服是洗過了，但襯衫上仍有一圈血漬，好像圍兜一樣。他們走下法院臺階時，路人一直盯著看，小萊很不自在，拉緊外套遮住脖子。

在斯波坎，季節變化像切換開關一樣容易，今日秋高氣爽，明天冬色昏沉。小萊入獄那天，法院的楓樹牆乍然變得繽紛多彩，九天後，樹已經被霜凍得不成樣子。

小萊的心情也像楓樹：他現在該怎麼辦？他怎麼跟李奇太太解釋他失蹤了幾天？她會不會在他離

開的這八天從他們的過冬寄宿費中扣錢？那吉格怎麼辦？誰知道他要在監獄裡待多久，或者他在裡面會遇到什麼麻煩？

弗雷德・摩爾在人行道上停了腳步，轉向他說：「因此，如果你願意的話，這位女士今天下午想和你談談。」

小萊抬起頭來，「烏蘇拉天后？」

「誰？」律師一臉糊塗。「不是，是伊莉莎白・葛利・弗林，我剛才跟你說的那位女士，婚後從夫姓，現在是傑克・瓊斯太太。」他一手放在小萊的手臂上。「但是我要警告你，她可能——」他清了清嗓子。「我是要說，她有某種作風……嗯，她的性格——」小萊的律師向來似乎都有話可說，這時自嘲自己找不到合適的字眼。「這麼說吧，就說她不容小覷。」

小萊瞪大了眼睛。

「令人仰慕？」

小萊在結霜的礫石上移動雙腳重心。

「叫人肅然起敬？」

小萊很高興自己有一個律師，但這個人可能就像喝了法國酒酩酊大醉的老朱勒斯一樣難以理解。他不知道他要聽多少個形容才能聽懂一個，所以乾脆放棄，「哦」了一聲。他想，見到那個女人，他就會弄清楚不容小覷的意思。

小萊和弗雷德・摩爾一道過了河，在冷空氣中，大河像大浴場冒著熱氣。他們經過史蒂文斯街，幾間工作介紹所都有人垂著步槍看守著。沿著前街往下走，經過咖啡館、旅社、公共服務廳、洗衣店和酒吧——街上幾乎已經沒有流浪漢和臨時工，所以很多不是被關進監獄，就是已經逃出了城。到了

IWW工會，對面的警察多看了小萊和他的律師幾眼，他們走進去，門廳一個人也沒有，食堂關著門，警察從報攤沒收了前幾期《產業工人報》，還以陰謀煽動暴亂的罪名逮捕了編輯。

走到會議廳，他們聽到後方辦公室有人提高音量在說話，弗雷德．摩爾一手放在小萊的手臂上。「很抱歉，我沒先讓你洗澡或換衣服，就把你帶到戰場上，弗林小姐——呃，瓊斯太太要求你帶著你受虐的證據來。」弗雷德．摩爾伸出手，輕輕拉開小萊的外套，露出襯衫上的血跡。「是她的主意……」

小萊低頭一瞧，看到乾涸的血跡，又想起了吉格。「摩爾先生，我想你能不能試著也把我哥弄出來。」

「沒問題，我馬上去查。」他說。

「格雷戈里．多蘭。」小萊說：「還有一個人和我們在一起，一個叫朱勒斯的印第安人。」

弗雷德．摩爾掏出一本便箋簿記下名字。「我看看能查到什麼，我會給你找些適合的衣服，你看起來跟我的身材差不多。」他伸手要推開工會辦公室的門。

「我想你應該沒有圓頂禮帽吧，我一直覺得我戴圓頂禮帽會很帥。」小萊說。

「我看看我能找到什麼。」摩爾一面說，一面打開門，小萊第一次看到了不容小覷、令人仰慕、叫人肅然起敬的伊莉莎白．葛利．弗林。

---

4 Emma Goldman（1869-1941），美國知名無政府主義政治活動家。

5 Mary Harris Jones（1837-1930），美國二十世紀初勞工運動先鋒。

12.

她只是個孩子，看起來女孩多一點，叛逆少一些。身材嬌小，神采奕奕，爽朗的臉龐沒有一絲細紋。從不同的角度看，似乎都不大一樣——有點像女學生，有點像修女，又有點像愛爾蘭酒館裡的姑娘——長長的黑髮散到腰間，一根黑絲帶緊緊束起。一件長袖高領黑緞襯衫，一條細窄的黑色領帶，一條加了裙撐的素面黑裙——純粹的愛爾蘭蒼白肌膚，黑中帶黑。一雙岩灰藍的大眼，眼角微垂，所以她似乎時而發出懇求，時而流露同情。

這時小萊心裡感到疑惑，不容小覷是不是指一件非常漂亮、意想不到的東西，以至於看了一眼都覺得疼。她抬頭瞥了一眼，看見小萊和他的律師站在門口，但沒有開口介紹他們，而是把注意力轉回到站在她周圍的五個人身上，他們都背對著小萊。

男人手裡拿著帽子，不時拖著腳步變換姿勢。葛利．弗林是唯一坐著的人，側身斜坐在一張小沙發上，彷彿在配不上她的追求者中做選擇。

房裡小萊唯一認得的是IWW祕書，也就是那個緊張兮兮的查理．菲利尼奧，他站在離瓊斯太太最近的地方，用口音濃重的英語試著解釋，他們計畫在十一月二十九日，也就是第一次行動恰好四個星期後，展開第二場的言論自由行動。有消息指出，到時有更多的人願意即興發言，也有更多的臨時工願意讓監獄大爆滿。他們計畫一方面在法庭上抗爭，另一方面利用新聞報導繼續施加壓力。「伊莉莎白提議要發表演說來籌錢——」

「一千塊。」葛利打斷他的話。「我打算籌一千塊。三個星期後，克萊倫斯·丹諾大律師會回博伊西，針對海伍德案發表演講，我打算去那裡，請他來斯波坎，徹底推翻這個令人髮指的反言論法。」

菲利尼奧清了一下喉嚨，「伊莉莎白希望——」

「我希望靠我的知名度來籌這筆錢，就像我在米蘇拉那樣。」她說：「後來警察是錯估形勢才會逮捕我。」

男人挪了一下身體，小心翼翼進行眼神交流，一個沒有下巴的人清清嗓子。「瓊斯太太，你在米蘇拉所做的事，我們都很敬佩，但你那邊是三十個人在監獄，這裡則關了三百個人。老實說，我們擔心允許一個十九歲的女孩在你現在的情況下——」

「允許？」她笑了起來。「戴維斯先生，恕我直言，我從緬因州到蒙大拿州都演說過，從來沒有一次被允許發言。」

站在她旁邊的查理·菲利尼奧伸手來安撫她，這時一個小萊從門口看不到的男人激動起來。「瓊斯太太，你不要再這樣情緒失控——」

就在這個時候，伊莉莎白·葛利·弗林·瓊斯太太認為最好來看看小萊，便從沙發上跳起來。小萊這下才明白她目前的情況——她似乎已經懷孕幾個月了。

「多蘭先生！摩爾先生！請進。」她說。

摩爾在先，小萊在後，兩人走了進去，工會代表則是往後退了一步，因為小萊的外表讓他們覺得反感——這一定就是葛利·弗林期待的效果。至於這個叛逆女孩，她向小萊的律師問好，握住小萊的雙手，彷彿他是自己最親的人一樣，她白皙嬌嫩的肌膚與小萊粗糙結疤的雙手形成了強烈對比。

她轉身介紹他。「各位先生，我相信你們已經聽說了我們運動的小英雄——萊恩·多蘭先生，今天早上才獲釋。萊恩，這幾位是AFL工會和WFM工會的領袖，他們工會有木匠、金屬工人和礦工，都是我們這場抗爭中的盟友。」她強調最後兩個字，接著朝小萊的律師打了個手勢。「你們也認識我們出色的年輕律師摩爾先生。」她放開小萊的手，要他挨著自己坐在沙發上。她笑盈盈，宛如這是她舉辦的花園派對。「這些重要的勞工領導人物剛向我解釋，如果斯波坎人發現與自己的丈夫性交偶爾會導致懷孕，他們會感到很羞愧。」

小萊感覺屋內像是有一個爆竹響起，有個男人倒抽了一口涼氣，另一個喝斥：「瓊斯太太！我們只是要求體面一點！要求你不要讓自己當眾出醜，公開演說的事讓別人來。」

「別人？」她說：「你建議什麼人？」

「伊莉莎白——」查理．菲利尼奧說。

但她連看查理一眼都不肯，一雙熱切的黑眼珠子掃視著房間，提出了質疑。「我所有會員都被關起來，只靠麵包和水撐著。」她問：「班內特先生，這次公開演說我該找誰呢？」

工會代表中最年長的人，一個膚色斑駁、頭髮紅灰色的大個子站出來：「夠了，瓊斯太太！」從其他男人對他言聽計從的樣子來看，小萊認為他是地位最高的勞工大佬。「我不是你父親，但如果你繼續表現得像個孩子，我就會像對孩子一樣對你說話。你要求我們工會的支持，然後用這麼粗俗的語言跟我們說話？同時自以為是，在報章上用葛利．弗林的名字宣傳自己？」他的臉色越來越紅。「在紐約市，這或許可以接受，但在這裡，以一個已婚婦女來說，這是不體面的，是不對的——」

她的臉也紅了，「考利先生——」

但是這個紅臉男人沒有安靜下來。「我在比尤特和你丈夫一起工作過，我知道傑克其實反對你出遠門！但是你在這裡，懷著孩子，從忠誠的丈夫身邊跑走，玷污了自己的名譽，也玷污了西部每個勞工的名譽！」

葛利．弗林抿緊著嘴。「考利先生，倘若我冒犯了你，我很抱歉，但我使用我的娘家姓，因為伊莉莎白．瓊斯不是一個知名的演說者，而伊莉莎白．葛利．弗林這個名字的名聲，是我親手擦亮的——」

考利再次打斷她的話，「我們就是來保護你的名聲！」

她也再一次打斷打斷她的人。「——從紐約到芝加哥，到米蘇拉，到斯波坎，是我擦亮了這個名字的名聲——」

噢，但這麼說更加激怒了工會代表，他向她走了兩步，臉一路紅到了斑駁的髮際線。「夠了！你要求我們的支持——現在聽好了！」

葛利緊緊抓住小萊的手臂，她在發抖。

那人拿出一份《產業工人報》，「你的第一篇文章，你說曼恩法官是『著名的貪杯之人』、『寄生蟲的走狗』！你把斯波坎的警察說成『狗腿子』和『愚笨的愛爾蘭佬』。」

葛利半笑著說：「寫得太文謅謅是嗎，考利先生？」

「是太過分了，瓊斯夫人！你寫得太過分了！你太過分了，把勞工、社會主義、選舉權、黑人和印第安人的事混為一談，你現在太過分了！」他把報紙揉成一團。「我的工會致力於提高工資，不是他媽的革命！事實上，我都不能肯定你們這班人馬不是馬戲團的巡迴動物，而是一個工會——」他繼續說下去：「《發言人》每天都刊出你們即席演說的外國野蠻人的名字！」

「聽著——」她輕聲說。

「不，你才給我聽著！」他又向前走了一步，走到她的正前方。「從現在起，你用你的夫姓！如果傑克不盡快到這裡和你會合，我會親自送你上回蒙大拿的火車！你在斯波坎時，遠離講臺，遠離街道，任何時候都要待在室內——」

她笑了。「所以我不能自由地談論言論自由了？」

但考利還沒有說完。「你可以在婦女俱樂部發表演說，但如果我聽到你在街角對男人講話，或者使用你的娘家姓，我就收回我的工會的支持。你只要旅行，都要有人陪同，如果你要發表什麼會引起激憤的文章，都要尊重別人，而且以傑克．瓊斯夫人的名義發表。明白了嗎？」

葛利瞥了一眼其他男人，但沒有找到支持者，就連菲利尼奧也看著他的鞋子。

考利終於退了一步，嘆了口氣，他的怒氣發洩完了。他捋了捋稀疏的頭髮，重新戴上帽子。「瓊斯太太，你能不能從本州每一個黑人流浪漢和混血中國妓女那裡募到五分錢，我並不在乎，但我不會要敬畏上帝的美國工會會員追隨一個恣意妄為的懷孕已婚婦人。」

房間裡的空氣消失了。

「各位先生，我們能不能——」查理．菲利尼奧開口。

葛利冷不防站起來，露出一臉燦爛的笑容。「說得好，查理，我們就感謝這幾位男士的支持，回去工作吧。」她轉向頭髮斑白的男人。「考利先生，我向你保證，我丈夫很快就會抵達斯波坎，在他抵達之前，我無時不刻都會有人陪同，事實上——」她轉向小萊。「多蘭先生將陪著我，說一說他所受到的虐待。」

男人紛紛轉向小萊，「他只是孩子。」其中一個說。

「他是一個想要靠正當手段獲得工作卻遭到毆打監禁的孩子，我敢保證，每個聽到這個愛爾蘭孤兒的故事的人，都會把他想成是自己的兒子。」

又是那兩個字——孤兒。

她繼續說：「考利先生，按照你的說法，我會說他是我們工會中唯一一個美國出生、會說英語的白人男性成員，目前沒有坐牢，他是理想的人選。」

小萊的臉幾乎和考利一樣紅了，不是因為他不喜歡葛利說他是理想人選，而是因為他根本不是一個繳了會費的IWW會員。

況且，他怎麼也無法想像自己像哥哥那樣站出來，滔滔講述工會的理念。

「多蘭先生。」說著葛利又握住他的手。「請把你所受的待遇告訴這些人。」

小萊真希望摩爾先生還在，能夠適當地提出人身保護令，但律師已經溜出去了，其餘的人則都盯著他瞧。

「說吧，多蘭先生，告訴他們發生了什麼。」她說。

「唔。」小萊說：「我們在一個球場醒來。」

他幾乎不記得自己後來說了什麼——就是一直說話，說了哥哥的事，朱勒斯的事，那個灰藍色頭髮的警察，吉格囑咐他留在李奇太太家，他卻偷偷跑去看了自由言論的暴動。還有沃爾什和那個義大利歌手，他看到吉格被捕，就自己站上臨時講臺，被關進了苦牢，然後去了學校，救世軍發現他只有十六歲，法官當天就放了他。

「而現在……」小萊看著葛利，「我也會不惜一切代價把我哥哥救出來。」

工會代表輪流和他握手，拍拍他的肩膀，然後就走了。辦公室只剩下菲利尼奧、葛利和小萊時，伊莉莎白轉身說：「萊恩，你表現得很好。」

後來弗雷德．摩爾果然捧著一疊衣服回到辦公室，最上頭是一頂圓頂禮帽。「說到做到。」弗雷德說。

褲子很好，灰色的，有一件成套的外套，還有吊褲帶和白色硬領襯衫。小萊立刻戴上灰色禮帽。

「很好看。」葛利說。

弗雷德．摩爾從外套拿出幾張字條。「萊恩，我設法看到了指控你哥哥的文件。」他說：「他現在跟工會領袖關在一塊，被指控犯下陰謀罪，他們要求判處六個月的監禁。」

「六個月？」

「別擔心，我們會竭力阻止。」弗雷德．摩爾說：「你哥哥不是一個民選工會幹部，既然他只有加入自由言論委員會，我們可以利用過度指控對反集會法提出質疑。」

小萊正要問這是什麼意思，弗雷德．摩爾翻到紙張的另一頁。「還有一個名字，你的朋友朱勒斯？」他說：「有一個叫朱勒斯．普朗特的人，兩天前就獲釋，讓家人帶走了。」

在那天發生的所有事情之中，從某些角度而言，這似乎是最不可能的事。小萊摘下帽子說：「等等，朱勒斯有家人？」

嘉瑪

沒聽到另一個房間的呼吸聲，我摸摸丈夫寬闊的後背，「多姆？」

他翻了個身，「我去瞧瞧。」他穿上褲子，走過地板，接著我聽見他在走廊上的腳步聲，然後又是一片安靜。腳步進了廚房，廚灶門打開了，多姆添了一根木頭，撥旺了餘燼。一分鐘後，他回到床上。「他還有呼吸，嘉瑪。」

他非常貼心，不過我丈夫沒別的，就是待人寬厚，尤其是關於朱勒斯姨丈的事。他第一次出現時，風塵僕僕，渾身是土，多姆就開口邀請他留下來。「他是家人。」多姆說。我覺得自慚形穢，不是每個男人都肯讓妻子的印第安遠房老親戚年年來家裡住上幾天。

朱勒斯的父母，一個是斯波坎人，一個是帕魯斯人，一邊的家族中有個蘇格蘭商人。在這座城市出現以前，他在河畔出生，後來被送去跟著一個老船夫生活，船夫經營這裡和愛達荷之間的渡口。他三十多歲時，娶了我母親的妹妹阿涅拉。第一年我告訴多姆，朱勒斯是我唯一的家人，母親和阿涅拉阿姨都死於流感，而我的父親早就跑了。

多姆喜歡朱勒斯姨丈。他會在收割季節結束後出現，和多姆一起幫家裡做過冬的準備，砍砍柴，該修理的修理修理。我說提供一張過冬的床就是很好的報答，但我知道多姆會塞錢給他，朱勒斯則會給女兒們帶禮物，比如玉米芯娃娃和車輪地毯。每年十一月，他來住個兩三個星期，接著坐火車南下加州找工作。我和多姆結婚十四年，朱勒斯來過八次，來的時候不會提前通知，直接就背著背包拿著長撣子，沿著我們家這條路走過來。

走在那條路上，他永遠看起來是那麼的高大。

但是，獄卒用馬車送來的人，只有一半大。他們說朱勒斯捲入了報紙報導的勞工是非，後來病倒了，給了他們我的名字，所以他們放了他，交給他最親近的親屬——他妻子的外甥女。

馬車到達時，多姆毫不遲疑，立刻在客廳清出一塊空間，把毯子鋪在長沙發上，設法讓朱勒斯能夠舒服一些。

朱勒斯閃爍的目光最後落在我的身上。「朱勒斯姨丈。」我喊他。兩個女兒站在門口，埃琳娜十三歲，瑪麗亞九歲。瑪麗亞在學校學到了印第安人，老是問朱勒斯問題，甚至要他教她薩利什語。但是朱勒斯不肯教她這種古老的語言，就跟她講法語單字，舉起一把刀說：「*Couteau.*」不過瑪麗亞很聰明，沒有被騙。「不是法語，我想學印第安語。」

「那種語言已經沒用了，*C'est disparu*（消失了）。」他說。

此刻他躺在我們家客廳的長沙發上，呼吸聽起來像是他最後的呼吸。

「朱勒斯姨爺爺會沒事嗎？」瑪麗亞在第一個晚上問道。

埃琳娜性情沉穩，她幫濕破布加熱，放在他的胸口。我們把火燒得很旺，希望他能夠退燒，胸膛不要再發出嘎嘎嘎的可怕聲音。多姆常說朱勒斯抬得起年齡小他一半的人抬得起的東西，即使活得艱辛，他的身體仍舊盤繞著額外的力量。如今他只是一個虛弱的老人了。不過他熬過了第一個晚上，到了第二天早上，甚至似乎有了起色，但在第二個晚上，病情又出現轉變，呼吸急促不順，無法睜開眼睛。多姆看著我，我們都埋過父母。我們叫女兒在睡覺前先去說再見。

「他會希望我們做什麼嗎？」多姆躺在床上問。「我們應該聯絡誰？做什麼準備？」

我說我不知道。

「褢腿褲之類？」

「褢腿褲？」

「下葬穿的褢腿褲？還是鹿皮裝？我好像聽說過。」

「我怎麼會知道？」

「他是你姨丈，他說過他的願望嗎？」多姆說。

我告訴他朱勒斯不會那樣說話，他都是說故事，他喜歡逗自己笑。我只記得他說過一件事，他小時候，他的族人有時把死人放在樹上的平臺，這讓他害怕。他認為他如果走到這些樹下，會有人伸手把他拉上去。有一回，他和船夫的兒子爬到樹上，想看看上頭有沒有人骨，但什麼也沒有。他們開始激烈爭論，是動物帶走了骨頭，還是靈魂去了來世。伐木工砍樹時，朱勒斯就對自己說：**再見了，叔叔，再見了，奶奶**。

多姆聽得很認真，「你認為他不希望我們把他放在樹上。」

「不是，我認為重點不是這個。」我說。要向多姆這個直腸子解釋朱勒斯姨丈這樣的人很難。

「他那時是什麼樣子？」多姆問。

「朱勒斯？一樣，笑聲像大砲一樣，那時還沒有喝酒的問題，喝酒是阿涅拉去世後的事。」

一八九〇年代爆發俄羅斯流感，我的母親和她妹妹在一個月內相繼去世。阿吉塔和阿涅拉只差一歲，她們的礦工父親賈科莫、母親嘉瑪（我就是照她的名字命名）把她們帶去了西部。去了西部不久，嘉瑪奶奶就去世了，賈科莫爺爺死於一場坍方意外，那時他兩個女兒分別是十六歲和十七歲。除非你刻意把目光移開，兩個女孩都不算好看，所以即使在一個小礦鎮，她們也沒有因為追求者而感到不堪其擾。母親晚婚，那段婚姻只維持到我出生，後來就算沒人問，她也會主動說我那沒上進心的父親「跟著一隻小野鴿飛走了」。後來朱勒斯出現了，我們住在穆蘭，他在我們家附近挖圍籬杆洞，結果認識了阿涅拉阿姨，之後就在我們的生活中進進出出，一年中大部分時間都在牧場果園幹活，有什麼做什麼，他幹活時，穆蘭的小屋裡只有母親、阿涅拉阿姨和我。

整個春夏，朱勒斯都在農場幹農活，從加拿大做到加州，但他會和阿涅拉、阿吉塔與我一塊過冬，砍砍柴，抓緊時間修補我們的小屋。開始下雪後，朱勒斯就會休息，喝茶，抽煙斗，說故事，幾乎從不離開火堆旁的椅子。我從來沒有和多姆的家人說過這些事，因為我擔心他們認為我齷齪骯髒，因為撫養我的女人交往的對象，一個是印第安人，一個是跟妓女私奔的賭徒。

我從床上坐起來。「他講過一個故事，說有個歹徒偷了他們的渡船。」故事中，朱勒斯十二、三歲時，在普朗特的拉纜渡船上工作。有一天，兩個歹徒偷走了渡船，割斷繩纜，順流逃走。朱勒斯騎馬從岸邊追上去，渡船順著水流沖到瀑布，一個人跌入水中，朱勒斯一直等著另一個人游泳上岸，結果那人卻把船划過瀑布。

「也許他不會游泳。」多姆說。

「也許吧。」我說：「不過朱勒斯說那人看上去並不害怕，不像不會游泳的樣子，他似乎非常急切，就在要從瀑布翻下去之前，他坐了起來大喊：『看好了！』」

「看？」多姆說。

「看。朱勒斯在河岸大喊：『快游泳，你這白癡！』但那個年輕的歹徒只是揮了揮手，就從瀑布掉了下去。」

多姆等待接下來的故事，但沒有接下來的故事。「所以……他就死了？」

「嗯，當然死了。」我說。

多姆只是盯著前方，好像試著想像那情景。「嗯。」他說。

「朱勒斯說，如果那年輕人跳船游上岸，會被逮捕絞死，但只要留在船上，他的命運就是他自己的。我猜這就是朱勒斯喜歡這個故事的原因，也是他沒有搬去保留地，而是坐火車走了的原因。我想他開始相信，選擇自己的生活更好，即使是選擇自己的死亡，也好過讓別人選擇你的生活。」

多姆坐在床上想了一會兒，最後開口想講話。

哦，我多麼愛我這個可愛單純的丈夫，我把手放在他粗壯多毛的手臂上。「不，親愛的。」我輕輕說：「我想朱勒斯姨丈並不希望我們把他放在木筏上，讓他從瀑布掉下去。」

＊　＊　＊

醒來時，太陽已經升起。聽了一晚上朱勒斯的呼吸聲，我反而睡過頭了，都七點多了，多姆肯定去工作了。我穿上睡袍，走到客廳。火熄了，朱勒斯靜靜躺在長沙發上，嘴角的猙獰表情消失了。我既心碎又欣慰，母親是在喘氣、抽搐和顫抖中離開，我不希望朱勒斯也這樣。我摸摸他的頭，把頭髮撥開。

女兒醒來前，我走去找這條街的卡弗夫婦，問他們家的兒子能不能騎去市中心，通知郡驗屍官我姨丈過世了。

「你姨丈？」莫娜．卡弗說：「我不知道你在這裡有親戚。」

「有，我姨丈。」我說。我走回家，靴子在雪地中嘎吱作響。回到家，我在廚房生了火，然後走進女兒的房間，坐在她們的床邊，埃琳娜什麼都沒說就坐了起來。

瑪麗亞剛醒過來，「朱勒斯姨爺爺？」

我點點頭。

她爬到我的腿上，趴在我的胸口哭了。「我想看看他。」

「瑪麗亞，他已經走了。」

「去天堂？」

「對。」我說。

「是我們會去的那個天堂？」

我不知道該說些什麼。朱勒斯的大多數族人去了保留地，在一個世代前，從傳教士那裡認識了基督教，但朱勒斯討厭傳教士，他說殘酷和希望絕不應該同時奉上。老棒球員比利．桑德經過鎮上時，他也許參加了他的基督教帳篷復興聚會活動——但主要是為了比利的幽默，還有免錢的食物，而不是為了聽布道。

他有時會聊起奉行古老習俗的長者——「瓦沙尼」，也就是夢想者教派。但他很少分享細節，只說過一則預言，把它講得像另一個故事一樣：閃閃發光的人摧毀了世界，推倒了山脈，排乾了河流，吃掉了所有的動物之後，真正的人將會復活，擁有自己的土地。

但朱勒斯信嗎？我完全不知道。

我猜他不信，我認為朱勒斯不信奉傳統的信仰，就像他不信奉天主教一樣。如果朱勒斯信什麼宗教，我會說他信的是「嘿嘿大笑教派」。

「媽媽，印第安人能上天堂嗎？」瑪麗亞說。

「如果有人能的話，他們也能。」我說。

＊＊＊

我給朱勒斯蓋上床單，和女兒一塊坐在廚房的火爐旁。我無法感到溫暖。我泡了茶，把麵包塗上覆盆子醬。埃琳娜靜靜地吃著，每隔幾分鐘，瑪麗亞就會用鼻子嗅一下。

中午，驗屍官助手帶著一個殯儀館的人來了，見到我們家有一個印第安老人，兩人都顯得很吃驚。我問殯儀館的人，印第安人的後事有沒有要特別注意的地方，不過他並不知道，他說他可以在墓碑上刻一根羽毛。「他有沒有雙雲或熊掌一類的名字？」那人問。

我不知道他的印第安名字——但我相當肯定不是「雙雲」。我懷疑這和法國船夫給他起的名字有某種關係，但我完全不知道。「朱勒斯．普朗特就可以了。」我說。

他們正準備把遺體抬上車時，兩個年輕人走上我們家的車道。他們不是殯儀館的人，一個男孩穿著流浪漢衣服，戴著一頂新的圓頂禮帽，另一個年輕人穿著精緻的西裝，自稱是年輕流浪漢的律師。戴圓頂禮帽的男孩說他是朱勒斯的朋友。

律師說，他向監獄詢問了朱勒斯的狀況，獲知他被釋放了，送到他的外甥女的家裡。我就是那位外甥女嗎？

是，我說。

他們能見見他嗎？

我說：「不能，他今天早上過世了。」

男孩的雙腿發軟，伸手去抓律師的手臂。「我們來得太遲了。」

律師解釋說，他正在處理這場工會抗爭，也許我在報紙上讀到過——我點點頭——他擔心朱勒斯在監獄裡所受的對待可能是他的死因。

「他染過肺炎。」我說。

律師說，他的情況是由於八個人被關在一間雙人牢房造成的，他很樂意代表我調查朱勒斯的死因。

律師說話時，男孩不停揉著自己的臉，看著地上不同的地方，布滿痲子的瘦削臉龐寫滿了悲傷。

「孩子，你叫什麼名字？」我問。

「萊恩．多蘭。」他說。接著，好像被他母親提醒了，他想了想，摘下帽子，露出一頭老鼠窩似的棕色頭髮。「我和你的姨丈在羅克福德附近一起工作過，還跟他一起去了帳篷復興會。」

我點點頭，但沒有說什麼。

悲傷可能是一種吝嗇的情感，我無心與一個煽動群眾的律師、一個年輕的流浪漢分享。少年的襯衫前襟有一個可怕的污漬——汗水和血液的混合物——他心不在焉地轉動手中的帽子，不過既然是朱勒斯的朋友，所以我請少年進屋子致意。

「他看起來好小。」萊恩說。

我的女兒們從廚房往裡偷看，我指著她們，要她們回去。我知道她們想說再見，但我不想讓她們看到老人家毫無生氣的臉，我也不想處理瑪麗亞的惡夢。

走出門後，律師又開始了。「有一個叫葛利．弗林的女士，想為勞工報紙寫一篇文章，談論朱勒斯的死。」他說。

我說：「我不想，謝謝你。」

「恕我直言，圖爾西太太。」律師說：「你的姨丈是言論自由抗爭的犧牲者，他的死不應該被忽視，那些應負責任的人，也不應該不受懲罰——」

「我不想。」我重複一次：「每一件事，我都不想。」

他看起來很困惑。「你至少要讓我們繼續調查，你可以向郡提出索賠，支付他的喪葬費用，也許還有別的——」

「葬禮的花費，我和我丈夫會出。」我說：「我不想參與此事，這不關我的事，也不應該關他的事。」

少年把手放在律師的手臂上，讓他別再說話。「太太，請你節哀。」然後他拉著那驚訝得說不出話的律師，兩人轉身走了。

一場小雪開始飄落。

我看著他們走到我們用籬笆圍起來的田地的角落。我們住在城郊，最近的電車站在四分之一英里之外，真希望多姆在家，那就能駕馬車送他們一程，也許他會聽聽他們對於這場言論自由抗爭的看法。多姆是機械師，也是機械師工會的一員，他可能比我更有同情心。

他們繞過卡弗斯家的角落後，我回到屋裡，驗屍官和殯儀館的人已經把朱勒斯放在擔架上，準備把他抬走。

我把毯子拉到一邊，朱勒斯的一隻手露出來。「女兒。」我喊著，要她們過來握握他的手跟他道別。「哦，姨爺爺。」瑪麗亞說。埃琳娜什麼也沒說，只是握了握他的手。然後我要她們回去廚房。

「可以給我一點時間嗎？」我問驗屍官和殯儀館的人。

「沒問題。」他們說，然後走到外面。

房間裡很安靜，我握起朱勒斯冰冷的手，滿懷的沉重心情──為朱勒斯感到悲哀，死在我家客廳的擔架上。我的客廳，我的屋子，我的女兒們。哦，對於我所創造的生活，對於我所成為的女人，他是多麼自豪，這對他來說就是一切，我的安全，我的安定，如同女兒的健康和幸福，對我來說就是一切。

但我還是為我們所失去的時間傷心。分開的這些歲月，我們保守著沉重的祕密，如同這兩個人承受著朱勒斯的屍體。故事是母親去世後編的，那時朱勒斯敦促我離開穆蘭，說我因為遺傳了母親的膚色，可能被誤認是義大利人，不如搬去哪裡重新來過，不要做一個印第安流浪漢和突尼西亞吉普賽人的女兒，做一個正派的天主教女孩吧。所以我改名為嘉瑪，那原本是一個穆蘭鄰居的名字，朱勒斯喜歡這個名字，說它的意思是珍貴。**珠寶和寶石**，我們兩個人。

朱勒斯在斯波坎找到一個女人收留我，她帶我去做彌撒，教了我足以應付的義大利語，算是我的結業老師吧。她的鄰居有一個侄子，妻子難產過世，這個健壯如牛的男人姓圖爾西，家族來自托斯卡納。我就是這麼認識了多明尼克，他過來打招呼的那一刻，我就喜歡他的樣子，可靠，結實。才三個星期，他就向我求婚，我連一半的寄宿費都還沒花完。除了想念朱勒斯之外，我從未後悔自己的決定，尤其埃琳娜出生後。

「朱勒斯姨丈」是我想出的點子，「阿涅拉阿姨」是我捏造的人物——我把母親分成兩個人，一個是善良的姐姐阿吉塔，一個是潑辣的妹妹阿涅拉。一開始朱勒斯非常反對，說他最好就漸行漸遠，讓我過我的新生活。但我堅持，最後他也很高興，尤其最近這幾年我生了女兒。多姆也同意他來作客，朱勒斯就這麼成了我們家中的一分子。我想我們都有一種平靜的感覺，一種安全登上了彼岸的感覺。

從那之後，我和朱勒斯就只是姨丈和外甥女的關係——即使是我們兩個人獨處的時候。我甚至開始相信，我們可以把母親和她那憤慨不滿的另一半分開——一半是從暴戾的父親身邊逃走的漂亮年輕女孩，另一半是叱罵朱勒斯不能給我們過更好的生活的不成文法的妻子。女兒們不知道朱勒斯就是她們的外公，也不知道自己有部分的印第安血統，我覺得很不安——但如果沒有一個又一個的虛構故事，生活會是如何呢？

透過窗戶，我看到驗屍官和殯儀館的人朝著房子走回來。

我俯身對著老人家的耳朵，用他的語言說再見，那是我答應過永遠不再使用的語言——他擔心說了會讓我挨打，或讓我進了保留地的寄宿學校。母親討厭這種古老的語言，她說：「好像被骨頭噎住一樣。」但我一直認為它是音樂，朱勒斯只教了我幾個簡單的用語，但有時我會哼給自己聽。現在我唱著我最熟悉的那些短句，因為他每年春天離開時，我都會說這些話——*kʷ hin xmenč, mestm̓*——它們在我的舌頭上發出甜美的聲音。

13.

小萊分不清李奇太太是在哭還是在喊，或者是又哭又喊。「*Piccolo brutto*（小醜蛋）！」她捧起他的臉，擁抱他，然後打了他一巴掌。「*Pensavo fossi morto*（我還以為你死了）！」

小萊說：「對不起，我入獄前沒有把落葉耙好。」

小萊的律師再次證明了他的價值，拉丁語不是他唯一會的戲法。「*Mi dispiace, signora. Sono il suo avvocato, Fred Moore. Ryan era in prigione—ma non era colpa sua.*（抱歉，大人，我是他的律師，弗雷德・摩爾，萊恩進了監獄裡，但不是他的錯。）」

「*Prigione*（監獄）！」（監獄！）

「*Si, ma non ha fatto nulla di sbagliato. Anche suo fratello, Gregory. La polizia era molto brutale! Ryan era trionfante in tribunal. Molto trionfante!*（是的，但他沒做錯什麼，他哥哥格雷戈里也是。警察太壞了！萊恩在法庭上贏了。大勝）！」

李奇太太再次捧起小萊的臉。「哦，馬可！哦，我的可憐的吉諾！」

李奇太太進廚房給他弄些吃的，小萊就帶著他的律師繞到屋後，到他和吉格睡覺的門廊。摩爾先生看著床，床下塞著鋪蓋捲，還有他們偷偷摸走的幾件物品——小萊這邊有一條夏天的褲子，一套可能是從普爾曼的咖啡館偷來的餐具，一顆在草地上撿到的棒球，還有他從蒙大拿帶來的唯一一件東西——一小張他父親的鉛筆畫，畫的是兩匹馬。摩爾先生看看那張馬圖，然後轉去看吉格那一側的房間：備用的衣物，一把梳子，一張宣傳喜劇劇院傷風敗俗節目的海報——烏蘇拉天后的名字就在上面。

律師摸摸烏蘇拉的名字，伸手去拿吉格最寶貝的收藏——《戰爭與和平》第一冊和第三冊，斯克里布納之子出版社一九〇三年在美國出版，全部有五冊，是《托爾斯泰文集》中的一部分。

「那是吉格的書。」小萊說：「他說這是有史以來最好的五本小說中的兩本，他在找其他的。」

律師把書拿在手裡翻了翻。

「他通常不喜歡別人碰它，但你是律師，這可能沒問題。」小萊說。

弗雷德．摩爾小心翼翼把書放回去，臉上憐憫的神情讓小萊覺得必須指出窗外屋後那片小樹林。「李奇太太要把後面那一小塊地賣給我們，我和吉格打算蓋間屋子——嗯，我是說，在這一切開始之前，我們有這個打算。」

這似乎沒有減輕摩爾先生的憐憫之情，他轉過身去。「萊恩，我很難過朱勒斯的事。」他說：「你哥的事也是，我會把格雷戈里從牢裡弄出來，春天你們就可以開始蓋房子了。」

「春天。」小萊重複他的話。

後門開了一條小縫，李奇太太把一碗麵和幾塊麵包推進來，沒說一句話又把門關上。小萊跳起來，拿起叉子吃了一口，才抬頭看著律師。「不好意思，你想來點嗎？」

「你吃吧，都吃光吧。」

弗雷德．摩爾說隔天會去查一查吉格的案子，然後就走了，走之前還回頭望了一眼小萊睡覺的地方。律師走了，晚餐也吃得一乾二淨後，小萊倒在床上。這一天他彷彿經歷了整個人生，學校、法庭、他的律師，不容小覷的伊莉莎白．葛利．弗林，然後看著朱勒斯就這樣走了。在這裡結束這一天，在沒有吉格的門廊，小萊覺得徬徨無措，孤獨寂寞。他躺在毯子鋪成的小窩，直接進入了無夢漆黑的夢鄉。

他不知道自己昏睡了多久，醒來時已經將近中午，陽光透過廊窗照進來。李奇太太把他搖醒，用義大利語激動地說：「*Donna! In una grande machina!*」他聽得懂第一個詞。女人。

他坐起身來，他肯定睡了十六個小時。他覺得一陣恐慌，好像自己錯過了什麼，接著想起來了，葛利・弗林想和他談一談陪她去籌募律師費的事，但她竟然跑來這裡？這個時候？小萊感覺腦子一團亂。「李奇太太，告訴她我立刻就出去。」他說。

「*Si, Geno.*」李奇太太回答，進了屋裡，留下一杯牛奶和一塊餅乾，小萊兩三口吃了下去。他看著床腳堆得整整齊齊的衣服，前一日戴的圓頂禮帽正好在上面。

小萊走去屋後的茅房，盡量把自己整理得乾淨一些，擦了點粉，穿上摩爾先生給的衣服，衣服聞起來很乾淨，穿起來也很合身，只是臀部的地方有些鬆垮，他用摩爾先生給的新背帶勾住褲子。除了鞋子，他什麼都有了。他繫好舊靴子的鞋帶，穿上灰色外套，沾了水把頭髮抹平，最後戴上禮帽。他在李奇太太的後窗看到自己模糊的影子：一位優雅的紳士——

小萊打開後門，進入李奇太太的廚房，穿過房子來到客廳。有個人坐在椅子上，雙手插在暖手筒裡，正在環視屋子——是烏蘇拉天后。

「哦，你好，唔——小姐。」他開始說話了，不知道接下來會發生什麼，所以他說：「太好了。」

14.

生活是緩慢的，直到不再緩慢為止。小萊懷疑，生活像特快列車上的風景加速時，是不是就是人們所謂的命運來了。還是說，命運是一個戴白手套、沉默寡言的人所駕駛的豪華汽車，因為一旦上了車之後，就沒有選擇的餘地——小萊抓牢了，哐啷哐啷經過鵝卵石和電車軌道，繞過馬匹馬車，什麼也做不了，只能聳聳肩心想：就這樣了，昨天睡球場，今天坐苦牢，明天卻和烏蘇拉天后依偎在噗噗響的汽車皮革後座——風呼呼地吹，她緊緊箍著他的手臂，像是他的女友。兩人的司機是嚴肅的男人，戴著駕駛帽和護目鏡，他給了小萊一套暖和極了的圍巾手套，帶他們繞過馬車、卡車和燈柱，旁人紛紛轉過頭來，彷彿皇室成員來了，因為這輛車必然是城中最好的那輛車。他們走過街廓，穿過歲月，上了南山，來到能夠俯瞰市中心和整座河谷的宏偉林蔭大道。

街上自然也有別的車，但體積較小，不是開起來顫顫巍巍的舊款小T，就是送貨卡車，與這條又長又漂亮的「龍」不可同日而語。

「這是無敵七人座旅行車！」司機轉過頭，在呼呼的風聲和嘟嘟的馬達聲中喊道。「從克利夫蘭來的！俄亥俄州！一件件運來！專家當場組裝！全州這款車就這一輛！」

小萊好奇，什麼樣的人雇得起一個人幫他大吹大擂。「我可以想像坐六個人，但第七個得用拖的。」他悄悄地對烏蘇拉小姐說。

露天空氣冰冷，烏蘇拉只是不斷拉著他的手臂，把他拉得更近，他的手臂簡直像是人質。「謝謝你願意來，我一直很擔心格雷戈里。」

「吉格應付得來。」小萊懷疑自己的話是否為真。

「希望你是對的。」

她抬頭看向司機時，小萊看到了她整張的臉。他覺得「美」這個字真有意思，有那麼多不同的含意，伊莉莎白・葛利・弗林黑髮黑眼睛，愛爾蘭的白皙肌膚，而烏蘇拉則是猩紅色頭髮，粉紅色的嘴唇，高聳的緋紅色臉頰，兩人都美，但形成了鮮明的對比。她轉過頭來，發現小萊正望著自己，小萊來不及別過身，兩人四目交接了。她低頭看了一眼小萊的嘴，小萊不知道她這個動作是不是為了讓男人想親吻她，因為這個動作確實使他起了這樣的念頭。他居然想親吻哥哥的女朋友，他感到過意不去。

她說：「我去監獄探望過格雷戈里。」她嚥了口口水，抬頭看了一眼司機。「他們在裡面受到殘酷的對待，很野蠻，但他很高興知道你出來了，要我跟你談一談，確定你知道他沒事。」

小萊說：「謝謝。」但他心中充滿了嫉妒，疑惑烏蘇拉怎麼能在他們被關時進去見到吉格。

「他還告訴我，你希望有一天能蓋自己的房子。」她說。

「他說了？」

「他說了，萊恩，他想為你蓋一個真正的家。」她嫣然一笑，又掐了一下他的胳膊，小萊感覺她的氣息吹在自己的臉上。

從烏蘇拉口中聽見哥哥的心情，小萊覺得很奇怪，彷彿在無意中聽到一段不是說給他聽的對話。他不得不提醒自己，不到兩個星期前，這個女人才拋棄吉格，選擇了一個有錢的礦業大亨。

他希望他能使她明白，他和吉格不是可憐的流浪孤兒，而是一對冒險犯難的兄弟，但在一輛隆隆作響的七人座汽車後座，他不知道要怎麼證明。他感到一種莫名的痛，想像吉格和烏蘇拉一起蓋房子，烏蘇拉做晚餐。他也有一種亂紛紛的迷惘，因為他的手臂緊靠著她的胸脯。小萊不確定他是想被這個女人親吻，還是希望這個女人像母親一樣關懷愛護他。

「怎麼了，萊恩？」她問，把他的手臂抱得更緊了。他想，等我們分開時，我的胳膊可能會跟她一起走。

司機換檔上坡，小萊只好用蓋過馬達的聲音大喊：「能問你點事嗎？」

「當然可以！」她說。

「關於美洲獅！」

她說：「哦，那個啊。」然後鬆開了手，這個問題她一定是聽了一百遍，因為她轉過身看著窗外。「胸衣裡縫了肉。」她壓低聲音說：「牛肝啦，下水啦。」她聳了聳肩。「這裡也提供了一些額外的肉。」她輕拍自己的胸脯。「大貓知道，如果牠大聲咆哮但不咬人，就有大餐吃。」她這時又瞥了一眼司機。「我想我也一樣，如果我大聲咆哮但不咬人，也有大餐吃。」

這時車速慢下來了，小萊抬頭一看，他們在一條豪宅林立的街道，兩側綠樹成蔭，屋門又高又大。司機把無敵旅行車開進一條避車道，旁邊的那棟房子一路延伸，好像沒有盡頭，天窗和屋頂線讓整棟建築看似三棟房子撞在一塊——這不只是小萊見過最氣派的房子，他在那一刻知道，這也是他一輩子見過最氣派的房子。

那房子無法一眼看清全貌，但正面似乎就佔去了半個街廓，三層樓高，有塔樓陽臺，甚至還有幾排的拱門。它是一種少見的珊瑚色，宛如另一個國度的城堡，後方的建築——包括馬車房、修繕間和園丁的平房——也漆著同樣的顏色。小萊發現自己張大了嘴，趕緊把嘴闔上。

謝天謝地，有這個雇來的吹大牛司機，否則小萊永遠不會知道房子「全是用義大利進口的砂岩建造」，也不會知道它的風格「讓人聯想到西班牙和摩爾人的影響，帶有古典元素」。

「我的思想也受到摩爾人影響了。」小萊喃喃說。

司機繼續又說，拱門模仿了查理五世的西班牙宮殿，一個叫「阿爾罕布拉宮」的建築群。

司機打開無敵旅行車的後門，他們了下車，走上臺階，這時小萊慶幸自己戴了摩爾先生的圓頂禮帽。司機帶著他們走到一面雙扇門前，門上裝飾著銀門環，門環上鑲嵌著金雕馬。司機推開兩扇門，豪宅不像是被人打開了，倒像是展開了，向小萊展示自己。小萊將永遠忘不了他的第一印象——金。

金色的燈光，金色的設備，金色的家具，麻布牆紙漆成金色，鋪在寬闊的兩層樓梯平臺上。水晶大吊燈懸掛在兩個宏偉的圓形樓梯之間，每級樓梯的大理石地板上都有閃閃發亮的黑欄杆，這些臺階蜿蜒延伸到第二層數不清的財富。他沒見過這麼美的東西，進門處的桌椅地毯等等，每一樣東西都是鑲金的。四個僕人列隊等候，第一個是個年輕人，伸手了接過大衣、帽子、手套和圍巾。小萊問：「我能留著我的帽子嗎？」他擔心帽子底下那老鼠窩般的亂髮。

「當然可以，多蘭先生。」負責大衣的男人說。

房主不知所蹤，小萊不曉得該怎麼辦，往前走過去，瞧了瞧兩道光芒四射的樓梯中的一個。樓梯底部非常寬敞，足以容納十個人，但隨著樓梯不斷彎曲盤繞，樓梯也越來越窄。他凝視著黑亮的欄杆，以為會看到自己，但不管那塊黑石是什麼，它像一個深淵，吞噬了光線和倒影。

「瑪瑙。」司機說：「屋裡有九座壁爐，每一座也都是用巴西瑪瑙做的。」

「他的黃金用完了？」小萊問。

吹大牛司機發出一聲可能是笑聲的聲音，小萊回頭時，他正把自己的帽子、手套和外套遞給僕人。在羊毛大衣底下，他穿了天鵝絨晚宴服，小萊覺得他看起來比在車上要老——也許五十歲吧。其他的僕人都面朝著他，等候差遣。「熱一點白蘭地來，給烏蘇拉茶。」司機說。一個待命的女人點著頭往後退，小茱發現連烏蘇拉天后也望著司機，當司機伸出手時，他這才恍然大悟。

「勒繆爾．布蘭德。」他說：「請原諒我沒有早一點介紹自己，但我還不習慣自己開車。」

小茱瞥了烏蘇拉一眼，想起她那晚承諾「不跟那個男人上床」，但她不願正視他的目光。

勒姆．布蘭德像魔術師一樣，大手對著屋裡一揮，說道：「多蘭先生，歡迎來到阿爾罕布拉宮。」

15.

他們走在庭園時，小萊覺得非常可笑，他居然以為勒姆・布蘭德雇人幫他吹牛——要是這樣，那他也可能雇人幫他呼吸了。布蘭德對自己豪宅的各個方面都十分自豪：這裡有兩層樓的馬車房，可以停放四輛頂級汽車，一間給汽車修理工住的公寓。那邊是西班牙式馬廄，養著美國西部最出色的兩匹種馬。上頭還有滑雪山坡和射箭場。他描述每樣東西都非常仔細（「一座用亞馬遜紅杉搭成的人行橋，沒用上半根的釘子螺絲」），如同是他親手建造一樣。

烏蘇拉走在他們後面幾步的地方，顯然已經參觀過了。他們後頭還跟著幾個豪宅的員工，帶頭的是一個粗壯的濃眉男人，他只說自己叫威拉德，長大衣下方繫著一把手槍。他們一路走著，威拉德懷疑地打量著小萊。

他們繞了一圈回到房子後，布蘭德繼續介紹小萊一件又一件的珍寶：兩倍高的彩繪玻璃窗，爪哇進口的絲綢窗簾，巴黎的水晶燈，三十人座的餐桌，是從一個「地位較低的公爵」的巴伐利亞森林砍下的木頭做成，巴塔哥尼亞櫻桃木老爺鐘價值兩萬塊。小萊停下來盯著一大叢花瓶裡的蘭花，勒姆・布蘭德把手放在他的肩上說：「萊恩，你眼光不錯。鐘誰都買得到，但在冬天找到新鮮的蘭花？那才是對一個人的財力的真正考驗。」

莊園讓人目不暇接，小萊感到一種眼花繚亂的恐慌——像一個飢腸轆轆的人竭力不要狼吞虎嚥。最後，他們停在勒姆・布蘭德口中的大書房。書房和樓梯平臺一樣，有兩層樓高，但小萊覺得這裡像一雙新襪子那樣舒適。牆壁高二十英尺，皮面裝幀的書本不斷攀升，一路從地板排列到天花板，最後消失在半空中，一座滑梯可以搆到所有的書。瑪瑙壁爐燒著火，這是小萊待過最溫暖的房間，一坐下來，他就感到睡意襲來，捂嘴打了個哈欠。

「我每次也都這樣。」勒姆．布蘭德說。籠罩全身的暖意來自地板，地板裡埋有熱水管和暖氣片。一個僕人走進，端來一盤法國餅和鑲金邊小酒杯，杯中裝著溫暖香甜的飲料。小萊抬起頭，僕人幾乎是用抱歉的語氣說：「先生，請用白蘭地。」他們在柔軟的椅子上喝酒。

餅乾、白蘭地和烏蘇拉，坐在這樣溫暖的好地方，小萊抬頭看著滿牆的書，突然流下了眼淚。坐在他旁邊椅子上的烏蘇拉向前傾身，碰了碰他的手臂。「萊恩，你沒事吧？」

他點了點頭，清清喉嚨，問布蘭德：「我想你沒有托爾斯泰伯爵的《戰爭與和平》吧？」

布蘭德看了一下藏書，彷彿從未見過這些書，然後望著站在門邊的威拉德。威拉德點點頭。

「五冊都有？」

威拉德聳聳肩，又點了點頭。

太過分了，這一切都太過分了，小萊為了這個「太過分」哭了起來。這間不可思議的書屋——他多麼希望吉格能在這樣的房間待上一天，兩層樓高的書籍，皮面裝幀，金色塗層，暖氣地板，香甜濃郁的白蘭地包裹了五臟六腑。他在這裡，他那愛讀書的哥哥被關在石牢中，想到這一點——太過分了。

這種不公平對小萊的打擊，跟甘甜的白蘭地不同，倒像一種岔了氣的痛——一種因為暖氣地板可以那麼溫暖，椅子可以那麼柔軟，而吉格對此一無所知的肉體疼痛，蕾絲、丹尼和爸媽也都不知道。小萊自己本來也絕對想像不出來，但現在他知道了，下次蜷縮在冷冰冰的貨車車廂上，他會知道有人過著這樣的生活，勒姆．布蘭德和他之間有著天壤的差別，布蘭德應該住在這裡，小萊卻無處安身。

他難過得漲紅了臉，猶如人生每一瞬間同時發生了——姐姐難產而死；母親在那單房破公寓掙扎扭動；可憐的丹尼踩空，從濕木頭中間跌落；吉格進了大牢；朱勒斯死了——還有多少？所有的人，除了這個富人中的富人，都在生活，都在將就，都在拼殺，都在垂死，為了什麼？都是白費力氣，不計其數不走運的人，在這個世界上，沒有半點的機會。

記得去年冬天他和吉格跳上一輛平板車，結果發現車廂一角有具屍體。他見過斷了氣的遊民，但這一個似乎是個年輕女人，長髮在車廂地板上結凍，她可能是凍死，可能是餓死，可能被綁架，可能跟人私奔，也可能是莫名其妙地就死了。那個女孩被丟在搖搖晃晃的車廂角落，小萊的地板卻有熱水流過，肚子灌滿了溫熱的白蘭地？他也為那個女孩子哭泣，為吉格這樣有學問的人可能會稱之為人性的東西哭泣，一個窮女孩在饑餓和骯髒中出生，註定死在冷冰冰的車廂裡，從來沒有想像過會有這樣的房間存在。

勒姆．布蘭德遞給他一塊手帕，手帕和其他東西一樣繡了金絲線。小萊盯著手帕，又看著布蘭德乾淨圓潤的指甲，他沒拿這麼柔軟的東西擦過臉。小萊覺得很恨，恨自己在布蘭德面前哭了，所以盡最大的努力把這東西沾滿了流浪漢的髒鼻涕，然後才還給他。

布蘭德揮揮手，要他留著。「很抱歉，多蘭先生。」他說：「我可以想像這幾個星期讓你很不舒服，你現在可能想知道為什麼你會在這裡。」他身子往前傾，小萊終於看清這個人的樣貌：蒼白，禿頭，寬臉，整齊的鬍子。「我想你可能會考慮為我工作。」

小萊不能肯定他沒有聽錯。

「這個請求是我的朋友烏蘇拉建議我提出的。」烏蘇拉盯著地板。「她要求我幫幫你哥哥的案子，我向她解釋過，我在這件事上沒有實權，那是警察和工會成員之間的糾紛。」布蘭德先生攪了攪他的酒。「我也告訴烏蘇拉，現在事情已經由法庭在處理了。但是，和許多人一樣，她誇大了一個普通商人的力量。儘管如此，我也許可以看看如何減輕他的罪名。不過，你應該可以想像，對於一個給我所仰賴提供勞力和安全的機構造成麻煩的人，我是不會急著去幫助他——除非是得到一些回報。」

烏蘇拉正在研究暖氣地板，小萊無法想像他能提供什麼有價值的東西回報他對吉格的援助。「像什麼？」

小萊什麼也沒說。

「我知道你昨天認識了一個年輕女人？」勒姆．布蘭德說：「某位傑克．瓊斯太太？」

「聽我說，萊恩。」布蘭德說：「我不關心政治，沃布里和警察之間的那檔事，我是不喜歡，如果我作主，我會讓斯波坎每個講英語的人都有工作。我是生意人，這對生意不好，但我有責任，也有生意夥伴，為了履行這些責任，我需要情報。這就是我對你的唯一要求——情報。」

「哪一類？」

他聳了聳肩，好像這沒什麼。「計畫、會議、進展，比如瓊斯太太這樣的工會組織幹部來了，基本的馬路消息。」

小萊低頭看著手中的杯子。

布蘭德向前一靠。「我不會要求你把誰置於危險之中，也不會要求你做違背你道德的事。」道德？小萊有道德？他在別人的院子睡覺拉屎，偷吃別人的食物，他會喝醉，會罵髒話，會抨擊他人。在火車上看到一個死女孩而沒有去翻她的口袋，就是流浪漢的道德頂峰嗎？

「我只有兩個要求。」布蘭德說：「這件事我們完全保密，這對你對我都有好處。還有，你要誠實回答我的問題，就這兩個要求。你能做到的話，我就會盡力幫忙你哥哥的案子。」他看向烏蘇拉。

「而且，只要你的情報是正確的，我每月付你二十塊。」

小萊怕自己發出聲音，所以喝了一口酒。他從沒想過自己這輩子能夠提供價值二十塊的情報。

「比如說——」布蘭從口袋掏出一張二十塊鈔票，好像這張鈔票也算不了什麼。「——跟我說說那天在河邊毆打警佐的那個人吧。」

「厄利嗎？」小萊一問才發現自己說溜了嘴。「他的什麼事？」

「他現在在哪裡？」

「我不知道。」小萊咬著嘴唇，布蘭德怎麼知道厄利的？「他說他要去西雅圖。」

布蘭德身子一傾，把二十塊鈔票遞給他。「瞧，多容易？」嶄新的鈔票平平整整，像熨過一樣。

布蘭德靠著椅子瞧著他。「你父親參加過蒙大拿州的金色陽光罷工。」

小萊又一次好奇他怎麼會知道的，點了點頭。

「那座礦是我的。」布蘭德說：「我父親死後，我就自己來幹，從廢石生產線做起，一直幹到流槽和碾磨廠。這些工運人士——你那位葛利．弗林，她不關心像你父親或我這樣的人，也不關心你，他們要的只有革命，你在這件事上是個棋子。

「聽我說，我不是說你們在礦坑和伐木場永遠得到公平的待遇，但他們對你會更不公平，他們來自柏林，來自紐約市的客廳，你想他們會關心你嗎？關心那些人拿工作騙你們錢嗎？他們只想顛覆一切，炸掉這個世界。你先不用相信我的話，你可以自己問一問葛利．弗林，問她這一切的結局是什麼，去問一問，如果你們甩開了工作介紹所，為工人爭取到更高的工資——這就夠了嗎？」

小萊低頭看著地板。

「像她這樣的人，他們只想讓你送死，然後到下一個戰場，因為那才是他們真正想要的——戰爭。

我已經看了二十年，他們自稱是WFM、WWW、社會主義者或是工團主義者，他們激怒當地人，讓你們被捕逮、被殺害，然後回到紐約，告訴他們的朋友他們如何在西部的革命中奮鬥。」

他越說越義憤填膺，烏蘇拉不安地挪動著身子，好像以前聽過這一切。「我利用工人嗎？」他問。「沒錯，我利用他們來提取白銀，砍伐樹木，在我的酒館倒啤酒。但我付錢給他們，這就是我想做的，付錢給工作表現好的好人，就像我以前被雇去挖銀子一樣。萊恩，你知道我和他們不同的地方嗎？」

他搖搖頭。

「這個？」布蘭德大手一揮，指出他所擁有的世界——房間、房子、土地、礦場、旅館和酒館。「我也希望你能擁有，我希望你擁有我曾經擁有的每一個機會。有他們在，沒有人能得到任何機會。」

這時烏蘇拉終於開口了。「萊恩？」

他轉過去看她，可以看出她一定聽膩了布蘭德的吵吵嚷嚷。

「為了格雷戈里做吧。」她說。

要是烏蘇拉以為她得在布蘭德這番話中提醒小萊他的哥哥，那她錯了，他好奇一個人需要什麼樣的道德，才能和美洲獅在籠子共存這麼久。小萊低頭看著雙手，一手是二十塊鈔票，一手是白蘭地。

他深吸了一口氣。

烏蘇拉天后

在這個世界上，女人除了記憶什麼都沒有——好昂貴的投資，好微薄的回報。這是烏蘇拉一世教我的，她教我的另一件事是如何鑽進籠裡對著山獅唱歌。

我是烏蘇拉二世。一九〇九年春，我遇到烏蘇拉一世，那時她已經表演了十年，幾乎是她歌舞雜耍演藝生涯的一半歲月。我認識她時，她上舞臺妝像塗抹油灰一樣，每天早上得染髮，每天晚上把她那像兩個逃犯似的乾癟下垂乳房塞進緊身胸衣，然後走上舞臺，努力不被美洲獅吃掉。

與烏蘇拉同臺表演的第一個動物是一隻熊，這也是她叫烏蘇拉（Ursula）的原因，「Ursa是拉丁語的熊。」她的胖經理喬．康斯丁這麼解釋，找我來接替她的也是他。在內華達的雷諾，我在報上看到一則簡單的廣告——「女演員，歌手，舉止沉穩」——就跑去應徵了。

我出生在東岸的演藝世家，我的母親是歌劇演員，我的父親是劇作家。兩年前在舊金山舞臺，我在《莎芙》一劇中飾演芬妮．勒格朗，一晚上讓六百個人驚艷。但對女演員來說，兩年的時間等同於一百年那麼長，而我又為愛做了錯誤的選擇，回過神來時，已經在雷諾演一場叫「窮途末路」的戲碼了。就在那時，我看到了廣告。

試鏡時，喬．康西丁把我帶到一間沒人的綜藝酒館，我上臺唱了〈女人是女人，好雪茄卻是煙〉。我還沒吐出第二口煙，喬就問我：「會跳舞嗎？」我表演了踢踏舞和高踢腿，他又說：「露個奶子怎麼樣？」我問我們能不能不要那些東西，他說：「那麼你喜歡動物嗎？」

第二天下午，我在劇院後臺見到烏蘇拉一世，她在那裡已經表演了一個月，另一個節目是一個東方預言家。她穿著一件紅色和橙色的飄逸長袍，頭髮裹著圍巾，手指脖子戴著價值四塊錢的道具珠寶首飾。在她身後，與她搭檔的明星趴在一個十英尺平方大的籠子裡，在一束從高窗照下的斜陽中睡覺。

烏蘇拉似乎已經認了命要放棄這個演出，頑強地示範技巧給我看，不過我認為主要的技巧就是別被咬傷。

「你為什麼要走？」我問。

「我沒有要走。」她說：「我被換掉了，一個星期前，喬告訴我，他登了廣告找新的烏蘇拉，喏，你這不是來了。」

我選擇不道歉，「他為什麼要換掉你？」

「他對我解釋的說詞是，我們票房減少，簽了兩個星期的演出很少會加場，而且他開始懷疑我的年齡有礙於推廣這個精采的節目。」

「所以說，你是太年輕了。」我說。

「對，很好。」她笑了。「才不是，喬說，一個比較成熟的烏蘇拉會讓觀眾想到自己的媽媽和妻子，他們已經開始改替大貓加油了。」

「到了什麼年紀，女人當飯菜比當歌手更有趣？」我問。

「我三十六歲，大概就三十六歲左右吧。」她說。

左右。不可能，烏蘇拉一世上個世紀就過了三十六歲。這倒不是因為我會恭恭敬敬計算一個人的年紀，而是因為我跟康斯丁說我二十四歲，事實是，幾年前滿二十五歲後，我就小心謹慎停留在二十四這個數字。

他們安排烏蘇拉一世再演出三場，趁這段時間順便訓練我，之後這個角色就由我來擔當，所以我只能在雷諾靠兩場表演記下橋段，之後就要到博伊西演出兩個星期，接著是比尤特和米蘇拉，秋天則在斯波坎的劇院公開演出。烏蘇拉一世說，斯波坎是舊金山這一側最好的城市，那間劇院是那個城市裡最好的劇院。

劇院叫「喜劇劇院」，老闆是一個礦業巨頭，名叫勒姆．布蘭德——她說這是一個祕密，因為「他老婆非常幸福，仍然不知道他愛女演員。」她對這個布蘭德很有好感，形容他是「一加侖的慷慨中的一杯魅力」。布蘭德在科達倫開採銀礦致富，又靠他的工人花在五花八門的惡習上賺錢——斯波坎娛樂紅燈區的妓館、酒館、旅社、劇院和鴉片煙館，這些營業場所檯面底下的真正大老闆是他。「勒姆老愛說，他發出去的每一塊錢工資，都會從床、妓院和酒精賺回來。」烏蘇拉說。

烏蘇拉在斯波坎待了兩個月，和勒姆．布蘭德也整整勾搭了兩個月。勒姆．布蘭德甚至向她承諾，她從演藝圈退休後，可以經營他的一家小旅社，把它變成像樣的家庭旅館。烏蘇拉打算收留像她這樣年華老去的綜藝秀演員，教她們文書工作和管理技巧，這樣她們就不會沉淪到以一次兩角五價格接待伐木工的地步。她還說，一間住滿退休女演員的旅館，當然也會吸引布蘭德這樣的藝術贊助者。

所以她將一路跟著劇組到斯波坎，然後退下舞臺，展開下一段的人生旅程。她甚至為她的家庭旅館取好了名字：鳳凰之家。

那天早上，她發電報給布蘭德，說她將隨著劇組到斯波坎，非常想見他一面，也希望討論接手他的旅館一事。「我準備好了，我已經計畫了好久好久。」她告訴我。

「我能問問那隻熊後來怎麼樣了嗎？」我說。

「啊，那隻熊。」這個問題讓烏蘇拉一世的眼角變得柔和起來。「博延卡，牠恐怕是愛上我了。在後臺，只要喬提高嗓門，牠就會開始咆哮。在舞臺上，牠很有耐心地坐著，像狗一樣喘著粗氣，一雙眼睛盯著我看。牠覺得很傷心，發出呻吟，央求要我進牠的籠子，為牠唱歌，撫摸牠的臉頰。牠乖到連觀眾都開始笑了。

「喬覺得那隻熊看我的神情很不妥，我建議改演成喜劇，熊是我的追求者，也許加上一個婚禮場景。但喬擔心，如果我們暗示在婚床上發生了什麼，牧師會覺得敗壞社會道德風氣，或者更糟，觀眾會因為沒有看到我們暗示什麼而失望。的確，我在劇院已經墮落到這樣的地步，顯然你也一樣，親愛的，但我不打算參與那種表演。」她輕輕地笑了。「喬最後把熊賣給丹佛的巡迴馬戲團，之後我們改用一頭山獅。」

烏蘇拉說，山獅一定會咆哮，會齜牙咧嘴，但她仍舊極為想念博延卡。「我知道牠在馬戲團成了大明星。」她的目光飄向窗外。「我最後聽到的消息是，牠學會了邊騎單車邊彈班鳩琴，牠真是個天才。」

在雷諾的頭幾天，烏蘇拉向我示範了基本的演出和舞臺調度：登場，唱我的第一支曲子，繞著籠子跳三圈。然後，打開門，進去唱下一首。她教我將生牛排巧妙地縫進緊身胸衣，讓上圍更加壯觀，又教我扯開胸衣，讓大貓發出怒吼等著我，還教我真正的訣竅：快速將胸衣丟出去，因為萬一稍有猶豫，把縫滿了生肉的胸衣拿在手中——

然後我背對著觀眾放聲歌唱，扯下掛在籠子後方架子上的長袍。露不露胸部，就看在哪一座城市，該地的綜藝劇院規定又是如何。她已經一年沒有裸露了，「與其說是為了莊重，不如說是考量到地心引力。」

還有一件事必須記住：萬一情況不妙，長袍架可以用來抵擋大貓的攻擊。「萬一情況不妙」，她用這句話形容在一群尖叫的觀眾面前遭到一隻美洲獅襲擊，這是我聽過最可愛的劇場準則。

烏蘇拉一世和我，我們在里諾共度了一段美好的時光。我看她表演，然後在她的旅館房間不睡覺，一邊分享故事，一邊喝著一種奇怪的梅子酒，那是她在斯波坎的唐人街養成的嗜好。

每天早上她去飯店櫃檯，看看勒姆．布蘭德有沒有回覆她關於鳳凰旅社的電報。三天後，沒收到回音，她又發了第二封電報，然後是第三封，但這些電報也都沒有回音，一個星期接著一個星期過去了，我對她產生了一種心疼的同情。

第四天晚上，我們一起站在後臺，沒有人宣布烏蘇拉換人演出，招客的人只是說：「烏蘇拉天后！」然後就改由我上臺了。

一陣口哨聲，幾聲輕柔的掌聲。基於明顯的原因，我們大部分的排練時間都花在與美洲獅有關的部分，表演本身很簡單，但我出乎意外感受到一種野蠻的恐懼——我怯場了。

炙熱的燈光，咆哮的大貓，前排工人的氣味——一切加在一塊讓我覺得噁心。我表演得不錯，美洲獅也很專業，但我走下舞臺時心想自己恐怕不是這塊料，這群鄉巴佬只想看三樣東西：我的乳房就佔了兩樣，第三樣則是美洲獅的攻擊。我為之奉獻一生心血的歌舞並不重要。

第一場演出結束，我非常失落，她那句「在劇院已經墮落到這樣的地步」沉沉壓在我的靈魂上。這時，我看到烏蘇拉一世捂著嘴站在後臺。

「天啊！」她說：「你的歌聲。」

排練時的重點是表演和安全，所以我沒有用心唱歌，幾乎忘了自己徹底展現歌藝時所能達到的效果，我的聲音有不可思議的力量和音域，一度為我在舊金山第一流的劇院贏得角色和演出機會。

我說：「謝謝。」她卻說：「不，是我要謝謝你。」然後哭了起來，顫抖著把我摟到懷中。我們放開彼此後，她往外看著昏暗的雷諾劇院。「這些灰頭土面的異教徒根本不知道，你可以在巴黎為君主唱歌。」

「嗯，我已經在王宮了。」我伸手一揮，指著內華達州雷諾的王宮劇院和博弈俱樂部的酒吧，這一揮又得到一個擁抱做為獎賞。現在這個節目是我的了，我成為了烏蘇拉。

＊　＊　＊

在雷諾共度的最後一天，我和烏蘇拉一世在旅館吃早餐，她又跑去問有沒有勒姆．布蘭德的電報。沒有。

「你為什麼不叫接線員打電話找他？」我問。

她說電話是一種「野蠻的通訊方式」，而勒姆．布蘭德不回她的電報當然就是一個回覆了，也是她一直以來偷偷料想的答案。「他提到鳳凰旅社，我立刻懷疑那是個幻想。」她說：「男人在床上得意時，什麼鬼話都說得出來，但我選擇了相信，也不介意沉浸在這樣的幻想中：一個富有的情人獎勵一個和他有過如此親密關係的女人。也許我原本可以在什麼地方做誰的妻子，有一個忠心的丈夫，九個完美的孩子——但我不能不沉溺在那種幻想，與那檔事相比，這只是一場無傷大雅的戲。」

我們沒睡，喝了一整晚的梅子酒。

「你現在有什麼打算？你有家人嗎？」我問。

她說自己出身費城的演藝世家——父親是雜技演員，母親是歌手，她家中的六個孩子都能登場，不是雜技演員，就是音樂家，她排行老么，但她在長相和才華兩方面都大器晚成，兄弟姐妹進入演藝圈闖盪時，烏蘇拉留下來照顧父母。她十幾歲時，父親在辛辛那提從鋼絲上跌下來，腦傷嚴重，需要幾乎全天候的照顧。就是在那個時候，她認識了喬·康斯丁。喬·康斯丁去東部尋找願意在西部酒館表演的歌舞女郎，她參加了試鏡，當天就和他一道離開，沒有告訴任何人。

「那你後來就沒有和家人聯絡了？」我問。

她說：「沒聯絡了，已經——」也許是想起自己起碼少報了十歲的年齡，最後說：「好幾年了。」

我說喬·康斯丁真是無情，在烏蘇拉年輕時把她從家裡帶走，她老了，就立即叫她走路。她說喬的頭腦太過簡單，不會這麼無情，他要給她五十塊的資遣費，還有一張去東岸的火車票。她說她準備接受。

「我去跟喬說，他不給你一百塊資遣費，我就不表演。」我說。

「你人真好。」她拍拍我的手臂說：「你會是一個很棒的烏蘇拉。」

「但還不到天后等級。」我說。

「你比我有才華多了。」她說。她又熱淚盈眶，我開口要反駁，她卻用一根手指堵住了我的嘴。「拜託不要，你否認很不得體，你的嗓音讓人聽了心會痛，非常非常動人。」

我們沉默了一會兒。

「無論我到哪裡落腳，一定都會寄明信片給你。」她說。

我們喝完了最後一瓶梅子酒，一直聊到天亮。我們的故事說到後來開始變得鬆散不連貫，她開始列舉舊情人的個性，而且不說名字，而是用職業來代表：鬥牛士卑躬屈膝，船長穿戴得像匹馬。

那礦業巨頭布蘭德先生呢？我問道。

我不應該提起他，因為一提到他的名字，她的眼底就浮現悲傷，她只是搖搖頭。

我告訴她我自己在這一方面的弱點：我偏愛某種弟弟型的男人，也就是「小鮮肉」，一下愛上演員，一下愛上舞臺工作人員，最後愛上一個瀟灑的劇作家。結果他不是什麼文學家，根本是騙子，在斯帕克斯一家餐廳說要去上廁所，結果一去不回，把帳單、一星期的旅館住宿費和一顆破碎的心硬塞給我。他在我以前待的劇院偷竊，但我認為他被冤枉，站在他一邊，所以也不能回去舊金山了。

「我很難過你遇到這樣的事。」說著她一隻手貼著我的臉頰。

天快亮時，烏蘇拉一世問她能不能吻我，我還沒來得及回答，她就湊過來親了一下，然後躺在我的面前，望向遠方。我從後面抱她，她比我想像得更虛弱，一束街燈燈光從窗戶射入旅館，我看到她肩上的老年斑，眼睛周圍的小細紋，小丑般紅髮中的白色髮絲。她開始顫抖時，我低聲說：「沒事的。」

上午醒來時，就剩我一個人，喬・康斯丁在敲我的門。「烏蘇拉？」

我在她的房間裡，他似乎既不驚慌也不驚訝。「往博伊西的火車兩小時發車，他們現在已經在把大貓裝上車了。」他說。

我問起了烏蘇拉一世。

「走了。」他說。她早早下樓吃早點，穿好衣服，收拾好行裝，收下了他的五十塊和出城的車票，搭上往東開往丹佛的聯合太平洋列車。「她兩小時前就走了。」

我們在博伊西演出兩個星期，在比尤特待了兩個星期，接著去了米蘇拉，在每個城市都用兩到三個當地開場表演做宣傳——音樂家、喜劇演員，偶爾有怪人和動物表演。一開始票房不好，但到了蒙大拿州，我們開始加場演出，宣傳廣告把表演暗示得恰到好處，場場滿座，但沒有讓牧師不開心。在這段期間，我和大貓也培養出十足的默契——有時我唱歌，牠好像還用同樣的調子咆哮呢。

每到一個城市，我都會問一問有沒有烏蘇拉一世寄來的明信片，但一張也沒有收到。

最後我們來到了斯波坎。我們的客車從山林開出來，進入一個布滿橋樑鐵軌的河谷，一個迷人的火車站坐落在峽谷中心的小島上。烏蘇拉一世說得沒錯：斯波坎有一種激動人心的活力，那是其他城市所沒有的，而喜劇劇院似乎是一座很不錯的劇院，「烏蘇拉天后」幾個字佔滿了整個招牌，下一個節目——一個名叫里柯・羅馬的盲人手風琴手——字體只有三分之一大。

勒姆・布蘭德站在喜劇劇院舞臺等著迎接我們，他把帽子拿在胸前，鞠了個躬，如同在面見皇室。想像了那麼多個星期後，我說不出對他有什麼期待，只能說他不如我的期待。大概五十歲，不過是那種三十歲就會顯得像五十歲的人，禿頭，臃腫，以一個習慣雇用別人來做他工作的人來說，態度算是和藹。

「我的老天，烏蘇拉，康斯丁先生相當生動地形容過你，但你比他的形容還要美。」布蘭德說。

喬在我身後笑著說：「布蘭德先生，她是不是非常叫人驚艷呢？」

「歡迎來到喜劇劇院。」布蘭德一邊說，一邊指著看上去有三百多個座位的地方。他說：「希望你能考慮今晚與我一起用餐，這是一個傳統，身為劇院的贊助人，我要對新演員展現斯波坎的老派好客之道。」

「所以那位盲人手風琴演奏家也會一塊去？」我問。

喬在我身後清了一下喉嚨。

「他不會去。」布蘭德吃驚地說。

「好可惜，那你的夫人呢？」

康斯丁那個膿包生氣地低聲喊我：「瑪格麗特！」

我轉身用銳利的目光盯著喬。「你是說烏蘇拉吧。」我這麼說是要提醒他他自己的規定：即使不在舞臺上，我也要留在角色中。「拜託，喬，布蘭德先生和我正在談話，也許你該去看看那隻大貓的狀況。」

喬腳底抹油溜了。我回頭時，勒姆．布蘭德滿臉通紅，帶著嚴厲的表情，我想他對礦工男僕女傭等數不清的底下員工也是這個表情吧。還有我，他的眼睛在說，我不該忘了我也是領薪水的。「我太太出遠門了，去波士頓寄宿學校探望我們的兒子。」他說。

「也許她下次可以一塊吃飯。」我說。

「也許吧。」這句話差點讓他窒息。

他怒火熊熊燃燒，我發現了扭轉局面的良機。「既然如此，私人晚餐聽起來很不錯，就我們兩個人，也許你在想我們其實可以成為朋友，常常一塊吃飯，你是這麼想的嗎，布蘭德先生？」

我換了個語氣，顯然把他搞糊塗了。「對對，我……是這麼想的。」他說。

「很好。」我輕笑了幾聲又說：「那麼，既然我是你的朋友，希望你不介意我在我們下次見面之前請你幫一個小小的忙。」

「幫忙？」

「對。」我伸手挽住他的手臂。「之後我的人就是你的了。」

他嚥了一口口水。

然後我提起烏蘇拉一世從雷諾發來的電報，還說西聯公司辦公室一定搞錯了，因為她的電報如果順利送達，他怎麼可能不回呢。

「沒錯，一定搞錯了。」他說。

「我想也是，你一定很急著想要找到她吧。」我說。

「找到她——」

「履行你的承諾啊！得知一個朋友誤會你把她甩了，一定很傷心吧，你一定想要趕快實踐你的承諾來彌補啊。」

「沒錯。」他說，眼睛盯著我放在他毛茸茸手腕上白皙的手。

「那就這麼說定了！你找到烏蘇拉後，你和我吃一頓最豐盛的晚餐，布蘭德先生。」

「叫我勒姆就好。」他說。

我說：「勒姆，那是當然的。」我點點頭。「非常期待。」說完，我鞠了個躬，轉身開始向我的化妝間走去。

「等等，你知道她在哪裡嗎？」他說。

我回頭看。「我不知道，我相信她是費城人。不過，我想，像你這樣地位的人，應該可以請個私家偵探來調查這個問題吧，說不定你的員工中就有這樣一個人？」

「確實有，只是起碼要給個名字，有名字就好辦了。」他說。

天啊，他連她的名字也不知道。

「她叫烏蘇拉天后。」我說。

＊　＊　＊

我們征服了斯波坎。大貓咆哮，觀眾喧鬧，我引吭高歌。燈光打下，開場表演——從第一場，我們就大受歡迎，該市有五家報紙，有一家稱我為「猥褻的奇觀」時，喬就把門票漲了三成。

當然，總會有讓我心動的人，在斯波坎，那人名叫格雷戈里。有一天，我發現他在劇院裡閒逛，給一個木匠送木板，我誤以為他是演員，兩人就聊了起來。我問他能不能拿點木料到我的化妝間。

後來我才知道他是工會的人，剛開始對社會主義產生興趣，是一個冒險家，更明確地說，是一個臨時散工和火車流浪漢。如果說記憶是一種不明智的投資，那麼這無異於是在燒錢。

但我能說什麼呢？他長得如此俊美，我對男人的肉體向來沒有抵抗能力。我姊老說我生來有男人好色的眼睛，我的下流魅力又讓我變得愚蠢，她說這會毀了我。「啊，那就認命吧。」我這麼對她說。

他有大理石般的寬闊肩膀，深邃的藍眼，濃密的黑髮，結實的手臂，飽滿的胸部，腰身幾乎和我的一樣細。曬成金黃色的皮膚非常迷人，我常常好言哄勸他把襯衫脫了，扔在我化妝間的椅子上。我有時發現迷人的男人在挑逗時不那麼積極主動，也許太習於手到擒來，但這個格雷戈里，在技巧和慾望方面，與我平分秋色。哦，我的天啊！騙子劇作家離開我之後，我再次擁有和男人共度的交歡午後。

他很健談，這一點我也很喜歡。當我們在旅館被窩裡四腿交纏，他說自己愛讀書，是社會主義者，是知識分子，不過我猜測他在這方面也有點「流浪」，受限於他在路上偶然找到的六、七本書。

不過真正觸動我的是他聊起了他的弟弟。父母雙亡後，他一直撫養弟弟，他描述將來想為他們蓋的房子時，我只能克制自己不要再一次撲向他。我可以想像烏蘇拉一世搖著頭，不認同我的多愁善感，被一個男人的外表弄傻已經是夠傻的了。

有一天晚上，我叫格雷戈里把弟弟帶來演出現場，那一整天我緊張得像個小女生。但表演結束後回到化妝間，我發現等著我的是另一個男人——那顆熟過頭的大南瓜勒姆．布蘭德，稀疏的頭髮蓋著蒼白的額頭，手中捧著一束鮮豔的鮮花。

他面露笑容，「我得說，那天你讓我大吃一驚。」

「不要這樣。」

「我不習慣女人有這樣的機智，也不習慣這樣的無禮。」

我回答：「謝謝你。」好像他這句話是恭維。

他看了看我的化妝間，然後看著我。「你說過，我找到她，你就願意和我共進晚餐。」

我的心一揪，「你找到烏蘇拉了？」

他點點頭。

「能給我一點時間換衣服嗎？」

「當然沒問題，劇院門口見。」他說。

他走之後，我匆匆忙忙穿過走廊，走去舞臺門口，想把可憐的格雷戈里和他的弟弟打發走，布蘭德這種人會給他們帶來可怕的麻煩，所以為了他好，我打算不留情面，像趕流浪狗一樣趕他走。但見了他的眼神，我頓時失去了勇氣，他的弟弟在巷底的身影更讓我心頭一震。我向他道歉，做出我能做出的承諾，雖然承諾是空洞的，但我真心希望是真的。望著格雷戈里雙手插在褲兜溜進巷子，我的心真的好痛。

我回化妝間換了衣服，嘴裡嘗到一種冰冷的鐵味。

有些事女人必須要做，我姊常這麼說。

女人在這個世界上一無所有，烏蘇拉常這麼說。

咆哮吧，山獅常這麼說。

布蘭德在外面等著，就在寫著我的名字的劇院招牌底下，一旁停著一輛好大的旅遊車。他扶著門，我上了車，他開車走過三個路口。看樣子車子才是重點，因為這是一個異常溫暖的夜，我們大可輕輕鬆鬆走過來。「這機器真不錯。」我說。

「謝謝。」他說，好像他發明似的。

餐廳很高級，灰泥牆，白桌布。晚餐供應時間即將結束，餐廳的人正在收椅子準備打烊。我跟著布蘭德穿過主要用餐區，進入一個私人小包廂，裡面擺出了兩人份的正式餐具，四周有大理石柱和紅窗簾。

包廂內有個肌肉發達的人等著我們，像是保鑣一類，他說他叫威拉德，手上拿著一個文件夾。「威拉德是退休的平克頓偵探，現在是我安全部門的主管。」布蘭德說「我告訴他，你是那種想要證明文件的女人，所以他準備了這份個人檔案。」

威拉德沒有正視我的目光，點個頭就退出了房間。

「希望我們能先用餐。」布蘭德說：「我剛開了一個會，討論即將發生的勞工問題，搞得我肚子不舒服。你不介意的話，我希望至少你能夠假裝很想和我一起用餐。」

「哦，我的確很想。」我挨著他坐下來，兩人坐在長桌的同一側，如同接待官方貴賓的國王王后。

在接下來的一個小時，服務生蜂擁而至，為我們送上法國紅酒，上等本地牛排，西雅圖扇貝，還有可能是從一個義大利天使屁股捏下來的馬鈴薯麵疙瘩。布蘭德告訴我斯波坎演藝圈的情況，他與工會的對抗，工會把他希望維持無組織狀態的人組織起來，牧師要馴服他希望維持未馴服狀態的城市。他還提到一個沒骨氣的市長，市長好像認為只能靠公園教堂建設出現代都市。

與他相處出乎意料地愉快，我這麼對他說，但沒有說明出乎意料的地方。我說，在一個雇用真正廚師的城市真好，在蒙大拿時，曾有個患了梅毒的瞎眼營地廚師想毒死我。

服務生收走盤子後，勒姆．布蘭德交代領班晚一點再上甜點。「你真體貼，你已經等很久了。」他對我說完後，打開了烏蘇拉一世的檔案。

他說她的真名叫伊蒂絲・哈迪森，今年四十六歲，不是什麼東岸舞臺世家最小的孩子，而是六個孩子中的老大，父親在密蘇里州獨立城做文職工作。她的父母是「重組後的耶穌基督後期聖徒教會」某個虔誠分會的教徒，在教會中名望很高。她十五歲時，他們安排她嫁給教會中一個開養豬場的鰥夫，但伊蒂絲在婚禮前跑掉了。

威拉德先生調查不到她在接下來的六年的行蹤，接著伊蒂絲・哈迪森二十二歲了，在明尼蘇達州勞工營妓院被捕。維吉尼亞市和克里普爾溪也有逮捕記錄，她就是在克里普爾溪認識了喬・康斯丁，他起初讓她在酒館登臺唱歌，後來把她打造成烏蘇拉天后。

我說：「她告訴我她是費城人，父親是雜技演員，從鋼絲跌下來，摔碎了頭骨。」

他笑了。「她告訴我，她的父親是『水牛比爾』・科迪率領的狂野西部巡迴秀的牛仔，讓她的法國母親懷孕，她十六歲來美國尋親。」

從他那張疙疙瘩瘩的臉，我知道他和我一樣對這份乏味無奇的報告感到失望。我提醒自己，即便他相當過分，從不回覆烏蘇拉的電報，但她曾經看得起這個男人，願意和他同床。

我又翻了翻報告。離開雷諾後，烏蘇拉一世坐火車去丹佛，看樣子是到「普特南和戈爾德巡迴馬戲團」的辦公室，馬戲團那個星期在愛荷華州演出，她向馬戲團經紀人打聽消息，想買一頭她合作過的動物：一隻叫博延卡的表演熊。經紀人說博延卡已經死了一年，牠開始失明時，訓師就安排牠安樂死。經紀人想不起烏蘇拉得知博延卡去世的消息有多難過，倒是花了一些時間回憶那隻熊，一致認為牠是一個罕見的天才。經紀人說，那頭熊在最後幾年彈得一手出色的班鳩琴，琴藝可以媲美人類演奏者。

伊蒂絲在丹佛又待了一個星期，根據威拉德的紀錄：吃吃喝喝，直到一毛不剩。

我不停翻頁，我一邊讀著，布蘭德也一邊說話。

「她最後無處可去，回到獨立城。」他說：「這趟返鄉之旅並不愉快，她只待了兩天。她的父親去世，母親妹妹都排斥她。現在她在愛荷華州得梅因市一家單人房旅館工作，做服務生，還有做——」說到這裡，布蘭德清了清嗓子。「以我要求威拉德不要寫進報告中的方式增加收入。」

報告掉到我的腿上，**你已經墮落到什麼地步了，你徹底毀了**。有那麼一刻，我簡直無法呼吸，只能垂頭看著地板。

「你必須明白，我不會把她帶回來這裡。」他說。

我抬頭看著布蘭德。

他說：「所以我開始想，你既然提起了我和烏蘇拉的約定，一定還有別的原因。我可以理解，如果我是你，我也會這麼做。」布蘭德把手伸進椅子旁的手提箱，拿出另一份文件交給我。上頭燙著蠟封，有「斯波坎郡」、「官方契約」和「買賣契約」等幾個字。文件中所登記的建築是華盛頓州斯波坎市的貝利旅館。

「這就是我們談過要讓她經營的旅館。」他說：「五十二間單人房，月租五塊，但這只是帳面上的，我們每天還跟三十多個女人收三塊，讓她們在巷側的花煙間工作，那才是真正的收入來源。從這些收入中，我塞錢給警察，讓他們睜一隻眼閉一隻眼。

「法律上的業主是一個叫伯克的人，稅金、維修都是我付，我每月給伯克十塊，讓他當幌子，掩護我的利益。」

我把文件看了一遍。共兩頁，第二頁底下有兩行字，將所有權從伯克（他已經在下面簽了名）轉移給瑪格麗特·安妮·伯恩斯——這是我的本名。合約是那天簽署的。布蘭德拿出一枝鋼筆。

「當然，你的合約條件比伯克先生的更好。」他說。他指著合約上的一段文字，「這份契約將建築的百分之二十實際所有權轉讓給你，也轉讓了物業每月營收的百分之二十。你負責百分之二十的維護、修繕和稅收。你不用拿現金投資換取這個部分的股權，但交換條件是，你必須同意承擔物業的管理責任，擔任它的形象大使。你有權在任何時候出售你的股份，但我保留優先拒絕任何報價的權利。」

私人包廂靜悄悄，我究竟是拿什麼投資旅館，那是不用說了，他的目光搜尋著我的胸部，我感覺到胸骨一緊，彷彿還穿著那件塞了肉的緊身胸衣。

我抬頭看著他的眼睛，不管烏蘇拉一世在那裡看到了什麼，她是對的，女人在這個世界上一無所有。

「百分之三十。」我說。

他笑了笑，把合約上的20劃掉，寫上25，然後簽上姓名的縮寫。他說：「你要每個月付伯克五塊，為期兩年。」

「我付伯克兩塊，你付他三塊。」我說。

他遞出筆，我接過來。他指著合約說：「簽這裡，還有這裡，以及這裡。」

簽完後，我把筆放下，彷彿它有四十磅那麼重。

接著，甜點來了。是麵包布丁。

16.

午夜時分，小萊在大北方車站和葛利會合，準備連夜前往西雅圖。她還是一貫的裝束，黑色連衣裙，黑色厚重外套，頭髮用黑絲帶束在腦後，拎著一個紅金色相間的地毯旅行袋。小萊向弗雷德．摩爾借了一個束口肩背包，所以不用帶著他的鋪蓋捲去旅行。

他們在二等艙找到位置坐下，小萊坐在窗邊。他其實從來沒有坐在火車裡，只坐過火車上，頭一次去西雅圖就是這樣，和吉格一起在厚厚的草堆中躲避鐵路局人員，然後趁著一列北太平洋貨車在機廠外加速時追著跳上去，一路上不是吊著梯子，就是坐在風檔上，熬過了痛苦的七個小時。但這還不是最慘的，流浪漢也有階級之分，小萊見過扛著鋤頭流浪的德州黑人男孩，攀在桁架上，離底下鐵軌只有一英尺距離。

但他現在可是坐在火車裡，靠著柔軟的座位，好不愜意，聽著軌枕的噠噠聲，昏昏欲睡——他怎麼還有辦法回去坐在火車上呢？

猛然驚醒時，他發現自己已經錯過了大部分的旅程。太陽升起，葛利不在身旁。雪停了，他們順利穿過山區，沿著喀斯喀特的彎道，緩緩進入一個鬱鬱蔥蔥的山谷。原木堆和造船廠從車窗外往後退去，接著是農場、堆垛和水濱聚落。火車放慢速度，他們越過一座橋，駛入一個髒如糞坑又繁榮發達的地峽——西雅圖。

上次來這裡完全是一場災難。吉格付錢給一個工作騙子，換到了一個碼頭工作，到駁船上卸貨，結果原來那艘船沒有載貨單，船上都是違禁品。第二天戴著工會識別證的碼頭工人出現，吉格才明白他是在做罷工工人不肯做的工作，所以碼頭的工作他不幹了，跑去找小萊，發現他在巷弄找吃的。他們在西雅圖貧民街困了四天，躲在一個灰色矮屋頂下，又濕又冷。如果那星期太陽曾經升起，小萊肯定是錯過了。

西雅圖好像一種傳染病，從水邊蔓延到青翠山丘。港區混雜的味道叫他作嘔，一股潮汐輕輕來回晃動城市汙水，又攪動著鹽田、木漿和魚內臟。吉格說這剛好是他比較喜愛河濱城鎮的原因，因為河水會帶走你的糞便，「一個人不該擔心自己早上拉的屎會在下午回來找他。」

小萊也不喜歡這裡的人——一群沒有幽默感的漁民和碼頭工人，還有小氣的店家老闆。他們找了四天，都沒找著工作，也沒有人慷慨解囊。最後他們在城外抓了一條響尾蛇。

如今搭乘溫暖的客艙抵達，小萊凝視著窗外環繞著他的城市，感覺完全不一樣。

「看到了嗎？」後方座位有個帶著英國口音的男人問。

透過窗戶，小萊看到一群工人在陡坡發射水砲，沖刷泥濘溪流裡的泥土，幾座房子被泥流困在嶙峋的人造懸崖上。

「他們準備要夷平丹尼山。」那人一邊說，一邊把臉貼在窗上。「再會了，西方的羅馬，七山之城現在只剩下六山了。」

小萊不知道該怎麼想。

火車嘎啦嘎拉沿著艾略特灣行駛，穿過碼頭後方的隧道，最後到達市中心南側的國王車站，巨大的車站鐘塔聳入低矮的灰色雲層中。

葛利從餐車回來了，帶著一個人，還有一個三明治。三明治用蠟紙包著，那個人正在忍受葛利的訓話。「……除了你聲稱相信的東西外，我也不想說服你了。」她不慌不忙，把火雞肉乳酪三明治遞給小萊，又回頭對那個男人說：「當你為了多給窮人幾分錢而煩惱時——」然後又回頭看著小萊，「他們芥末醬沒了。」然後又對男子說：「富人靠著數不清的利息遺產過活，通通都是不勞而獲，根據你的定義，那是免費的施捨，這也證明了你與生俱來的虛偽。現在我希望你能原諒我的坦率和粗魯，再會了，先生。」她坐到小萊旁邊的座位上。「想喝咖啡嗎？」

葛利精力充沛，如同一道停不下來的旋轉門，小萊就在轉進轉出之間度過了一天。他們先去了火車站，葛利介紹他認識一個高大的工會成員，「詹姆斯．加瑞特，IWW普吉特海灣的組織者，這位是萊恩．多蘭，十六歲，孤兒，斯波坎的警察差點把他活活打死——」加瑞特護送葛利到一間女子家庭旅館下榻，小萊則住進街角的小旅店，他把袋子扔到房間，回到樓下大廳，發現葛利和一個拿著筆和筆記本的紅臉男人正談得起勁。

「我告訴你，這和米蘇拉不一樣，如果那算是言論自由戰爭中的一次小規模衝突，那麼這就是最血腥的安提坦戰役。」葛利說。她碰碰那個紅臉男人的手臂，沒有停頓接著說：「奧倫．帕爾，這位是萊恩．多蘭，十六歲，孤兒，在斯波坎，只因為站在大街上，就被毒打、被逮捕，和三十個人擠在一間苦牢裡面。」

「混蛋東西。」那人低下頭在筆記本上抄抄寫寫。「是這樣嗎？」

「嗯。」小萊說：「二十八人，不過……欸。」

「混蛋東西。」那人又罵。

「奧倫，陪我們走走吧。」葛利站起來，輕輕挽著小萊的手臂。他們穿過雜亂的大廳時，葛利轉頭對奧倫說：「萊恩有兩個星期只吃麵包，只能喝水，他才十六歲，而且是個孤兒。」

「是這樣嗎？」奧倫嘴裡嘟嘟囔囔，「混蛋東西。」小萊真希望她能少提到孤兒的話題，這讓他聽起來像放在她家門口的棄嬰。

他們跨過了門，葛利告訴他：「奧倫是《社會主義報》的編輯。」

奧倫在人行道上垮下了臉，「已經不是了，葛利。」

「什麼？」她停下腳步轉過身。

「你沒聽說嗎？今天七月，我跟社會主義黨決裂，加入社會主義工人黨，但後來也離開了。」

「什麼？為什麼？」

「哎，在州大會上，我們和中央支部為了他們的宣言跟他們起了衝突，那些上城的混蛋東西把我們銬起來，把派克街的激進分子推到一邊，所以我氣得退出，加入SWP兩個星期，但是那些小資產階級混蛋東西就像編織俱樂部，所以我們最後自己成立了該死的大會。」

「你退出社會主義黨來召開自己的社會主義大會？」

「後來國家派不承認我們，所以我們又全退出了。」

「你退出社會黨了？奧倫，你可是編輯一份叫《社會主義者》的報紙。」

「我說了，我不做了，我現在是工資工人黨，我們辦了一份報紙，叫《工人報》，但只印了兩期，就改名叫《工運報》。」

葛利盯著地面看了一會兒，然後朝小萊看過去，小萊完全不知道這是什麼狀況，於是聳了聳眉毛。

葛利突然又開始走路，一手挽著小萊的手臂，奧倫以全速跟在他們後面。「好吧，你還是應該在這裡寫一寫萊恩的事，一個為正義和言論自由而戰的可憐孤兒——」

「還設法要把我哥哥從監獄中救出來。」小萊第一次插嘴說。

「沒錯！」她說：「還有為了跟他同樣勇敢的哥哥，這就是我們需要你寫的東西。奧倫，我們正在募款，我們要在斯波坎發起第二次的言論自由日，聘請具有全國水準的大律師，最後把那五百名勇士救出來，包括萊恩在世間唯一的親人，從那個可怕的監獄中救出來！」

「五百人，混蛋東西。」奧倫又開始在筆記本上亂寫亂畫。「是這樣嗎？」

葛利用手指敲敲奧倫．帕爾的筆記本。「五百個工人，唯一的罪行是在街上自由發言，找工作時不給騙子錢！警察把監獄關滿了人，連萊特堡的禁閉室也被塞滿了，他們把可憐的萊恩關在舊學校，沒有暖氣，沒有電。」

「而且你說他是孤兒？」

「混蛋東西。」小萊喃喃自語。

「警察現在根本也不等他們發言了。」葛利繼續說：「只要有人從火車上爬下來或問路，他們就當場把他銬起來，這是暴政！」她帶著他們轉了個彎，人行道沿著山坡延伸，山坡極為陡峭，所以側門變成在大樓前面的二樓。「你需要親眼瞧一瞧，奧倫，來吧！寫一下吧！這是個很棒的報導。太過分了。」

「好，我們下星期委員會要開會，對章程制度進行投票，但我可能之後可以過去。」

「那就太晚了。」

「是投票表決規章制度，葛利。」

「好吧，看在上帝的份上，起碼寫寫關於我們這一趟出行吧，奧倫，你會寫吧？」

「嗯，當然會。」他說，他的臉紅了。

她又敲了敲他的筆記本。「十天後，我們計畫第二場自由言論行動，在那之後的一個星期，克萊倫斯・丹諾要在博伊西發表演說，我和萊恩打算過去，並且沿路募款，這樣才能聘請克萊倫斯・丹諾來對抗這場鬧劇！丹——諾！」她推著小萊穿過旋轉門，回頭說：「寫出來刊登吧，奧倫！」她捏了捏小萊的胳膊，輕聲說：「血都白流了。」

小萊回頭瞥了一眼，隔著旋轉門看到奧倫・帕爾，聽到那人最後一個模糊不清的問話：「葛利，你是不是懷孕了？」

17.

西雅圖的IWW工會只有斯波坎的一半大小，位於先鋒廣場一家乾貨店樓上，狹小擁擠，橫樑擋去了半邊的舞臺，屋內黑漆漆煙濛濛，擠了一屋子的人，看過去都是鬍鬚和帽子，還有不斷地交叉又打開的雙腿。小萊和葛利坐在前排，一個本地人率先發言，這個可憐的流浪木工，吸溜吸溜抽著鼻子，不停地發出「呃呃呃」，無法連續說出三個字。小萊集中不了注意力，只能想像整個城市都染上了同一種流感病毒。

在斯波坎時，葛利向工會人士保證過，她會把宣傳工作留給其他人，但一整天下來，小萊發現這是不可能的。在一次又一次的集會上，不管是坐滿了社會主義者、支持女性選舉權者，還是上流社會的婦人，她一闊步走進房間，就接管了集會，這場募得三十塊，那場募到五十塊，還有四名婦女允諾前往斯波坎協助工會供餐。有了那些集會，才有這一晚IWW工會的主要活動，在先鋒廣場發送的傳單上寫著：「叛逆女孩E．葛利．弗林（瓊斯）今晚七點發表演說，主題：斯波坎言論自由之戰。」舞臺上，本地的組織工作者快說完話了：「呃，我說完了我的看法，現在輪到你們前來聽她說話的那個人，傑克．瓊斯太太，以前被稱為——呃呃——來自紐約、來自芝加哥，充滿熱情的叛逆女孩：伊莉莎白．葛利．弗林。」

霉味四溢的房間響起了掌聲，她在掌聲中走出來，刻意邁開步伐走向人群，彷彿要衝進去似的，一直走到舞臺邊緣才停下來。她身體向前傾，「聽我說。」她喘了幾口氣。「兄弟姐妹們，我們曾經遭遇過這樣艱難的時刻嗎？」

她列舉一連串的惡行：每日工作十五小時，婦人死於縫紉機前，男人在塌方中喪命，而他們的家屬什麼都得不到；銅礦大亨和航運巨頭過著皇室般的生活，窮困工人則連破旅社也睡不起，一家老小睡帳篷住工棚，工人沒有權利，當他們的身體垮了，臥病不起，或是老到不能工作時，就被棄如敝屣。

「聽我說。」她說得非常輕，大家不得不向前傾。「我知道你們相信有一個更美好的世界——」接著她提高了聲音，讓他們坐回椅子上。「但是，沒有戰鬥的意志，信仰就是虛無的！在此，我要告訴大家，戰鬥來了！就是現在！就在斯波坎！」她比了比小萊，小萊站起來。「這位是萊恩．多蘭，十六歲，因為想說話，因為以為自己只要努力工作，有一天可能在這種生活中站穩腳跟，結果呢，被毆打，被監禁！今天，他和我一起來到這裡，懇求你們的幫助，也懇求你們幫助他的親哥哥，一個身陷斯波坎監獄的政治犯——」

這一部分他們排練過，小萊對著人群，一如既往述說自己的經歷，從「我們在一個球場醒來——」開始，接著暴徒襲擊，吉格被毆打、被逮捕，他自己被抓起來，關進苦牢中，還有打石堆、只吃麵包和喝水等等，然後出來發現朋友朱勒斯死了，哥哥可能要被關上六個月，也許更久，但他不過是站到板條箱上唱歌而已。這就是他到這裡的原因，他要募款，聘請「克萊倫斯．丹諾大律師」幫助吉格和其他人離開牢籠。

「謝謝你，萊恩。」她對他點點頭，示意他做得很好，他便回到座位上。在傳單和海報上，她給自己的名字加上了「瓊斯」，但現在舞臺上，只有葛利，她穿著寬大的黑大衣，掩藏自己懷孕一事，大衣也讓她顯得飄逸，凸顯了那張瘦削蒼白的臉龐的精緻黑色五官。「這就是戰鬥，兄弟姐妹們！而且不只在斯波坎！」她像拳擊手一樣善用空間，從一個角落走到另一個角落，身子前傾，彷彿透過一扇高窗往眺望。「只要這些強盜大亨擁有土地，並且擁有產業，並且擁有派你去那裡工作的介紹所，只要是在這樣的地方，就有戰鬥！只要男人女人被迫露宿街頭，只要幾個銅大王和木材大亨竊取數千萬人勞動創造的財富的地方，然後只因為他們問了一句為什麼，就毆打和逮捕那些被他們搶劫的人的地方，都有戰鬥！」

小萊見過哥哥沒完沒了宣傳工會理念，沃爾什勸說憤怒的人群不要去砸了某間工作介紹所，像朱勒斯那樣說故事的人，雲遊四海的江湖郎中和手相師，也見識從中外野手轉為福音傳教士的比利·桑德以詼諧口吻布道，讓一千個流浪工人聽了為之傾倒，為之入迷（「去修車廠不會讓你成為一輛汽車，同樣的道理，上教堂也不會讓你成為基督徒」）。

但，他從未見過葛利這樣的人站在臺上。

人群點頭，準備開始騷動，但葛利不願停頓，她把他們喃喃的讚許聲變成越來越高亢的大合唱。「兄弟姐妹們，看看這個房間，看看我們的身體，我們的熱血，他們機器的燃料！我們可以用同樣的燃料，發起一場運動！這些身體！這些熱血！要求公平的報酬！基本的醫療！婦女、黑人、印第安人的權利！要求美國人有權公開反對腐敗！反對貪婪和不公平！加入我們的前線吧，捐款，幫助年輕的萊恩·多蘭和他的哥哥，因為當我們在斯波坎獲勝後，我們會把戰鬥帶到這裡，帶到西雅圖，帶到舊金山和弗雷斯諾，帶到波特蘭和明尼阿波利斯，我們會讓這個國家的每一個城市的每一個街廓的每一棟樓，都有這樣的房間！我們的正義會擴展到大街小巷，擴展到伐木場和礦業名人堂！十一月二十九日，來斯波坎，加入我們，用我們的和平，與他們的腐敗對抗，一個房間一個房間，一條街道一條街道，一個城市一個城市，在鐵路和碼頭，在工廠和農場，在任何一個工人或婦女被騙走一塊錢，為了生活和生計緊緊抓住貨梯的地方，我們團結一致，說：『不再忍了！我們要一個更美好的世界！』」

小萊仍舊坐著，但周圍的人都站起來，又是跺腳，又是歡呼。一個桶子傳下去，大家紛紛掏出零錢小鈔。演說結束後，想跟葛利說說話或是摸摸她的男女把她團團圍住，小萊則站在一旁看著。葛利沒有理會這些人，自顧自走到舞臺邊上，把一個獨自坐著的年輕女人叫過來。

那人衣衫襤褸，看起來頂多二十歲，小萊推測她在鴉片館工作，經常遇到麻煩，因為演說開始以前，他已經注意到她，頭髮亂糟糟，眼睛剛被打黑。現在，在人群騷動時，葛利彎下腰拉著年輕女子的手，對她說了些什麼，接著抽開身子，用較大的音量說：「你可以的。」然後她沿著舞臺走，一路向聽眾表示感謝，衣衫襤褸的女人與小萊對望了一眼，就匆匆離開了工會。

舞臺上等待的人大多只是想感謝葛利，也有人把捐款裝在信封中交給她，信封立刻被收進了大衣，小萊心想，如果她不是這麼一個了不起的工運人士，一定是個手腕厲害的騙子。

有幾個人也想和小萊說話——一個戴帽子的女人問起他哥哥的情況，一個老先生感謝他，一個臨時工說他月底會去斯波坎參加下一次自由言論行動。一位女士說她有個妹妹住在斯波坎，「阿妮斯．普爾？嫁給了一個做家具的？卡爾．普爾？我不太喜歡卡爾，沒人喜歡他，你認識他嗎？」

後來，一個戴著牛仔帽的高個子拉住小萊的手臂，讓他鬆了一口氣。這男人告訴小萊，不要和平抗議，直接搞破壞才有用，「年輕人，你知道這些演說的影響力，根本比不上在樹木適當的地方打上一根尖釘。」

「我也一直想讓他明白這一點。」一個熟悉的聲音響起。

小萊轉身一看，是厄利．萊斯頓，在人群中，他依舊毫不起眼，手插在褲子口袋，帽子歪向前方。

「厄利！」小萊離開那個主張搞破壞的人，朝厄利走去。

「瞧瞧你，我才離開兩個星期，你就成了一個知名的激進分子。」厄利說。

他們握住彼此的手，你拉我我拉你。厄利一隻手放在小萊的肩膀上，態度嚴肅起來。「你哥哥的事，我也很難過，還有朱勒斯。」他搖搖頭。「我應該要讓他跟我一塊走才對。」厄利說，離開斯波坎後，他來到西雅圖，正在找看看有沒有正職工作，結果在先鋒廣場看到海報，知道伊莉莎白．葛利．弗林來了西雅圖，準備談談斯波坎遇到的困難。「我以為吉格參與了這件事，但我沒想在這裡看到你。」他咬著下嘴唇。「希望我對那條子幹的事沒有害得你們更慘。」

小萊聳聳肩膀，「反正他們本來就不會輕易放過我們。」

「哎，我還是覺得很抱歉，小萊。」

這時有人拉開嗓門，打斷了他們的重逢。

小萊轉過身，看到一個白髮蒼蒼的老先生，站在舞臺下對葛利大吼大叫，可能是耳背，或者只是很生氣，因為他認為她的演說「已經退化成關於婦女選舉權的長篇大論」！

「長篇大論——」

「沒錯，長篇大論！」那人說。他讓小萊想起工會辦公室那些年長的勞工領袖，對著葛利大呼小叫，如同她只是個孩子。「這篇長篇大論讓聽眾的心硬起來，反對一個原本值得尊敬的資訊的價值——那就是為窮人伸張正義！」

小萊從舞臺的邊緣可以看到，葛利對著老人家微笑，她的冷靜令他驚訝，但他相信在她的眼中也看到了另一樣東西——一絲惡作劇的意味。「恕我直言，先生。」她說：「我認為，在我們徹底解放陰道之前，我不相信對任何人來說，無論是經濟上還是其他方面的正義有可能真正實現。」

那人氣得語無倫次，往後退了一步，牧師領上的臉漲得通紅。他從小萊身邊衝出去時，仍舊結結巴巴。

18.

他們募到了近兩百五十塊，是他們目標的四分之一，西雅圖IWW領袖加瑞特說：「如果你沒有決定在晚會結束時對牧師大聲說出不敬的話，可能會募到更多的錢。」

「大聲說話的人是他，我倒是很冷靜。」她說。

除了募到的錢之外，還有十幾個人答應前往斯波坎參加第二次的言論自由抗議活動，讓小萊大吃一驚的是，其中包括了厄利．萊斯頓。

小萊剛剛向葛利．弗林介紹：「這位是厄利，就是我跟你提過在河邊的那個人，我們遭驅趕的那一天，他狠狠地打了他們幾下。」讓小萊大感意外的是，厄利摘下帽子鞠了一躬。

他對葛利．弗林說：「你口才真好，你講完時，我已經被你說服了一半，想回斯波坎加入了。」

「只有一半？」她說。

「也許不只。」他說。

小萊側頭看著厄利。

「為了吉格，我願意回去，還有你和朱勒斯，你們都為我挨了打。」他說。

「不如就跟我們走吧？」葛利說：「一塊去蒙大拿，為了安全起見，我本來就該跟兩個男人同行，萊恩對你評價很高。」她說她可以用工會經費幫他買火車票。

「是嗎？」他看看小萊，又看看葛利。「唔，好，但我不唱歌，如果有什麼條子拿著警棍朝我衝過來，我不能保證我不會——」

「不行。」她說：「非暴力，這是唯一的原則。」她伸出手，厄利看了一會兒，像是不習慣和女人握手。

「好吧。」說著他握住了她的手，「但我還是不唱歌。」

所有人離開工會後，葛利挽著小萊的胳膊，他陪著她沿著繁忙的街道走向她的家庭旅館。

「萊恩，你今天表現得很好。」她說。

「你是我聽過最厲害的演說家。」他說。

她不置可否接受了這個稱讚，小萊想起勒姆．布蘭德的話，他說葛利並不在乎他這樣的勞工。

「但我想問問，你想你的演說有個地方能不能改一改？」

她停下腳步轉過身來面對他。

「你一直說我是十六歲的孤兒。」他說。

「哦，真是抱歉。」她撫著胸口。「是不是太侮辱人了？有時這個故事讓我很感動，我昏了頭。」

「不是，我可以理解，只是……」他猶豫了一下。「那個，今天我十七歲了。」

原本放在她心口上的手，現在掩住了她的嘴，她把手拿開時，露出了笑容。「走走。」說著她拉他走上第二大道，穿過迷霧，一路閃避著擁擠的電車、汽車和馬匹。到了耶斯勒路，她帶他進了一棟樓，上頭掛著花哨的招牌：G．O．蓋伊食品雜貨行。

葛利笑盈盈把雙手放在冷飲櫃檯。「我和我這位紳士朋友要慶祝，我們想喝兩杯冰淇淋蘇打。」

紳士朋友！小萊看著櫃檯後面的人拿出兩只底窄口寬的大玻璃杯，打開龍頭，香草蘇打就這麼流出來了。接著他挖了冰淇淋放入杯子，每杯各兩勺，蘇打在冰淇淋四周嘶嘶冒泡。

他們把冰淇淋蘇打端到一張鍛鐵桌上。小萊不大想吃，他吃過冰淇淋，也喝過蘇打，兩樣東西單獨吃，他都非常喜歡，擔心一起吃會變得非常難吃。可是蘇打讓冰淇淋開始慢慢融化，冰淇淋讓蘇打變得更冰涼，吃起來真是又滑順又香甜，真好吃！哥哥關在監獄，他卻享用著這樣的美食，他心裡又是一陣的愧疚。

葛利慢慢攪著她的杯子。「以前我媽媽做針線活賺到一點外快後，就會背著我爸爸，帶我們去買冰淇淋蘇打。」回憶起往事，她嗯了幾聲，終於吃了一口。「萊恩？你有沒有曾經對自己做的選擇感到後悔過？」

他不知道如何回答這個問題，他做過選擇嗎？他沒有好好想過這件事。自從母親去世後，他在零工、火車和破旅社之間輾轉移動——今天睡這裡，明天睡那裡——這是一種選擇嗎？有些事他覺得很不好受，比如從冰櫃偷雞，在寒冷的夜晚讓一個流浪漢壓在身上，但實際上他記得自己做的第一個選擇，就是吉格被人從臨時講臺撞下來後，自己站上臨時講臺。

然後小萊想起了勒姆．布蘭德那間暖洋洋的書房，想到他手中的二十塊。這是一個選擇，也是一個遺憾，那天他設法告訴布蘭德沒有什麼大不了的事——就只有報紙已經刊出的事，但他知道他做的事是錯的。他抬頭看著葛利，擔心自己的臉上寫著大大的內疚，不過她沉浸在自己的思緒中。

「我十五歲時，我媽帶我去聽文森．聖約翰[6]講西部勞工的問題，他很瀟灑，我目不轉睛盯著他傷得不成樣的手——他在明尼蘇達州一場糾紛中遭到槍擊。」她笑了起來，然後傾身靠過來，吐露心中的祕密。「發現自己有喜歡的類型，唉，真叫人覺得失望。」

她說，不久之後，有個叫大衛．貝拉斯科的百老匯製作人送了一張便條到她家。「他在報紙上看到我被捕的消息，邀請我和我媽媽去看他的製作《金色西部女孩》，故事講的是一個西部邊境酒館的女人，愛上了一個聲名狼藉的逃犯。那齣戲很爛，但是我不得不承認，逃犯登場時，還是有點讓人激動。布蘭奇．貝茨演女主角，我記得我媽媽說：『好吧，起碼她的胸脯能演戲。』」

小萊瞥了一眼冷飲櫃檯周圍，不過只有一個紅色蒜頭鼻的老男人在聽，他穿著花呢西裝，就坐在葛利的肩膀後，聽到「胸脯」時，放下了報紙，現在又拿起來。

「散場後，我們被帶去貝拉斯科樓上的辦公室，他問我有沒有興趣當演員，他正在製作一部關於年輕勞權人士的戲，他認為一個貨真價實的『東區聖女貞德』會帶來很大的宣傳效果。『不用了，謝謝。』我告訴他：『況且，我是布朗克斯人。』」想起這段記憶，葛利搖了搖頭。「我媽媽對我大發雷霆，她認為這是我獨立生活的機會，走上舞臺！但我告訴她，我會選擇自己的道路，她不應該把她沒有實現的夢想轉移到我的身上。

「第二年，我第一次參加IWW大會，那次的旅行改變了我，那些工廠、採礦營，大片的森林、山脈，我只想繼續旅行，繼續往西走，再停靠一個火車站。我不想回家，小萊，這就好像……戀愛了。」

想著這段回憶，她露出了笑容。「我就是在那裡認識了傑克，他是礦工，在梅薩比鐵礦區組織工會活動，他的眼睛，哦，我無法跟你形容有多迷人。因此，當文森．聖約翰建議我，從明尼蘇達州開始往西部做巡迴演說，我就抓住了這個機會。

「但是我爸媽氣壞了，聖約翰先生來為我求情，要他們放心，他說我會住在體面的家庭旅館，有女舍監照顧，他還會派兩個男人負責我的安全。他解釋這一切時，我媽就站在我們家客廳，雙手抱在胸前，她說：『那你會派誰保護這些男人不受她的傷害呢？』」

小萊又紅了臉，低下頭來。

「我覺得丟死人了！我把她拉進廚房，我們互相大吼大叫，但她就是不肯讓步。我那時剛滿你現在的年紀，十七歲，她認為這個年齡還太小，不能一個人前往艱苦的勞工營和西部城鎮，而且她還提醒我，我答應過會讀完高中。我簡直不敢相信我聽到的，高中？我是不是應該請傑克·瓊斯和文森·聖約翰把革命拖延幾個月，讓我參加禮儀考試，舉辦最後一場鋼琴獨奏會？也許我媽媽更希望我留在家中，嫁給一個紐華克的簿記員，讓他一輩子在我學煮白菜的時胡亂摸我的裙底？

「我媽無奈地攤開雙手，我起碼可以承認，人生除了做簿記員的妻子和礦工的妓女之外，還有別的選擇！」

雷依瞥了一眼冷飲櫃檯四周，穿粗花呢的老先生又從報紙上方偷窺，不過葛利似乎不以為意，繼續回憶與母親的這場爭吵。

「我對她吼道，『一個妓女起碼有腦袋，會先把錢拿到手！』」葛利搖搖頭。「唉，這句話說得很難聽，因為我爸爸除了會說故事以外，從來都不怎麼養家。我媽給了我一巴掌，我也回她一巴掌，她又再打了我一巴掌，我知道最好不要和安·葛利再互打一回合。我們像職業拳擊手在廚房裡對峙時，偉大的文森·聖約翰耐著性子坐在我家客廳，等待我的答覆，聽著我爸爸不停講他一八九〇年發表的地方自治演講。

「就在那時，我媽媽的臉變了，好像那一刻突然變成了一個更成熟的自己，憤怒也從她的眼中消逝。」

「『媽，我要走了。』」我說。

「『我知道你要走了。』她說。她看看廚房，這個她每天忙碌十二個小時，做三頓飯，縫縫補補賺外快的地方，她在這裡生活，在這裡老死，要不是她把我養大，讓我逃出去的話，我也會在這裡或者類似的廚房老死。她嘆了口氣，拉起我的手說：『葛利，給他們點教訓吧。』」

小萊的冰淇淋蘇打汽水早吃完了，杯子也舔得一乾二淨，簡直不用清洗了。

「看看我，吃得這麼慢。」葛利說著把她的玻璃杯往前推。「幫我吃完吧，我的胃不舒服。」

「不，妳應該吃。」小萊說。

「我幫你慶生，你不要客氣。」她說。

一個女人含笑走過去，小萊想到他們在外人眼中一定很甜蜜，他穿著律師的二手衣，戴著圓頂禮帽，葛利穿著她寬鬆的黑大衣——就像一對一塊享受冰淇淋的年輕情侶，而不是一個懷孕的十九歲革命家，以及一個剛從苦牢出來幾天的十七歲孤兒。他想像他們真的是情侶，一想臉就紅了。

他看了看這家店，好像沒有別人注意他們，連那個穿粗花呢的蒜頭鼻男人也起身走了。小萊吃完葛利的冰淇淋，他們也起身，走到雜貨行外，發現有個女人靠著燈柱，他們一出來，她就挺直了腰桿。是那個黑眼圈女人，葛利在演說後曾與她說過話。「我從工會就一直跟著你，希望你不要介意。」她說。

「我怎麼會介意，萊恩，這位是卡洛．安。」葛利說。

卡洛．安根本沒看他一眼。

葛利轉向他，「不好意思，萊恩，能讓我們單獨說幾句話嗎？」

她帶著女人走了半個街廓。在人行道上，路人對這個瘦弱女子敬而遠之，葛利卻握著她的手，一面點頭，一面傾聽。然後葛利將手伸進黑色大衣的口袋，掏出一樣東西塞進女人手裡，女人搖著頭不肯收，但葛利點著頭，像是堅持要她收下。她拍拍女人的手，女人冷不防給葛利一個擁抱，葛利似乎吃了一驚。

女人沿著街道走了，她在街角轉彎後，葛利回到小萊的身邊，再次挽起他的手臂，兩人朝旅店和家庭旅館走去。

「你看見她的眼睛了嗎？」她問。

「看到了。」小萊說。

「被她姊夫打的，恐怕還有比這更糟，她不離開會有危險，所以我建議她馬上坐火車離開，她在加州有親戚，表親，所以她要去那裡。」

「哦，還有一件事。」她繼續說：「我原本以為我們今晚籌募到兩百五十塊錢，不過原來記帳記錯了，其實是快兩百塊錢。」

他們走到了她的家庭旅館門口，小萊隔著窗戶看到女舍監端著一杯茶坐在火爐旁。「記帳記錯了。」他說。

「對。」

小萊仔細看著她，他怎麼會想像他們成為戀人呢？她過著跟自己天南地北的生活，不只結了婚懷了孕，還指揮工會對抗整個城市，這個瘦巴巴的女孩，讓滿屋子的工人激動起來，一時興起就決定給一個挨打的可憐女孩錢，幫助她離開這個城市。他很傻，居然想像吻她會有什麼感覺。他現在想知道的是，成為她會是什麼樣的感覺。

「希望是牧師的錢。」小萊說。

她盯著他看了一會兒，臉上慢慢綻放出燦爛的笑容。「我才不信他捐了錢。」她說。

「那真是太可惜了。」小萊說。

她緊緊地摟著他。「萊恩，謝謝你。」又湊著他的耳朵說：「這正是我需要的，生日快樂。」

小萊看著她走上臺階，窗邊女舍監的身影站起來迎接她。

他沿著街道回到自己潮濕的旅館，跟櫃檯的鬼魂拿了鑰匙，走上窄梯，回到房間，仍然感覺到她的手壓在手臂上。多麼不可思議啊，這些生命的轉折，吉格坐牢，而他和葛利這樣的人一起在西雅圖。

小萊轉動鑰匙，鑽進了門。一個男人坐在他的床上。

「你是誰？」小萊問。

這人上了年紀，起碼有六十歲，灰色粗花呢大衣長褲，非常華麗的領帶。不過吸引小萊目光的是他那布滿青筋的紅鼻子，他認得他，是雜貨行的那個人。

「多蘭先生，冰淇淋好吃嗎？希望還合你的胃口？」他的英國腔帶著點殘餘的西部口音，像什麼花哨的東西覆上了灰塵。小萊想起抵達西雅圖時，後面火車座位傳來一個聲音，指著窗外炸掉的丹尼山。

「你是誰？」小萊再問一次。

「我被派來追討你欠布蘭德先生的錢。」

小萊糊塗了，「他想拿回他的二十塊？」

那人笑了，「他不想拿回他的二十塊。」

小萊完全摸不著頭緒，「你是誰？」他第三次問。

「哎呀，請見諒，我失禮了。」那人站起來摘下帽子伸出了手。「我叫——」

---

6 Vincent Saint John（1876–1929），二十世紀初美國極富影響力的勞工領袖，作風激進。

德爾・達爾沃

想到斯波坎，我心裡就悶得難受。好一個充滿了血泡的城市，不是一夕致富的大財主，就是流浪打工的過街鼠，沒有介於兩者中間的人。斯波坎，一輛鍍金馬車，從拉屎洗澡都在同一條河的鄉巴佬身邊駛過。

斯波坎，我最不想去的地方，但工作終究是工作。所以我收拾了三件襯衫，又為了帶哪一把噴子猶豫了一分鐘（最後選了把點三二的薩維奇自動手槍，體積小，但打起來又猛又響亮）。我從丹佛搭頭等艙到比林斯，在一個月內第一個清醒的日子穿越了蒙大拿州，沿著愛達荷州的狹長地帶，朝華盛頓州邊境走了兩個小時。這時，那個病態蒼老的聲音響了起來：**當心啊，德爾——**到了霍普，我給腳夫塞了一塊錢，換來了威士忌，火車在最後五英里處減速時，又塞了一塊。過了森林、山麓、農場，終於抵達了斯波坎。

我無法相信，這個梅毒鎮竟然擴大了，煙霧從兩萬個煙囪中升起，柱子頂著延伸到無邊無際的灰色天花板。這座城市的規模，是我上次恨自己身在此地時的兩倍，悲慘在整個河谷蔓延開來了。

到車站後，我有點動了溜之乎也的念頭，那個聲音又響起：**回家吧，德爾，你用不著做這個工作。**不過我的醫生不太可能讓我用名聲付醫療費用。**你可以做到**，我回答。在平克頓幹了十年，在同盟再幹十年，還自由接案二十年，再糟我都撐過來了。

更何況錢是好東西，從礦業戰爭以來，我還沒見過這麼大一筆錢。這個布蘭德提供了我可觀的報酬（**親愛的達爾沃偵探，我和我的同事想詢問……**），信中還提到一點我昔日的評價，不過我也懷疑這份工作超乎了我肯做的範圍——我幹過得可多了，年輕時在莫利幫[7]做臥底，中年時混入工會，打人、埋人、搞垮人，哪件我沒幹過。

從上次來之後，斯波坎多了一座漂亮嶄新的火車站，蓋在瀑布這側的小島上，三層樓高的磚頭，三層樓高的樂觀。我在月臺上犯了一個錯——抬頭往上看——結果一個死笨驢告訴我，我正在看著芝加哥以西最大的鐘，一百五十五英尺高，還有四個九英尺寬的鐘面。死笨驢還說，斯波坎有世上最大的啤酒館，最大的劇院舞臺。他要不閉嘴，我還真想對著他的牙齒開槍，什麼傻蛋我都受得了，這種沒腦袋的熱心支持者卻讓我噁心。

「你知道你在這裡還該去看什麼嗎？」他說。

「是只有你，還是這城市每個人都是叫人受不了的龜孫子？」

他還沒回答，一個戴著司機帽的傻大個，從一隊腳夫中走出來，盯著我的鼻子。一個人可以藏住很多東西，但藏不住烈酒玫瑰盛開的人生地圖。「達爾沃先生嗎？請跟我來，先生。」

我跟在司機後面，但留意到他穿著絲質襪子，胳膊擺動著袖扣。我的老天爺，這煩人的工作，一個自以為是的商販，假扮成自己的司機，戴著帽子什麼什麼的，學僕人伸手提行李。

要怎麼演呢？故意暴躁？還是隨他去玩他的？我採取折衷路線，不讓他玩我，也不想他不爽。「謝謝你，布蘭德先生。」我說。他轉頭，一臉驚訝，我真喜歡他那挫敗的表情——他的詭計被揭穿了，而且他正拎著我的行李。鮪魚肚，我這個紅鼻子厲害吧？他嘟囔了幾句關於安全和匿名的廢話，但我看得出來他只是想學一個技藝高超的魔術師公開身分——看，是我，勒繆爾．布蘭德！

他的傻大個保鑣上了一輛車尾隨著我們，我和布蘭德則坐上一輛大旅行車，由他開車，進入那個洋溢著希望的市中心，經過彎來繞去擁擠不堪的電車，追過馬車和開起來噗噗作響的廉價小T。車流比上次多了許多，一條寬闊得出奇的街，通往一棟俯瞰他臭王國的豪宅。

在車上，他發表了一篇完整的演講：「城市瀕臨著社會主義的危害——東岸來的工運人士——骯髒的移民——礦主和商界領袖憂心忡忡——真正的美國人——滿是害蟲的監獄——市長的雙手受縛——支持警方——道德責任——商業利益——保持平衡的未來——正派的最後防線——」

「這就是你找我來到這裡的原因嗎，布蘭德先生？我為人正派？」

他看了我一眼，沒什麼笑容。

車子停下，我們下了車，老粗保鑣也從後面的車裡鑽出來，用那老特工的眼神匆匆掃了我一眼。我拉開外套，讓他瞧一瞧我的槍，這個傻大漢就不會覺得有必要把槍從我身上拔出來了。

我說：「達爾沃。」

他說：「威拉德。」

此外還有三人在邊上守著，看來這個布蘭德是驚弓之鳥，或者只是有錢沒處花。他提議要帶我參觀他家，不過我拒絕了，他很失望。我已經感受到我某一種更為強烈的渴望。

他的演說講到了他代表「一個工業家、礦主和木材商組成的財團，希望反擊無政府主義者和工會成員。」

「財團。」我重複這兩個字，沒有比財團更棒的了，這表示可以拔毛的母雞不只一隻，而是有十隻啊。

他解釋說，在第一輪對抗中，斯波坎警察局長對沃布里採取了適當的強硬態度，如果他們一直強硬到春天，流浪漢就會放棄，回去工作，麻煩就自行解決了。但「這個城市的決心中有一些薄弱的環節」，來了一位新的工會組織者，是一個女孩，「財團希望鞏固警方的行動，同時阻止這個年輕的女性組織者建立穩固的基礎。」

「所以你要的是鞏固。」我說：「為什麼找我？這裡很多人能做這件事，甚至有三家全國性偵探社在斯波坎設有分社——要凶狠的，找泰爾；要自恃聰明的，找平克頓；要談判的，同盟那裡有人——隨便一個都能鞏固，此外起碼還有四家地區型的喬事店，何必大老遠從丹佛找老德爾來——有一點我沒有先說——他已經過了巔峰期十年了？」

「首先，不能用本地人。」布蘭德說：「也不能是我的手下，不能追查到我。這件事不能公開，而且要讓它看起來……」他思考該怎麼說。「很自然。有人大力推薦你，說你這方面很行。」

然後他說了一個名字，一個斯波坎富商。上回我來，就是來幫他處理一件下流事，平克頓和更好的偵探社不碰的那種事，女人礙事之類的事。

我的老天爺，這樣的地方！

我們走上臺階，似乎是為了揮走我的良心，布蘭德的胳膊對著入口通道一揮，「歡迎來到阿爾罕布拉宮，達爾沃先生！」

「跟那座西班牙城堡一樣。」

他驚得目瞪口呆，如果不是已經雇了我，他也會當場錄用我。「嗯，我得說——你的確名不虛傳。」

這些開礦的傢伙，知道的那麼少，想相信的卻那麼多，找出他他媽的房子的名字是有多難？我跟著他走過雙樓梯底下的豪華樓梯平臺，進了一個兩層樓高的書房，一堆上了架就再也沒翻開過的書。給猴子錢，猴子會把籠子裝滿香蕉；把同樣的錢給一個愚蠢的美國人，他永遠都會蓋一間展示用的書房。

布蘭德叫人送一瓶酒來，白蘭地，我直盯著酒瓶瞧。他又提起那個斯波坎礦業王子，幾年前我替他辦過事——大戶人家的兒子搞上了一個旅店小姐——城裡某個條子控制的小野鴿——告訴那兒子的父親女孩懷了孩子——那父親認為付一次錢給老德爾，比一再塞錢給那個獐頭鼠目的警察划算——**你能不能讓它看起來像是……意外**——

一直說，一直講，很快，很快，這個，那個，哪個。白蘭地也盯著我。

「因此，與我的同事談過後，你似乎是我們所需要的那種東西的理想候選人。」

「什麼？」

「什麼……我們需要的那種東西。」

他的語氣激怒了我——或者是酒瓶子激怒了我，光擺在那裡，對我們都沒有好處嘛。激怒我的，還有另一份差的酸辛：花錢買那個女孩，在酒館後面的花煙間灌醉她，再把酒和鹼液倒進她的喉頭，倒到她斷氣為止。緩緩走出房間，在她死時偷看了那麼一眼，她根本沒有懷孕——可能只是那卑鄙的條子要了那富少爺。那個下三濫條子，那個渾小子，還有老德爾，第二天早上我們都醒了，呼吸到空氣，那個女孩卻已經走了。在一個更好的世界裡，我會解決他們，條子、少爺、老爸，但那不是我的工作。工作終究是工作，那個女孩必須走。在這個過程中，德爾——又多了一點自我。

好不容易，布蘭德終於倒了一杯白蘭地給我。

他說：「他們正在計畫另一次大行動，十一月二十九日，他們到處演說籌錢，找人把監獄塞滿。他們還想聘請丹諾。」

「他們當然想。」我說。一九〇七年，他讓大比爾·海伍德在博伊西的謀殺陰謀中無罪釋放後，每個被關的激進分子晚上都向克萊倫斯·丹諾祈禱。

「我們希望他們的努力……受到阻礙。」

阻礙？唯一比沒腦袋的熱心支持者更讓我討厭的，就是講話拐彎抹角。鞏固？阻礙？我應該用**右拳鞏固他的下巴**，用**左拳阻礙他的雞巴**。我喝乾了杯中的酒。

「我在想——」布蘭德說：「如果在他們旅途中的某個點，他們一行人籌募到的捐款被偷了，那該怎麼辦？」

「你想讓他們被打劫。」我說。拐彎抹角。

「如果錢會用在非法的目的上，算不算搶劫呢？」

「算。」我說：「多少錢？」

「錢不重要。」

「錢永遠很重要。」

「錢很重要，只有在它與我們更大的目標相衝突的時候。錢你就留著吧，我想知道的是，這筆錢的存在是否提供一個機會……能讓一件事看起來像是另一件事呢？」

我咬緊牙關喝完了白蘭地，心想：你不能雇一個在這行幹了四十年的人，還告訴他怎麼讓一件事看起來像另一件事。就像你不會走進一家餐廳，遞給廚師一份魚湯食譜吧。你點魚湯，然後就放手讓該死的廚師做他該死的工作，你不會雇德爾來給一個人洗泥巴澡，然後說讓它看起來像修指甲。

「你有名字？」

「我有個人檔案。」

我的老天爺，個人檔案。把我從這些採礦人手中救出去吧——又不是小女生在媽媽的衣櫃裡玩扮裝遊戲。

他給我一個文件夾，封面用打字機打著「達爾沃」，六頁長，四個名字：一對兄弟流浪漢，格雷戈里．多蘭，二十三歲，萊恩．多蘭，即將滿十七歲。蒙大拿州人，跟勞工惹了煩麻被捕，小的已經出來了，大的還在獄中，替IWW公開發言，已知與瑪格麗特．安妮．伯恩斯（又名烏蘇拉天后）「廝混」，後者自稱二十四歲，實為三十二歲，女演員，主演狂野的美洲獅節目。這是斯波坎這種地方的笑話，不知道有多少妓女自稱「女演員」。儘管如此，如果是真的，我倒是不介意看看這場美洲獅表演。我突然想到，對這個差事，布蘭德也有個人的角度——籠子裡的利益關係。

還有第三個遊民，但資料很少，只有一個名字，厄利．萊斯頓。他打了一個斯波坎條子幾拳，對這個人我要當心，因為他很危險。「一個危險的遊民」？我差點被這個想法嚇得笑出聲來，所以他海扁了一個條子？如果我和斯波坎條子打架，我會帶浣熊去。

剩下的就是那個搞勞工運動的女人，也是我唯一認識的人，至少我知道她。西部的偵探誰不認識伊莉莎白．葛利．弗林。在過去的兩年，這個輕佻的女人煽動了從西雅圖到明尼阿波利斯的每一個工作營，年紀大她一倍的人的下巴，能召喚起的暴民還沒有她多。她在明尼蘇達礦區時，我叫我在聖保羅的夥計跟蹤她，他跟蹤到快愛上了她。之後我聽說有個礦工娶了她，綁住了她，這對大家都好，解決一個像這樣十九歲女孩的麻煩，最好的辦法就是把她放在廚房裡，讓她的乳頭上有個嬰兒。但現在她又到處跑了？

「你怎麼想？」

我抬頭一看，布蘭德帶著笑容。「那些遊民不成問題。」

「哥哥還在監獄裡。」

「他出獄後會比較容易，牽涉到的人比較少。」

「我明白，那這個厄利·萊斯頓呢？他把一個警察打得鼻青臉腫，既然說到這個，我建議先處理吧。」

說到魚湯，我會先用番茄燉龍蝦。「我說了，這些遊民不是問題。」我舉起那一頁，指著葛利·弗林的名字，不想大聲說出來。「這人才是問題。」

他點點頭，「你幫我朋友做的那份工作——」

「我不是說因為她是個女人，我是指關注度，要四倍的價格。」我舉起四個手指。「開銷另計。」

他睜大了眼睛，「我明白。」這超出了他的計畫，我擔心我這一開口喊得太高了。「好吧。」他喝了一口酒，「也許不會走到那一步，現在我只想找到他們，跟蹤他們，然後——」

「阻礙。」我說。

「阻礙。」他說：「不過，要是機會自己出現——」

我清了清喉嚨，要是機會——我就是機會，機會、機遇和命運，所以你才找德爾來啊，洗泥巴澡，睡四塊板，那就是我提供的機會。

「還有一件事你應該要先知道。」布蘭德說：「上星期我向弟弟提出了懇求。」

「你提出什麼？」

「懇求？請求——」

「我知道懇求是什麼意思。」

布蘭德在椅子上挪了挪身體。「上星期我把萊恩．多蘭帶到這裡，提出了聘用他的想法，預付他一筆錢。為了取得情報。」

「情報？」

「具體來說，我想知道厄利．萊斯頓有沒有加入他們的行列。」

我盯著他。

「我……我要烏蘇拉帶萊恩來我這裡，你要知道，我是要取得情報——」

我舉起文件夾。「你讓這些人中的一個……被帶來這裡？」

他對自己犯的大錯清了清嗓子。「烏蘇拉希望我把大的弄出來，而且……這似乎是一個機會——」

「要是他告訴了誰？要是烏蘇拉告訴了誰？」

我看得出來他壓根沒想到這件事，我的老天爺，這個拐彎抹角的笨蛋。我闔上檔案，他們還不壞，所以他們才這麼壞。我抬頭看威拉德，他雙手叉腰站在角落裡。「給我和你的老闆一分鐘？」

他看著布蘭德，布蘭德點頭，那個老粗離開了房間。

我摸著文件夾上的標籤：達爾沃。

布蘭德注意到我在看他的手藝。「我想你會為這次行動雇用其他人員吧？也許我可以做你的──」

「給我閉上你的狗嘴。」

他的呼吸變得急促。

我走到壁爐前，把檔案扔進火裡。「沒有文件了，沒有檔案了，沒有假司機，也不要再雇你想讓我清掉的人，好嗎？」

他無力地點了點頭。

「我會去阻礙，跟蹤那女孩，計畫搶劫。你呢，則回去你的財團，如果你要的是泥巴澡，每個遊民是一千，那女孩是三千，沒有商量餘地。從現在起，你我只用電話交談，一星期兩次，我星期一和星期五打電話給你，我會告訴接電話的女孩我叫葛蘭特。

「如果只要搶劫，這通電話你別接，如果你要泥巴澡，接電話，提議吃午餐。如果是勞工婊子，你就說：『葛蘭特先生，星期一塊吃午餐好嗎？』如果是危險的流浪漢萊斯頓，你就說：『星期二一塊午餐？』懇求小弟，『星期三一塊午餐？』如果是全部的人，你要吃晚餐──」

「晚餐。」他喘著氣說，褲子無疑繃得緊緊的。

「假設只要那個女孩子和那個危險的流浪漢，你說──」

「『葛蘭特先生，我們能不能星期一或星期二一塊吃午餐？』」

「沒錯，弟弟跟萊斯頓呢？」

「『葛蘭特先生，我們能不能星期二或星期三一塊吃午餐？』」

「如果你想全部處理掉，你說？」

「『葛蘭特先生，我們能不能安排個時間吃晚餐？』

「很好。」做得過頭了，這一點用處都沒有的特工戰略，但他樂在其中，這就是他花錢雇用的——一個故事。隨便一個採礦公司的保鑣，都能清掉三個流浪漢跟一個懷孕的工運女孩，這個老頑固要一齣戲，德爾就來演這齣戲，希望這齣星期二午餐的垃圾戲能讓他有事做，不要來礙著我。

「有問題嗎？」

「如果我真的想吃午餐呢？」

我清了清嗓子。「我們不會一塊吃午餐，還有什麼我應該知道的嗎？」

他猶豫了一會兒，那個蒼老的聲音說：**哦，快滾吧，德爾**，但我已經十年沒有賺過這樣的錢了。然後他說：「沒有，就這樣了。」

我猜他以前沒點過這道菜，結果德爾的手伸進他的裙子，他不知所措，像受到驚嚇的女學生。

我拿起那瓶白蘭地。「現在讓你的人開車送我去市區吧，我需要睡一會兒，送個姑娘兒來，年輕的。」

「好。」他說。

「那就這樣了。」我向他伸出了我的手。「很榮幸認識你。」

那人抬起頭來，握住我的手，我握了握，把血從胖爪子裡擠出來。

---

7 Molly Maguires，十九世紀活躍在愛爾蘭和美國部分地區的礦工祕密社團，曾以極端手法對抗資方。

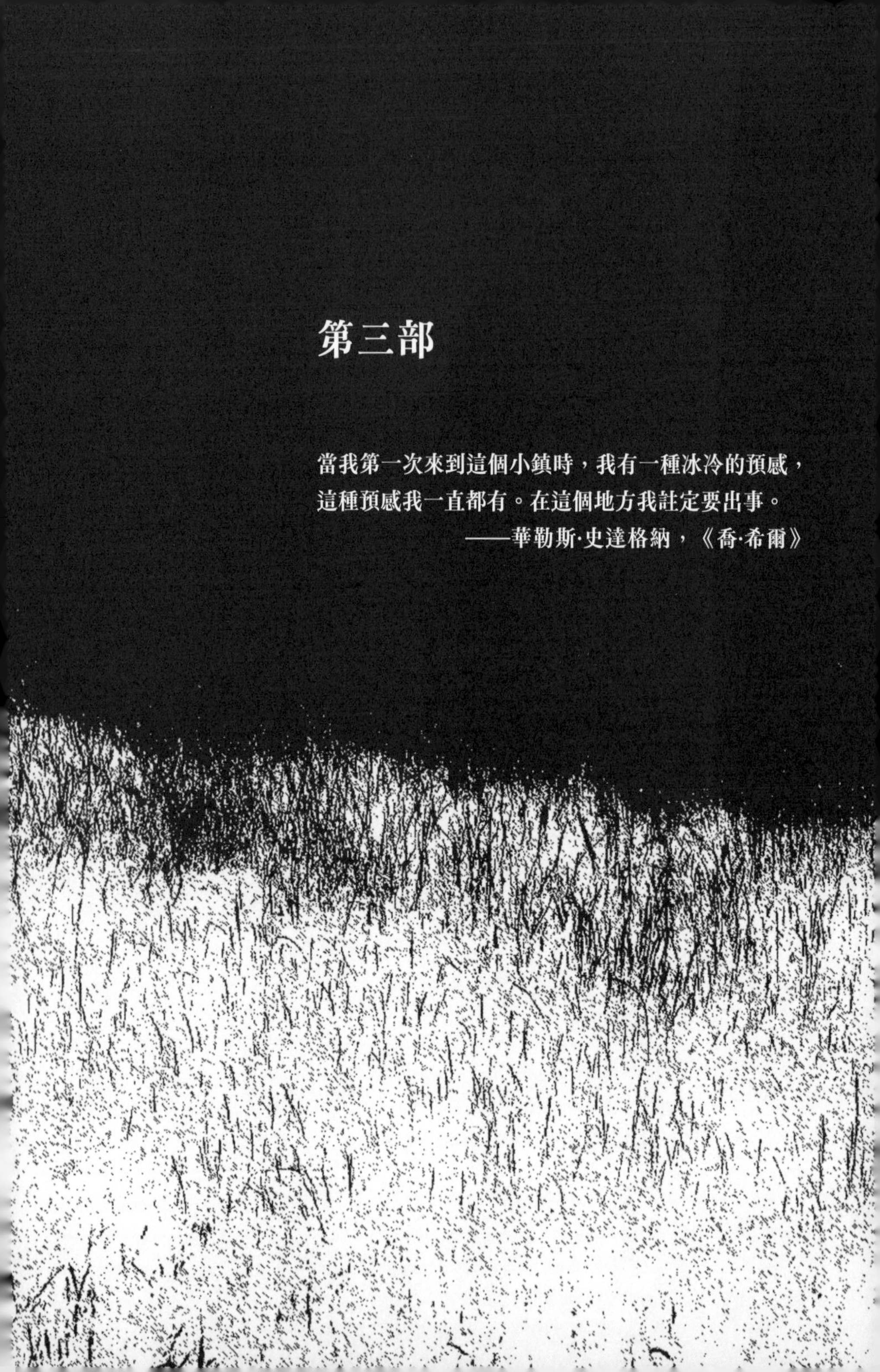

第三部

當我第一次來到這個小鎮時，我有一種冰冷的預感，
這種預感我一直都有。在這個地方我註定要出事。
——華勒斯·史達格納，《喬·希爾》

19.

從西雅圖前往蒙大拿的途中，他們在斯波坎停留了一天。葛利去工會時，小萊和厄利到監獄想要探視吉格，但IWW領袖正在絕食抗議，不許探監。

第二天，他們搭乘北太平洋列車，準備前往科達倫礦區進行一天的演講。「你可以給他寫信。」葛利在火車上說，還跟乘務員要了卡片和信封。

小萊盯著空白卡片，他從來沒有寫信給誰過。

「叫他越獄來找我們好了，我們一起抗議，一起鬧翻天。」厄利建議。

小萊最後決定就簡單告訴吉格他出獄後的事。不過他知道不能把所有的事都寫出來，比如烏蘇拉帶他去勒姆·布蘭德的家，他收到二十塊的情報費，還有在西雅圖時那個怪偵探德爾·達爾沃跑去他的旅館房間。所以他這麼寫：

親愛的吉格：

我很難過你還在監獄。現在我正在和伊莉莎白·葛利·弗林到處募款，替你和其他人籌律師費。她想請一個叫克萊倫斯·丹諾的頂尖律師，我假裝知道他，其實不知道，他一定比把我弄出來的那個弗雷德·摩爾還要厲害。我沒見過葛利·弗林這種女孩子，口才好好，你真該聽聽她對牧師說的話。有天晚上我們喝了冰淇淋蘇打。（好好喝。）我們已經去了西雅圖，我在兩百人面前說話，現在我們坐火車要去華來士，接著去米蘇拉。（坐在火車裡面哦。）厄利也和我們在一起，他跑來西雅圖聽我們說話。我們在斯波坎時去找過你，但他們不讓我們見你，厄利開玩笑說你乾脆越獄好了。我知道你很難過，那天我被打了，又被抓起來關進苦牢，捲入了這一切。但我爬上你旁邊的板條箱，那是我人生中最驕傲的一刻。

弟萊恩

他把信裝到信封中彌封，寫上吉格的名字，交由斯波坎市監獄轉交。

葛利從前面座位轉過來。「聽我說，抵達前，我必須跟你說說艾爾．博林這個人，好讓你有心理準備。」

她說，艾爾是工會的資深成員，非常優秀，在一八九九年的勞工戰爭中，碰上無政府主義者放炸彈。雖然負傷，但艾爾的組織能力非常強，答應做他們的嚮導，在華來士及愛達荷州和蒙大拿州的山區礦鎮進行兩天的募款活動，他們應該覺得很幸運。

葛利說：「艾爾的模樣可能很怪，要一點時間才會習慣，所以盡量不要一直盯著，但也不要故意把目光移開。」

在小萊身後的座位上，厄利坐直了身體。「我是要怎麼又看又不看呢？」小萊喜歡有厄利同行，這讓他想起了和哥哥一起旅行的情景。

「我的意思是，你們應該表現得像平常一樣。」葛利說。

「嗯，我就是這個意思。」厄利說：「對眼睛來說，看和不看都是相當平常的行為。」

「到時你就知道了。」她說。

＊＊＊

火車駛入華來士時，艾爾．博林已經在月臺等候，小萊看了一眼就知道，要保持平常的眼神是不可能的。朝他們走來的那個人，右腿六英尺長，左腿卻有六英尺四英寸，右腳牛仔靴上釘了一個四英寸的椿子，彌補了兩腿的長度差距。他右臂右肩也縮小了，少掉一半，如同幫他畫畫像的人失去了興趣。

但讓小萊無法轉移目光的是他的臉。艾爾．博林燒傷的右臉塌陷，戴著眼罩，布滿雜色的疤痕，鼻孔裂開，嘴巴扭曲，應該是右耳地方只剩一個窟窿。一個金屬夾子像牛圈穿過臉頰，把這一側的下巴夾在一起。他想和小萊握手，伸出的卻是一塊沾滿污漬的大骨頭——還有兩個傷痕累累的指關節。小萊遲疑了。

博林說：「年輕人，還是握吧，好的那隻手我是用來打架的。」

介紹結束後，他們跟著艾爾穿過車站走到站前的土路。以一個半個身子被炸過的人來說，博林走起路來像在參加競走比賽，蹬著那截木塊，以驚人的速度前進，小萊只能加快腳步跟上，大步走入華來士的市區。華來士是一個風景如畫的山谷小鎮，坐落在陡峭得不可思議的群山之間，人口不足三千，街上的車馬比例是一比二十，但華來士有學校、旅館和餐廳，象徵著文明，是二十幾個逐漸在山區沒落的採礦伐木小鎮的重心。

十年前，這個地區發生過激烈的勞工戰爭，最後一群工資過低的憤怒礦工持槍劫持一列火車，兩百八十個人上了車，帶走八十箱偷來的炸藥。「炸藥快車」開到哪裡，就從哪裡的月臺載走更多的人，最後有一千人掛在車廂上。火車駛進邦克山礦區時，眾人雀躍歡呼，揮動步槍，射殺了看到的第一個警衛，然後點燃炸藥，炸毀了工廠，也把幾個工頭和經理炸出了人間。大功告成後，他們坐火車返回華來士，喝得酩酊大醉，然後一哄而散，各自睡覺去了。礦主向愛達荷州州長求助，州長派軍隊鎮壓叛亂，一千名工會成員未經審判就被關進了拘留營，由水牛兵負責看守，群情更加激憤。州長最終為此付出了代價，五年後，在博伊西附近的家中被炸死。

華來士也有舊金山這一側最著名的娛樂紅燈區。沿著科達倫河的南岔流，在雪松大道與第六大道以北，有一大片的妓院娼寮。戒酒會和神職人員正在掃蕩其他的紅燈區，但華來士仕紳認為，要讓礦工繼續採礦、伐木工繼續伐木，那就不能沒有妓院的存在，所以市政府立法管理妓院，翻開報紙看到市長向捐錢買新路燈的妓女獻花，也不是什麼罕事。

他們走過河邊一片磚石建築，艾爾．博林說：「那是二十三區，我們的妓女在那邊。」

葛利已經在科達倫和斯梅特維爾演說過了，華來士是最後一場。在黃昏的街道上，背著山牆，葛利從一輛四輪馬車的後座演講。IWW全國總會以葛利和大比爾．海伍德替這場活動做宣傳，海伍德是昔日礦業戰爭的英雄，一九〇七年暗殺愛達荷州州長的罪名不成立，但他始終無法順利離開芝加哥，所以只有葛利和小萊出席。

現場聚集了伐木工、礦工、社會主義者和支持女性選舉權者，人數不多，六十人上下，小萊的任務和往常一樣，葛利先用社會主義言論讓眾人聽得義憤填膺，等講到「斯波坎警察局的惡警對勞動工作者施以犯罪性虐待」這部分時，就叫他出來，不帶情感地講述他的經歷。「和我一起的，就是一位這種虐待的受害者，一個剛滿十七歲的小孤兒……」

「我們在一座球場醒來——」這是小萊不變的開場白。他站起來，摘下摩爾先生的圓頂禮帽，盡可能平實地講述他的故事，小心翼翼不誇大其詞，只說真實的細節，但也不做籠統的政治聲明。他永遠以朋友朱勒斯的死和救世軍詢問他的年齡作結，最後這一段引起了聽眾的驚呼和憤怒，嘖聲連連，但小萊不明白為什麼打一個十六歲的孩子是更加野蠻的行為，或者為什麼比他們害死了可憐的朱勒斯更可惡。

小萊說話時，注意到厄利靠在廣場邊的一輛馬車上，他臉上不自然的笑容刺痛了小萊。

結束後，大部分的人都走了，小萊、厄利和艾爾．博林到葛利發表演說的馬車後面找她。她顯然很灰心，在愛達荷州的三場演說中，他們只募到大約五十塊捐款，總共不到兩百塊，比他們在西雅圖的一次活動中募集到的還少，也只有少數人說他們可能會去斯波坎。

「我們溝通的對象不對，這些是社會主義者、退休的男士、婦女俱樂部會員……」她說：「我沒有站在真正的工人面前，這不是什麼乾巴巴的星期天講座，這是一場指縫卡著泥巴的戰役。」

「所以我想帶你們去工人所在的地方。」艾爾．博林說。他說他替他們的行程加了一站，他們不繞過山區，而是搭大北方列車，穿過山口，到西部邊境城鎮塔夫特辦一場午間對談。

「塔夫特？」厄利忽地抬起頭。「等一等，我們要去塔夫特？」

「沒錯。」艾爾．博林說：「你們只要五點以前抵達米蘇拉就可以，塔夫特才是工人聚集的地方，那邊可能有兩百個人待在那裡沒事幹，木業已經停工過冬，鐵路工作也逐漸減少，你想找工人，工人就在塔夫特。」

「塔夫特怎麼了？」小萊問。

「我喜歡，就這麼辦吧，艾爾。」葛利說。

「天哪。」厄利說了轉身就走。

「等等，塔夫特怎麼了？」小萊又問。

但有一個單腳外斜的老礦工，一瘸一跛繞到馬車旁，對葛利說起一八九九年部隊在第六街行軍那天的情況，葛利禮貌地點點頭，他繼續說：「他們在河邊搭了牛棚，把鎮上所有的人集中起來，把我們關在那裡。沒有審判，什麼都沒有。你還記得那個時候嗎，艾爾？」

「傑夫，就算我不記得，我的身體也會記得，就像你的身體記得一樣。」博林說。

小萊離開他們，讓他們談話，自己去找厄利．萊斯頓。剛才他說話時，厄利露出一個表情——那個表情讓他很不自在。

太陽下山了，街上的人似乎多了一倍，四面群山好似鋪著濃密松樹的牆。小萊隨著一些人，穿過磚屋林立的市區，來到了第六街，整街的酒館中間插著一間咖啡館。

他把頭探進每一家酒館，在第四間，總算是找到了厄利。厄利靠在欄杆上，拿著半杯啤酒，轉過身來看見小萊。「哎呀，瞧，該死的尤金．德布斯[8]來了！」

小萊覺得自己又臉紅了。「你剛才在嘲笑我嗎，厄利？」

「沒有！」厄利直起身子。

「上去說話並不容易。」

「當然不容易，小萊，我沒有嘲笑你。」厄利四處尋找酒保，指著面前的售酒櫃檯，咂咂牙齒，像是在呼喚馬兒。胖酒保斜眼看了小萊一眼，眼神嚴厲，但厄利訓斥他：「別這樣，你沒聽到那人說的話嗎？沒了媽，哥哥關在斯波坎的監獄裡。」厄利對小萊眨了眨，往吧檯擲了一枚硬幣，一杯啤酒於是迅速落在檯面上。他說：「這杯算是我跟你賠罪，一定要喝完。」

小萊拿起啤酒杯喝了一口，辛辣的酒沫讓他想起和葛利一起喝的冰淇淋蘇打，那上頭的泡沫比較甜。

厄利自己也喝了一大口。「如果我真的有什麼想法，也許是我覺得看到你在上頭很奇怪，因為你好像認同我對這一個龐大工會這件事的看法，我以為出來說話比較像是你哥會幹的蠢事，不是你。」

小萊又喝了一口。

厄利靠過來。「『我為人人』，這種烏托邦式的狗屁……如果不是因為你哥，還有那個像旋風的女孩子，我想你完全不會插手。剛才我應該是這麼想的。」

小萊覺得胸口發悶，除了對葛利和吉格的一片忠心，還有一樣東西——從暴動以來持續滋長的東西。

「說吧，說實話。」厄利瞇起一隻眼。「你根本不信葛利要大家信的那套謊言吧？我是說，這有可能嗎？」

「我不知道，厄利，一定要有可能才能相信嗎？」小萊說。

厄利盯著他瞧了一會兒，接著嘿嘿笑了兩聲。「天啊，小萊，這恐怕是我聽你們這些烏托邦傻瓜說過最好的辯護。」他點頭表示讚賞，拿起啤酒杯指著小萊。「你願意為一件不可能的事再進一次監獄嗎？」

「願意。」雖然嘴裡這麼說，小萊心中懷疑這句話的真假。

「那麼，好吧，如果你終究都要回監獄，難道不想做一點值得你去蹲牢房的事，什麼轟轟烈烈的事嗎？」

小萊環顧了一下酒館，滿屋子都是他們這樣的人，他想像在一個酒館組成的世界，在一條酒館組成的街道，一百萬人把身上最後一塊錢花在一杯「冰涼遺忘」上。不行不行，這種思考方式他受不了，他又喝了一口，不再覺得過於辛辣。

「厄利，我倒有個問題要問你。」他說：「塔夫特是什麼鬼地方？」

8 Eugene V. Debs（1855-1962），美國工會領袖，國際工人聯合會與世界產業工人的創建者之一。

20.

連小鎮也稱不上，不過是一片雜草叢生的工作營地。三年前，芝加哥、密爾沃基、聖保羅和太平洋鐵路決定串聯起最後一條橫貫美國的鐵路線，規劃出一條比任何競爭對手都要短上十八英里的路線，但經過蒙大拿州和愛達荷州時，大部分路段得要翻越陡峭的比特魯山脈。總之，營地從此開始發展起來了。數不清的工人進入林裡，鋪設鐵軌，釘下枕木，清理樹木，在原始森林和峽谷上方，打造出令人頭暈目眩的兩百英尺高棧道。他們或使用炸藥，或徒手挖掘，也鑿出了十三條的隧道。第一長隧道貫穿花崗岩山峰，全長一點七英里，名為「聖保羅山隘」。在這條如同沒有盡頭的隧道兩頭——愛達荷州的大福克斯和蒙大拿州的塔夫特——各發展出一個生活條件惡劣的工作營地，宛如地獄的前後門。

在鼎盛時期，每個熱鬧繁忙的營地容納了一千多個工人，酒保、賭徒和妓女差不多也有一千多人，分散在五十間左右的粗陋木屋——酒館、妓院、旅館、賭場、工寮、館子、鋸木廠，還有一堆娼帳，最可憐的姑娘敞開雙腿坐在骯髒的行軍床上，等著醉得爬不上妓院臺階的男人。兩個營地都沒有所謂的街道，只有火車軌道旁以木頭搭建的簡陋建築。每天晚上，髒兮兮的大鬍子從林間鑽出來，將一天的工資揮霍一空。在方方正正的這一區後面，有工人住的棚舍小屋帳篷，沿著繁茂的山坡綿延而建，跟發芽的蘑菇一樣毫無規劃可言。一九〇七年，塔夫特任職總統以前，以戰爭部長身分來過這裡，把營地形容為「罪惡的陰溝」，「一個原本美麗的國家森林的瘡」。聽了這番話，蒙大拿這邊萬分高興，投票決定以他的名字為此地命名。

如果說斯波坎有一半是不合法的，那麼起碼還有一半是合法的。塔夫特和大福克斯則是在國家森林公園土地上非法違建，沒有警察，沒有政府，罪惡猖獗，無人管理。灰心喪氣的護林員關了一家酒館，一小時後，就又有三家開張營業。塔夫特倒是有當地人稱之為「醫院」的地方——一棟陰冷的小木屋，大夫鋸下粉碎的腳和壞死的手，很少有人出去時比進來時更舒坦。

沒有警察，秩序由波羅的海的工人幫的老大維持，這些塞爾維亞人、克羅埃西亞人、蒙特內哥羅和斯拉夫人，趕走了華工、黑人工人和印第安工人，接管了營地。幫派老大與工作介紹人和工頭達成協議，控制招工，從每個人的工資中抽走一角。幫派之間也互相監督，靠著拳頭刀錘無聲地解決爭端。沒有人知道這三年中山區發生過多少起命案，但前一年春天護林員在塔夫特外的融雪中找到了十八具屍體。

那天早上，他們搭上從華來士出發的北太平洋列車，厄利說：「我想正式提出我的反對意見。」不過葛利已經被博林說服了，既然入冬了，伐木和鐵路的工作減少，塔夫特是招募臨時工加入斯波坎抗議活動的最理想地點。

厄利俯身靠向小萊，「那裡只招得到懦夫跟笨蛋。」

火車滑經大福克斯時放慢了速度，他們望著窗外，泥濘小路有一座座燒了半毀的木屋，最近有個妓女為了掩蓋殺害一名虐待狂酒保的事，放火燒了營地。離開大福克斯後，他們進入無盡的黑色隧道，往塔夫特方向前進。厄利說：「這是兩個營地中比較好的一個。」在這一英里長的路程，暗多於明，車廂內闃寂無聲。

他們最後從蒙大拿州這一頭出了隧道。塔夫特像是一個疤，半數建築是空的，積雪壓塌了屋頂，也沒有人在月臺上等候他們。夾泥帶冰的廣場中央只有兩個人，幾乎不成人樣，更像兩個嘴角鬆垮的酒囊飯袋，趴在空酒桶上等酒館開門。

厄利對小萊說：「白天看起來像這樣，但是自動鋼琴開始噹噹噹響起後，男人就從帳篷小屋直奔酒館和花煙間，天黑以後我們通常不會想留在這裡。」

博林帶他們走上山峰間的窄路，前往一個黑漆漆的工寮會堂，小萊覺得這時天色已經很暗了。他們一字排開，走在車轍累累的小徑，兩邊樹木都被砍了，蓋成一片又一片粗糙的小木屋，煙霧從前方簡陋原木工寮的錫煙囪中升起。

到了門口，小萊聞到一股嗆鼻的味道。「進去吧。」厄利說。

裡面的人滿臉鬍鬚，渾身煤灰，神情呆滯，穿著汙穢的長袖內衣褲和工作服。伐木的，打軌道釘的，挖隧道的——這群人要到春天才會有活幹。他們坐在睡覺的木板上，或者向前靠著幾把搖搖欲墜、還沒燒來取暖的椅子。屋子中央有個改成柴爐的舊鍋爐，火燒得正旺，鐵製鍋身紅通通。然而，站得再近，小萊也甩不掉比特魯的冷。

「好。」艾爾．博林噔噔走到屋子中央靠近柴爐的地方，以非常低調的方式做介紹：「兄弟們，這位是伊莉莎白．葛利，就是我提過那個從紐約來的工運女孩。」

沒有掌聲，一屋子的人只是靜靜看著，三十多個人，只有艾爾保證的人數的三分之一。即使是在這樣的環境，等到視覺和嗅覺都適應了，小萊看著葛利再次帶來了熱情。她說：「統治階級會一直奴役你們，除非你們要求自由！來與我一塊並肩作戰吧！」但和其他地方的人不同，這群宿醉的苦力只是盯著。葛利介紹小萊，小萊照例講了自己被打得遍體鱗傷，從苦牢死裡逃生的故事，而籠罩在暗影中的面孔似乎完全沒有聽進去，小萊懷疑他們之中究竟有幾個懂英語。他們用無聊饑渴的眼光盯著——像老鷹一樣，正在判斷是否值得為了那隻老鼠飛撲而下。

葛利再次勸說他們去斯波坎，參加十一月二十九日的言論自由行動。他們說完之後，艾爾．博林一瘸一拐走到房間中央，把牧場帽斜往後拉，說道：「好，兄弟們，給來告訴你們這件事的人鼓掌吧。」他們拍了幾下手，艾爾．博林又說：「歡迎你們向他們提出問題，也祝福他們順利前往米蘇拉，替這個活動募到經費。」

在門口的厄利．萊斯頓挺直了身子，小萊感受到他的不安，注意到這個朋友掃視了一下屋子，眼光最後回到了博林的身上——博林正往屋子的後方退去，他們兩個看著艾爾從側門溜走了。

「他要去哪裡？」厄利說。他從前門追出去，小萊則是手足無措，總不能跟著厄利，丟下伊莉莎白一個人吧。他知道厄利在擔心什麼，艾爾為什麼特地強調他們募款的事呢？在介紹葛利時，又為什麼會說「我提過那個從紐約來的女孩」？他什麼時候跟他們說起她了？

小萊與葛利四目相對，葛利看來也感覺到不對勁。小萊看著她腳邊的旅行袋，裡面有他們籌到的幾百塊錢，還有她攜帶的旅費，不管是多是少，都足以激起那群老鷹的欲望。

葛利說：「我們非常樂於回答問題，不過我們得趕去米蘇拉了。」她朝小萊和大門的方向慢慢靠近。

「我有一個問題。」一個聲音喊道。

「我們真的得——」

「袋子裡有多少錢？」

葛利才走到小萊的身邊，一個粗獷的漢子就站到大門前。葛利清了清嗓子，「不管我們籌到多少的錢，那些錢都是為了幫助斯波坎監獄裡的勞工領袖聘請律師。」

「你怎麼不向我們要錢呢？」一個灰金色頭髮的高個子說。「你以為我們沒錢嗎？」

「我們很榮幸能夠得到你們的捐助——」葛利看看門邊的兩個人，又回頭看著小萊。「——來反抗禁止在街頭發言的違憲法律——」

另一個操著濃重口音的男人打斷她的話，「多少錢——」

葛利還在堅持：「我剛才說過，我們希望能夠聘請——」

「多少？」那人又問。

「——大律師克萊倫斯・丹諾——」

「他媽的是多少錢！」

小萊的目光快速四處遊移，最後停在站在他旁邊那黑髮小個子的襯衫上——白色汗衫泛黃，下巴底有一圈乾硬的褐色血跡，彷彿他生吃了什麼東西。

灰金髮高個子向前走，一直走到葛利的面前。那人散發著一種權威感，小萊從他的口音分辨不出他是哪裡人。「小姐，我能看看你的袋子嗎？」

小萊跨出一小步，站到那人和葛利中間。大個子緩緩轉過身來，斜眼瞅著小萊，臉上掠過一絲露齒的微笑。柴爐燒得暖烘烘，灰金髮高個子的口氣很難聞，四周男人又散發著酒氣，小萊感覺心中有一把怒火開始燃燒，而他唯一的防衛方式是吐在那人身上。

「好啊，看看這裡。」灰金髮男人說。小萊感覺葛利把一隻手放在他的後背中央，是支持他，或者是提醒他要當心。「這小孤兒想試一試。」

他們說了三十分鐘，暢談社會主義，呼籲「兄弟起身反抗」，屋裡半點聲響也沒有，而現在這些男人卻都笑出聲來。

「這筆錢屬於世界產業工人組織，我要問——」葛利說。

那男人的速度比小萊想像的要快得多——好像只是一個動作，就把小萊往灼熱的舊鍋爐推過去，一把抓起了袋子，但葛利不肯鬆手，兩人拉拉扯扯。

小萊閃開了熱鍋爐，看到葛利抓緊袋子提把，準備向她走過去，這時卻覺得有人拽住他的手臂扭到背後，又有什麼尖銳的東西貼上他的臉頰。那個穿著血襯衫的男人，拿著一把好大的鹿皮刀抵著他的臉，在小萊的顴骨上割出了一道痕。

「不要在這裡。」灰金髮男人說。

葛利仍舊不肯放開袋子提把。「聽著——」那個男人出手打了她，他攤開掌心，但這一巴掌打得實實在在，不是小孩子打巴掌，而是旋轉肩膀，用手後跟帶動，一掌打得她站不住腳，跌到幾個男人的腿上。那男人搶走了袋子。

葛利從木地板抬起頭來，如同一隻被逼得走投無路的獾，可能會一躍起身，把那人的頭從脖子上扭下來。「你偷來幫助你的人？」

「我不記得要求過你幫忙。」他問：「你們誰要求這個婊子幫忙嗎？」他打開袋子，翻了翻衣服，拿起幾件內衣給其他人看。「來瞧瞧裡面有什麼啊？」

灰金髮男人從袋子拿出了錢給其他人看，然後把袋子扔到葛利面前的地板，錢接著消失在他的伐木大衣裡。「你們兩個最好快滾吧。」他要笑不笑，惡狠狠地說：「以免外頭變得更冷了。」

小萊這時才明白他說「不要在這裡」是什麼意思，他們只要一踏出那道門，刀子就會追上來，這群狗賊不只打劫他們，還會確保沒有目擊者留下。他在雪堆中蠕動著身體，吐出最後一絲氣息時，他們會快速翻找他的口袋，試穿他的靴子。至於葛利的下場——小萊不敢去想。

他無助地望著門口，希望自己從來沒有答應過這件事，希望他和吉格正睡在李奇太太的屋子裡，希望厄利．萊斯頓帶把槍回來救他們，希望自己能制服那個人，奪下他的刀，保護葛利。

葛利小心翼翼從地板上爬起來，收拾好衣物。在狼群的包圍下，她細心疊好私人物品，收回旅行袋，似乎並不著急。她整理了一下黑髮，摸摸眼睛四周的腫痕，即便察覺到小萊的恐慌，也沒表現出來。她的手很平穩，她沒有哭，也不顯得特別害怕。

她深吸一口氣，把手伸到後面，拉緊了頭髮上的絲帶。她看看四周的臉孔，接著開口說話了。她的聲音變了，變得更低沉，變得更平穩。她沒有耍嘴皮子，也沒有逞威風——她就是說話。

「你們以為我是傻瓜。」她慢慢扣上旅行袋。「某個不知道自己身在何處、週日禁酒的女士。」她直視著拿刀抵著小萊臉龐的男人。「我知道我在哪裡。聽著，我去過更可怕的地方，明尼蘇達州的鐵礦營地，賓夕法尼亞州的煤鎮，比尤特的銅礦，那裡深得我都能聞到地幔的味道。」她又環顧四周。「而且，我瞭解你們，我知道你們不屑愚蠢的工會幹部來這裡推銷的『兄弟情誼』。好，隨你們吧。」

小萊說不出是什麼——她的語言，她的姿態——但他感覺到了一種轉變，男人都保持沉默。「但不管你們是否希望我這麼做，我在這裡，就是為了你們這些愚蠢的王八蛋而戰，為了你們的工作，為了你們的酒，為了你們像任何愚蠢的有錢王八蛋一樣擁有愚蠢卻貧窮的權利。我在這裡，是為了你們的背、為了你們的兩隻手而戰，為了你們愚蠢到無法使用的自由而戰，像自由人一樣來來去去，像該死的美國人，無論你在哪裡出生，都可以在這個世界上闖出自己的路，不受什麼強盜大亨的牽制。

「但是，如果我讓你們在這裡結束這一切——」她哽咽了，接著清了清喉嚨。「——在這個地方，那我就真該死。」小萊感覺到她的憤慨在他的喉頭、在整間屋子裡嗡嗡作響。

葛利的嘴角變得堅定，她換了一種嘲弄的語氣。「『我沒有要求你幫忙，葛利。』去你媽的！」她直接對著灰金髮男人的臉說。「我為所有勞苦的大眾而戰，我也會對抗任何妨礙我的人，也包括你！你們大家！你們想要錢嗎？好！你們就拿去吧。」

她盯著那個灰金髮男人，似乎諒他不敢說話，然後目光掃過屋子，落在每一個與她相遇的眼睛上。「現在，也許你們和我們之間還沒了結，也許你們認為你們可以為所欲為，沒有人會關心某個蒙大拿流浪工人和一個懷孕的愛爾蘭女孩的遭遇——」

所有的目光都投向她厚重的連身裙和大衣。

「但我要告訴你們：如果五天後我不在斯波坎領導第二次的言論自由行動，那這個行動就不會發生！那麼，毫無疑問，你已經選擇站在哪一邊，你選擇了靠你的血肉為生，把你像垃圾丟到角落的那一邊。」

「但是，如果你想給那些老闆一點他媽的顏色瞧瞧？」她咧嘴一笑。「放我們走吧，讓我們完成我們的事，為你們而戰，下星期我保證，讓那些有錢的混蛋嚐一嚐你們讓我感受到的恐懼滋味。好了，如果沒有別的事，我們還要去趕該死的火車呢——」

說完這句話，葛利轉身朝門口走去，守門的那人驚訝得退到一邊，小萊也趕緊離開持刀的那個人，彎腰撿起地上的圓禮帽，跑過去追上。

21.

他們默默走在小徑上，結霜的地面劈劈啪啪響。葛利在前，小萊在後，兩人邁著小碎步，不敢回頭看工寮一眼，也不敢抬頭看兩側鬼影幢幢的小山。他們走了三十英尺，小萊才記起來要呼吸。

葛利低聲說：「博林陷害我們，你那朋友萊斯頓人呢？」她非常生氣。

一百英尺的路彷彿要走一個小時才能走完，每一棵樹木都是一個威脅，每一抹暗影都叫人心驚。直到越過一墩土丘，他們才看見厄利，他從一片房舍朝他們走來，身邊有個身材高大的女人，看過去只能看到胸脯和左輪手槍。

「看。」拿槍的女人說：「我告訴過你，那些少年人沒那麼壞。」

「不對，你是說，不是所有的少年人都很壞。」厄利．萊斯頓的手還插在口袋裡，好像什麼也沒發生過。

「嗯，這也是事實。」那女人說。

「你去哪裡了？」葛利問。

「追博林啊。」厄利回答，彷彿這還用問嗎。「然後去找幫手。」他歪頭看著那個女人，手還是沒有從口袋裡抽出來。

「艾爾人呢？」葛利問。

「跑進林子去了，我想這件事他也有份。」厄利說。

女人叫艾菲，是史旺森兄弟酒館樓上妓院的老鴇，她帶他們從後面樓梯，走到她稱為起居室的地方。小起居室沒有裝飾，沒有家具，只有一張破舊的沙發。戹利出去確認下一班會停靠的火車打了號誌沒，艾菲叫葛利坐下，準備處理她的眼傷。她叫小萊拿手帕去收集一些雪，讓葛利在前往米蘇拉的火車上用雪敷臉。她拿出一把化妝刷開始展現手藝，「你這女孩真漂亮。」她說。

小萊從來沒在葛利的臉上見過化妝品，他敢說她根本不需要，因為深色眉睫在她愛爾蘭白皙膚色的襯托下已經是這麼醒目了。

女人說：「別擔心，親愛的，我經驗豐富，應該不會瘀青。你運氣很好，打來的是一隻張開的手，拳頭的傷就難藏了。」

葛利把手舉到嘴邊，好像這才意識到發生了什麼，兩滴淚珠滾落，在臉上的化妝品留下了痕跡。

「別哭別哭，哭沒有用。」艾菲說。

「我今天晚上應該去米蘇拉跟我的丈夫見面。」葛利說。

艾菲看著葛利的全身，「親愛的，你有孩子了？」

葛利點點頭。

「那你在這裡做什麼？」

葛利仍然回答不了。

「幾個月了？五、六個月？」

又是點頭。

「好吧，那也別擔心了，我見過女孩子從兩層樓梯摔下來，也沒把胎兒摔掉，孩子抓住了就甩不掉。」

「我流過一個。」葛利說。小萊聽了很驚訝。

艾菲繼續護理眼傷。「哎呀，不要為了錯過這事哭，我跟我所有的姑娘都這麼說。」她接下來換替小萊療傷，在他流血的臉頰上貼了一塊繃帶。「哎呀，這傢伙自己還是個小娃娃呢。」

他們在艾菲的起居室坐了近一個小時，一列火車吱吱嘎嘎在月臺停下。「他媽的都趕緊上車吧。」厄利說。艾菲從窗戶掩護他們，他們衝下樓梯，穿過泥濘的廣場，上了月臺，進了客車車廂。他們坐下來，上氣不接下氣，盯著通往工寮的小路，等著有人來把他們從火車上拉下來。幾分鐘後，密爾沃基號列車的引擎猛然顫了一下，火車駛出了車站。他們看著窗外，煤氣燈和魅影在酒館間隱約可見，搶劫他們的狼群所在的木工寮冒出滾滾濃煙。當那排粗糙的建築老早消失得無影無蹤，車上仍舊一片死寂，沒有人說一句話。

22.

葛利凝視著窗外，火車嘎嘎駛過克拉克福克河上的橋。

小萊坐在她旁邊。「你還好嗎，伊莉莎白？」

她轉過身來，好像很驚訝是他。「我們是在火車上墜入情網。」她說：「明尼蘇達州，希賓，比瓦比克，德盧斯北部的鐵礦場。第一次到芝加哥西部，我喜歡從火車窗看世界。

「堅持要結婚的是傑克，理由是我的安全，一個單身女孩在這些地方旅行太危險。他那時三十歲，我只有十七歲，我以為自己已經是成熟的大人了。」她微微一笑。「我常常看著遠處的蒸汽挖煤機，想像它們是龍，傑克是我的王子，我們一起探索這片神祕的土地。」她抬頭看了他一眼，有些難為情。「小萊，我的浪漫主義是我最大的弱點，不過你可能早猜到了。」

小萊說：「如果你有什麼弱點，我還沒發現。」

她輕笑了一聲，目不轉睛地望著他，濕潤的眼睛眼角往下垂。她說：「謝謝你。」然後又轉向窗戶。「媽媽發現我結婚後，她說，『好，結就結了吧，浪費了我們兩個人的生命。』就連文森．聖約翰也認為這是個壞主意，他說：『看看你，葛利，你愛上了西部，就嫁給了你在西部遇到的第一個男人。』」

小萊真希望他知道該怎麼回應。

她碰了碰他的手臂說：「對不起，小萊，我現在覺得很鬱悶，能不能給我一點時間，讓我思考一下？」

「當然。」他挪了幾排，走到厄利．萊斯頓旁邊，他正用借來的酒壺喝酒。

「乘務員是我威斯康辛州同鄉，住隔壁鎮。」厄利說。

「你不是印第安那州人？」

厄利轉過來瞥了一眼。「嗯，他不知道那件事。」他對著前頭的葛利點個頭。「她怎麼樣了？」

「鬱悶。」小萊說。他要記得找字典查一查這個詞。

「塔夫特會讓每個人都鬱悶，不過我早警告過她，以為去塔夫特不會有麻煩上身？那就像跳進湖裡還想保持全身乾爽。」

「厄利，他們差點要了我們的命。」

「沒錯，但他們沒有。」

「因為她說服他們放棄了。」

「她口才很好。」

小萊想替她說話，「你這話是什麼意思？」

「意思就是她口才很好。」

「你想博林為什麼要這樣陷害我們？」

厄利沒有猶豫，「錢。」

「為了一點錢，他讓我們去送命？」

厄利聳聳肩，「每個人做任何事都是為了一點小錢。」

「你不相信。」小萊說。

「我怎麼不信，金錢和性，就是我們做所有事情的原因。對性的渴望，起碼可以藉由做愛來澆熄幾個小時，但是給別人錢？他們只會想要更多。」

小萊搖搖頭。「不是每個人都這樣，我就不是。」

「少來！」厄利笑了。「你和你哥為什麼被捕？就為了一塊錢！」

「不是為了一塊錢！」

「怎麼不是？那一塊錢還讓朱勒斯賠上了一條老命。」

小萊的手握成了拳頭，「不是！是為了言論自由！」

厄利似乎覺得小萊的辯解很有趣，「是啊，那你自由發表言論的內容是什麼？就是你不想給工作騙子的那一塊錢。」

「這是原則問題！」

「是啊，原則就是一塊錢。」

小萊真希望吉格在這裡跟厄利辯論。「這不一樣！一個是為基本工資爭論，一個是一個人拿了錢還出賣他所幫助的人。」說完這話，小萊滿臉愧疚，想起德爾．達爾沃在西雅圖質問他的情景，還有勒姆．布蘭德那張仍然摺在他襪子裡的二十塊鈔票。

「是嗎？我的意思是，前面那個女孩，她上了舞臺，就像一陣旋風——別誤會我的意思——但她說了那麼多，最後真正是為了什麼？為了讓你們這些遊民多賺點錢，就這麼簡單。」

小萊又搖了搖頭。「厄利，你沒有聽到她在塔夫特說的話，她非常了不起，不，遠遠不只了不起而已。」

「當然當然。」他舉手投降。「嘿，別聽老厄利的，我對那個姑娘和她的小工會沒有任何意見，很棒很棒，都很棒。」他把酒壺拿給小萊，瞇著一隻眼睛打量他。「但，小老弟，問問你自己，為什麼我們說這些話讓你這麼不高興？我猜有兩種可能，這兩種可能不相互排斥。第一，因為你喜歡上她了。第二，因為你自己也有這些想法——我從你的臉上看得出來。」厄利湊得更近了。「她在外面做的這事？不過是一場表演，我想你知道有更直接的方法來完成事情。」

四周很安靜，只有底下鐵軌的聲音，小萊接過酒壺喝了一口，好讓自己不要說話。

「聽著——」厄利說：「假如第一種可能是真的，我們就別再聊她了。」他撇起下唇。「我打個比方，有一座城堡，城堡裡有一個國王，他是個混蛋，因為當國王的都是混蛋，這個國王也是混蛋，收了好多好多貢品。騎士貴族非常討厭他，他們說這傢伙靠我們的田地和我們從農民那裡拿到的貢品發大財，所以就私下串謀起來，有一天割了他的喉嚨，找一個新國王繼位。但是很快貴族又會說，哎呀，該死，這個新國王和前一個貪婪的狗崽子一樣爛透了。所以，他們把他的頭也砍掉了，換了一個貪婪的新國王。國王殺國王，你知道這叫什麼嗎？」

小萊搖頭。

「莎士比亞。」厄利說：「現在假設你在護城河的另一邊，你讓這些農民看著一個有錢的國王殺害另一個有錢的國王，心想，等等，這麼做改變不了什麼啊。」他朝葛利的方向打了個手勢。「他們聚集在某個迷人的起義者身後，這個起義者領導農民造反，他們斬了所有爛透了的騎士王子貴族。」

小萊只是聳聳肩。

「這就是我的看法——農民現在擁有城堡，他們也成了貪婪的狗崽子，全一個德行。我要說的是，也許問題不是國王，也許問題是——」厄利就著酒壺壺口又喝了一口。「——是時候把該死的城堡整個炸了。」

23.

一頂毛氈牛仔帽從米蘇拉車站的長椅上升，帽下的男人緩緩向他們走來，小萊以為他就是葛利的丈夫，卻發現她在這男人的周圍尋找另一個人。

「他沒來，伊莉莎白。」那人說。他與小萊、厄利握了握手。「阿恩・伯基特，IWW的分會會長。」阿恩遞給葛利一封信。「傑克寫的。」

葛利拆信時，伯基特告訴她，她在米蘇拉的兩場演講已經取消了。

「為什麼？」她看著信，頭也不抬地問。

「我在這裡壓力很大，伊莉莎白。」

「什麼壓力，阿恩？」

「我還是別說的好。」

最後她抬起頭來，「不讓——」她讀著信中的內容：「——『一個懷了孕、不聽話的妻子』上臺的壓力？」

「伊莉莎白，這裡情況不是很好，傑克希望你回比尤特，你卻在街角拋頭露臉演說，顯得我們蠻橫不講理，也讓你顯得……」他沒有把心裡的話說完。「不光是傑克，其他工會反對你演說，伊莉莎白，AFL、WFM——」

「我知道誰在反對。」葛利說：「那麼，你是說我們就讓那些人在斯波坎的監獄憔悴消瘦，向警方投降——」

他打斷她的話。「別對我說教，伊莉莎白，我知道你的能耐，你的能力在這裡發揮了作用，警察睜隻眼閉隻眼。但在斯波坎，他們不會睜隻眼閉隻眼，這裡沒有人希望那樣，監獄裡有五百人，沃爾什絕食抗議，找人加入工會已經很難了，你還想叫他們報名去吃麵包喝白開水，被毆打，敲石堆，蹲一年的牢？」

她看向別處，「阿恩，你是說我應該放棄？」

「我是說，在你的第二隻手臂被咬斷後，最好不要繼續捅熊。」

「沒錯。」葛利嘆了口氣。「是時候改踢那個王八蛋了。」

「對不起，我無能為力。」他說。

「阿恩，他們派我去斯波坎組織、募款，聘請一個全國律師來挑戰這項法律，我們離第二次自由言論行動還有一個星期時間，而你卻要我回去，沒人也沒錢，什麼都沒有。」

「你是什麼意思，沒錢？」

她垂下頭，「我們在塔夫特遇到了一些麻煩。」

「老天，你去塔夫特做什麼？」

葛利的目光在繁忙的車站徘徊——旅人問候家人，腳夫將行李交給旅人。「無所謂了。」她說。

「我很抱歉，伊莉莎白。」阿恩說：「我在這裡也是一籌莫展，這是我唯一能做的。」他把手伸進後面口袋，掏出三張火車票給她。兩張去斯波坎的二等艙車票，還有一張是去比尤特的。「你該回家了。」

德爾·達爾沃

一九〇九年

旅館職員把博林留的口信交給我，那個老孬種叫我打電話，我叫我這頭的小姑娘幫我們接通。

艾爾劈頭就說：「沒搞定，德爾，塔夫特沒搞定。」

我這頭的小姑娘開始啃指甲。

「他們只拿了錢，就放他們去米蘇拉。」

我什麼也沒說。

「因為那邊都是一群懶貨。」

我什麼也沒說。

「還有一些意外。」

什麼也沒說。

「跟你說的不一樣。」

都沒說。

「所以我現在的想法是——」

我打了個響指，對那個小姑娘點了點頭，她把電話拉過去。

博林那個屌毛，我受夠了，巴不得跳上下一班火車衝去華來士，在他一瘸一拐走掉前打死他。

不過我得先把消息告訴布蘭德，想到要對那個教堂大胖鐘講「辦妥了」和「再見」之外的話，我就心灰意冷。

我搭了一輛雙輪雙座馬車去他家，阿罕他媽的什麼宮，壓在那傢伙身上的石頭。他家看門的說他去了俱樂部喝酒，所以我又叫了計程車，到河邊的一棟有柱建築，發現那男的在一間幾乎透明的書房裡自鳴得意，和他所謂的財團一塊抽雪茄，喝蘇格蘭威士忌。六七個胖墩墩的大鬍子白人，穿著高領，像釘子一樣陷在壁爐前的毛絨椅，那個壁爐啊，大到他們三人可以手牽手一起走進去。那間書房只有四個字形容——畫蛇添足。白色大理石地板，天鵝絨椅子，黑人服務生站在大財主的後面，兩個無聊的警衛貼著牆走。斯波坎有三十個大財主，這裡就坐了六個，像這個鍍金房間裡的盆栽，假正經地在下棋，棋盤就是這整座城。

椅子那邊傳來低沉的交談，這群絡腮鬍子在抱怨市長雇了奧姆斯德兄弟來規劃新的公園系統。「我跟普雷特說，你花了一百萬，請幾個紐約人，教你在我們原本就是草地的地方種上草地。」

其他人聽了呵呵笑，一個說：「查理斯，你有什麼好抱怨？如果他們通過了債券，就會買下你那些荒地，雇用你的工班蓋公園，最後一半的錢還不是都進了你的口袋。」

「他抱怨，因為他希望全部進他的口袋。」

不知道在警衛攔下我以前，我能把幾個塞進那座壁爐。

布蘭德背對著我，所以我緩緩走進房間，經過好幾幅掛在牆上的肖像，畫中的白人都長著鬍子茬兒。布蘭德抬起頭，見了我就笑，開始說話了，「啊，達爾——」接著想起我的警告，把手指放到嘴唇上。我歪頭指著走廊，然後走出去等他。

一個服務生端著一盤白蘭地經過，我順手拿了一杯，喝到一滴不剩又放回去。

布蘭德總算走到了大廳，喝得眼睛昏花，更討厭的是，書房有另一個人也跟他一起來了，停在他後面幾步遠的地方。那人瘦削蒼白，幾綹長髮像海灘野草梳過頭頂掩飾禿頭。

布蘭德說：「抱歉……葛蘭特先生，我知道你說過不要提你的真名，但這位泰特先生是我最好的朋友，也是最親密的盟友，我答應過要介紹他認識你。」

我張嘴想說，介紹我們認識不大好吧，但喝醉了的勒姆・布蘭德已經轉向他的好友，招手要他過來。「伯納德，來，見見大名鼎鼎的偵探——」他壓低聲音：「德爾・達爾沃。」

我的老天爺。

「認識你真是榮幸！」伯納德居然比布蘭德喝得還要醉，也比布蘭德更像娘們。他問：「你喜歡我們這個好地方嗎？我不只一次聽到有人把它形容為西部的倫敦。」

「是嗎？」

「因為河流的關係，斯波坎河與泰晤士河。」

「沒錯，兩地都有河。」我說。

「希望有人帶你去參觀過禮堂劇院，那裡有世界上最大的舞臺。」他說。

「也許你可以改天再告訴我，我真的必須和布蘭德先生談談。」我說。

「當然當然。」他說：「無政府主義者、放炸藥的遊民——我們很欣賞你的工作——勒姆跟我們大家說了最新的情況，也告訴我們你的好聲譽，但你發現勒姆的司機就是勒姆本人時，一定大吃一驚吧！」

我「嗯」了一聲，好像牛蛙的叫聲。

勒姆．布蘭德這時插話：「但我們已經逼得他們四散逃命了，不是嗎，德爾？蘇利文局長從上面壓，你和我從我們這頭擠。」

「嗯。」我感覺額頭沁汗了，用長滿斑點的手背擦了擦。在斯波坎，我一個星期就蒼老了十歲，而我來的時候早就老了。「說到這件事，布蘭德先生，我必須跟你私下談一談。」

這句話讓他的朋友泰特興奮極了。「當然當然！滲透，間諜活動，很多事要討論！」他像一隻鷓鴣抖了抖大衣的衣襬，然後退開了。

「你要報告我們在蒙大拿州行動？」布蘭德問道，還在扮演祕密特工。「我們的三人晚餐順利嗎？」

「沒搞定。」我說。

「什麼意思？」

「意思是沒搞定。」

「等等，他們一個都沒搞定？」

「沒搞定。」

「你說過至少會處理萊斯頓，你保證過！」

「沒搞定，塞爾維亞人拿走他們的錢，但另一檔事時機不對。」

「你說過就是那個地方——」

「那是其中一個地方。」

他不說話，臉上不僅有失望，還有更多的絕望——

「我會處理好。」我說。

「你說過這個塞爾維亞幫的人——」

「我那裡的人——」

「你說過離斯波坎越遠——」

「對，本來是——」

「他們會回來這裡嗎？你打算在這裡動手嗎？」

「還不知道。」

他的臉漲得通紅，「你什麼時候能知道？」

「我正在收集情報。」

他的煩躁變成了另一樣東西，也許是恐懼。「他們現在在這裡嗎？」

「我說了，我正在收集資訊。」

「我聽見了！」布蘭德的臉皮繃得死緊，嘴巴也抿得死緊，輕聲說：「希望我沒有犯了錯。」

他又直盯著我的酒糟鼻。「沒找年輕的，卻請了一個名氣大的。」

我的肩膀抽動了一下，真想給他的胖臉揍下去。「你當然可以請任何你喜歡的人，但只要我在這裡，我就會處理好，現在要是沒別的事——」

他抓住我的胳膊，「達爾沃先生——」

我低頭看著他的手，他放開了我的胳膊。

我離開那裡，幾乎無法呼吸。我窩著一肚子火，喃喃吶吶，在大街上走著，直到找到一個破酒館。我進去喝了一杯啤酒，一杯威士忌，在恢復正常呼吸之前，又喝了兩杯。喝下最後一口後，我開始這麼思考：所以布蘭德要的是年輕，不是名氣？你幫這票狗娘養的幹過這麼多的事，我曾經混進莫利幫和WFM，而這個假正經拿一個工會女孩和幾個流浪漢來懷疑我的能力。

我閉著眼睡覺都能搞定這三個人。

當然，關鍵在於過去德爾會親手完成任務。把事情交代博林是軟弱。是懶。

我反省自己的錯誤時，酒保拽著一個醉漢的腋下，把他拖出了大門，扔在酒館前面的人行道上，回來拍了幾下手。「一堆在牢裡，最近清淨多了。」他從吧檯後面說。

我結清了帳，走出酒館，看到被扔在人行道上的男人。他睡著了，腿搭在路邊，頭歪著，好像豎起耳朵在聽笑話。我回頭看了看酒館裡，酒保正在擦拭我坐過的地方。腳下那個遊民懶得跟豬一樣，建築前有一個老舊的拴馬柱，我彎下腰扶起那個呼呼大睡的男人的頭，讓他像靠枕頭一樣靠在柱子上。這個遊民大約四十歲吧，除了肚子以外，皮包骨頭，頭髮稀疏，整嘴牙齒都爛了。我抬起腿，對著他的脖子，狠狠地踩下去，給他惡臭的香瓜頭再補了兩腳，布蘭德和他的朋友各一腳。但踩到第三下時，我感到腳踝有什麼東西鬆了。我拐著腳走遠，一邊走，一邊咒罵著那個流浪漢滑溜的腦袋，還有我自己的脾氣。

＊　＊　＊

博林這人很隨意。同樣是在華來士第六街這間酒館，我拿錢給他，也是在這裡，我們跟塔夫特那個灰頭髮的塞爾維亞大個子計畫了整件事。

他見到我並不驚訝，一結束談話，就去查火車時刻表。倒是我跟這個怪物合作了十二年，見了他還是會驚訝——萎縮的四肢，煮熟的臉，一個把他的顎骨併在一起的金屬環。

現在他就坐在一張桌子旁，對著門，拿著一杯剛倒的啤酒。還有十幾個人在，博林鐵定自以為很安全，有安全感的男人最好了。我走進去酒吧，兩個男人換了個姿勢，所以艾爾起碼有兩個幫手，阿呆跟阿瓜，沒用。我走向吧檯，他們的眼睛一直跟著我，我擠進他們中間的欄杆。

我對酒保說：「你有蘇格蘭威士忌嗎？還是只有那種小便威士忌？」

酒保倒酒時，我向前靠在欄杆上，對兩邊的傻大個兒說話。「我可能不會殺博林，但如果我殺了，那就是我的事，你們要有誰出手，下一個就是你，好嗎？」我拉開外套露出手槍。

酒已經醒了四分之三，我的腦筋算是警覺。我喝了一口，離開了欄杆，轉過身露出友善的笑容，先是對著阿呆，然後對著阿瓜。

「老兄。」我說。我走過去，在博林的桌子旁坐下來。他把一張空椅放在他健全的一側——想讓我坐在那一側。我抓起椅子搬到桌子的另一邊，他殘廢的一側。

「看起來不錯，艾爾，新傷疤？」

「就猜你會來。」

「他媽的天才。」

他指著我的威士忌，「德爾，這你喝了多少？」

「每種都喝了，艾爾。」

「聽我說，我真的無能為力，塔夫特的事。」

「你說了算。」

「只是沒搞定，有時就是搞不定。」

「你說了算。」

「塞爾維亞人拿了他的錢，我想其他的他沒興趣。」

「沒錯。」

「那票人都醉了，幹不了什麼。」

「你可以自己來啊。」

「我根本沒想到塞爾維亞人沒動手，那狗崽子，為了兩塊都肯殺自己的姪子。」

「那他怎麼不幹？」

「德爾，那小姐影響了他。」

「影響了他？什麼意思？」

「他們拿了她的錢之後——她說了一些話，影響了他們。」

「她說什麼？」

「我也不大清楚。」

「你不在場？」

「唔，我當時不在，德爾。我一下就走了，安排好就走了，我以為三十個大男人可以應付兩個遊民和一個小姐，我沒想到你希望我扯進那件事。如果我失去了掩護，以後對你還能有什麼好處呢？」

「那你現在對我有什麼好處？」要不是因為剛才踢那個遊民膝蓋痛得要死，我也要把博林那張爛臉踩到噴汁。把這活兒交給他，真是大錯特錯。德爾，你老了，也累了。「艾爾，我的錢在哪裡？」

「在我這裡，我打算——」

「你打算？」

「我打算留一半，算是補償我的麻煩——」

我笑出聲。「你的錢，在塔夫特那些傢伙手中，艾爾，找他們要去，我的錢是要付你沒做的活兒。」

「那好，我留兩百塊就好。」

我又笑了。

「好吧，一百塊，德爾，我得出城一趟。」

「我免費把你弄出城，弄出每一個城。」

「德爾，讓我留一百塊就好。」

我抬起頭，兩隻大猩猩目不轉睛看著，酒保也是，還有一個在門口，所以起碼有四個人。我的老天爺，這個博林肯定是嚇壞了。但在一個這樣的地方，較多未必較好，任何時候，給我一個好傢伙，遠勝過四個慌亂的膿包，尤其是近距離時，薩維奇打起來無敵響亮，對我有利，問題是順序，哪一個先。阿呆，較高的猩猩，先搞定那個，每個人都會停下來看那男的抱著肚子縮成一團，然後是阿瓜，然後我就會緩緩地轉身，不著急，也不慌張，看看有沒有別的人有動作，不過以我的經驗，那三個人已經夠了——

艾爾打斷我的思考。「還有幾個意外，你沒告訴我那女孩懷孕了，而且你大可告訴我，布蘭德在裡面還安插一個人。」

我轉過身，直視艾爾那張布滿傷痕的臉。我的確同情他，到哪裡都帶著那張醜臉，而且沒錯，我沒告訴他葛利．弗林懷孕了。難道我認為艾爾知道了就不會把事情辦到底嗎？還是因為我在斯波坎幹的另一份工作產生了某種愧疚？我也沒有告訴他那個多蘭小弟的事。我無意中說出了嘴，「那孩子的事我應該告訴你。」

「什麼孩子？」

「萊恩．多蘭，他告訴你布蘭德付了前金給他？」

「你在說什麼？」博林問。

「你又在說什麼？」

「我在說那個平克頓。」

「平什麼？」

「平克頓偵探，萊斯頓，假裝遊民的那個傢伙，要是我們解決了他？他們要跟我們沒完沒了吧？就算是在塔夫特，你也不能搞死一個平克頓偵探，德爾，你應該要先跟我說的。」

我沒吭聲。

「你不知道。」他說。

「你確定？」我問。

「非常確定，他溜出來跟著我，把我撞倒在雪地裡，問了一大堆關於誰給我錢的問題，說他幹了快一個月，勒姆．布蘭德給錢，要他手段狠一點。」

我的老天爺，布蘭德是派了多少人做這件事？我回想那些個人檔案，有沒有可能他不知道萊斯頓是他雇的人？以前我幹臥底，也用假名，還是事實比這還要惡毒？布蘭德想要我處理掉他雇的人？他會做這種事嗎？我的老天爺，清掉一個平克頓偵探恐怕會要了我的老命，清掉一打警察可以，但如果你做掉平克頓偵探，他們會追殺你到最後一天。

即使布蘭德不知道萊斯頓就是他的內奸，也知道他自己有一個內奸啊，而他沒有告訴我那件事。我問過他：「還有其他的事嗎？」他搪塞過去，跟我說了那孩子的事，卻沒有提到另一個混進去的偵探。

「德爾，看來你遇到難題了。」

我聳了聳肩。「把我的錢放在桌上，艾爾。」

他哧哧哧抽了幾下鼻子，以為自己佔了上風，放了一小疊現金在桌上。我數都沒數就塞到口袋裡，「另一半也交出來。」

「我說了，我要留下——」

我拉住固定他下巴的金屬環，像騎旋轉木馬的孩子一樣拽著，把他的臉拉到桌上，另一隻手從腰間拔出手槍，在桌子下面對準吧檯欄杆邊的兩個人。他們筆直走上前來，但雙手高高舉起，像在安撫一隻憤怒的動物。我拉著艾爾的頰環把他的臉壓下去。「我的錢呢，艾爾？」

他摸了幾下外套，把我剩下的錢放在桌子上。

我認識艾爾・博林十幾年了，在白銀戰爭期間，我讓他在WFM內部幫我做事。我喜歡他，他有膽識，要控制一個懦夫很容易，但懦夫辦事不盡人意。像博林這樣的人，要控制他，機會渺茫，但一旦你做到了，他就是金牌。有次一個無政府主義者炸了一個祕密藏身處時，艾爾剛好替我在裡面當內應——他是唯一的倖存者。在醫院時，他的傷口起泡流膿，但他醒來時，我對著他耳朵剩下的窟窿眼兒說：**你一定能挺過來，挺過來後，來找我**。他來找我了，我照顧他，給他錢，提供他鴉片，他又能走動後，我給他工作，雇用他去監視開會情況，在蒙大拿哈佛煽動暴亂，讓我那邊的雇主能夠說服警方鎮壓工會。

不過，我早該知道不該把這樣的活兒交給他。

我把手指伸進金屬環，像扣扳機護套一樣穿過他的臉頰，他的頭靠在我們之間的桌子上，錢在他的鼻尖。他用完好的眼睛抬頭看著我，我輕聲地說：「好，為了證明我不是一個愛報復的人，你拿回二十塊錢吧。」

他拿回去了。

「那些錢給你拿去買張離開這裡的火車票，還有付旅館錢。現在，再拿二十塊錢，算是補償你的麻煩。」

他拿了。

「再拿十塊，請你那群傻大個吃一頓，喝杯啤酒。」

他拿了。

我從那疊錢中抽出五十塊，塞到他的手裡。「這是我給你的，艾爾，看在舊日的情分上。」剩下的都進了我的口袋。我把他要的一百塊錢給了他，不過那是我給的，我沒有任他把德爾．達爾沃搞得像是能從背後偷陰的人。艾爾的臉還在桌子上，他把那一百塊緊緊攥在手裡，好像掐著我的喉嚨，還用那隻好眼睛盯著我。我挨過去，對著以前是他的耳朵的那個窟窿眼兒低聲說：「你會挺過來的，挺過來後——有多遠就給我滾多遠，你這個烤了一半的臭牛排——」

我輕輕拽了一下金屬環，然後鬆開手，他的頭像樹枝一樣彈回去。我慢悠悠地站起來，槍口仍然指著艾爾的兩個手下。

艾爾揉著毀容的那側臉頰，用另一側笑。「德爾，總有一天，有人會埋了你，沒有一個活著的靈魂會為此感到難過。」

對這些西部龜孫子，我很少想不出恰當的話來回嘴，但艾爾那句話打得我滿地找牙。當然，這個半身礦工老頭不知道丹佛的醫生，也不知道我頭骨上的腫塊，但是——朋友之間這樣說太無情無義了，我從酒吧退到街上時，覺得心裡燒著一把火。

＊＊＊

現在呢？找出弗林和多蘭那個小流浪漢，當場清乾淨。跟布蘭德收五千塊，問一問顯然是他雇用又想置之死地的那個平克頓的情況。或者更好的辦法是，帶著這個平克頓，一起去見布蘭德。

我在華來士找了一個姑娘兒開房間，但這個突發狀況害我硬不起來，她靜靜地睡了，而我整晚被各種幻覺困擾：博林、遊民的脖子、我在斯波坎灌死的懷孕女孩等等。到了三點，我打發姑娘兒走，穿好衣服，趕第一班火車返回斯波坎。一路走到車站，又黑又冷，沒有博林和他那些傻大個的蹤跡。

悶悶悶，真是悶，那一天早上，在回斯波坎的路上，我沮喪極了，火車緩緩進站時，眼淚都要流下了，難道我永遠擺脫不了這個鬼地方？坐在前面的男人說：「頭一次來斯波坎？」

我只是看著他。

他說：「一定要去參觀禮堂劇院，全世界最大的劇院舞——」

我上半身越過座椅，一拳朝著他的喉嚨打過去。

斯波坎去死，勒姆．布蘭德和他的假正經紳士財團去死，丹佛的診斷去死，通通去死好了。我有兩個星期跟監的錢，還有從艾爾．博林那裡拿回來的錢，也許乾脆不做了，讓布蘭德留著他泥巴澡的賞金。我在萊星頓有一個女兒，我去她那兒住吧，釣釣魚，講故事書給外孫聽，現在幾歲啦？五歲？八歲？

腳夫跑來幫忙被我揍的那個人，我匆匆跳下火車，去了旅館，要接待員幫我撥電話到同盟社米蘇拉分社，我想請十年前跟我一起處理巨蟒礦場的眼目幫忙。

「你在這裡幹什麼？」他問，「幹」講得特別用力。

我都跟他說了。三十分鐘後，他打回來，說葛利．弗林在米蘇拉的演說取消了，人在火車站，多蘭和萊斯頓今天坐火車回斯波坎，搭大北方列車一三五六車次，預計在午後一點抵達。我看了一下懷錶，十一點四十了。

葛利．弗林呢？

「被送回去比尤特，回她丈夫身邊待著。」男人說。

我心情大為舒暢，可以擺脫那個女人，真高興。我素來不喜歡要女人的命，也不願意要女人的命，世上有一半是女人，避免不了，但這仍然讓我感到心裡過意不去。即使是像她這樣潑婦，她在比尤特作餡餅，下輩子都避開我的影子，對大家都好。

我拐著腳走到大北方火車站對面的館子，找了一張靠窗的角落桌子，等從米蘇拉來的火車。我起碼可以清掉那個小多蘭，彌補這個錯誤，收一千塊。如果布蘭德要的話，我甚至也可以再來一趟，等那個哥哥出獄後再清掉他。

大霧襲來，大北方一三五六次列車晚點了。服務生送來我的雞蛋，我一邊吃，一邊看著窗外，馬車汽車開始駛向車站，這讓我想到了萊星頓，女兒會來接我。

服務生過來收盤子時，我要了一杯威士忌，他卻說：「先生，現在只供應午餐。」我說：「我知道只供應午餐，我想要一杯他媽的威士忌配我的午餐。」他說：「先生，我不許給客人酒。」我又漲紅了臉，這時向窗外望去，看到旅客從火車站湧出，腳夫把行李搬上雙輪馬車，人們在前面街道上擁抱。我把餐巾往餐盤一扔。

但我接著驚訝地愣在原地——葛利．弗林和多蘭正一塊走出火車站，她披著黑色斗篷，拎著地毯旅行袋，多蘭還是那身不合身的打扮和圓頂禮帽。所以，她還是回來了。好吧，那我會領到更多的錢。但萊斯頓人呢？

我從口袋掏出一枚一塊硬幣丟在桌上，正要站起來，一個黑影落下來。我抬頭一看，是厄利．萊斯頓。

「德爾．達爾沃。」他喊得好像我們見過面似的。

這是衰老最奇怪的一面——面孔變得好模糊好模糊，一種你不再說的語言。近看，這人似乎很眼熟，但或許是普通到讓你聯想到其他人的那種眼熟——瘦削，疲憊，相貌平平——年齡大概二十五，也可能是四十五，這麼平凡無奇的外表，只有另一個幹偵探的，才能體會到要做到這種地步的不起眼有多難，就像走在雪地但不留下足跡。

「你讓我處於不利地位。」我一邊說，一邊去摸我的槍。

「哦，我很懷疑。」他說：「有哪個人曾讓大偵探德爾．達爾沃處於不利地位？」他坐到我旁邊的椅子上。「布蘭德雇了你？」他問。

我說：「沒錯。」我握緊了手槍。「你呢？」

「一樣，一個月前。」他說：「要我從兩邊下功夫，把事情搞大，讓工會扔炸彈，讓警察襲擊抓人，他想避免發生在米蘇拉發生的事情，那裡的警察和市長態度軟化了。」

「欸，沒有人態度軟化。」我說。

「你雇我來興風作浪——我就興風作浪。」他轉過頭去。「也許風浪掀得太大了。」

「你認為這就是我的雇主沒有告訴我你的原因？」

「他沒有？」

「沒有，我以為你也是一個流浪工人。」

「真的嗎？他沒有告訴你？」

我聳了聳肩。「如果有的話，那是很好的資訊。」

「對我來說，也是。」

「我相信是的，他這個老狐狸。」

「他有沒有跟你演司機那齣戲？」

我哈哈笑。「那個人檔案呢？」

「天啊。」他說。

「那麼，你從哪個辦公室出來的？」

「辦公室？」

我糊塗了，「我還以為你是平克頓的，你是自由接案嗎？」

他嘿嘿笑了，好像這其中有一個有趣的故事，然後在椅子上換了個姿勢，四處尋找服務生。

「我要來一杯，你要嗎？」

窗外已經看不到葛利和萊恩·多蘭了，我伸長脖子，算了，之後再去找他們吧。「現在是午餐時間，他們不開威士忌。」我說。

「怎麼會不開。」萊斯頓轉向路過的服務生，「請問——」但那人沒有停下來腳步，直接就走了。萊斯頓轉回來，冷不防撲了過來，刀刃滑過我的肋骨之間，簡直要把我從椅子上抬起來。感覺不是痛，是壓力，感覺胸口同時被刺、被抬、被搖動，感覺到那人全身的重量。也不是猛然的一刺，而是毫不費力，純熟老練，就像屠夫切開烤肋排。我感覺到身體裡有八英寸長的鋼鐵，我的老天爺，我要死在椅子上——

我已經放開了槍柄，所以又趕緊伸手亂扒，但就是摸不著槍。

萊斯頓靠在刀上——**啊，痛死我了**——我又喊又咳，語無倫次，他站著俯身看我，彷彿非常關心我，說話還帶著——是想模仿英國腔嗎？「哦，德爾，怎麼了？」他左手握著刀柄，右手繞到後背，把我的槍塞進他的褲子後面。我們會欣賞殺害自己的兇手的作案手法嗎？除了那蹩腳的口音——

「哎呀，你咳血了，德爾！」他對酒吧裡的人喊：「退開！」他用右臂攙扶我站起來。「我哥哥有肺癆，我必須讓他透透氣。」他說。

萊斯頓一定早猜到了，服務生會與我們保持安全距離。他讓我站直身子，拉著我往門口走，服務生為我們扶著門。萊斯頓的右臂搭在我的肩上支撐我，左臂橫過他自己的身體，伸入我的西裝外套，放在看不見的刀柄上。那把刀插在我的腰間，他像操控船舵一樣用刀控制著我的方向。

我對著服務生微弱地喊了一聲救我，萊斯頓卻說：「我在努力了，德爾，我已經努力在幫助你了。」他輕輕扭動刀子，我痛得站不直腳，哭了出來。

「我哥哥很不舒服。」他一邊說，一邊推著我走過街區，跨過路沿，走到大街上。「肺癆，退開。」他重複強調，知道結核病可以解釋為什麼有血，而且旁人會閃避一個咳血的人。他說得像真的一樣，我差點希望他**真的**是我的弟弟在照顧我——**哦，德爾，死去的德爾，上帝的德爾**——我又哭了起來。

「別出聲。」他低聲說：「不會太久的。」

我假裝踉蹌了幾步，鼓起最後的鬥志，用肘狠狠撞了他一下，緊接著又是一拳，差點就能轉身掙脫開他。可惜那把刀深深插在我的腰間，他又轉了一下刀柄，**哦——該死——哭泣——傷心——該死的痛**——我什麼也不能做，只能倒在我這個弟弟的身上，投降了。

「別再來一次。」他說。

「他媽的布蘭德——」我喃喃地說，因為他才是我真正的凶手——引誘我到這個地獄之城，雇用我去殺我弟弟，天啊，我希望我弟弟下一個去殺的——**上帝哭泣悲傷**。

「別出聲。」他說：「德爾，告訴我，你信教嗎？」

「不信。」我勉強回答。

「很好，因為我想我們沒有時間搞儀式了。」他說。

噢，上帝哭泣痛苦。

「我很抱歉，我知道很痛。」他說：「不要說話，不要太過用力呼吸，快到了。別出聲，我會幫你。」

噢，上帝哭泣。

「德爾，你不應該喝這麼多！」他向某人喊道，那人一定看到了他半抱著我，我們跌跌撞撞，因為他快撐不住我的重量了。

我希望我可以停止哭泣，這就是我清掉的人的感受嗎？我的老天爺，太可怕了，起碼我動作很快。還有恥辱，我本來可以去萊星頓探望女兒跟外孫，啊，小女兒撲到我的懷中。可恥，**哭泣可恥**，該死的斯波坎叫人悶，對一切感到抱歉，對我最抱歉，**可恥哭泣上帝恐慌可恥哭泣**。

我們向東走，然後轉向北方，他帶我跨過了鐵軌，原來我們是在往河邊移動。

他把我放在野草中，我痛得幾乎要死了。我睜開眼睛，我們在鐵路側軌間的小草叢，就在南河道的上方。他蹲在地上，拖著我走了這麼遠的路，有些喘不過氣來。

「吐氣。」他說。我吐氣時，他從我腰間拔出了刀，我痛到眼前一片黑，接著身體和心情都放鬆了，因為刀和刀柄都離開了我的身體。但我呼吸時，鮮血汩汩地冒出來，我知道我無論如何都要淹死了。他讓我的手按在傷口上，「壓住這裡，緩緩呼吸，現在沒事了，只要你回答幾個問題，我很快就讓你不知人事。」

我睜開眼睛，他站在我的上方，擦著那把刀。刀比我以為的要小，細細長長，幾乎與冰錐差不多寬而已。他身後的天空很低，灰色的。

「你要做什麼？」

「我？完成別人出錢叫我做的工作，然後去收錢。」

「我不知道。」——**抽搐哭泣可恥**——「他說你是一個危險的遊民——說你打了一個條子。」

「哦，我，我做的不只這些。」他說。

這時我想到了，「還殺了個條子？」

他又說：「既然你雇我來興風作浪——我就興風作浪。」

所以真相大白了，布蘭德雇了萊斯頓，結果他殺害了一個警察，所以布蘭德雇我來解決那個問題。我想像他的財團，「如果有人發現他雇了你——」我沒有說完這句話。

「嘿！你瞧瞧。」一絲笑意爬上萊斯頓的臉龐。「德爾．達爾沃大偵探破了他最後一起案子。」哭泣悲傷。

「抱歉了，德爾。」說著，他又開始逼近我。

「那孩子——」我說：「布蘭德也找了他。」

這句話讓他停下來，「什麼？」

「那孩子，多蘭，我在西雅圖跟他見過面，是他告訴我你要去華來士，布蘭德用二十塊收買了他。」

他臉上的表情很有意思，「萊恩？」

「欸。」我希望他能去宰了那孩子，希望他能幹掉所有的人，那群遊民、葛利．弗林、布蘭德。我想像他挨家挨戶，殺了整座城的人，把那些闊佬富豪推進那個大壁爐，那些豬油似的財富，滋——滋——都融化了，他殺死每一個沒腦袋的熱心支持者，放火燒了那個浮誇的劇院舞臺。我想像整座城消失了，想像萊斯頓把這座鬱悶之城從地球上抹去，這感覺真是棒。他和我認識的平克頓偵探不同，那些只會記帳的假正經——不管他是什麼人，我都非常敬佩——

「你不是——」即使聽在我自己的耳朵裡，我這些絮絮叨叨的話也毫無意義。「我需要——」

我盯著天空，古老的祈禱。

「好，不說話了。」他說。他向我彎下腰，遮住了天空，看著我的眼睛——如此溫暖的眼睛，你根本想不到——然後我感覺到他拉開我的外套，伸手要拿走我的錢包，但我還有力氣把他的手推開。一個人還有呼吸時，就這副貪婪的模樣，接下來他會不會挖我的補牙？

「對不起，德爾，你是對的。」他說。

哦，受祝福的哭泣恥辱——「等等。」我說：「等等——」哦，冷酷的鬱悶——他又彎下腰，遮住我的眼睛，我又試了一次，「等——」但他拿刀劃過我的喉嚨，一股暖意蔓延開來，我張開手臂緊緊擁抱，這時——

24.

他們越過愛達荷州邊界，小萊凝視著窗外。冬季空氣從加拿大呼呼吹來，溫度兩天陡降了華氏四十度，一道濃霧籠罩整座山谷。那天上午，一列貨運列車在霧濛濛的路口撞上一輛垃圾車，車頭排障器又把一輛老式馬拉板車撞成了兩截，所以大北方一三五六次列車只能減速慢行。客車緩緩駛入斯波坎時，猶如一個人摸索著走進黑暗的房間——霧氣茫茫，鬼樓幢幢，蒼白面孔一一浮現。

他們黎明前就離開了米蘇拉。一路上葛利都在替《產業工人報》寫文章，給支持者寫信。她在最後一刻決定不回比尤特，改去斯波坎，也成功說服了售票員替她改車票。「這件事結束後，我就回家。」她告訴小萊。

「那你丈夫呢？」

「他清楚自己娶了什麼人。」

他們越是接近斯波坎，她的精神就越是抖擻。她朗讀了幾句她寫的文章，寫著寫著還會抬頭與小萊分享她的新想法。五天的時間不多，但她可以去附近的田莊召集農工，給鄰近城鎮的組織幹部發電報，請求立即的協助，去唐人街、黑人旅社、街道更容易召集，還有新開那間巴爾幹旅店。同時，她每天都會在大廳演說，甚至上街去說。

「我今天就要講第一場。」她說。

小萊心想，她聽起來有點狂熱，擔心她怎麼了。「今天？」

「我們中午就到了，我七點鐘演說。」
「我是說，你不想休息一天嗎？」
「萊恩，我一天也不能浪費，我們必須持續施壓。」
「可是你自己說過，我們沒錢，也沒有人。」
「對方不知道，可能還有五百個臨時工進城。」她說。

但，沒有人來。小萊想起他與厄利的對話，厄利坐在後兩排，癱在座位上，帽子拉到眼睛上。在米蘇拉的酒館待了幾個小時後，他車程中大部分時間都是這副德性。早晨五點半，他們上火車，他仍然爛醉如泥，還宣布這是「我最後一次的正式任務，恕我直言，我誠摯地提出辭呈」。

而今，當他們進入斯波坎車站時，厄利咳了一聲，突然跳了起來，好似想起了一個約會，從行李架上抓起他的背包，拍拍小萊的肩膀，說道：「我走了，小老弟，保重。」他向葛利脫帽致意。「祝你們好運，信徒們。」說完就快步穿過走道，火車都還沒停穩，就已跳到了外頭月臺上。隔著窗戶，小萊看著他的朋友再一次溜走了。

「他真的走了。」小萊說。

葛利說：「我們不需要他。」小萊想，也許是炸掉城堡的時刻到了。他扶起葛利，從行李架取下兩人的行李。葛利先是挺起腹部，接著一手在後面推著腰部，另一隻手則挽著小萊的手臂。小萊提著行李，穿過人潮擁擠的車站，經過兜售日報的報童和販售啤酒三明治的小販，兩人宛如丈夫和他懷孕的妻子。他們走到外面時，厄利已不見人影，小萊心想，跟他做朋友，好像跟風暴雲做朋友一樣。

汽車馬車排在車站路邊，像是排隊等著舔鹽塊的牛群。小萊陪著葛利，穿過煙霧繚繞臭氣熏天的車流，過了橋，再走過兩個冰冷的街廓，來到工會。裡面空無一人，氣氛孤寂。

「大家都去哪兒了？」葛利問道。

他們才離開幾天而已。門是開著的，但食堂報攤裡一個人也沒有，大廳也空空蕩蕩。他們最後在冰冷的會議室找到查理．菲利尼奧，他正和廚師、報攤店員在打牌。

菲利尼奧向葛利彙報嚴峻的最新情況：工會經費用完了，會員人數減少，警察在街道和鐵路機廠巡邏，盤查有外國口音的人，他們都還沒抗議，就把他們趕出了城。四天來，沒有人被逮捕，而工會基本上已經沒有人了，因為有消息在流動工人之間傳開，說搭火車來斯波坎，等著你的就是一頓毒打。《勞工報》最後一位編輯在三天前被捕，和他之前的編輯一樣，被指控密謀引誘抗議者到斯波坎。

查理聳聳肩，「沒有報紙，我們辦不了。」

「報紙我來編輯，今天下午出刊。」葛利說。

菲利尼奧看著另外兩個人，「刊什麼？」

葛利把她寫的文章扔在桌子上，那幾張紙打散了他們的撲克牌。小萊在火車上讀過這幾篇文章——宣布第二次自由言論行動，承諾將會得到來自西雅圖、愛達荷和蒙大拿的支持，但沒有提及塔夫特的搶劫，也沒有說米蘇拉的演講被取消，只說募款桶滿了，男人承諾加入戰鬥。菲利尼奧大聲朗讀：「『我們歡迎有組織的勞工隊伍加入我們，對抗腐敗的愛爾蘭裔警察局長蘇利文，以及他殘暴的同夥醉鬼法官曼恩，他們都是礦業富豪的可惡爪牙。』伊莉莎白，這——」

她微微一笑，「我知道，寫得很好。」

她叫廚師把食堂的火點起來，讓臨時工看到他們是開放的。她在她的報導上草草題上了標題，叫報攤店員拿去排版。這份單張報紙將有兩個巨大的標題：「斯波坎的第二次言論行動！」、「葛利．弗林今晚發表演講！」第二則報導宣布：「世界產業工人組織的組織幹部伊莉莎白．葛利．弗林，將為星期五的言論自由行動做一系列的演說，第一場訂於今晚七點，將詳細說明城市的暴行和工會的回應。免費入場，地點：斯波坎前街二四〇號IWW工會。提供蘋果、櫻桃、咖啡和肉餡派。」

「今晚？」菲利尼奧抬頭看著萊恩，好像在問：她沒問題吧？

葛利說：「現在才一點，排好版，開始印刷，沒有道理不能在五點前讓報童上街。」

「餡餅呢？」食堂廚師問。

「你有六個小時的時間變出來。」她說。她拿走廚師手中的撲克牌扔到桌上，一對8。小萊簡直不敢相信她的活力，他們經歷了這麼多事，不只如此，蒙大拿的挫折似乎反而讓她更加充滿了激情。她派小萊去召集報童分發《勞工報》，並帶幾份日報回來，看看他們離開時錯過了什麼新聞。

那是一個冷冰冰霧濛濛的午後，太陽繞過山頭，飄雪又輕又乾，小萊分不清是天上落下來的，還是從街上吹來的。他拉緊大衣的領口，雙手插進口袋，但依舊冷得透不過氣來。他先去了火車站，那裡有一群固定的報童在賣日報。

他們圍著一個年紀較大的男童，小萊認得這個小隊長，他叫里多，帶領六個年紀較小的報童，很喜歡跑到工會前面溜達。里多比小萊矮一英尺，但只小他一歲。

「嘿，萊恩，我喜歡你的禮帽。」里多拍拍自己鳥窩般的褐色亂髮，顯得很難為情。

小萊向里多解釋目前的情況：幾個小時後，他們需要五個報童上街，每人賣一百份報紙——《勞工報》特刊。賣多少都算他們的，如果幫忙在牆壁燈杆張貼海報，一個人還可以多領五分錢。

「小萊，包在我身上。」里多說。他還有幾份下午出刊的《紀事報》和上午出刊的《發言人評論》，小萊各拿了一份。

小萊匆匆回到工會，慶幸不用再忍受寒冷了。在前門，他就看見食堂老廚師正忙著攪拌餡料。他穿過大門進入大廳，大廳盡頭的辦公室開著門，葛利和菲利尼奧趴在桌上擬訂計畫。小萊撲通一聲坐在長木椅上，翻報紙尋找IWW相關報導。

不過工會抗爭已成了舊聞，現在的頭版是火車剎車工罷工，老拳王吉姆·傑佛瑞斯和新拳王傑克·強森宣布在紐約舉辦重量級拳擊賽。《紀事報》的漫畫把強森畫成一頭靠炸雞訓練的狒狒，一則當地新聞報導，喬治萊特堡六百名有色人種部隊準備在強森身上下重注。

小萊翻到《發言人評論》的勞工新聞版，讀到一個簡短的標題：「外國遊民離城，否認與IWW有關。」領到感恩節的麵包和水之後，有三個人告訴法官他們退出了工會，其中一人說：「我們是被騙來的。」報導欣喜地指出，已有六十多人在允諾退出工會後獲釋，並且立即出了城，監禁人數已從最多的五百人開始下降。

《發言人評論》還刊出一小篇報導，四名工會領袖順利以陰謀罪起訴，審判採用簡易形式，陪審團由六人組成，一天就做出宣判，不過報紙說，「年輕社會主義喉舌弗雷德·摩爾」對此提出異議。最後的結果是，沃爾什和利特爾被判定有罪，將在州監獄服六個月的苦役；《勞工報》頭兩位編輯，詹姆斯·威爾遜和E·B·傅特，也被判定有罪。報導最後一行列出該週將因陰謀罪受審的四名工會領袖的名字，「這些人涉及了十一月二日的暴亂組織工作。」名單最後一個名字是格雷戈里·T·多蘭。

在空蕩蕩的大廳裡，小萊把頭垂到胸前。六個月？

他覺得自己像個傻瓜，勒姆·布蘭德說他會讓吉格早點出來，他竟然對他的話深信不疑。

他覺得自己可能要吐了。

他看看昏暗的工會。

在辦公室裡，坐在桌子後面的葛利已經直起身來，眼睛盯著他。「萊恩？」

天啊，他們在這裡做什麼？他們假裝他們能做什麼？他想起了厄利：你根本不信那套謊言吧？這有可能嗎？

還有勒姆．布蘭德：你是一個棋子。

葛利呢？除了讓他們撲向警察，在監獄裡逐漸消瘦以外，她還有其他計畫嗎？他們沒錢，沒人，沒壓力，沒有克萊倫斯．丹諾。沒有希望。

吉格會在監獄待六個月，或者更糟，像朱勒斯一樣死在裡頭。如果吉格真的出來了，會成什麼樣子？他進去一個月了，有一段時間絕食抗議。小萊環顧無人的工會，覺得自己的胸口可能會塌下來。

他站起來，把翻開的報紙留在長木椅上。

葛利走到辦公室門口，「萊恩，你沒事吧？」

他跌跌撞撞往門口走去，「我只是需要透透氣。」走到街上，小萊覺得自己的胸骨快裂開了，六個月，他急促吸著冷冽的空氣，肺部感到針扎似的痛。他要怎麼做？四處流浪，想辦法自己找工作？他能去哪裡？小萊彎下身子，但還是喘不過氣來。他往左邊瞥了一眼，見到街角有個警察在監視工會。看了好一會兒，他才認出那個大塊頭警察，是克萊格。「你好哇，多蘭，從蒙大拿回來啦？」

小萊說不出話來，他的呼吸既急促又痛苦。他轉身離開克萊格，沿著前街匆匆走開，經過一對在街上磕磕絆絆的夫婦，路過一家酒館、一個咖啡館、一個華人清潔工。

他遇到了報童里多，三個小男孩跟在他後頭，一行人像鶺鴒似地走在前街。「嘿，萊恩，我們準備好了。」

他隔著馬路向他們揮揮手，但繼續往前走，到了史蒂文斯街後轉向南邊，逆著前往東區酒館的人潮，在人行道蹣跚而行。他經過騙人的工作介紹所，他們門前階梯雇了警衛守著。他還經過一條小巷，兩個女人站在臨街花煙間外抽煙。他不曉得自己要去哪裡，只是不停地想著「家」這個字，儘管他認為沒有吉格，這個字就不存在。

他回頭看看克萊格有沒有跟著他。但後頭沒人，難道是他幻想看見了那個大塊頭條子嗎？

他放慢腳步，呼吸終於恢復了正常。

他抬起頭，他已經走到了史普瑞街，市中心的高級地段，在這裡從人嘴吐出的熱氣也比較高級。

25.

冒險進入市區這一帶的流浪工人，沒有一個不被騷擾的，所以小萊拉緊外套，拉低頭上的圓頂禮帽，試著融入人群，裝得好像只是一個下班要回家的人。然而，即使穿著摩爾先生的外套帽子，他的粗布工作褲和工作靴還是暴露了他的身分。在霍華街，他遇上一輛電車，停下腳步，電車上方的電線劈啪作響，車內蒼白的燈光和幽靈般的面孔吸引了他，這些人正在奔向家人、熱飯和火爐。電車後方是汽車馬車，小萊在那個十字路口，盯著鐵軌，佇立了很久。整個國家靠著鐵軌連結在一塊，如果他願意，他可以跳上火車，最後到達紐約，這感覺像是又一個白日夢，或者一種預感。

世界正在變成一個單一的地方。

他繼續往裡面走，走到餐廳、劇院和高級飯店林立的西區。不知不覺，他來到路易士達文波特飯店餐廳前的人行道上，餐廳天花板有白色灰泥飾邊，門口立著柱子，窗戶是拱形的。明亮的燈光在潔白的桌布上閃閃發光，禮服和鞋子也閃爍不定。他目不轉睛盯著，裡面的光彷彿天堂的景象。

三個西裝筆挺的男人戴著皮手套進了隔壁的雪茄店，路邊一個穿燕尾服的年輕人，協助一個穿著禮服的醉酒女士上了嶄新的汽車，還有一個男人，領著一個穿皮草的女人進餐廳，女人隨手就塞給穿禮服的門童一塊錢。

開一扇門，就有一天的工資。

小萊站在人行道上，慢慢轉了一圈，仔細看清楚了這一切。黃昏時分，雖然時候尚早，但可以用晚餐了，男人紛紛離開辦公室，一起喝啤酒，或者在看戲之前帶妻子去吃一頓。

這樣的時刻，他和吉格可能是在救世軍施食處排隊，或在鐵路機廠旁的營火上暖手。最好的情況是，裹著大衣，蜷縮在李奇太太的睡廊上，希望她開口邀請他們進屋吃晚餐。

「喂，走開！」

小萊回頭一看，達文波特的門童在趕他，他在短禮服外面穿了一件厚重的大衣，一隻戴著手套的手揮著，好像小萊是流浪狗。「喂，小孩子，快走開。」他自己大概也只有十九歲或二十歲，美人尖兩側的頭髮梳得油光水滑。

但吸引小萊目光的是這個年輕人的雙手，裹在一副他見過最溫暖的手套中，厚實的黑皮革反射出餐廳鑽石般的光芒。小萊看看街上的人——有些人還轉頭望著他——人人都戴著誘人奪目的手套，毛草手套，毛皮手套，有襯裡的皮革手套。一個女人套著一雙看似水獺、長及手肘的手套。

飯店門童用戴著手套的手拍了幾下，發出低沉的聲音。「嘿！你聾了啊？你不能站在人行道上，這裡不許乞討。」

小萊低頭望著自己那凍紅了、長滿老繭的手——挫折極了，再也無法掩藏他的心情。「我沒有乞討，我只是在走路。」他說。

「那就繼續走！」那人朝小萊走來。「你不可以停在這裡。」

「你的手套哪裡買的？」

「什麼？」門童推了小萊一把，小萊踉踉蹌蹌退到馬路上。

他在人行道上坐下來，開始解開靴子的鞋帶。

「小孩，你不要這樣！別逼我叫警察來。」

小萊把手伸進襪子，拿出布蘭德那張二十塊鈔票。他把鈔票藏在那裡兩個多星期，世界上最安全的銀行——一個遊民的襪子。「我想買手套。」他說。

門童揪住他的衣領把他拉起來，拎著他走到街廓底。「我不管你是不是想買一輛福特汽車，你就是不能在我的路邊買。」他又推了小萊一把，小萊沿著街廓退了幾步。「快滾，免得我敲破你的頭，你會耽誤到別人用餐。」

小萊搖搖晃晃沿著街廓往下走，一隻靴子沒有繫好，手裡攥著那張臭烘烘的大鈔，大鈔好像一個傳染病，他曾想過捐給葛利的桶子，但沒有——謝天謝地，否則就落到了塔夫特的小偷手中。他突然想到他留著還有另一個原因，因為他說服自己，只要他不花掉這張鈔票，也許他就能否認他做過的事，否認背叛了他的朋友。

但他終究是背叛了他們。他告訴了勒姆．布蘭德他們的計畫，在西雅圖的旅館，他回答了德爾．達爾沃的問題：你們接下來要去哪裡？厄利．萊斯頓和你們一道嗎？他背叛了他們，然後試圖說服自己，他沒有背叛，或者這是無害的資訊，或者說這是幫助吉格的唯一辦法。

但，這張二十塊鈔票，是他良心上的一塊石頭，而吉格無論如何都要在監獄裡待六個月了。

小萊盯著那張皺巴巴的鈔票，一個不期然的念頭冒出：花了，我就不再擁有它。這就是財富的瘋狂之處：不使用它，才能擁有它，但如果你不使用它，擁有它也就沒有了價值。這就像一個謎語。難怪有人死時錢多到再活一次也花不完，而有人卻在挨餓。而他——一個擁有二十塊和冰冷雙手的傻瓜。

他繼續往西走，特別留意街上男男女女戴著手套的手——交談中打手勢，爬上電車，開門。最後，他跟著一個穿著時髦西裝、戴著保暖手套的人走上一道石階，走進了「布蘭利格雷厄姆精品服飾豪華家具店」的深色木門。

這是一家位於街角的商店，溫暖，光線柔和。小萊站在門口動彈不得，一個老先生抬起頭，他穿著精緻西裝，胸前口袋裡插著手帕，面無表情地笑了笑，開始走過來。但在那人說話前，小萊舉起那張二十塊錢的鈔票，結結巴巴地說：「手套？」

老先生低頭看著小萊，他那件樸素單薄的西裝，或者該說是弗雷德．摩爾那件樸素單薄的西裝，經過了十天的旅途，落滿了灰塵，也已經磨損了。當然，就算是新的，也不是來自這樣的店家。曾經很漂亮的灰色圓頂禮帽已經磨壞了帽邊，還沾了一大塊的油漬。儘管如此，他手上的鈔票是法定貨幣。店員年約六十，戴著眼鏡，灰白鬍子，似乎覺得困惑，低頭看著鈔票。

「是真鈔。」小萊說。

「年輕人，你叫什麼名字？」

小萊回答：「先生，我叫萊恩．多蘭。」說完後，他希望自己沒有加上那個先生。

「你想找什麼樣的手套？」

小萊又想起自己那雙泛紅刺痛，工作到傷痂累累的手，好像一個六十歲男人的手縫在一個男孩的手臂上。他的衣服通常來自天主教慈善箱或救世軍，他只買過一件新衣：一雙從莫氏百貨行清倉特賣籃中翻出來的保暖襪子。在莫氏百貨行，可能幾塊錢就能買到一雙手套，如果他想要時髦一點，也可以去逛逛百貨商場的週六大拍賣。有一回他走進新月百貨，想去點心櫃偷塊麵包，卻被一個警衛趕了出來。不知道手套在新月賣多少，兩塊錢？

「唔，很保暖的那種？」他最後說。

「我可以賣你一雙白鼬毛手套，十塊。」那人壓低聲音。「或者我可以做個好人，請你去莫氏百貨行，在那裡可以買到品質差不多的，一雙不到一塊。」

小萊又看看四周，他一定走進了城裡最好的服裝店，有錢人坐在天鵝絨椅子，有人為他們奉上商品。在這裡，他們不是在特賣籃中挑選想要的東西，而是像餐廳客人一樣接受服務。幾個木頭假人穿得像是要去參加婚禮，沒有一件東西有標價，也沒有貼著「六件一塊」的箱子，小萊猜想，如果一個人不得不問這裡的東西要多少錢，那肯定是買不起這裡的東西。

他有一種類似在勒姆．布蘭德家的感受：對於這個世界的存在感到絕望，在通常的情況下，別說是買不起十塊的手套，就連一塊的手套，他也照樣買不起。九塊，如同九個等級，介於他的想像極限和勒姆．布蘭德等人不假思索購買的東西之間。

「那麼，十塊錢的，是你最貴的一雙嗎？」小萊問。

「白鼬毛？不是。」售貨員承認：「白鼬毛是鼬鼠毛，黃鼠狼的一種，但你想花多少錢都可以，真的，比如說，如果你想要貂皮，我可以給你訂製黑貂皮手套，一雙二十塊或三十塊。」

小萊搖搖頭，他實在是太傻太天真，居然認為他和布蘭德之間只有九塊的距離。「那你曾經賣給他們二十塊的手套嗎？」

「當然。」售貨員湊過來。「我能從米蘭訂一雙四十塊的手套，今年就賣出了兩雙。」

小萊又看看店裡，一個男人和他的妻子直盯著他，妻子坐著，男人從後方把手搭在她的肩膀上，好像保護她不受小萊肯定攜帶的什麼東西的傷害。

小萊轉回頭，見到售貨員正在咬著自己的臉頰。「你也是沃布里。」他說。

小萊沒有回答，但在那一刻覺得自己受夠了這一切——受夠了挨打，受夠了塔夫特，受夠了勒姆．布蘭德和烏蘇拉，受夠了假裝自己可以站上臨時講臺，隨隨便便就爭取到正義。厄利是對的，小萊什麼都不相信，只相信一份工作、一張床、幾口的湯。還有一間在李奇太太家後面的簡單農舍，等吉格出獄後，和他一起生活。

在那一刻，他只想回到路易士達文波特飯店門口的門童那裡，戴著世上最保暖的手套，賞給他一個巴掌。

「暴動那天我在場。」售貨員說：「我看見你了，在街上被上了手銬。我記得，因為你看起來比其他人年輕，讓我想起了我的孫子。他們那樣對你，我很難過，這裡的警察……」他搖了搖頭，沒有把心裡的話說完。

另外兩個售貨員轉頭朝他們這邊看了幾眼。

「十塊的手套暖和嗎？」小萊問。

「很暖和。」售貨員說：「但說真的，我認為……」

「我買兩雙，一雙我要，一雙給我哥。」

售貨員微微一笑，卻紋絲不動。

「你能不能把他那雙包起來？」小萊說：「我要當禮物送給他。」

那人猶豫了一下。「年輕人，你應該知道，這些手套不會比百貨商場的手套暖和九塊。」

「我知道，但也許對我來說會。」小萊說。

26.

五點多了，外頭漆黑一片，離葛利的演講只剩兩個小時，小萊急急忙忙想趕回工會。走著走著，他低頭看了自己的雙手一眼，差點嚇得愣住了，因為他看到那雙深棕色的手套，腕部有一圈鳥羽般的白毛。

他要怎麼解釋？一個月的工資買兩副手套？吉格的那副裝在一個細長的盒子裡，上頭繫了一個絲帶蝴蝶結，他會在監獄裡待六個月，然後呢？小萊送他一副滾白毛的手套？在七月？他心想，我真是瘋了。他很想知道布蘭利格雷厄姆精品店能不能退貨。

他拐進史蒂文斯街，看到里多底下的一個報童，一個瘦巴巴的黑人小孩，已經在叫賣《勞工報》。「第二次沃布里行動！」那男孩喊著：「今晚，IWW工會發餡餅！」

小萊感覺左邊有一輛汽車，跟在他身邊慢慢開著，他回頭瞄了一眼，見到一輛福特T型車，罩著金屬網的前車燈好像一對大眼睛。車子繞過他，停在路邊，排氣管冒出一圈圈的煙，車窗內閃爍著紅色的煙頭。駕駛座的門吱呀一聲打開了，一個男人起身，站得比車頂還要高，是布蘭德那個魁梧的保鏢威拉德。他把煙蒂扔了出去，「上車。」

小萊站著不動，「我不能去，我必須回工會。」

威拉德嘆了口氣，好像在想：什麼爛差事。他把手伸進大衣口袋，將什麼東西放在車頂，小萊看不見，但根據那響亮的一聲「噹啷」，他猜是一把手槍。「上車，外面真他媽的冷。」威拉德說。

車內比車外暖和不了多少，威拉德坐回駕駛座，他的呼吸像沉重的蒸汽。車子軋軋走著，兩人不發一語，最後威拉德看了過來，「手套很不錯。」

小萊低頭看了看，「是黃鼠狼皮。」

「盒子裡是什麼？」

「另外一副。」

「以免弄丟？」

「可以這麼說吧。」

路上幾乎沒有人車，威拉德從大衣摸出菸盒，遞了一根給小萊，小萊搖搖手拒絕了。威拉德往自己的嘴裡塞了一根，在拇指指甲上劃過一根火柴，點燃了菸，又嘆了口氣。小萊認為這種聲音的意思是：抱歉找你做這件事。

「我必須在一個小時內回到工會。」小萊說。

威拉德沒說話，他們開車上了南山，雪越下越大，風從敞開的側窗吹進來，吹痛了小萊的臉。這和第一次去阿爾罕布拉宮完全不一樣，沒有帽子，沒有圍巾，沒有軟綿綿的烏蘇拉挽著他的手臂，只有小萊和威拉德坐在冰冷的汽車裡。

布蘭德的車道大門緊閉，兩名身穿長大衣、頭戴遮耳帽的男子把守，其中一人把步槍靠在胸口上，另一人把槍繫在肩上。他們站在門房前一個燃燒的垃圾桶旁。繫著步槍的那個人走過來。

「他怎麼樣了？」威拉德問。

「有點嚇呆了。」那人說，晃了晃手指。

「他一個人？」威拉德問。

「女的一小時前離開了。」

小萊好奇「女的」是誰，烏蘇拉？布蘭德的太太？

那人揮揮手，示意他們通過。一個人從馬車房大門的窗口看著，另一個人守在房子的前門。「怎麼回事？」小萊問。

威拉德把車停好，關了引擎，打開他那邊的車門。

這次沒有參觀，沒有門被推開，也沒有亞馬遜紅杉或非洲瑪瑙。威拉德帶著小萊進屋，前門的警衛點點頭就讓他們進去了。他們通過一條長廊，經過一間昏暗的餐廳，穿過一間食品儲藏室，進入廚房後面一個普通的房間。

勒姆．布蘭德坐在僕人桌旁，面前放著一杯黑乎乎的東西，一個吃剩一半的肉餡餅。他坐在凳子上，面對著鉛玻璃窗，沒穿大衣，吊褲帶底下是內衣。他讀著一疊像是信件的東西。

威拉德說：「布蘭德先生。」但他沒有回答。「布蘭德先生。」他更大聲地喊。

布蘭德終於轉過身來，臉色蒼白，汗水閃閃發光。

「我在書房待命。」威拉德說。

布蘭德拿著文件指著左手邊的凳子，小萊仍舊站著。「萊恩，你好嗎？」布蘭德問道：「希望不是太糟吧？」

就算萊恩之前不知道，現在也知道了：勒姆．布蘭德是塔夫特事件與差點發生事件的幕後主使。

「我不是一個常說道歉的人。」布蘭德說：「但事情偶爾會超出我的掌控。」他深深吸了一口氣，又吐了出來，好像這就是他的道歉了。「厄利．萊斯頓人呢？」

小萊說：「我不知道。」他清了清嗓子。「就算知道，也不會告訴你。」

布蘭德身子縮了一下，把剛才讀的那幾張紙遞過來，小萊猶豫了一下，接過一份看起來是某種報告的東西。第一頁是一個年輕人的照片，上面寫著：「恩尼斯．R．庫珀。平克頓偵探社。加州舊金山，一八九四年五月一日。」照片下面還有其他名字：威廉．貝恩斯、恩尼斯．克萊恩、湯瑪斯．貝恩斯、威廉．克蘭、恩尼斯．大衛．貝恩斯、恩尼斯．湯瑪斯、湯瑪斯．萊斯頓、恩尼斯．萊斯頓。還有最後一個──厄利．萊斯頓。

小萊腦中的思緒像一副洗壞了的牌。「等等。」他從報告中抬起頭來。「這是厄利？」

布蘭德喝了一口威士忌。

小萊又回頭看照片，真的是他嗎？突然間他想不起厄利的容貌，他記得他的帽子，他的衣服，他的某種眼神，但這是他的臉嗎？的確看起來很相似，但這讓小萊意識到所有的臉原來是如此不可思議地相似──鼻子、嘴巴、眉毛──到底是什麼讓一個人成為他自己？

「我兩個月前雇了他，有人告訴我，他可以用比大多數偵探更極端的手法，鬧大事態，逼工會扔炸彈，使得大眾反對他們，讓警察不能像在米蘇拉那樣採取寬容的立場。我們談好了價碼，先付一半，事成再付另一半。」布蘭德攪動著他的飲料。「他告訴我，『你需要無政府狀態時，最好雇用一個無政府主義者。』」

小萊翻了幾頁──採訪、剪報、一份逮捕報告。

「不過他做得太過火了，我開始後悔，就叫我底下的威拉德去弄清楚，我究竟雇了什麼人，是一個偽裝成無政府主義者的偵探，還是一個偽裝成偵探的無政府主義者。你聽到的那些故事，說他是一個偵探，臥底臥到忘了自己是哪一邊，或者他從來沒有站在哪一邊。平克頓甚至不承認他替他們工作過。謠言呢？他埋了炸彈，造成塌方，六名礦工罹難，炸死一個鎮警長，害死一個工人的懷孕妻子。」

小萊從報告上抬起頭來。

「有人說被害死的是他的妻子，也有人說他沒有妻子，這只是他講的一個故事。拒絕參加罷工的工人、富豪、伐木工人、賞金獵人和孩童，他都殺過。這些故事就像他的名字——各種的可能，各種的組合。或者他只是一個什麼都不關心的小偷，這是威拉德的猜想——他插一腳，為了好玩，或者就為了錢。」

小萊回憶起他和厄利在火車上的談話：每個人做任何事都是為了一點小錢——

「這是今天晚上送到我家的。」布蘭德遞給小萊一樣東西，好像是一張十年前的身份證件，上面寫著：「德爾貝特．達爾沃，同盟偵探社。」是小萊在西雅圖遇到的那位老偵探。

「德爾最後一次在市區現身是今天下午，被他的弟弟扶著離開咖啡館。」布蘭德苦笑。「當然，他根本沒有什麼弟弟。」

小萊把證件遞回去，試圖堅定地說：「跟我沒有關係。」但他的聲音嘶啞了。

「當然有關係。」布蘭德說。

「我沒有替你做事！」小萊氣急敗壞地說：「這是一個錯誤。」他非常沮喪，情急之下，把那盒手套塞到布蘭德手裡。

「這什麼？」布蘭德打開盒子。

「你那二十塊的一半，剩下的我收下，但我不幹了。」

「我不認為一副手套就能讓你脫身，萊恩。」布蘭德把盒子扔在桌子上。「如果你的工會朋友知道我雇了你，知道是你把蒙大拿的事告訴了德爾呢？」

小萊心裡好難受。

「或者要是你哥知道了呢？想像一下，如果烏蘇拉提到我們見過面，格雷戈里會怎麼想？」

「你說過你會把他弄出監獄。」

「我是說我會試一試，我一定會。」布蘭德把手伸進外套，拿出一個信封放在桌上。「不過我需要你帶一個口信給厄利・萊斯頓，或者恩尼斯・庫珀，隨便他叫什麼名字。」

小萊盯著肥厚的信封。

「裡面有五百塊。」布蘭德說：「這是我答應給他的尾款，發生了這樣的事，這個數目或許還不夠，但請告訴他我願意重新簽約，解決我們的分歧，叫他給我一個數字。」

一個數字。小萊想到外頭攜槍帶彈的人，對於布蘭德這樣一個習於控制的人來說，肯定難以忍受厄利的假名、厄利的故事。「你怕他，你怕得要死。」小萊說。

「我是怕死。」布蘭德說：「沒錯，我跟大家一樣怕死。」

小萊看看信封，又看看那一疊文件，再瞧了瞧德爾・達爾沃的身份證。他想起布蘭德問過的問題，接著又想起了德爾的問題——有多少跟厄利有關。「你要找的人是他——厄利？在塔夫特？」

布蘭德對著酒咕噥了幾句。

「所以根本與伊莉莎白或工會無關？」

「都有關。」布蘭德承認：「她是個麻煩，我的夥伴們自然是這麼認為，而我呢，也不介意解決這個麻煩。」他聳了聳肩，好像他們在談論他穀倉中的老鼠。「但我貪心了，一石二……」

「那我呢？」

布蘭德又聳了聳肩，小萊認為這代表「你？你什麼都不是」。

小萊的手臂無力地垂在身體兩側，他望著長長的走廊，又回過頭來看布蘭德。「不。」他說：「我不幹，我受夠了這一切。」他開始往外走。

「這真的不是你能做的選擇。」布蘭德對著他的背影說：「如果兩天後我把你哥弄出來呢？」

小萊再次轉身。

布蘭德遞出信封。「把這條口信帶給厄利·萊斯頓，我會讓格雷戈里被放出來，你我一刀兩斷，沒人會知道你做了什麼。」

小萊站在走廊喘著粗氣。「我根本不知道我能不能再見到厄利。」

「我賭你一定見得到。」

小萊站在那裡盯著裝著五百塊的信封，他非常需要時間思考。「我得回工會了。」

布蘭德轉頭望著身後的老爺鐘。「恐怕已經來不及了，突擊應該已經開始了。」

葛利

聽好，我為戰鬥而來。我來自反叛者，來自血腥的民族主義者，來自莫利幫，來自火爆的社會主義者。我來自一個紐約支持女性選舉權者、一個新英格蘭採石工人，我的愛爾蘭裔父母讓我免於受到「我們神聖教會」的羞辱和虛偽的影響，讓我可以清楚地看到這個世界，與其他火焰一起燃燒。我在這一生中從火車車窗尋找天堂，火車穿越一片極其美麗的大地，在那裡，男人的皮膚仍然被定罪，女人的身體仍然被奴役，工人仍然像煤渣一樣被拋棄。

不公平像熱病一樣在我心中燃燒。除去天主教，像我這樣一顆小小的蓋爾人的心，還在流著殉道者的血液。

第一天上文法學校，修女就要我們抄寫黑板上的格言，從此以後，那句話始終縈繞在我的心頭：**承天之佑，吾逃此劫**。據說，十六世紀的改革家約翰．布拉德福德，目睹一個罪犯遭到處決時，說出了這句話。布拉德福德顯然心中有數，因為他終究**難逃一劫**，在火刑柱上被燒死，罪名和我的一樣——煽動暴民。不過我認為他真正的過錯是我的另一個過錯：一級加重同理心。

那個冷颼颼的冬夜，我坐在IWW的斯波坎辦公室，在演說的前一個小時，想起了布拉德福德。這時，外頭傳來兩聲巨大的撞擊聲，大廳有人大喊大叫——是門被撞開的聲音。

我和查理．菲利尼奧站起來，面面相覷。

他只說了兩個字：「突擊。」

那一瞬間，我想起已經在斯波坎牢中的那五百人，以及世界各地每天冒著肢體和生命危險為公平正義而戰的數百萬人。我像祈禱一樣，重複著布拉德福德的話（**承天之佑……**），隨著叫喊聲越來越靠近，一把斧頭劈開辦公室的門，啪——在響亮的破裂聲中，木頭像爆炸一樣，木屑木片四濺開來。

破門被推開了，我看到大廳有警察在砸窗戶，破壞我們的印刷機，還有個人拿著大木槌砸著小鋼琴。我伸出一隻手要查理別動，免得挨打。

那個討厭的克萊格警佐跨過破門，走進我們的辦公室，露出了笑容。「你因陰謀罪被捕了，你這個工運肥婆娘。」

「我想你是在對我說話。」說著我露出冷靜的笑容，平靜地笑了笑，在心裡修訂了虔誠的布拉德福德的那句話，當第一道火焰舔舐著他的雙腳時，他也不得不佩服我簡潔明瞭的文字：**吾劫**。

＊　＊　＊

他們的目的是要結束我們。我不知道還能怎麼說，十個揮著棍棒的惡警，被派來逮捕一個懷孕的年輕女子，愁悶的查理．菲利尼奧，幾個報童，以及一個做餡餅的老廚師。他們打算要我們永遠關上大門。我們派報童出去宣布我的演講和第二次勞工行動後，不到一個小時，警察就準備好了全面突襲，我想他們遭遇我們的第一次攻擊，關了五百個人，破壞我們籌募資金和召集人力的努力之後，就一直在等待這個機會。如今，致命的一擊來了。

在克萊格的後頭，粗野的警察局長蘇利文也進來了。「午安，妹子。」他拿起一份報紙，上頭報導我在斯波坎婦女俱樂部發表演說。「你被捕了，罪名是在城裡圖謀不軌。」

「演說是一種圖謀不軌的行為？」

「呼籲對這座城市使用暴力是。」

「我只呼籲和平抗議，你們才是打人砸門的人，蘇利文代理局長。」

他叫兩個警察把我們拉到乾雪紛飛的外頭，我們——查理、我，還有我們的老廚師艾倫——站在人行道上。他們也在對街逮捕報童，三個十二歲大的孩子，領頭的是一個叫里多的大男孩，警察竟把他們當成了一幫罪犯。

街上聚了一群人。「你們看到了嗎？」警察打破窗戶，把餡餅盤扔到街上，我放聲大喊。「這是你們的警察！亂抓兒童！」兩個警察把我們的印刷機拖到街上，繼續使勁胡敲亂打，準備把它打成廢鐵。桌椅杯盤、鍋碗瓢盆，也通通都被搬了出來，砸在人行道上。他們沒收海報報紙，全部扔進冒煙的焚桶裡。

弗雷德．摩爾趕來了，在雪地走來走去，要求警方停止行動，但警察根本不理會他。克萊格最後拿起棍子指著他說，他不閉嘴的話，也會以拒捕的罪名被起訴。

「我要被捕了嗎？」弗雷德問。

「還沒有。」克萊格說。

「那我怎麼會是拒捕呢？」

這個謎語對克萊格來說太難了，他轉頭回去應付報童。

最後為了不讓我在街上繼續說話，蘇利文叫來一個警察，把我押進一輛馬車的後面，坐在血跡斑斑的硬長椅上。我把頭埋到雙手中，車上有銬手的鐵環，瀰漫著馬味、汗味和尿騷味。我想起在紐約的母親，想到她會怎麼想，她的驕傲、厭惡和恐懼總是混在一起。我還想到在比尤特的傑克，坐在我們家的餐桌，等著我給他送上晚餐，在那一刻，我希望——

馬車裡很冷，從結霜的後窗，我看到他們把報童帶走了，警察也把我們最後的門窗椅子通通打爛。一個矮小的紅鬍警察爬上來坐在我旁邊，過了一會兒，蘇利文局長把頭探進來，臉上掛著笑容。

「哇哇，看看這個。」蘇利文對另一名警官說：「我們成功做到了不可能的事——我們讓伊莉莎白．葛利．弗林閉嘴了。」

大鬍子巡警笑了起來。小個頭男人的笑聲總是讓我吃驚，個頭越小，笑聲就越刺耳，好像在說，**我可能什麼都不是，但你更渺小**。

馬車轆轆走過電車軌道，他們把我帶到女子監獄，讓我下車，以「密謀煽動男人違反法律」的罪名收監。我要求見我的律師，但那職員盯著我，好像我要求的是一尊大炮。他說：「你明天會見到他，提審的時候。」他說。

一個內八字腳的獄卒領著我，走過一條又長又黑的走廊，還轉過身來上下打量了我一番，像在考慮買什麼東西，我覺得一陣反感。與大多數城市不同的是，斯波坎沒有女看守，蘇利文局長說監獄不是一個體面女人工作的地方。這個懶蟲帶我到一扇沉重的鐵門前，上面只點著一個燈泡。「退後！」他隔著門喊道，拿出鑰匙開了門。為了我們的理想，幾個主張社會主義的婦女曾在斯波坎女子監獄過了一夜，我聽她們說那是一個冰冷黑暗的地牢，關滿了深夜突擊檢查時沒有準備好二十五塊罰款而被捕的妓女。

果然，我進去時，兩個舞女躺在窄床上，一個面牆背對著我，裙子擠在一塊。另一個比較年輕，我進去時，她坐起身來。「你就是那個伊莉莎白・葛利。」她用濃重的奧匈帝國口音說：「我有一天看到你說話。」

我進過監獄，但這間牢房讓紐約拘留所像是華爾道夫大飯店。厚重的石牆，鐵門，刺骨的冷風和微弱的光線從兩扇鐵窗鑽進來，腳下是石頭地板，我的窄床上只有一條毯子，像老葉子又薄又粗糙，還有一顆小枕頭，比用襪子塞米做成的熱敷袋大不了多少。

「給你，你拿我的去蓋吧。」說話帶口音的女人說，把她的毯子遞過來。

「謝謝，但我不能蓋你的。」我說。

她撩起裙子讓我看，她在裙子裡穿了像是男人褲子的衣物。「警察昨天上門前，我店裡的酒保拿了這個要我穿上。」

「他知道警察要來？」

她低聲說：「我的酒保給警察錢給晚了——」她聳了聳肩。「他拿到錢，明天會把我們買回去，希望明天——」

另一個人翻了半個身，發出噓聲叫她安靜。「卡蒂亞，閉嘴，你會給我們惹來更多麻煩。」她瞅了我一眼。

幾分鐘後，內八字回來了，沉重的門打開。「伊莉莎白・瓊斯。」他喊了我的名字，帶我走出去，穿越黑暗的走廊，來到一個無窗的房間。

檢察官普伊坐在桌子前，蘇利文靠著牆。他們要我隔著桌子坐在普伊的對面。在接下來的一個小時，這位嚴厲的檢察官一邊讀著厚厚的記事本，一邊慢慢地審問我。誰贊助我們分會？誰派我來？我是否承認密謀違反反言論法，煽動暴力，製造騷亂，擾亂治安？我知道我可能要做兩年的牢？還有多少人會來抗議？我在西雅圖召集了多少人？在華來士呢？在塔夫特呢？文森・聖約翰真的打算到斯波坎來嗎？殺人犯大比爾・海伍德又是怎麼回事？我的丈夫傑克會從蒙大拿帶凶橫的礦工來嗎？誰在領導這個陰謀？

他說話時，我的臉熱了起來，幸好憤怒取代了我的恐懼。「我密謀行使我的言論自由權，如果你是這個意思的話。」我開始打斷他的問題。「比爾・海伍德遭到平克頓偵探陷害，殺人案最後被判無罪。你應該讀讀報紙，可以增長見聞。」他逼問我——哪些男人要來，哪些男人在指揮戰鬥，哪些男人在左右我——問得我笑出聲來。甚至他用來威脅我的刑罰，坐兩年的牢，也是因為我密謀煽動男人犯法。

「如果我保證只煽動女人呢？」我說。

普伊先生很不高興。「瓊斯太太，你似乎不清楚情況的嚴重性。」

「你也一樣，普伊先生。」

蘇利文離開牆壁。「知道嗎——妹子，我就是不明白你這種態度，強硬，不尊重人，嘴裡不饒人。不一定要這樣，你可以表現得像個淑女。你長得還不錯，不是愛瑪・高德曼[9]和瓊斯媽媽那種乾癟的婆娘。」

「她們是鬥士——」

他表現得好像我沒說話似的。「我不明白你為什麼要這樣放棄自己的生活，你想讓你丈夫的孩子在監獄出生嗎？在風塵女人中養他？你只要稍微配合一點，普伊先生就可能被說服去聯絡你的丈夫，讓他來接你？忘記這整件事？」

「我丈夫為我的奮鬥感到驕傲——」

「不，不，不，住嘴，我不想聽，我說的不是這個。」他彎下腰平視著我。「瓊斯太太，我根本不把你丈夫當男人看。我不贊成你煽動民眾的行為，我也不會允許我的妻子當眾像妓女一樣出醜——可是如果她這樣做了呢？如果是我妻子在這裡呢？我肯定不會放她單打獨鬥。」

這句話傷害了我，他一定知道會傷到我，這句話的尖酸刻薄，甚至讓我更加羞愧。他戳到了我的痛處——曾經與她的王子騎馬迎向惡龍的浪漫女孩。他還沒從比尤特過來，我都在這裡三個星期了，音訊全無，連半封信也沒有。

有那麼一會兒我透不過氣來，但接著又恢復了呼吸。

「我的丈夫跟這件事沒有關係。」我說：「就像你在你的爐子前奴役的任何可憐女孩，都與你的腐敗無關。至於『妓女的精采演出』，問問你的妻子，她為了住在你的房子裡做了什麼交易，蘇利文代理局長。」

他的臉上掠過一陣風暴，然後是令人驚訝的脆弱。

但我還沒說完。「當你的漂亮妻子回答時，仔細觀察她的眼睛，因為無論她說什麼，都有另一個她不會說出來的真相，她不說，因為她害怕會讓她代理丈夫脆弱的心碎了一地。」

蘇利文直起身來。「把這個垃圾東西押去她的牢房。」

＊　＊　＊

我漸漸消了氣，但希望也隨之而去。我躺在牢房窄床上輾轉難眠，唯一的光來自小鐵窗，牢房年紀較大的那個女人吃力地呼吸，門一關上，我就開始聽到大老鼠在走廊勤奮地竄來竄去。還有微弱的說話聲，男人的笑聲，牢門開開關關的聲音。我想到了蘇利文局長，也想到傑克，傑克為什麼沒有來？

舞女在薄毯子下打鼾。

然後，在夜裡某個時刻，沉重的門被推開了，一個男人提著煤氣燈走進來。是一個新的獄卒，牙齒灰白，滿臉斑駁的鬍鬚，稍早當班的不是他。

「輪誰？」他拿著提燈照我。「這個？」

「她不幹那檔事。」比較年輕的卡蒂亞帶著口音說：「不要打擾她。」她嘆著氣站了起來。

這個情況彷彿一個令人不安的夢重複了三次。沉重的牢門打開，灰牙獄卒走進來，帶走一個女人。「寶貝兒來了。」他對態度冷漠的那個女孩說，她一聲不響站起來，二十分鐘後撲通一聲倒回她的窄床。

「寶貝兒來了。」那人又說，這次卡蒂亞站起來，深深嘆了一口氣，離開半小時後又回來。

我一定是不知道什麼時候睡著了，因為天亮醒來時，發現一個不同的獄卒坐在我的床上。一個年輕的男人，他的手放在我的臉頰上。「冷，是嗎？」

我坐直了身子，我身上蓋了兩條毯子。

「不要打擾她！」卡蒂亞說，她一定在我睡著後幫我蓋了毯子。她站起來走過去。「我去。」

將近過了一個小時，獄卒才把卡蒂亞帶回來。她帶回兩塊不新鮮的麵包和兩杯咖啡，我坐起來，她把一份少得可憐的早餐給我。獄卒給我們牢房裡那個安靜的女人，另外拿來一大塊麵包和一杯咖啡，但她對牆壁背向他。他「嘿」了一聲，但見她一動不動，就把咖啡和麵包放在地上。

我小口喝著油膩的冷咖啡，啃著硬麵包。

我低頭看著自己的肚子，每天我都會訝異我的肚子變得這麼明顯。「四月，順利的話——」

「你什麼時候生？」卡蒂亞問。

我說：「我去年失去一個孩子，所以……我也不知道。」

「失去一個孩子。」她上下打量著我。「失去一個孩子。」她用單調的聲調重複，好像想要辨識這句話。「失去。」近距離一看，她很瘦，黑頭髮，皮膚白皙漂亮，黑溜溜的眼睛帶有笑意。

「你給孩子取名字了嗎？」

「還沒有。」我說。

「如果是男孩，會取你丈夫的名字？還是你父親？」

「我還沒想過。」

「我爸爸叫奧歷克山德，你知道這個名字嗎？」

「就是亞歷山大，我知道。」我說。

「奧歷克山德。」她糾正我：「是一個很棒的名字，孩子會長得很強壯。」

「你把這個拿回去吧。」我把毯子遞給她。

「不用，不用。」她說：「你蓋。」我知道我蓋這條毯子對她來說有特殊意義。

「謝謝。」我說：「我可以問你——昨天晚上，每天晚上都是這樣嗎？」

她聳聳肩。「這裡，那裡，都一樣，對吧？不同的老闆也一樣。」她拿起麵包。「吃得更差。」

另一個女人有了動靜，她起身時清了清嗓子。「卡蒂亞，我向上帝發誓，如果你再多說一個字──」

「安靜啦，臭婆娘。」卡蒂亞嘟囔道。

另一個女人現在坐了起來。「你會害死我們。」她喝了一口咖啡，站起來搖搖頭。「看在上帝的份上，你們兩個行行好。」她走到牢房角落，撩起裙子，蹲在角落裡的桶子上。

卡蒂亞拍拍我的手臂，站起來回到自己的床。「奧歷克山德，非常有力量的名字。」她輕聲說。

＊　＊　＊

那天早上我被審問時，弗雷德．摩爾已經完成一流律師的工作。經過警察四個小時的威脅和審問，報童已經獲釋，回到父母身邊或孤兒院。沒人對老廚師提出指控，弗雷德說：「除非政府打算指控他餡餅皮做得乾巴巴的。」只有我和查理．菲利尼奧遭到拘留，罪名是陰謀罪。

弗雷德說他整晚在城裡四處籌款，想把我保釋出去。他找了其他的勞工領袖──AFL、WFM，甚至搬運工工會──但每個人都拒絕他。有一個人說他願意，但他的妻子認為我很不得體，反而有一個有錢女人自己一個人就捐出了六百塊──保釋金是六千塊的天價──她是城裡一個富有醫生的妻子，我記得在婦女俱樂部的午餐會上見過她，那次我得到非常冷淡的掌聲，我認為是因為會員戴著白手套。

「錢你留著，算是你沒有收取的律師費。」我說：「讓我留在這裡。」

「伊莉莎白，你知道我不能這樣做。」弗雷德說：「你身體狀況不容許。」

小小的法庭擠滿了圍觀者和記者，他們伸長了脖子想看我。「葛利，你有什麼話要說？」一位記者大喊。

「我說，斯波坎的勞動階層挺身反對這種偷竊和暴行的時候到了！」記者紛紛低頭寫字，好像我是總統。然後獄卒把查理帶進來，查理原來還挺能撐的，甚至看起來有些鬆了一口氣，因為他能站在這一邊，而不是獨自去管理那個垂死的工會，那是一項不可能的工作。

法庭宣讀指控，普伊先生提出初步證據，包括沒收的《產業工人報》、記者引述我的話、我早先發表的演說中的內容、我第二次自由言論行動的計畫，都被列為陰謀罪的一部分，因為我違反禁止在街頭演說的法律。

「這是一條違法的法律。」我說。弗雷德把手放在我的手臂上，要我別說話。

接著弗雷德為我和查理提出無罪抗辯，也提出「突擊不合法」的主張，「這是空前未有的侵犯，侵犯了這些被告的權利，也侵犯了整個社區的權利，法官大人——」

「夠了，摩爾先生。」法官說，敲了敲木槌。「你以後有很多時間來煩本庭。」

當弗雷德解釋說我打算付保釋金時，檢察官普伊要求法官規定，我的釋放條件是不公開發言，也不能以任何方式進一步對抗警方或市政府官員。

「如果你的計畫是叫我閉嘴，你最好是把我關進監獄。」我說。

笑聲四起，木槌再次敲響。「瓊斯太太，你要克制自己不要發表演說，你要尊重本庭。」

「這個法庭尊重我的權利時，我就會尊重它。」

法官指著木槌。「摩爾先生。」

弗雷德的手又落在了我的手臂上，我為他安靜下來。法官決定還押查理，然後說：「我知道不應該，但我宣布瓊斯太太獲釋，直到審判日，前提是她的行為要遵守嚴格規定。」

「你應該把我留在那裡。」我對弗雷德說。

「我不能那麼做。」他又說了一次。

我們的辯護桌上放著一份《紀事報》，我讀了標題：**警察在大膽的突擊行動中逮捕了IWW領袖，被捕者包括一名婦人。**

「**大膽的突擊行動。**」我對弗雷德說：「包括一名婦人？他們以為是誰在主持大局？」

但如果我們的目標是回到報紙上，那麼我們成功了。在《紀事報》、《新聞報》、《發言人評論》上，IWW的報導都佔據了頭版：**女性工運人士和其他沃布里被捕，警察突擊工會**，甚至還有一則報童被捕的報導：**小囚犯整晚擠在一間少年犯牢房**。

「他們做得太過分了。」我對弗雷德．摩爾說。警察把我們描繪成外國工運人士的一個月後，對一群可憐的斯波坎報童、一個懷孕的紅臉蛋愛爾蘭裔美國女孩下手。「這太過分了。」

法院外聚集了幾名記者，我讓弗雷德攙扶我走出去，挺起我的大肚子。弗雷德帶著我穿過一群捧著筆記本的男人時，我刻意在寒風中瑟瑟發抖。他警告過我，不能在法院外對記者發表評論，也不能說任何可能激怒警方和檢察官的話。

「你知道我就是來激怒警察和檢察官的。」我提醒他。

「她無可奉告。」弗雷德說著扶我上了在一旁等候的馬車。

我捂住嘴，我雙膝發軟，什麼都做了，就差沒被蒸汽嗆暈過去。「摩爾先生說得沒錯，基於對法官命令的尊重，我不會談論我的案子。」我說：「但我不能對這個城市的困境和那些可憐的報童保持沉默，他們在擁擠的少年犯牢房裡被關了一整夜，流了一整夜的汗！現在警察開始逮捕孩子，難道斯波坎人要袖手旁觀嗎？」我摸摸自己的肚子，像在提醒他們還有一個孩子在這裡。

弗雷德扶著我慢慢上了馬車，自己也上了車。我像監獄裡的灰姑娘，被偷偷帶走了。我請弗雷德帶我去工會，但那裡什麼都沒有了，已經用木板封起來，空無一人。弗雷德說：「其實市議會通過了一項法令，禁止IWW在市區範圍內活動。」

「他們能那麼做嗎？」

他露出苦笑。「我們已經超出了問他們能做什麼的範圍，現在的問題是他們不會做什麼。」

還有一件事在困擾著我，「你有萊恩的消息嗎？」

「沒有，他沒有被逮捕，為什麼這麼問？」他說。

「沒什麼。」我說。但我不停想起他離開工會的那一幕，就在突襲前一小時，他匆匆忙忙走了，我不喜歡我心裡的那個念頭。我坐回車上，看著窗外的記者，看著西裝革履的人在童話般的法院裡進進出出。看著這座新興城市的喧囂。汽車、馬匹和電車，公寓大樓一棟一棟蓋起，忙著建設，也忙著破壞。這個地方是一個白蟻窩。

「你覺得奧歷克山德這個名字怎麼樣？」我問弗雷德。

他抬起頭來。「亞歷山大？我認為很好。」他把我的家庭旅館地址告訴司機。「我現在送你回去休息。」他說。

「我不管你送我去哪裡，」我說：「只要那裡有一架打字機就行。」

---

9 Emma Goldman（1869-1940），生於俄國，後移民至美國，成為政治活動家，致力於無政府主義與女性解放思想。

27.

突襲那晚，威拉德開車送小萊回李奇太太家，特地經過工會，讓小萊能夠親眼看到。威拉德自己也拉長了脖子。門破了，窗戶碎了，人行道灑滿了玻璃和木頭碎片，角落的垃圾桶兀自悶燒。有兩個人正在用木板封門，葛利和其他人都不見蹤影。

小萊問：「能停一下嗎？」威拉德卻繼續往前開，過了河，經過小義大利區，最後將車子停在離李奇太太家不遠的街道上。他嘆了口氣——那聲嘆息近似動物的呻吟，表達了對小萊的同情。

威拉德把手伸進大衣，拿出裝著厄利．萊斯頓的五百塊的信封交給小萊。「你有安全的地方放嗎？」他問。

「沒有。」小萊說。

「好吧。」威拉德說，把裝著吉格手套的盒子給了他。

回到睡廊，小萊四下尋找藏東西的地方，最後是把信封和手套都塞到他的行軍床底下。他幾乎沒有睡，他聽到了聲響，感覺院子裡黑影幢幢，還夢見厄利在火車上跟在他後面。

到了早上，他聽到廚房裡傳來的聲響，在床上坐起身來，這時李奇太太的大兒子馬可剛好也走進了圍起來的睡廊。

馬可矮小結實，穿著寬大的羊毛外套，帽子底下的捲髮繞著耳朵。「這裡很冷。」他說。唯一的暖氣來自廚房牆上開的兩個通風口。「總之，我媽說你在找工作。」

馬可說他有個朋友，叫約瑟夫．奧蘭多，在北區加蘭街開機械修理廠，昨天管存貨的小夥計被桌鋸鋸斷了幾根手指，需要人來暫時幫忙。馬可說：「喬說那小子笨手笨腳，不過如果那個傻瓜蛋明天帶著八根手指回來工作，你這工作就沒了。」

「很公平。」小萊說。

小萊梳洗乾淨，換了衣服。馬可開了一輛老式的N型車，載著他，嘟嘟嘟地開上了分區街的小山。馬可不停地瞥過來，「嘿，你手套哪來的？」他最後問道，可能認為看起來是偷來的。

小萊低頭看著手套，白毛皮暗示著裡面的奢華，他就像一個戴著王冕的流浪漢。「莫氏百貨行。」他最後說。

「莫氏居然有賣這種高級貨。」馬可說。

「黃鼠狼皮。」小萊說。

馬可開到加蘭街，把車停在一家叫「北山配件機械修理廠」的工廠前面。

「還有一件事。」馬可說：「我媽說她答應把我們家的果園賣給你和你哥，你知道這是不可能的，對吧？」

小萊沒說話。

「到目前為止，你給了她多少錢？」

「沒多少，大概六塊吧？」小萊說。

「我會讓她把這筆錢算到你的住宿費裡。」他聳了聳肩。「不管怎樣，我只能這麼做，我們是不可能把那塊地賣給……嗯，賣給你們。」

小萊跟馬可說了謝謝，下車走進北山配件機械修理廠。約瑟夫．奧蘭多長得短小精悍，以非常自豪的態度，帶領小萊參觀工廠，他好像誤以為小萊是李奇太太的侄子，小萊也沒有糾正他。第一棟建築是倉庫，小萊在這裡拿客戶要的螺栓、軸套等零件，約瑟夫則在前面櫃檯接訂單收貨款。約瑟夫說明哪些零件是工廠自己生產的，哪些零件是訂購來的，壓鑄需要多少零件。他也告訴小萊哪裡可以找到發票、訂單和庫存表。小萊連墊片、法蘭盤、墊圈和大頭針都記不住，更別提文書工作了，約瑟夫光是螺栓就解釋了五分鐘——輪輞螺栓、輪轂螺栓、主軸螺栓——小萊正要承認自己可能不夠伶俐，做不來這份工作時，喬說：「不過掃帚跟拖把是你今天唯一需要學會使用的工具。」

喬把他帶到第二棟建築，就在第一棟的後面，那是一個機械車間，有兩個人在操作切割機、磨床、螺紋機、壓榨機、車床和螺絲模，鋸掉那個笨蛋的手指的桌鋸也在這裡。「離那該死的鋸子遠點。」喬說。

喬的弟弟保羅在裡面，跟一個叫多明尼克的大塊頭機械師一起工作。小萊的工作會在店面、倉庫和機械車間之間走動，他喜歡待在機器周圍，喜歡聞油和金屬的味道。多明尼克人特別友善，他關掉鑽床，拿起護目鏡，跟小萊解釋他在做什麼。那天，小萊清理了金屬渣和橡膠屑，給鋸子和壓榨機上油，做最多的是拿螺母、軸套和螺栓到前面去。他把地板掃得一塵不染，都可以在直接坐在地上吃晚餐了。

一天結束時，多明尼克說：「這孩子學得真快。」喬也同意，還說不介意那個八指傻瓜找到別的工作。他發給小萊一塊錢的日薪，另外多給了五角，說是「臨時叫來工作的獎金」，還說：「星期一再來看看，要是那個笨蛋沒來，這工作就是你的了。」

「謝謝你。」小萊說。他把錢放進口袋，穿上外套，戴上禮帽和貂皮手套。

大塊頭多明尼克也在穿衣服準備離開，他看著小萊張開嘴要說話，但小萊打斷了他。「黃鼠狼毛。」他說。

回到李奇太太家，她招呼他吃晚餐，把他當家裡的一分子。她發現小萊拿著叉子盯著窗外想念吉格，就說：「*Mangiare*（吃吧）！」餐後，小萊生了火，坐在火邊喝茶，讀下午出刊的《紀事報》，好像一個下班回家的普通人。

頭版有一篇關於突襲和葛利受審的報導：「身材嬌小、相貌出眾的工運人士瓊斯太太被捕，他們的工會永久關閉，這座城市對IWW危險叛亂進行了最後一擊。」小萊又讀了一遍「身材嬌小、相貌出眾的工運人士」，寫得好像葛利是個初次進入社交界的女子。報導接著說，《產業工人報》永久停刊，一千多份報紙付之一炬。本市禁止該份報紙，任何印刷廠接辦都會可能受到起訴。八名工會幹部和五名報紙編輯已經被判犯有陰謀罪，將在郡監獄服刑六個月。葛利・弗林和查理・菲利尼奧的初審將在兩星期後展開。審判以前，她被軟禁，法官禁止她發表文章或公開談論此案。報導引述警察局長蘇利文的話：「我們已經徹底擊敗了IWW，我們迎戰他們，一切都結束了。」

小萊盯著火，心想當然感覺結束了。新聞報導沒有提到吉格，他懷疑勒姆・布蘭德說會把哥哥從監獄裡弄出來的話是騙人的。

他又懷著揣揣不安的心情上床，腦海一遍又一遍重複如果厄利再來要對他說的話（聽著，我不希望吉格和我有任何麻煩……）。

早上，又下了一場小雪，像餅乾上的糖粉。早餐後，小萊掃了掃李奇太太的臺階，沿著熟悉的流動工人公路走去市中心。走在小路上卻看不到一個人的情況很少見，但有那麼多人被關在監獄裡或找地方過冬了，小萊覺得自己在這個世界上很孤單。他從燃料貨運場進入東區，穿過娛樂紅燈區，走入市中心，最後走到弗雷德・摩爾的二樓小辦公室。進去後，小萊脫下圓頂禮帽，要求見他以前的律師。

弗雷德穿著襯衫從辦公室裡走出來，拍拍小萊的肩頭。他說：「來得正好，小萊，我剛得到一些消息。」

「葛利好嗎？」小萊問。

「非常挫折，我們要她為審判做準備，但她寧願在外面戰鬥。」摩爾先生說。

他帶小萊回到他的辦公室，解釋說兩星期前已向法院申請撤銷對格雷戈里的共謀指控，因為他與其他一些工會領袖不同，不是選出來的幹部。摩爾認為，既然格雷戈里被認定犯有擾亂治安罪，應該關三十天就可以出來了，跟最初自由言論動亂中被捕的其他非領袖民眾一樣，不該再次被指控陰謀罪。

「這是正確的論據。」弗雷德說：「但我壓根沒有料到，這位法官會對一個正確的論據作出回應。」

律師說話時，小萊低頭看著摩爾先生的辦公桌，深色木紋漩渦上似乎有一塊咖啡漬。

弗雷德清了清喉嚨。「你聽懂我在說什麼嗎，萊恩？法官判我們勝訴，今天是第三十天，你哥哥今天下午就要出來了。」

小萊抬起頭來，發現弗雷德．摩爾對他的反應很失望。「哦，這真是個好消息，謝謝你，摩爾先生。」

弗雷德微笑著聳聳肩，重新整理了桌上的一些文件，遮住咖啡污漬。「在這場騷亂中，我沒有幾個勝利可以慶祝，但我跟你們多蘭兄弟是賭二贏二。」

「不是，很棒，我只是驚訝而已。」即使可以告訴摩爾先生他與勒姆．布蘭德的交易，小萊也知道他不想奪走律師的成就感。

「市政府正在改變戰略。」摩爾先生說。他解釋說，像吉格這樣第一批進去的人，已經因擾亂治安關了一個月，現在陸續被放出來，預計未來幾星期有數百人獲釋。這些人被打得鼻青臉腫，只靠麵包清水果腹，不然就是自願絕食，大多數人沒有能力再進行抗議。也有的人急於南下找工作或過冬。另一方面，工會也重新思考戰略，加上《產業工人報》關門大吉，抗議活動減少到偶爾才有流動工人從鐵路局人員面前走過。因此，現在市政府可以集中精力起訴工會領袖，將他們送入州監獄。

「你哥哥出來後，就只剩下菲利尼奧和伊莉莎白兩個人，如果普伊證明他們有罪，他們就大勝了。」

摩爾先生拿了帽子外套，和小萊一塊離開辦公室，走了四個街廓來到監獄。那是一個寒冷的晴天，街上沒幾個人，離監獄一個路口的地方有家咖啡館，摩爾先生給了小萊兩角五分，建議他去在那裡等。「我不知道他出來要多久時間。」

不必進監獄，小萊鬆了一口氣。他點了杯咖啡，坐在咖啡館的窗邊，看著穿厚重外套的人戴著圍巾匆匆走過人行道，身後揚起一小團的新雪。

上個月小萊所做的每一件事，都是為了這個目的——哥哥出獄的那一天。與烏蘇拉和勒姆·布蘭德見面，與葛利一起去西雅圖籌募聘請克萊倫斯·丹諾的費用，與德爾·達爾沃對話，華來士和塔夫特，厄利·萊斯頓，布蘭德的手下威拉德，都是為了這一刻。

但，這一刻現在來了，知道只需要勒姆·布蘭德手腕輕輕一揮，這一刻就能實現，小萊覺得萬分氣餒。他做了什麼，葛利做了什麼，弗雷德·摩爾做了什麼，他們任何人做了什麼——都不重要。在某個地方，有一屋子的富裕老人，決定了每一件事。信仰與信念、生命與生計、對與錯——這些在那間屋子裡沒有立足之地，只是幾個富人腳下亂竄的螞蟻。

這讓他覺得厄利·萊斯頓是對的，以他的方式——即使厄利其實不是厄利——也許需要炸掉的是城堡。這時，小萊抬起頭，隔著薄霧看到他的律師從街上走來，旁邊有個瘦高憔悴的男人，穿著一件覆了白雪的外套，亂蓬蓬的鬍子從蠟黃臉頰延伸到瘀青的眼睛。

小萊起身到門口迎接他們，結果卻和吉格撞到了一塊。一陣刺鼻的味道襲來，吉格寬鬆的外套下只剩下一把骨頭，他想開口說話，卻只能發出尖銳而短促的聲音，喊了一聲「小萊」就哭了。小萊也哭了，很長一段時間，他們就只是掉著眼淚。

28.

這個八指笨蛋認為自己不適合做機械工作，所以星期一小萊就成了北山配件機械廠的正職倉管員。每天早上，小萊起床，檢查一下行軍床底下的信封，然後跟吉格說再見。週末時，吉格白天蜷縮在行軍床上，晚上則坐在李奇太太的火爐前。「我六點左右回來。」小萊一邊說，一邊穿上外套，戴上帽子手套。吉格什麼也沒有說。

小萊喜歡做一個平凡人：趕電車，八點前到達，等著喬來開門。喬說：「小子，你不必比我早上班。」小萊笑著說：「我不介意。」他掛起外套，繫上車間圍裙，開燈，暖機，看著一切活起來。顧客來來去去，他和多明尼克互相說笑，一天結束時，以一絲不苟的順序打掃——一切都有節奏。他喜歡猜測顧客需要什麼零件，在米爾伍德的水管工還沒開口，就拿著馬桶用的法藍盤出現，所以喬給他取了個綽號，封他為「先知」。某個機械師的馬車停下來，喬就說：「先知？」小萊凝視未來：「輪轂軸承。」

喬的弟弟保羅話不多，只要需要東西才會開口。但多明尼克那個大塊頭機械師，從小萊第一天來的時候就很親切，現在還更加友善。他問小萊哪裡人，他父母和兄弟姐妹的情況。小萊說了他的故事，他說：「哇，你以前過得蠻坎坷的。」星期三，他邀請小萊一塊享用他的豐盛午餐——三份三明治。他像外科醫生一樣，小心翼翼把三明治擺在切割臺上。星期四，多明尼克的太太發現新來的倉管小弟每天午餐會吃掉她丈夫半個三明治，開始在籃子裡放第四個三明治。「很快她就會把整條麵包送來了。」多明尼克說。

但是把吉格一個人丟下一整天，小萊心裡很擔心。哥哥絕食了十三天，加上監獄裡的毆打與物資匱乏，整個人像是被掏空似的。小萊不敢相信他看起來這麼孱弱，連頭髮都稀疏起來。他在李奇太太家洗了個澡，吃了頓飯，之後就是成天睡覺，只會起來吃幾口東西，每晚坐在小萊生的爐火旁，肩上披著毯子，戴著新的滾毛皮手套。小萊把裝著手套的漂亮盒子給他時，他只說了句謝謝，手套哪裡來的，連問也沒問一聲。

夜裡，吉格的呼吸聲粗重不均勻，連睡夢中也會出聲，彷彿受到了驚嚇。他唯一開口說話的時間，是深夜時兄弟倆躺在黑暗中。有一回他講起了絕食抗議：「他們讓工會的普通成員吃麵包喝清水，我們開始絕食，獄卒認為已經夠豐盛了，所以後來不給我們正常的口糧，而是送來了牛排、馬鈴薯和新鮮蔬菜，但把大餐放在牢房外一整晚。熄燈後，老鼠來了，我們躺在那裡，聽老鼠吃我們的晚餐。」

另一天晚上他談起了朱勒斯。「我遇到一個跟他同牢房的瑞典人，說朱勒斯出去時身體很好，很強壯，還會笑，會開玩笑。我有兩個認識的人死在裡面，一個有糖尿病，另一個我不知道他有什麼病，警察看到有人快死了，就趕緊放了那個人，這樣就不用解釋監獄裡的屍體是怎麼回事。有糖尿病的那個，連家人也沒有，他們就把他丟到一個女人那裡，那女人願意收留他，一天一塊錢。他只撐了兩天，但我聽說他們給了她五塊。」

第二天晚上，他只是說：「小萊，我不應該讓我們捲入這件事。」

小萊毫不遲疑，「這是我做過最好的事，吉格。」

「才不，一點用也沒有。」吉格說：「還在褲子拉屎的小鬼頭想教訓父母。」

「不要這麼說。」小萊說。

「這是事實。」吉格說。

小萊始終在等待合適的時機，把厄利、勒姆．布蘭德、烏蘇拉和德爾．達爾沃的事告訴吉格，還有他做的事——但吉格似乎因為發生的事而心灰意冷，小萊擔心他知道真相的反應。他想像哥哥罵他是間諜，衝去找烏蘇拉對質，想殺死勒姆．布蘭德或做出其他瘋狂的事——所以他決定在吉格恢復體力之前什麼都不說。

他們幾乎絕口不提工會的事。每晚，小萊從修理廠帶報紙回家，晚餐後在火爐旁閱讀，吉格可能讀讀體育版和戲劇版，但對IWW的報導沒有興趣，小萊則是讀得津津有味，尤其是關於葛利的報導。

每份報紙都有她，她接受對勞工友善的《新聞報》、權威的《紀事報》和《發言人評論》的採訪。法官不許她談論她的案子，她就聊市政府逮捕報童的事，「可憐的孩子，才十二歲，被斯波坎的惡警拖走，關在苦牢，又不是銀行搶劫犯！」對報童的指控通通撤銷後，她宣布獲勝。「這個城市對兒童的戰爭已經結束，也許他們現在也會宣布對工人停火。」她也抨擊《產業工人報》禁刊一事，她說她是該報社的第六位編輯（前五位現在被判犯有陰謀罪），「我無意遵守這個明顯非法的命令！他們拘留了我，把我關在苦牢，限制我的行動，所以我不知道除了憲法保障的言論自由權，我還會失去什麼。」

「你一定會喜歡她，吉格，她戰鬥力很強。」小萊說。

可是吉格什麼也沒說，每晚都坐在盡量靠近火爐的地方，盯著劈哩啪啦的火焰。

吉格出獄一星期後，某天小萊替修理廠送貨到市中心，路過新落成的卡內基圖書館。圖書館是一座宏偉的有柱建築，兩層樓高，小萊沒見過比它還像教堂的教堂。他走進大門，看著穿著考究的人在高大書架中間穿梭，心裡很害怕，正準備轉身要離開，一個胖得沒了下巴的年輕圖書管理員走過來，問他有沒有可以幫忙的地方。

小萊解釋說，他哥哥在閱讀托爾斯泰伯爵的《戰爭與和平》，但到目前為止只讀了第一冊和第三冊。

圖書管理員一臉困惑。「第一冊和第三冊？全部四冊？」

「我以為有五冊。」

「啊，我知道了。」圖書管理員點點頭說：「我猜他讀的是一九〇三年斯氏出版社出版的托爾斯泰全集，全套二十冊，《戰爭與和平》是其中五冊。」圖書管理員做了個鬼臉，好像吃到什麼餿掉的東西。「那是一八八六年歌茲堡版本的再版，克拉拉・貝爾從法語翻譯，別誤會我的意思，克拉拉・貝爾的確是天才，她翻譯的但丁找不出缺點，但讀一本從法語翻成英語的俄語小說？那已經不叫書了，該叫傳聞了吧。」

小萊似乎應該笑，所以他笑了。圖書管理員看了很高興，拉著他的手臂。「來，讓你瞧瞧一樣東西。」他帶小萊走到一個高大的書架前，書架在一個俯瞰河川的窗戶邊。管理員一個熟練的動作，就把三冊書從其他書之中拉出來幾英寸，它們好像從書架上漂了出來。書皮的厚紙板是深藍色，顏色像冬日湖水，書脊下有淺藍色和金色的設計圖案，最上面崁著一頂金王冠，「戰爭與和平」、「托爾斯泰I」、「托爾斯泰II」和「托爾斯泰III」以浮體字呈現，下面似乎是一根藍金色的心形權杖。

小萊沒見過這麼美的書。

「很了不起吧？」圖書管理員問。「一九〇四年麥氏菲氏出版社版本，四冊加上後記，一共是三卷，康斯坦斯・加內特從俄文直接翻譯。」他湊了過來，像要分享一個祕密。「她翻到差點瞎了眼。」

圖書管理員遞上第一卷，小萊接過去，戰戰兢兢翻開了薄薄的扉頁。他看了看左右，「是不是……我是說，我能不能……」

圖書管理員似乎不確定他想問什麼。

「我不知道要怎麼使用。」小萊說。

「圖書館？」那人微微一笑。

那天，小萊借出了康斯坦斯．加內特新譯的《戰爭與和平》第一冊，他們坐在火爐旁時，他得意洋洋交給吉格。小萊解釋圖書管理員告訴他的一切，「讀一本從法語翻譯成英語的俄文書，就像——就像——」，但他想不起圖書管理員那句好笑的評論。「總之，沒有那麼好。」他說：「不過圖書館那個人說這是最好的一本，這本還了以後，可以借下一本。」

吉格什麼也沒說，看上去很難過，把書抱在胸前。「小萊，我不——」他搖了搖頭。「你不要一直這樣，又是手套，又是書，我不——我不能。」他只是搖頭，沒有再說話。那天晚上，他沒有翻開那本書就上床睡覺了。

第二天小萊去上班時，吉格還在睡覺。

小萊走向電車，看到一輛熟悉的車停在街廓底，把頭探進車窗，威拉德嚇了一跳，半根手指戳進鼻孔裡。

「天哪！」威拉德說：「小子，不要不聲不響。」

「對不起。」小萊說：「你不是……」他沒有把話說完，心想：你不是更擅長來這招？

威拉德把手伸進大衣裡，拿了一支煙給他，但小萊揮手拒絕了。

「有什麼消息？」威拉德問。

「厄利的？」小萊說：「沒有。」

「那錢呢？」

「還在。」

威拉德狐疑地看著他，「你哥有萊斯頓的消息嗎？」

「沒有，吉格還沒離開過床。」小萊說。

威拉德面露擔憂，「他情況不好嗎？」

「他不會有事，只是需要休息一陣子。」小萊說。

但那天晚上，小萊下班回到家時，吉格已經出門了。小萊檢查了一下錢——錢還在——然後和李奇太太單獨吃了晚餐。之後，小萊坐在火爐旁讀報紙，尋找有關葛利和工會的報導。《紀事報》有一則報導，說警察突襲希爾亞一家印刷廠，沒收三千份《產業工人報》後燒毀。《紀事報》的報導說，《產業工人報》試圖刊登「一篇粗鄙的誹謗報導，對市府官員冠上莫須有的指控，報導太過卑鄙，撕碎籠罩這座城市的體面之布。」即使是對勞工友善的《新聞報》，也不願描述這篇讓《產業工人報》被沒收的可惡報導的內容，只是說報導出自葛利·弗林之手，審理她一案的法官正考慮因此撤銷她的保釋。

過了午夜的某個時候，小萊都上床睡著了，吉格才終於跌跌撞撞進來，渾身散發著酒氣、嘔吐物和柴煙的味道。他哼哼唧唧，在行軍床的毯子底下放屁，幾分鐘後，又開始吐了。小萊跑過去，把吉格的頭歪向行軍床的一側，又去拿了臉盆，到茅廁裝水回來擦地板，吉格不停咕噥：「別管我。」小萊想幫他擦臉，吉格卻推開了他的手。「該死的，小萊，別管它，我不要，我都不想要。」

星期六小萊去上班時，他繼續補眠，還睡到打呼嚕。

星期六修理廠只營業到中午，小萊整個上午都心不在焉，一下班就趕緊掛起工作圍裙，飛奔去搭電車。只是他下午到家時，吉格又出去了，李奇太太也不知道他去了哪裡，只知道「他醒了，他走了。」小萊的行軍床上擺著貂皮手套，還有那本精美藍皮的《戰爭與和平》第一冊。

29.

小萊沿著流動工人公路走去市中心尋找吉格，找了東區幾家酒吧，也去荷蘭傑克酒館與吉米杜金酒看過，都找不著人。

黃昏時，他終於放棄了，往南山山麓走去。葛利住在一個開明的律師和他的妻子的家，那是一棟精美的維多利亞式建築，一輛警車就停在對街。小萊走近時，卻看到一個捂得嚴嚴實實的警察正在酣睡。他走到房子前，按了門鈴。

一個鬍鬚灰白叼著煙斗的壯漢應門，小萊摘下帽子。「我希望瓊斯夫人能見我一面。」

「你是記者？你看起來也太年輕了吧。」

「我不是記者，我是她的朋友，萊恩・多蘭。」

那人讓小萊進入門廳，然後說要離開一下。一分鐘後，他回來了。「她會在客廳見你。」

小萊跟著那個人走進客廳，在皮椅子上坐下，緊張得不得了。他把手套放進禮帽，看了看四周，發現一件奇怪的東西：一個非常高的架子，搭在窗戶的上方，上頭放著小擺飾，別緻的盤子和時鐘一類的。他盯著架子，納悶為什麼有人要把架子搭得這麼高，這時她走進來了。

「你好，萊恩。」葛利說。她的頭髮往後梳，身上穿著睡衣，外頭披著一件厚重的長袍。「我剛剛在洗澡。」

小萊臉紅了。「對不起，我不應該沒有說一聲就跑來了。」他說。

「我很高興你來了，你在看什麼？」她說。

「那個架子。」他指了指。「我沒有見過這麼高的。」

她抬起頭來，「壁架嗎？」

「應該是吧。」他說：「我只是納悶，為什麼有人會把架子釘得這麼高，根本搆不到吧。」

她微微一笑。「而我一直在納悶，你什麼時候會來見我。」

「對不起，我現在才有機會。」小萊告訴她，他有了工作，吉格也出獄了。他說：「他變了一個人，好像他們把吉格的魂都打跑了。」

葛利說：「那真是太糟糕了。」她看著窗戶，「很奇怪，警察居然就這麼讓你進來了，自從那次《工人報》的騷動後，他們就一直在驅趕工會成員。」

「嗯，我也從《紀事報》讀到了。」小萊說。

她搖搖頭。「一家報紙慶祝另一家報紙所承受的嚴厲批評！」

「我讀了你受審的報導，摩爾先生認為你有機會嗎？」

「機會不大。」她說：「他一直提醒我，市政府對每一個IWW領袖和編輯提出了十六項陰謀罪指控，當然，我兩個身分都有，罷工委員會的每個領袖和成員都判了六個月的徒刑。」她抬起頭來。「只有你哥哥例外。」

小萊懷疑自己是不是從她的聲音中聽到了猜疑——為什麼警察會放小萊進來，又為什麼吉格沒有被指控犯下陰謀罪？他看著地板。「唔，這我無法反駁。」他說。

她沒有說什麼。

小萊不知道該如何問下一個問題，甚至不知道該不該問。「你丈夫來了嗎？」

她說：「沒有，也許審判時會來吧。」她清了一下喉嚨。「他清楚自己娶了誰。」她又說了一次這句話，這一次卻說得很平淡。她抬頭看著剛才讓他目不轉睛的壁架。「有時我覺得我一切都做錯了，萊恩。跟傑克的事，工會，斯波坎。你在這個城裡看到了工作騙子這樣的腐敗，看到警察在言論自由問題上亂打人這種明顯的錯誤，你會說，『好吧，如果我們連這個都贏不了，我們還能贏什麼？』

「但這裡的一切都跟表面不一樣。」她舉起毯子的一端。「你以為工會在這裡。」她拉起毯子的另一端。「採礦公司和警察在這邊。」她把毯子拉緊。「但他們都一樣，只要拉一條線，整塊布就會散，騙子、礦場、破旅社、妓院、酒館、警察——都是一塊布。你如何跟他們對抗？直接衝撞？還是繞個彎？硬拚？還是巧拼？」她的聲音有些顫抖。「我不知道，我真的不知道，萊恩。」

與吉格所說的差不多——這裡的水很深。小萊想到他所知道的，想到勒姆．布蘭德，納悶著哥哥是不是坐在某個酒館裡，指著他的空杯子，也在想著同樣的事。「也許過了一段時間，你就不會再抵抗了。」他說。

葛利盯著他腿上的手套，深吸了一口氣。「弗雷德．摩爾擔心我們裡面有人給他們提供情報。」

小萊吞了口口水。

「十六個工會領袖被送進州監獄，還有三百多人因擾亂治安被定罪，不過你和你哥都出來了。」

他的嘴巴乾了，「伊莉莎白——」他開始說。

「萊恩，我得問你，突擊那晚，你去了哪裡？」

他來這裡是想對她和盤托出，說出布蘭德、德爾和厄利的事，說出他自己的錯誤——但現在，坐在她對面，他不知道該從何說起。他拿起手套，聲音啞了。「我去買了這個。」

她直勾勾地望著他，嘴角緊繃，眼神冷酷無情。小萊覺得她好似看穿了自己，不管他要承認什麼，她都已經知道了。他一時間啞口無語，但也無法撇開目光。他覺得自己被掏空了，而且莫名其妙希望她永遠不要停止盯著他看。

他開口說：「伊莉莎白，我不知道——」

她低頭看著自己的膝蓋，「沒關係，萊恩。」

「我以為我只是——」

「萊恩，拜託，別再——」

「我以為我是在救吉格——」

她舉起雙手。「別再說了。」她回頭看著壁架，然後看向他。「你能幫我個忙嗎？」

「我願意為你做任何事。」他說。

30.

小萊出來時，監視屋子的警察靠在門廊的柱子上。「小子，你在裡面幹什麼？」他高高瘦瘦，有一道傷疤從額頭延伸到右眼。

「我是她的朋友，來看看她而已。」小萊說。

條子說：「外套脫下。」小萊脫下外套交給警察，警察檢查口袋袖子。

「她被軟禁了。」警察說：「除了她的律師，不允許有任何訪客。把褲子口袋翻出來。」

小萊照做，一堆棉絮和麵包屑飛出來。「我剛才上來的時候你睡著了。」他說。

警察瞄了他一眼。「我沒睡，我是故意讓你以為我睡著了。」

「你為什麼要讓我以為你睡著了？」小萊問。

警察似乎想不出理由。「襯衫拉起來。」

葛利已經告訴他警察可能會這樣搜他的身，他們拚命阻止她發表她在斯波坎監獄那晚的所見所聞。「太可惡了。」她說：「他們逮捕那些女孩，因為她們沒有交錢給警察，如果她們不能支付罰款，他們就強迫她們在監獄裡工作來償還，他們簡直是在開妓院，這就是為什麼局長不雇用女看守的原因，在這個城市，這是幾乎人人知道的祕密，但誰也不肯碰它。」她設法把詳情提供給當地記者，但沒有人願意刊登，甚至沒有人願意記下葛利的指控。「有些事不能在報紙上說。」一位《新聞報》的編輯這麼告訴她。她正要在《產業工人報》發表一篇文章，詳述她所看到的情況時，警察就沒收了數千份報紙燒毀，甚至以陰謀、猥褻行為和誹謗罪起訴印刷廠。就連弗雷德．摩爾也對處理這篇報導心存疑慮，因為他擔心被判藐視法庭或捲入誹謗訴訟。

警察用警棍戳了一下小萊，要他脫下褲子，搜了他身，確信小萊沒有偷偷夾帶任何文件出去後，就叫他整理好衣服趕快走。「好了，去吧，快離開這裡。」

小萊搭電車回李奇太太的家，吉格還是沒有回來。在睡廊裡，小萊把手伸進行軍床底下，拿出勒姆．布蘭德要他轉交給厄利的信封。那是一只普通的米白色信封，上面沒有寫字，他從來沒有看過裡面。不過信封沒有封上，小萊深吸一口氣，打開了信封。裡面有一張打字機打的字條，寫給「埃尼斯．庫珀」，為「事情失控」道歉，並表示願意「遵守我們最初的協議」。字條建議庫珀「透過這個男孩溝通我們可以做些什麼，以進一步保持我們的協議的機密性，並使我們雙方都受益。」

字條夾著十張五十塊鈔票，小萊用拇指撥弄，五十塊，比他在襪子裡放了兩個星期的二十塊還要多。小萊很想知道，馬可願不願意重新考慮，以這個價格錢賣了他母親的果園。他拿起最上面那張鈔票，把其他的放了回去。他把鈔票拿在手中翻了幾遍，這張鈔票是舊金山海岸國民銀行發行，藍色戳章，左上角是國務卿約翰．舍曼的照片。

小萊在哥哥的東西中找出紙筆，把紙撕成兩半，半張上頭寫著：「吉格，我星期天回來。小萊。」在另外半張上寫著：「借條，五十塊。萊恩．J．多蘭。」他把字條和其他鈔票一塊放進信封，塞回行軍床和毯子之間。他把五十塊鈔票塞進口袋，從床上抓起帽子、外套和手套，接著出發了。

雖然不順路，但他還是先繞去果園。靴子踩得冰冷的地面嘎吱嘎吱響，他在寒冷的樹叢中站了一會兒，想像樹叢中有一棟屋子。最後他開始步行，沿著熟悉的流動工人公路，朝市中心的方向走去。他一度想去吉格常去的酒館找他，但就算找到了他，他也早醉了，大概只會叫小萊別來煩他。所以他直接去了火車站，到了之後，還有充分的時間趕上夜車。大北方車站幾乎空無一人，只有其他三名乘客在等車。

小萊走到售票口，買了一張卡斯卡迪亞號的車票，票價九塊，比帝國建造者號便宜，因為它停靠較多的站。

上了火車，他緊張得睡不著，所以火車向前猛晃了一下，開始要駛離車站時，他在座位坐起身來。火車加快速度，從窗戶望出去，他看不見黑黝黝的林木地形，但感覺得到它們在華盛頓中部峭壁岩架的模糊陰影中逐漸消失。火車停靠的每一個車站，似乎都比上一個車站更加陰森，在煤氣燈下，水站和煤站暗影幢幢，鐵路信號開關，月臺上的孤獨身影，售票員的電燈從窗口透出光來。小萊有一種感覺，他不僅跨越了大地，也穿越了時間。他一度睡著了，夢見自己老了，正在回顧自己的一生。

當他在西雅圖郊外驚醒時，已經是上午了。

他下了火車，走入潮濕的毛毛細雨中，這是普吉特海灣典型的氣候。這個月他已是第二度來到西雅圖，他先到國王街車站的小餐館吃培根雞蛋、喝咖啡，吃完後，問服務生知不知道《工運報》報社怎麼走。

鄰桌的男人認得路。「你找那群瘋子幹什麼？」他跟小萊說了兩家聲譽良好的報社。「要我就會試試《郵訊報》。」他說：「他們請了一個漫畫家，畫了一隻穿西裝開車的狗。」

「我有事要找《工運報》。」小萊說。

男人告訴小萊，他記得《工運報》在櫻桃街一家酒館辦公。小萊走到那裡，酒保剛開門準備要做生意，指給他看小巷後面的樓梯。小萊走上搖搖欲墜的戶外樓梯，來到一扇木門前，玻璃窗被煙燻得烏黑，門上用紅色正楷漆著《鼓動者》。那天是星期天，小萊突然想到辦公室可能沒人，但還是敲敲門。一個女人的聲音叫道：「什麼事？」

「我想找奧倫．帕爾。」小萊隔著緊閉的門喊道。

「他在監獄裡！」女人喊道：「在艾弗瑞特！」

「為什麼？」

「我不知道，大概要關一個星期吧！」她回答：「法官決定的！」

「我是說，他做了什麼？」

「也是法官決定的！」

「我能進去嗎？」小萊隔著門喊道：「我有東西要交給他！」

「我說過了，他不在這裡！」

小萊氣餒地看看四周。「我幾個星期前才來過！」他隔著門大喊。「跟伊莉莎白．葛利．弗林一塊來的！我是斯波坎沃布里的人！我是帕爾先生採訪的那個孤兒！」

女人終於打開門。她身材矮小，頭髮灰白，鼻尖架著一副眼鏡。她從鏡框上眯著眼睛。「你是那個孤兒？我看報導，還以為是九歲還是十歲的孩子。」她拿著幾張零散的紙，像是正在讀什麼。

「不，那個人是我，我剛滿十七歲。」小萊說。

他摘下禮帽，掀開帽簷內襯，在圓頂的緞面內襯中翻來翻去。「不好意思，可能沾到了一點汗。」他說。小萊從帽子拿出三張摺好但壓爛的紙，上頭有打字機打的字。

「原來你是一個孤兒魔術師？」女人問。

小萊盡力將紙張撫平。「這是葛利．弗林寫的，她被軟禁在斯波坎，所以我只能偷偷帶出來。他們沒收了《產業工人報》，把報紙都燒了，阻止她印出這個。她要我來問一問帕爾先生，願不願意考慮在《工運報》上刊登這篇報導。」

女人張開了嘴——

「我知道，他在牢裡，在艾弗瑞特。但我拜託你，先讀一讀再說。」

她拿起紙讀了起來，臉色慢慢變了。她說：「天啊，你能證明嗎？」她抬頭看著他。「不行，你當然不行。」她又往下讀了，然後翻到第二張，喊了：「天啊。」然後又是一聲「天啊」，最後則是「可惡極了」。

她請小萊進屋。公寓又暗又窄，兩架打字機放在小桌上，新聞版面夾在一條晾衣繩上。這個前廳看來就是《工運報》的辦公室，後頭還有臥室、浴室和小廚房各一間，小萊還聞到了炒洋蔥的味道。

他抬頭看著曬衣夾夾著的新聞版面，在《工運報》的旗幟下，是一個號召「全面大罷工！」的橫幅標題。女人說了聲不好意思離開了，十分鐘後帶著兩個年紀較大的男人回來。兩人不發一語，靠在桌子上讀葛利的報導，讀完後抬頭看著女人，點了點頭。

「給我們一點時間。」她對小萊說，然後幾個人退到臥室商討。他們出來後，女人說他們會把《工運報》的頭版換成葛利的指控，在下星期出版《產業工人報》特刊，在西海岸各地發售。

「你不打算等帕爾先生？」小萊問。

女人從鏡框上緣看著小萊，「我很喜歡奧倫這個人，但他連鞋帶都打不好。」

不久，又有一女二男來到公寓，過了中午不久，辦公室已經一片忙亂。

小萊起身穿上外套，他還能趕上下午三點回山區的火車。

「你去哪裡？」女人問。

小萊說：「搭火車回斯波坎，我明天還要工作。」然後突然又想到：「而且我還得去找我哥。」

吉格

每天的第一杯都一樣，套句我們老爹的話，都是*uisce beatha*，都是「生命之水」。深吸一口氣，眼珠子都快掉出來了，玻璃杯另一邊有個要命的明亮世界。

你好啊。

但，問題就在這裡，小萊，第二杯更棒。

當然，在某個時刻感覺會改變，但，什麼時候呢？第一杯很好，第二杯更棒，有時第三杯讓我成為一個要命的天才，或者讓我順利上了一個女人的床。也就是說，兩杯黃湯下肚以後，就是瞎子擲骰子了，四杯，六杯，九杯——最後我可能在側向鐵道上醒來，渾身髒兮兮，或者像現在這樣，弟弟趴在睡廊地板，擦拭我剛吐出來的生命之水——我說：「他媽的別擦了，這次你就別管我了。」

但這些話其實沒有說出來。你那天早上出門工作時——我的小弟弟有工作，他像照顧**孩子**一樣照顧**我**——我就知道了，我實在不能再這樣下去了。

對不起，小萊，我好冷，我好累，我受夠了這一切。

An rud nach leigheasann im ná uisce beatha níl aon leigheas air ——這是老爹掛在嘴邊的格言：「連威士忌和

奶油都治不好的是治不好的。」我曾經以為這句話的意思是，奶油和威士忌可以治癒一切，但我現在明白到這句話說的是另一件事，說的是威士忌、奶油或世上任何東西都治不好的那樣東西——也就是生活。生活，那坨冒著熱氣，飛滿了蒼蠅，叫人心痛的屎。

* * *

真正的饑餓讓一切都停止運轉。在監獄的第五天，我記不得我為什麼喜歡吃東西，到了第十天，我什麼都記不得，腦子昏昏沉沉，整個人麻木了。出獄後，過了一個星期，「渴」和「飢」才回來，確確實實回來了，像在家庭旅館外的路邊等著的老友。

你們好，好傢伙，你們去哪兒了？

小萊，你有一份好工作，我不想讓你丟了工作。但天啊，我的脖子好緊好緊，我不能一天三次坐在那個義大利老太太的桌旁，假裝自己是她的兒子，吃著滑溜溜的麵條。你從圖書館借了那本精美的《戰爭與和平》回來，老實話，那是對我的最後一擊。這就是我現在的生活？坐在爐火邊吃晚餐，弟弟借書讓我在床上看？

所以你在機械修理廠時，我出去喝了一輪：一杯啤酒，還有一杯生命之水。一個支持我們勞工理想的酒保為我服務——向我敬酒，又給我倒酒，一次又一次。我告訴酒保，在監獄裡挨了一個月的毒打，忍了一個月的飢餓，我大澈大悟了，什麼都不重要，我們是在有錢人頭上嗡嗡亂叫的蒼蠅，欺騙自己我們有力量，因為他們不可能伸手一揮，打到我們所有人。

那人除了給我斟滿杯子外，想不出什麼話來回答。

經過十天的休息，加上飢和渴回來了，過去那個漂泊的靈魂開始蠢蠢欲動。我再一次感受到那股吸引力，走吧，飛吧，坐在貨運列車的木材架上，在前往某條新鐵路幹線的途中，風吹拂著臉龐。也許我該去林德找厄利．萊斯頓，他說過他有時會躲在那裡。

我受夠了斯波坎，受夠了監獄、沃爾什和他那些沃布里殉道者，受夠了你那慷慨激昂的弗林少女。受夠了烏蘇拉、她的美洲獅和她的大富豪布蘭德，受夠了這一切。小萊，還有你，說實話，不管怎樣，我也暫時是受夠了你，你那顆忠誠的心，你的好工作，你溫暖的壁爐，你該死的借書證……

在那段日子，思想讓我不得休息：我為什麼在這裡？為什麼我出獄了，委員會的其他人卻被判了六個月？難道厄利是對的嗎，像我這樣散亂的靈魂，無政府主義比工會更適合我？然後，當我的思緒變得沉重時，我知道如何讓它們變得輕盈，**生命之水**。我離開李奇太太的家庭旅館，喝了一會兒酒，直到清醒過來，或是直到那些想法一點一滴流失。

跟我們親愛的、作古的老爹一樣，那晚我豁出去了，進了城裡每一間支持我們的酒館、愛爾蘭酒吧和工人破館子，為我的煩惱點了雙份烈酒，暢談「有錢人頭上的蒼蠅」，喝完半杯酒，抽抽煙，在街上走著，一下乾嘔，一下撒尿，然後驚訝地發現自己走到了喜劇劇院的小巷裡，對著看門人大喊：裡面坐著世上最水性楊花的女人。他說：「快走吧，酒鬼。」我說：「你會來推我走嗎？」他說：「當然。」突然，她出現了，表演結束，大貓被帶走，長袍拉得緊緊的，我所有的憤怒在她的眼光下流逝。我謝謝她那次來探監，但口齒不清，說得結結巴巴。我告訴她，我發誓要遠離這裡，直到找回過去的自己，因為我不想讓她看到這個可憐的我。但我不知道還能去哪兒，醉成這樣，如果我回去，我會讓我弟把我趕出我們寄宿的地方，而且——

「不要說話。」烏蘇拉說。她拉著我的手，走到她的化妝間，要我坐在她那面亮著燈的鏡子前的椅子上。我幾乎無法看著鏡子裡的自己：骯髒凹陷的臉頰，亂糟糟的鬍鬚一直蔓延到我瘀青的眼睛。她讓我喝咖啡，吃劇組剩下的麵包和肉。她說：「看看你，他們對我俊俏的格雷戈里做了什麼，我只希望他們在裡面留下一點靈魂。」

我聽了差點流下眼淚，因為我懷疑我的靈魂已經壞到不能再壞了。

「你現在打算怎麼辦？」她問。

「重新上路，四處走走。」我說。

「哪裡？」

我聳了聳肩，想起了厄利・萊斯頓。「我開始覺得這件事我更適合走陰暗的那條路。」

「那條路他們雇用很多酒鬼嗎？」

我笑了。「我想我會弄清楚的。」

「那小萊呢？」

「沒有我他會更好。」我這麼說，也相信這是真的。我告訴她，你為了生存什麼都肯做，你做得很好，我也告訴她，你是怎麼長大的，我們的爸媽在你的照顧下死去，我們其他人丟你一個人去找吃的。

「有一次我跟小萊在艾倫斯堡這頭的流浪工人營地過夜。」我告訴她：「蘋果組滿了，所以他去討口子，因為要飯的孩子單獨乞討更容易博取同情，至少我是這麼告訴自己。我留在營地，跟幾個哥兒們喝到爛醉，結果小萊腫著嘴巴回來，說他發現有人的後門沒關，從冰櫃給我們弄了兩隻雞，屋裡的女人拿起掃帚狠狠打了他一頓，但他還是逃掉了。我們誇獎這個小賊，好像他是要命的棒球員泰．科布。烏蘇拉，如果我留下，偷雞就是我給小萊最好的東西。」

她微微一笑。「講得這麼傷感，表示你不用再努力了，拋開你的生活，死在那裡的小巷裡，這就是你的計畫嗎？」

「我還沒有想好具體的計劃，比如說哪條巷子。」我說。

我開始清醒了，我最恨的就是清醒。醉了，我可以忍受這樣的說教，醒了，這些話開始刺痛我。「嘿，親愛的，你不如別說了，給一個老相好買杯酒怎麼樣？念在舊情？」

她轉身在一張紙條寫下「鳳凰之家」和「伊蒂絲」，簽了「烏蘇拉」三個字，說她買下這家旅館，伊蒂絲是經理，我可以去那裡住幾天。

我盯著那張紙，「你買了一間旅館？」

「我三天後去看你，你有兩天時間讓自己酒醒過來，如果你做不到，就別再來找我了。」

鳳凰之家原來就是以前的貝利旅館，換上新招牌，內部也重新油漆了，我在外面站了一會兒才進去。這位經理伊蒂絲是個年紀稍長的女人，頗有魅力，上下打量著我，只是「嗯」了一聲，就叫櫃檯接待員替我在男賓樓安排一間二樓的房間。房間有一張單人床，一個衣櫥，盥洗室在走廊盡頭，我不配住這麼好的地方，而且全由烏蘇拉買單。最棒的是，地下室有一間酒吧，那是伊蒂絲創辦的私人俱樂部，招待男賓女客，巧妙規避了不能在飲酒場所勾搭的法規。

好，如果一個女人給我三天時間清醒，一般來說，我會在前兩天灌酒。我確實去了地下室酒吧吃吃喝喝，一張帳單也沒收過，「謝謝你，多蘭先生」，「多蘭先生，記在你的帳上」，我想我可能會在鳳凰之家永遠住下了。

我猜你會來找我，小萊，但如果我走了，你可以在修理廠好好工作，還有個落腳的地方。如果是和我一起走呢？會怎樣？又一個流浪工人營地，又一間酒館，又一個可以偷的冰櫃，又一個把我們從睡夢中吵醒的警察。最後，又一個酩酊大醉的多蘭。

治不好的就是治不好，靠生命之水不行，靠自憐、愛情、家庭或任何東西一樣不行。我在那治不好的東西中度過了兩天的好時光，然後在鳳凰之家的明亮光線下醒來，想不起自己是怎麼爬上床的。他們給我一個有窗戶的房間，一道寒冷刺眼的陽光穿過窗簾，門外傳來輕輕的敲門聲。

「請進。」我說。

門開了，是旅館經理伊蒂絲，她送了一套新衣服給我。「早安。」她說。

「你說早就早吧。」

她把衣服放在衣櫃就走了，一分鐘後，又端著一盆熱氣騰騰的熱水進來，然後又走了，再端著一盆水回來。接著是三條毛巾、一塊肥皂、一把剃刀和一杯刮鬍膏。

「你在準備手術嗎？」我問：「一個腎？算是房錢？我很樂意支付。」

「你**真風趣**。」伊蒂絲轉過身來端詳我。「我得說，你剛來的時候，我還沒看出來，我當時只是想，**天哪，她就是對遊手好閒的男人情有獨鍾**。」

這句話比我表現出來的更傷人。

接著伊蒂絲搬來一把椅子放在床邊，我躺在那裡看著一切，一動也不動，一言不發。

然後她又走了。

當門又推開時，進來的人是烏蘇拉。

我坐起來，「我以為我有三天時間。」

「今天是第三天。」

「你的數學不大行。」

「你星期六晚上來找我，今天是星期一。」

「我認為二十四小時叫一天……是一個獨立計算的單位——」

「我該走嗎？」

「不要，只是——恐怕我不——」

她說：「別說話。」讓我重新躺回到枕頭上，拿起毛巾浸到熱水中，擰乾後放到我的臉上。起初毛巾燙得像要燒起來似的，然後熱氣滲入我的齒間，我的眼窩，我的思想，我的骨頭，我的懊悔——一切都熱起來，一切都打開了，我在熱毛巾底下流下淚水，世界上沒有比這更好的感覺。她掀開毛巾，拿起剃鬚杯裡的刷子，開始往我的臉上塗抹剃鬚膏，細心地塗在臉頰脖子上，用指尖挑去鼻子和唇上的剃鬚膏。她接著要我把一碗熱水捧在胸前，開始輕輕地幫我刮鬍子。她先將剃刀浸在熱水中，然後滑過我的臉頰，鬍鬚一根根落入了碗中。她是個使用長刀刃剃鬚刀的高手，下手和理髮師一樣又準又快。

她幫我刮鬍子時，我看著她小心而專注的眼睛，想知道她可能在想什麼，但她像在舞臺上那樣疏遠。她往上刮到我的眼睛附近，往下一直刮到脖子，刮乾淨後，用濕毛巾擦去殘餘的剃鬚膏。

她摸摸我的臉頰，露出笑容，「他回來了。」她要我站起來脫掉衣服。

「烏蘇拉，我根本不知道我是不是——」

「別說話。」她說。

所以我從床上爬起來，脫個精光，把臭得要命的衛生褲扔在髒衣服旁邊。我站在她的面前，渾身發抖，羞愧得要死——肌肉鬆垮了，肋骨也突出來了。我閉上眼睛，一直閉著不敢張開。

烏蘇拉幫我清潔身體時更加小心，沾濕毛巾，輕輕擦拭腋下、脖子、胸口，還有在牢裡被打得紫一塊黃一塊的地方。她用了肥皂和兩個盆子的水，我閉上眼，讓她幫我清洗擦乾，她開始清潔我的大腿和軀幹時，我感到自己被喚醒了。

「他回來了。」她又說了一遍，我感覺到她的嘴靠近了我，我一定發出了聲音，好像這太過分了，因為她把一隻手放在我的肚子上撐著我，不到一分鐘，我就開始喘氣，渾身顫抖。我放鬆開來，像挨了一踢那樣俯下身子，等直起身來後，她又給我擦身子，像什麼都沒發生一樣。

擦好後，她走出去拿了一盆溫水，再為我沖洗了一遍，然後拍乾我的身體。她拿出粉、油和乳霜，往我的手臂、胸口、頭髮和臉上塗抹。我看著她穿過房間，到衣櫃拿來伊蒂絲早些時候送來的衣服——她的細腰，她的背部，她纖長的脖子——烏蘇拉回到床上時，我又被喚醒了。

「他回來了。」這次她小聲說了出來，讓我脫了她的衣服，我們撲向彼此，輕柔而強硬，緩慢而狂熱。在旅社的床上，我們像度蜜月的新婚夫妻。

完事後，她的頭靠在我的胸前躺著，我們輕聲交談，她說話的聲音讓我的皮膚麻麻的。她說如果我的肉長回來，少喝點酒，她可能會再見我。

「我會努力的，但也許……」我說。

那句話沒有必要說完。

我看了看房間，「真的是你的旅館？」

「在這個世界上，女人除了記憶什麼都沒有。」她說。

「什麼意思？」我們又躺了一會兒，呼吸著彼此的氣息，如果世界有什麼地方我可以待著不走，那個地方會是那裡。但，我不能留下。

我低頭看著她的頭頂，「都告訴我吧。」我說。

她說了近一個小時，告訴我她在哪裡長大，如何做了演員，如何愛上一個騙子，如何認識伊蒂絲，如何成為烏蘇拉天后。她一到了斯波坎，勒姆·布蘭德就說要把旅館的部分股份給她。從頭到尾，我只有傾聽。

她說完後，我問：「就這些了嗎？」

「還有呢。」她笑了，又倒在我的胸前。「絕不是全部，吉格，但這可能已經夠了。」

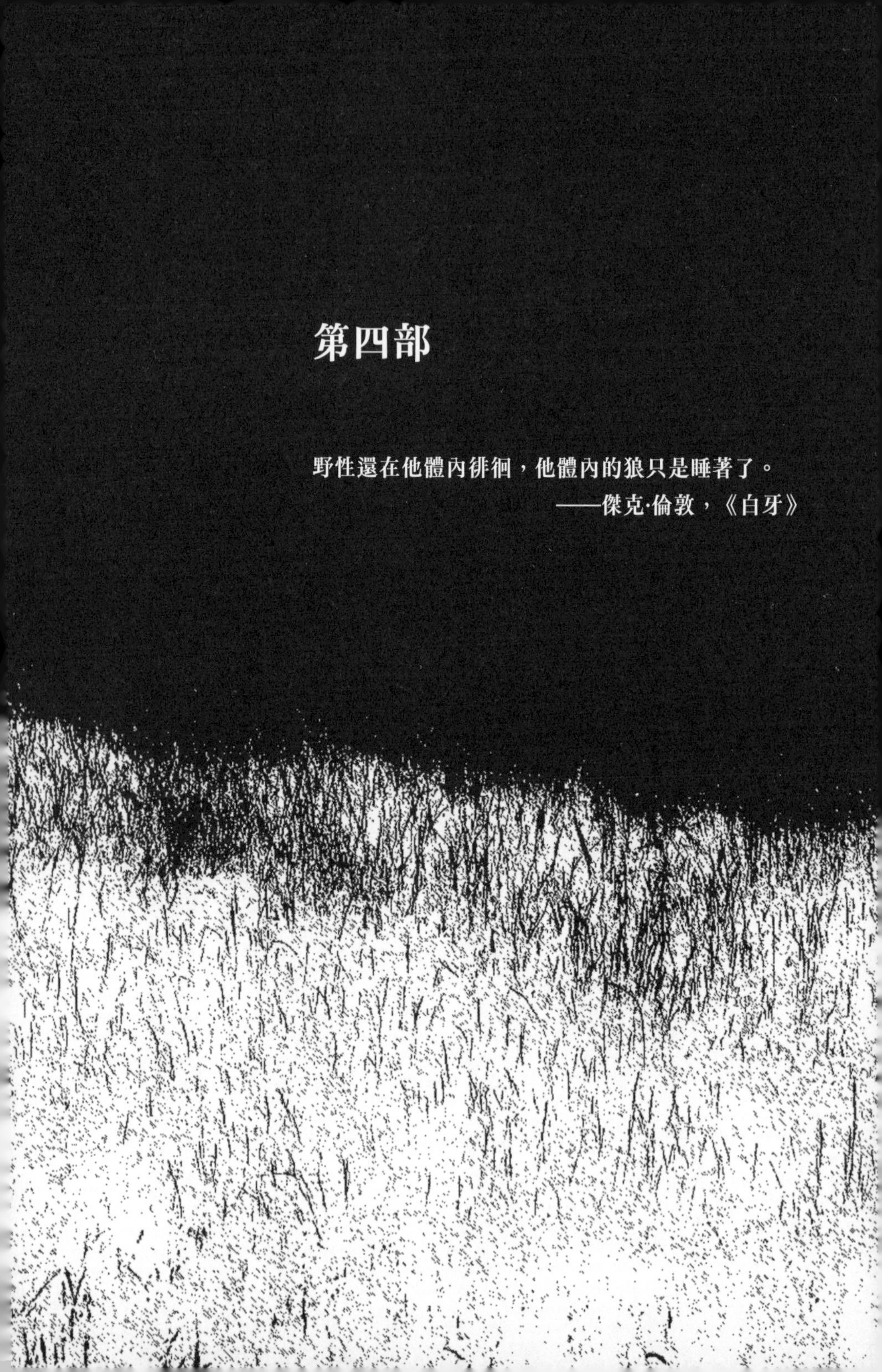

第四部

野性還在他體內徘徊，他體內的狼只是睡著了。

——傑克·倫敦，《白牙》

31.

在吉格走後的日子，小萊開始意識到自己活在一個特殊的歷史時刻。在別人眼中，這也許一看就知道，但他自己從來沒有想過。這是一種讓人腦筋轉不過來的奇怪想法，像是翻開一本書，在書中看到了自己。貌似不相干的事——那天在河邊認識厄利．萊斯頓，言論自由暴動，烏蘇拉天后帶他去見勒姆．布蘭德，和葛利．弗林一起旅行，把她的報導偷偷夾帶到西雅圖，甚至是吉格的失蹤——這些事件發生的時刻似乎存在關聯，如同戰爭的導火線。沒錯，戰爭，他認為這就是他們所處的狀態，這場戰爭發生在IWW和這座城市之間，是一場更龐大的戰役的一部分，戰役發生在一千多個地方，在公司和勞工之間，在富人和窮人之間，在他不確定自己以前是否理解的力量和陣營之間。

這些新的想法有一部分來自一件事：在李奇太太家的晚上，在機械修理廠的午休時間，小萊都很認真地閱讀《戰爭與和平》。明白吉格不會回來後，他開始讀這部書，希望書能告訴他一些哥哥的事情——就算不是他可能去了哪裡，至少是他離開的可能理由。

接下來的幾個星期，他讀得非常很慢，每天五六頁，不會的字記在小筆記本上，星期六下午去卡內基大圖書館查字典。在修理廠，奧蘭多兄弟對他休息時間讀的書不大感興趣，但多明尼克至少跟上了基本情節的發展，還會從小萊身後探頭問：「你的故事現在怎麼了？」小萊說：「安德烈要走了。」多明尼克說：「拿破崙在哪兒？」小萊說：「還在路上。」多明尼克回答：「好，有新的發展隨時通知我。」然後就回去工作了。

有一天小萊在工廠看書時，多明尼克的太太送來一個大黃餡餅當午餐，他看著這個高大的黑髮女人，她也回過頭來盯著他瞧，兩人在同一時間認出了對方。

「你是朱勒斯的朋友！」嘉瑪．圖爾西說。

小萊說：「請節哀。」再次感受到她姨丈去世的悲傷，以及他和弗雷德．摩爾試圖說服她推動IWW理想的愧疚。

「不不。」她說：「我應該邀你到家裡吃頓飯，朱勒斯一定希望我這麼做。」她露出笑容。「聽著，我想要彌補，不如這個星期天你來家裡吃晚餐吧？」

「謝謝你。」小萊說。他非常開心受到邀請，星期天不用工作，日子最難熬。通常小萊會幫李奇太太做些家務，然後花大半天的時間在火爐邊讀《戰爭與和平》，盯著窗外，好奇哥哥正在做什麼——也許是坐在鐵路旁的流浪工人營地裡的篝火旁，用公用的瓶子喝水。他不知道吉格會不會後悔當初沒帶走《戰爭與和平》，他會不會在臨時工大圖書館裡找到另一本。

小萊有時無法確定自己讀懂了托爾斯泰，但沒料到自己會那麼喜歡讀他的作品，從安娜．帕夫洛夫娜參加晚會開始，遇見了美麗的娜塔莎、風度翩翩的安德烈公爵和體貼入微的皮埃爾。他喜歡想像那些華麗的服裝、富麗的豪宅和宏偉的宮殿，甚至比勒姆．布蘭德的大房子還要大（娜塔莎從客廳跑出來，只跑到溫室而已）。他試著想像一棟大到讓人光是從一個房間跑到另一個房間就累了的房子。小說中的文字像音樂，他發現自己會像哼歌一樣哼著句子（六匹馬拉的馬車停在臺階上，六匹馬的馬車停在臺階上……）。

對這個故事瞭解得越深，他就越開始把自己的生活想像成一個史詩般故事的一部分。他覺得伯爵寫得真好，這些人物來來去去，在彼此的生活中來來去去，托爾斯泰似乎能夠再次展現生命的廣度和深度。

在深夜，伯爵的文字有時夾雜著小萊自己的思想，角色的刻畫成了對小萊和他哥哥的描寫，如同某個托爾斯泰流浪工創造了他們（安德烈公爵所具備的素質，恰好是皮埃爾所欠缺的……），在這些深夜的漩渦思緒中（在出發和開始另一種生活的時刻，對自己的行動深思熟慮的人，通常會有一種嚴肅的心態），小萊得出了一個結論：與其枯等吉格回來，不如做點事。

那個星期天，他與多明尼克、嘉瑪以及他們兩個害羞的女兒共進晚餐，聊了朱勒斯，回憶他經常說的故事之後，圖爾西太太問起小萊的家人。

小萊說，他的家人都去世了，只剩下哥哥，這兩年他和哥哥一起到處打零工，不過最近哥哥自己離開了。

「不知道他可能去了哪裡？」圖爾西太太問。

「不知道。」小萊說。

但後來他發現他腦中的確有一個想法。

第二天下班後，他坐電車到市中心，接著步行到喜劇劇院。

小萊站在黑暗的門牌下：「烏蘇拉天后，精采絕妙好戲，加演第三個月。」星期二到星期六晚間有演出，所以星期一她休息。劇院的門關著，上了鎖，但小萊繞到側門。側門用一個垃圾桶撐開，大塊頭警衛不在，但小萊往裡面瞧時，有個看門人在黑漆漆的走廊，把小垃圾桶的東西倒進大垃圾桶裡。

「我想找烏蘇拉天后。」小萊說。

「星期一沒有演出。」看門人頭也不抬地說。

「不知道你曉不曉得她住在哪裡？」

「我知道不是住在這個雜物間。」

「只是……我想我哥哥可能和她在一起。」

看門人回頭看了看。他六十歲左右，禿頭，褐色眼睛往下垂。「哦，有，我見過他，幾星期前，看起來像喝得大醉的你。」他直起身子。「又高又邋遢的遊民，醉到不行，我們大門警衛正要宰了他，烏蘇拉恰好來了，把他帶回化妝間，我想是為了讓他清醒過來。」

「你知道他們之後可能去了哪裡嗎？」

「也許她把他餵美洲獅吃了？」

「行行好，我一定得找到他。」小萊說。

看門人上下打量了他一番，咬了咬臉頰，嘆了口氣。「她住在薩沃伊旅館。」

旅館離戲院只有幾個路口，是一家不錯的旅館，位於內陸酒吧的樓上。小萊向櫃檯表示他要找烏蘇拉天后，那人連假裝查看登記冊都懶，「沒有叫這個名字的人。」

「我不知道她的真名。」小萊說。

「你要找烏蘇拉？」

小萊轉過身，眼前的女人比烏蘇拉年長，大約五十歲吧，穿著黑色大衣，裡面是一條紅裙子，頭上繫著黃紅相間的圍巾，前面一撮白髮清晰可見。

「我是伊蒂絲，剛好替烏蘇拉送點湯來。」女人說。

「你能不能告訴她萊恩・多蘭來了？」

她微微一笑，「沒問題。」

幾分鐘後，女人和烏蘇拉天后一塊回來。她穿著一件深黃色長外套，戴著一頂有羽毛和蝴蝶結的精美帽子，在隆冬裡打扮得像是剛剛野餐回來。她握住他的手，「萊恩，你好嗎？」

「我很好，我一直在找吉格。」

「我上次見到他是……」烏蘇拉看著伊蒂絲。

「三個星期前？」伊蒂絲說。

「對，謝謝你，烏蘇拉。」說完，烏蘇拉又轉向小萊。「有天晚上他來找我，他很……」

伊蒂絲又幫忙了，「心煩。」

「對，我讓他在我的旅館住了幾個晚上。」

小萊一頭霧水，尤其因為烏蘇拉叫另一個女人烏蘇拉。「你的旅館？」

「老貝利旅館，伊蒂絲幫我管理。」

小萊記得貝利旅館是鎮上數一數二破爛的廉價旅店，單人房一個月租金五塊，二樓還有一排花煙間。

「吉格在那裡待了幾晚，三晚吧？」她回頭望著伊蒂絲，她點了點頭。「從那以後，我就再也沒見過他了，萊恩。」

「你知道他去哪兒了嗎？」

「他只是說他想再去浪跡天涯。」

「不讓我跟。」

烏蘇拉又看了看伊蒂絲，然後又看著小萊。「他不想毀掉你為自己創造的生活，他為你感到驕傲。」

「萊恩——」她說：「你哥哥一直覺得對你有很大的責任，在你父母雙亡後，要照顧你很不容易。」

「照顧我？」小萊的臉漲得通紅。「他跑了！我把他從酒吧拖出來，給他清理乾淨，是我照顧他！」

「對不起，萊恩。」烏蘇拉冷靜地說：「你說得對，確實是你照顧他，想像一下，這對他來說有多難受。」

小萊把下巴垂到胸口，她是對的，他並不想再回到貧困的流浪生活，而他知道吉格無法遠離漂泊的人生。小萊猜想愛另一個人是一個陷阱——最終你不是失去他們，就是失去自己。

他清清喉嚨，抬起頭來，沒有別的話好說，只能說「謝謝」。

他轉身離開，沿著走廊走了幾步，烏蘇拉從後頭叫住他。

他回過頭，她看起來很痛苦，不是那個捏著他的手臂，帶他去見勒姆·布蘭德的烏蘇拉。他無法確定她臉上那是怎樣的表情。

她說：「對人失望是很容易的，但我們已經盡力了，而且也許一個人的本性和他們的行為——未必一致。」

「欸，或許是這樣吧。」他說。

32.

各大報大肆報導伊莉莎白・葛利・弗林即將到來的審判，以及她對這座城市的爆炸性指控。每天下班後，小萊都會帶幾份《新聞報》、《紀事報》和《發言人評論》回家，坐在李奇太太的火爐旁，關心最新的發展。在修理廠，多明尼克見到小萊拿著報紙就會問：「小萊，你的女朋友今天好不好？」每個星期天，小萊都和多明尼克與嘉瑪分享葛利四處演說的故事，在塔夫特怎麼靠著口才讓他們擺脫了麻煩，又怎麼告訴一個憤怒的牧師，「那個——女性的角色」應該得到解放。

《工運報》和《產業工人報》的特刊登出她揭發醜聞的報導，在華盛頓西部和愛達荷州邊境分售，之後她的案子就成為了西部最大的新聞。該篇報導接著先被開明派的報紙注意到，再被全國各地的主流報紙發現，暗示她提出一項「殘忍野蠻的指控」。

在她被捕後沒幾個星期，全國都知道有個懷孕的十九歲工運人士，指控斯波坎警察獄卒不公平對待婦女，勒索鴇母、皮條客和酒館老闆，如果他們不塞錢給警察，就把妓女關起來，讓她們「以工作償還」罰款。

蘇利文局長堅稱她的指控是「無恥的謊言」，女子監獄「從未被投訴過」。《新聞報》挖出兩起與葛利類似的投訴時，蘇利文說那也是無恥的謊言。《紀事報》跟進報導指稱，兩年來蘇利文始終拒絕任命一名女看守，也拒絕想要提供志工擔任這項工作的婦女團體。市長說，他別無選擇，只能承諾會徹底調查。

葛利的腐敗報導也開始轉移市民的支持。宗教團體和禁酒改革人士在法院附近抗議，呼籲採取行動，還跑去葛利・弗林被軟禁的民宅，警察不知如何是處置，結果她走出來，在前廊即興舉行了一場集會。二月初，她的審判開始了，斯波坎花園協會和斯波坎婦女俱樂部都表示願意為她作證，說在她演講的要旨中沒有發現任何不妥之處。

審判開始後，遠至紐約和華盛頓特區的記者、攝影師和肖像畫家都趕來了，或作畫，或拍攝手工上色照片，記錄她的招牌年輕面孔和黑髮——一個美麗的年輕烈士，隻手抵抗腐敗的舊西部城鎮。他們很有品味，只畫她肩膀以上，因為她已經懷孕八個月了。

當此事傳遍全國時，斯波坎的支持者寫信給編輯，抱怨城市聲譽受損，斯波坎可能被冠上「落後地區前哨」之名，警察從事色情交易，騷擾反對的年輕女性。顯赫商人建議換掉代理局長蘇利文，全面詳查警察執勤情況。

對城市不利的，對IWW就有利，而且吸引了新的志願者和捐款。由於工會在斯波坎被禁，新成員被分流到最近的IWW分會，也就是三十五英里外的科達倫。葛利鼓起勇氣宣布，不管她的審判結果如何，也不管她的懷孕情況，斯波坎下一個言論自由日將是三月十五日。「如果我在牢中，我會在那裡行使我的發言權，我會在鐵窗前聆聽外頭街道上傳來的自由吶喊。」

流浪工人甚至開始大膽返回城內，《新聞報》報導兩個來自蒙大拿塔夫特勞工營的臨時工，一路步行到斯波坎，捐出他們為葛利・弗林的辯護所募到的六十塊。

一切的一切，讓伊莉莎白・G・F・瓊斯和查理・L・菲利尼奧的陰謀案審判，成了西部地區最引人矚目的大事。二月底，葛利替自己出庭作證時，已大腹便便，在法庭起身時，還需要她的律師攙扶。她充分利用在證人席上的兩天時間，就一些是或不是的簡單問題，比如「你哪裡出生？」，發表了長篇大論。

「在我的一生中，從我在紐約和我父親工作的波士頓附近度過的童年，到我最近在壯麗的西部旅行，我目睹了我的人民，我的家庭，我的階層，在一個不平等的制度下受苦。這個制度在一個極端製造窮人，在另一個極端製造富翁，中間則什麼也沒有。這就是我致力於這項工作的原因。」

法官打斷她的演講，與她爭論起來，第二天質問：「你憑什麼認為你可以對任何人說任何你想說的話？」

她給出了她最簡短的答案：「法官，《權利法案》。」

有人鼓掌，法官敲敲小木槌，問她法律學位是哪裡獲得的，讓她可以做他的工作，解釋憲法修正案的法律適用。葛利回答時沒有對著他說話，而是對著陪審團和法庭說：「它是用淺顯易懂的英語寫的，誰都看得懂，它不是為律師而寫，而是為人民而寫。」

檢察官普伊努力提醒陪審團，IWW不是年輕迷人的伊莉莎白・葛利・弗林所組成，而是由查理・菲利尼奧這種可疑的外國人組成的。不久，普伊在提出問題時，開始一字一頓念出菲利尼奧的名字：「瓊斯太太，一月十一日那天，你和菲——利——尼——奧——先生是不是把這封電報發去了WFM的比尤特辦公室？」，「這篇文章準確地反映出菲——利——尼——奧——先生和你自己的激進觀點嗎？」

她說：「嗯，你應該問一問查理他自己的觀點，但如果呼籲公平和正義是激進的，那麼我大概是世界上最激進的女人。」

普伊千方百計想動搖證人，有一天問她的丈夫是否在法庭上，她正準備回答不在時，他打斷了她的話：「那麼你認為，瓊斯先生對妻子與這些聲譽不佳的男人，一起去勞工營和採礦鎮有什麼看法？」

她說：「嗯，我不知道。但如果他不喜歡這樣，我懷疑他會更喜歡我和你這種聲譽良好的人一起旅行。」在笑聲中，普伊問她的丈夫是否覺得「你把所有外國無賴和野蠻人都召集到斯波坎來騷擾我們可憐的公民」非常幽默。

葛利沒有馬上回答。「你好像覺得，我可以召集世界各地的男人，但說服不了自己的丈夫趕上火車來這裡——我好奇你是怎麼得出這個結論？」

普伊盤問嚴肅的查理．菲利尼奧更有效率，幾乎用了四十個不同的問題問菲利尼奧來自哪裡，「西西里。」他每次都回答相同答案。「那麼，你的原籍是哪個國家呢，菲——利——尼——奧——先生？」「西西里。」「你一九〇六年從哪裡來這裡？」「西西里。」普伊又問了幾個冗長而複雜的問題，目的是讓這位工會祕書感到困惑，暴露出他英語程度的低落。「事實上，在這個城市裡，難道沒有世界產業工會的犯罪分子，他們訴諸暴力，毆打警察，威脅公眾人物，犯下難以計數的罪行，以推動你的激進議程的事業——事實上，菲利尼奧先生，你難道不認為，身為IWW斯波坎分會的祕書，儘管你的工會一再聲稱非暴力，但你本人沒有做任何事情來阻止這些人，事實上，你只對你卑鄙的同事和同胞表達最大的尊重和同情？」

弗雷德．摩爾起身反對：「法官大人，如果檢察官指證完畢，也許他可以提出一個問題。」雖然摩爾的反對意見從未得到支持，但普伊同意重新說一次那個問題：「再次提醒法庭，你來自哪裡，菲——利——尼——奧先生。」

小萊靠著城市的日報關注審判發展，對於誰會獲勝的看法，取決於剛剛讀了哪一份報紙，如同每一種報紙只會報導一場比賽中的一名拳擊手，代表官方立場的《紀事報》和《發言人評論》為普伊的出拳成功歡呼，代表勞方的《新聞報》，則說得彷彿弗雷德．摩爾和葛利．弗林把普伊打得落花流水。但隨著審判的進行，小萊仍舊越來越緊張，因為無數的報紙、電報和工會傳單被當成了證據，試圖證實葛利．弗林和菲利格諾在城裡引發騷亂。《發言人評論》一篇社論含糊其辭提到她懷孕了，陪審員「顯然因為這個毫無教養的女人穿錯裙撐而感到震驚」，此外，該市「已經連續十八次對工會領導階層定罪，似乎正在邁向第十九次與第二十次。」

最後，在二月底的星期五，雙方休息，法官宣布案子將在星期一交由陪審團審理。

星期六機械修理廠打烊後，小萊緊張地問喬，他星期一能不能請假上法院聽判決。那時，修理廠的人都知道小萊參加了十一月的沃布里暴動，多姆和保羅是工會機械師，表示支持，但喬對於雇用一個來自像IWW這種粗野組織的少年感到不安。

「那個笨蛋只有八根手指，但起碼我從來不用擔心他會炸掉這個地方。」喬說。

小萊說：「我絕不會做出那種事，而且不管怎麼說，沃布里不炸東西，喬，你想的是無政府主義者。」

「你不是他們的人吧？」

「我不是，喬！我不知道我是什麼。」小萊。他想起了哥哥，也想起了不知身在何方的厄爾．萊斯頓。「只知道我是北山配件機械修理廠的店員。」

保羅和多明尼克都在櫃檯後頭看著，喬最後說：「好吧，但你不能穿那樣去法庭。」

小萊低頭看著自己破舊的工作衫和工作褲，打算買件新襯衫。在金錢上，他處於前所未有的地位，吉格走了，馬可堅持把他們買果園的六美元訂金算成食宿費，所以到五月前，小萊的住宿費都已付清了。李奇太太甚至讓他搬進較為暖和的一樓臥室。他在機械修理廠每週能賺將近十塊，李奇太太提供早晚餐，嘉瑪．圖爾西會讓多明尼克帶一份午餐到修理廠給他，所以小萊平生第一次手上有錢，還開了一個銀行帳戶。

那天下午，小萊坐電車到市中心去買衣服。他站在郵政街和河濱街的街口，雙手插在口袋，目不轉睛看著莫氏百貨行的櫥窗。這家百貨行什麼都賣，懷錶和釣魚靴中間，吊著一排硬挺的直筒西裝外套。第一件外套別著一個白色標牌，上頭寫著「$4」。一輛電車轟隆隆開過去，小萊離開莫氏百貨行，往新月百貨走去。他往新月百貨的櫥窗看，一排麻布西裝，十三塊一套，灰底，細緻的藍絲交叉紋，櫥窗地板放著一張卡片，寫著：本店首創尊嚴賒帳制度。有比尊嚴賒帳聽起來更動人的嗎？不過，花一個多星期的薪水，買只可能穿一次的衣服？他瞥了一眼街道，繼續往前走，最後發現自己又來到了史普瑞街，停在布蘭利格雷厄姆精品店的櫥窗前，他那副漂亮手套就是在這家街角商店買的。隔過玻璃，他凝視一塊塊的布料，一件件的背心，一條條的褲子，還有一件沒有標價的晚禮服外套。這些西裝都還沒完工，要多少錢呢？五十塊？一百塊？人與人之間存在這樣的等級。

「啊，你好，是萊恩嗎？」

小萊轉過身，見到幫助過他的老售貨員。他一邊走出店裡，一邊戴上帽子。

小萊說：「不好意思，我隨便看看而已。」他開始往前走。

「沒關係，手套戴起來舒服嗎？」售貨員問。

小萊低頭看著自己裸露的雙手，他把手套忘在家裡了。「很舒服。」

「你現在想找什麼呢？」

「沒什麼。」小萊說完又立刻補充：「我想買一件新襯衫，但想想也許會買西裝吧。」

「西裝！哇，不錯！」他上下打量著小萊。「年輕人都該有一套西裝。」他指著他服務的店。「但說實話，你不該為了這個來這裡，我都賣手套給你了，夠了，我們可以花更少的錢就讓你擁有一套不錯的西裝。」

老先生名叫查斯特，他們沿著史普瑞街往下走，他不停地說話。「通常我會建議訂製一件外套，別緻但又經典的款式，然後根據這件外套找其他搭配的衣物。不過你還年輕，瘦，而且好動，也還在發育，我認為買便宜許多的成衣就行。我覺得高領、短翻領不錯，可以凸顯你的身高。我會選擇比晨禮服要窄的版型，單排扣背心，裁縫師會想說服你用更好的羊毛，不過這是一套工作用的服裝，哎呀，我們用不著為了讓你在電車上看起來帥氣而勒死一隻美麗諾羊！」

他們去了一家叫「伯克斯和費恩」的中級男裝店，查斯特認識那裡的售貨員。他說：「孩子過得不太好，戴爾，給他折扣吧。」

「你才給他折扣！」戴爾說。

「別這樣！算我欠你人情，我知道你後面有好貨。」

售貨員最後嘆了口氣，丈量了小萊的手臂和胸部，拿了五件外套走出來。售貨員和查斯特討論起這幾件衣服，小萊拉長耳朵想要聽懂他們，但他們連討論的字眼聽起來也很奢華貴重——攝政王、溫斯頓？精紡？花呢？人字呢還是碎格子？漿果紋還是鳥眼紋？小萊聽到頭都暈了，也覺得難為情，因為自己實在好喜歡好喜歡這一切。他點頭，他臉紅，他專心聽著。

「好。」查斯特小聲對小萊說：「最後一個問題：口袋。」他讓小萊看第一件外套。「補丁口袋，簡單，之所以這麼叫，是因為口袋像補丁一樣縫在外套上面，開口在上方，可以放眼鏡，放家裡鑰匙，功能很多，而且很有精神。」他換了件外套。「這是袋蓋口袋，一樣的東西，只是補丁上面加了一片袋蓋。還有這一件——」他指著第三件外套。「這件就時髦了，這叫一字袋，縫在外套裡面，從外面只能看到開口的縫隙。底下加了第三個口袋，在這邊，這叫『票卷袋』，也可以放鑰匙，而且暗示：『我是一個紳士，一個可以從早到晚去任何地方做任何事的紳士。』」

小萊可以想像那俐落的線條、那斜角的口袋。他低聲對查斯特說：「你看要多少——」

「十八塊。」售貨員瞥了一眼賈斯特說：「但是這星期十六塊，而且……」他壓低聲音：「我可以算十二塊，只要——」

查斯特咳了一聲，清清喉嚨。

「好吧，我可以算你十塊。」售貨員讓步了。「查斯特，你這個大壞蛋。」

查斯特微微一笑，拿起外套一甩，然後放到小萊的身上。外套落在他的肩上，彷彿山坡上的第一場降雪。

「你應當知道不能配那雙靴子。」售貨員說。

「你需要新鞋，舊帽子也可能得扔了。」查斯特說。

小萊轉向鏡子，感到一陣飄飄然，然後有些羞愧，因為他多麼想成為鏡中的那個紳士。

33.

小萊坐在電車上，腿上垂著一個長布袋，裡面是他的新西裝、領帶、白襯衫和小牛皮皮鞋。光是袋子本身，就比他的大多數衣服還要高級。由於捨不得，他最後還是留下了圓頂禮帽，售貨員答應幫他把帽子整理一下，拿了工具刮除毛球，用油擦亮，最後還把髒污清掉。小萊賒了帳，先付五塊，尾款六個月內要付清，不過他不大確定尾款是多少。

他下了電車，走過四個街廓，朝李奇太太的房子走去，衣袋甩在肩上，好像一個海外歸來的水手。那是一個沒有下雪的涼爽午後，街上繚繞著鄰家壁爐冒出的煙霧，令人感到相當愉快。快到李奇太太家時，小萊透過睡廊的窗戶看到一個身影——吉格！他摸黑坐在床上。小萊繞過屋子，跑向後門，那個剪影轉過身來。

他打開後門，發現在他哥哥的行軍床上的，原來是厄利．萊斯頓。「嘿，小老弟。」

小萊呆呆望著，厄利看起來不大一樣，他蓄起濃密灰白的鬍子，穿著粗花呢西裝，小萊想到了平克頓偵探恩尼斯．庫珀的照片，還有他用過的所有化名。

「你拿的是什麼？」厄利站起來，從小萊手中接過衣袋。

「一套西裝。」小萊說。

「西裝！好。」厄利解開袋子的扣子，摸了摸布料。「真高級！看看小萊．多蘭，你換陣營了嗎？就像蛇脫皮？」

「我需要一套星期一穿去法庭的衣服，去看葛利的判決。」

「啊，對，瓊斯太太的判決。你記得她結婚了吧，小萊？還懷著身孕？而且馬上就要進監獄了。想挑戰看看，是嗎？」

小萊臉紅了，把衣袋拿回來。

「對不起，這麼說是不是很壞？」厄利說。

「我有東西要給你，勒姆．布蘭德要給你的。」小萊說。

「我們的老朋友過得好不好？」厄利問。

小萊說：「不知道，幾星期前，我就告訴他我會把這個消息帶給你，從那之後我就不想和他有任何瓜葛了。」

「你是不是對自己的身分越來越不滿意了？」

小萊滿臉通紅。「我沒有身分，這是一個錯誤，我不知道——」

「你不知道嗎，小萊？」

小萊沒有說話。

「少來了——你不知道什麼？」

小萊淨是搖頭。

「你知道。我們一直都知道，無論發生什麼，我們都知道。」厄利說。

小萊討厭那個我們，好像他們是同類。「你的信在裡面，我可不可以——」

他不確定他是否需要許可，但厄利點了點頭。小萊穿過廚房，朝臥室走去，流理檯上有一把麵包刀，有一瞬間小萊很想把刀拿起來。進了臥室後，他把新衣裳掛在衣櫥。勒姆．布蘭德的信封，他拿去當書籤，插在康斯坦斯．加內特翻譯的《戰爭與和平》第二冊前面幾頁，小萊最近還了第一冊，借了第二冊。他拿著書走回去，把信封交給厄利，厄利又坐回了吉格的行軍床上。

「呀，我都沒帶什麼來給你。」厄利說。他打開信封，用拇指翻了翻鈔票。「你就相信這個王八蛋，裝作什麼都沒發生，好像他沒有試圖要我的命？我還真要佩服他了。」

「我借用了一些，但我還了。」小萊說。

「早知道你會借用。」厄利說。他打開勒姆．布蘭德的字條讀了起來，不時搖頭。「他想維持我們原來的協議，我就知道。原來的協議是，我不要去找他，不要割下他該死的肝臟拿去餵他的孩子。」他舉起那張紙條。「告訴我，小萊，他看起來害怕嗎？」

「怕，他看起來很怕。」小萊說。

「很好，帶槍的？」厄利說。

小萊努力回想。「大門口有兩個，一個在他的馬車房上面，另一個在門口。還有他的保鑣威拉德。」

厄利再讀一遍紙條。

小萊看著厄利的臉。「你是誰？」他平靜地問。

厄利抬起頭，眼神很冷。「那你是誰？」

「不，我是說哪一邊——」但小萊沒有把這個想法完全說出來，因為他知道厄利也會用同一個問題反問他。

厄利深吸了一口氣。「我站在我自己這邊，小萊，一直都是，和任何人一樣，如果那人是誠實的話。」

厄利站起來，把錢摺好塞進口袋，然後把紙條也摺好，放進西裝小口袋。小萊記得那個口袋是用來放票卷零錢的，不過感覺不該在這個時候想到這個小細節。

厄利環顧了一下睡廊。「這裡很冷，我不能相信你們兄弟住在這裡。」

「我現在睡在屋裡。」小萊說。

「是嘛？」厄利環視了一下房間，目光最後又落在小萊身上。「告訴我，你現在有能力了，有自己的西裝，有一份好工作，有一個室內的臥室，你是哪一邊的，小萊？」

小萊默不作聲。

「說，你是什麼東西做的？」

這問題讓小萊想起前一天在《戰爭與和平》中讀到的一句話。他翻到皮耶爾正在思索他的人生的那一頁，指著一段話，把書遞了過去。

厄利清了清嗓子唸道：「『有時他會用一種想法安慰自己說：這不算什麼，他只是暫且過著這種生活。但後來，另一個想法讓他感到震驚，那就是許多人也暫且懷著相同的想法，帶著滿口的牙齒和濃密的頭髮進入這種生活，卻在沒了牙禿了頭的時候才離開。』」

厄利抬起頭，露出小萊認為可能是覺得有趣或高傲的微笑。「你真讓我吃驚，小萊。」他說：「每次都叫我吃驚，你真是個聰明人，你知道嗎？」他飛快地翻著那本書，研究了一下書脊，然後舉到胸前。「你準備好不再抱著暫且的想法了嗎？」

小萊聳聳肩。

「因為我需要你做一件事。」

小萊正要開口拒絕。

「為了你哥和我。」厄利說。

「你見過吉格？」

「見了。」厄利說。

「他好不好？」

「他很好，已經恢復了體力。」厄利說。

「他在這裡嗎？我可以見他嗎？」

「你先幫我這個忙再說。」

「什麼事？」

「幫我捎個口信給布蘭德。」

「什麼口信？」小萊問。

「告訴他我說好，我會遵守我們最初的協議，但我要五千塊，不是五百塊。收到錢後，他從此不會聽到我的消息。」

小萊覺得很難受，又被拉進了這件事。

「叫他星期一早上把錢給你，我中午在法院門口等你，你把錢給我，我就把我和布蘭德協議的所有證據給你，文件資料，他的愚蠢檔案。但是告訴他，如果有人跟蹤你，交易就取消，他可以用餘生來等候我的拜訪。」

「然後我就可以見到吉格了？」

「然後我們一起去喝啤酒，第一輪我請。」厄利笑著說。

小萊只能點頭。

「瞧。」厄利把《戰爭與和平》還給了他。「老夥伴回來了。」

吉格

火車在林德城外減速時，我走下火車，來到帕盧斯起伏的金色山丘上。時值隆冬，麥田麥茬結滿了霜。但太陽出來了，照亮老舊的穀倉、馬車和廢棄的犁。我腦筋清醒，充滿活力。我走進那個小鎮，我就是王，我有無窮的機會。

還記得嗎，小萊，你還記得到處流浪到處工作的這部分嗎？沿著軌道，慢慢走進某個新城鎮，除了一副手套、一件襯衫、備用的襪子，也許還有一本捆在鋪蓋裡的書，沒有什麼會讓你感到沉重。尋找營地飄來的炊煙，在前方的城鎮，什麼事都可能發生，也許有一個林德少女會帶你上床，或者找到路上認識的老夥伴，或者起碼和一個讀過一兩本書的酒保攀談。世界感覺開始營業了，我不知道你還能要求什麼。

林德有一家兩層樓的紅磚燒烤酒吧，叫「斯利姆酒吧」，我帶著烏蘇拉給的十塊錢走進去，發現他們有斯波坎釀造的沙德啤酒——我最喜歡的啤酒——就說：「我想來杯沙德。」然後在吧檯上轉動一枚一塊硬幣。不點威士忌點啤酒——這是我最接近計畫的一次。

我向酒保（恰好叫斯利姆）問有沒有工作，有沒有房間。

「房間比工作更好找。」他說：「麥子都割光了，你啊……讓我看看。」他看看他的懷錶。

「晚來了六個月。」

「或者——早來了六個月。」我說。

斯利姆在樓上有張床，只要我想住——他看著我——「或者只要你能一晚付兩角，要待多久都行。」

「一角五我可以。」我討價還價，他說：「那也未嘗不可。」毫無疑問，他認為我反正會把剩下的錢花在啤酒上。「我今晚就住下了。」我說。

「除了貨船的杆子，是什麼風把你帶來了林德？」他問。

我說：「哦，我不抓杆子，沒那個膽子，抱著椽子撐兩個小時，不停遇到礁石。我更喜歡在上面飛，可以的話，我喜歡坐無頂平板貨車。不過今天我像一隻雛鳥，窩在軟綿綿的穀物貨車上。」

「一個有眼光的流浪工人。」

我說：「只是善良而已。」我告訴他我來林德的真正原因。「我說，你不會恰巧認識一個叫厄利．萊斯頓的人吧？」

「不認識，我應該不認識。」他說。

我開始描述他的模樣——說著說著，發現自己好像在描述一根麥稈，又細又白，而且——嗯，就是又細又白。「我是他在斯波坎那邊的老朋友，他說我到這裡要記得找他。」

「你還真的來了。」他說。

我喝完啤酒，到鎮上走了一圈，只花幾分鐘就走完了，這頭三個街廓，那頭三個街廓。我回到斯利姆酒館，吃了一盤肝，倒在樓上的床睡了。算上食宿，就算只是喝適量的啤酒，不到兩個星期，我就會花光烏蘇拉的十塊錢。她本來想給我更多，但自尊心不允許我收下。那晚我睡得很不安穩，她幫我擦洗身子、刮鬍子和鋪床，弄得我煩躁不安。我夢見買了新衣服，回去又把她抱在懷裡。

第二天，我去了林德附近的幾個農場，但沒人聽說過厄利。接下來的城鎮是往北十七英里的里茲維爾，我走了一半的路，接著搭上了一輛乾草車。里茲維爾是伏爾加河的德裔鎮，我在小館子吃了一盤美味的香腸馬鈴薯。我詢問厄利，但小館子的廚師從未聽說過這個名字。

隔壁桌的男人湊過來，問我是不是在找工作。

「幾乎總在找。」我說。

他在鎮外的小溪邊開廢料工廠，接到毛板和木柴的訂單，但他的雇工這星期回俄勒岡州老家處理他父親的後事。「只做五天，不過我可以付你六塊。」他說。

「加上一個房間？」我問。

他說鋸木廠有一個燒柴的鍋爐，我可以睡在那裡，他早晚會送飯來。但他又說，要是我走到他家附近，或者去鎮上喝酒，我就得滾蛋。

處於談判不利地位的我，接受了他的條件。

這人叫舒爾特，陰沉冷漠是他給我的印象。他的鋸木廠不過是一個小作坊，有個生銹的鍋爐，提供老式蒸汽斜切鋸動力，看樣子是他從老家帶來的東西。

我試著和他交談，但他不吭聲。晚上，在冰冷的作坊，我發現自己在想你，小萊，希望我拿了你借的那本托爾斯泰。你很貼心，帶那本書給我，我應該謝謝你，而不是跑去喝醉。

第二天，我問舒爾特家裡有沒有什麼書可讀，他說他們是嚴格的再洗禮派教徒，「只有《聖經》。」

「我從來不覺得那是一本特別好的書。」我說。我不記得我說的笑話得過比這更冷的反應。

我幹了三天，鋸木板，削邊，上保護層，劈原木，最後搬上馬車。但舒爾特堅持親自送貨，每一次出門去鎮上前，都會更加嚴厲告誡別靠近他家。要是我靠近他家，他會叫治安官把我趕出他的土地。要是我靠近他家，他會拿出獵槍和鏟子，把我埋在上游。要是我靠近他家——「好好，舒爾特，我知道了。」我說。

當有人第五次或第六次警告你不可以做某件事時，這件事就成了你唯一想做的事。他駕馬車離開後，我點了一根煙，走到車道的中間。我瞥了一眼那簡陋的木屋，好奇他在裡面保護一個什麼樣的女人。不過那灰溜溜的房子也讓我感到壓迫，所以我還是保持著距離。終於，到了第四天，舒爾特從鎮上回來，說他的雇工提早回來了，但因為我幹得很好，而且聽從他的告誡，他還是願意付我六塊。他還有一件貨要送，會順路送我回里茲維爾。

我們把松木板和木樁裝上馬車，我拿了我的鋪蓋，爬到他旁邊的座位上。我們靠近那棟屋子時，我沒有轉頭，但瞥了一眼。和許多伐木工的屋子一樣，他的屋子註定不會完工，不會上油漆，甚至不會有適當的門框窗框。我們經過時，一個年輕女人走到後門廊，人很瘦，長直髮，我猜是他的妻子。她抱著一個很重的小男孩，手臂托著孩子的屁股，孩子的頭靠在她的肩上。這孩子有八、九歲了，已經大得不能像嬰兒一樣被抱著。他穿著一塊大得像桌布的尿布，長腿像鬆弛的皮膚垂著，嘴裡發出咩咩咩的扁平聲。

女人只說了一句：「玉米粉和豬油。」舒爾特先生回答：「知道了，莎拉。」然後對著他的馬咂舌，馬東倒西歪向前走。她說：「再見，先生。」我點點頭，她抱著那個大嬰兒回去屋內。我當時很同情舒爾特，甚至後悔拿他的《聖經》開玩笑，因為我猜他非常需要這樣的信仰。

到了鎮上，舒爾特把馬車停在主街一家旅館前，脫下手套，朝我伸出一隻粗糙的手。「願上帝保佑你。」他說：「格雷戈里，我會為你祈禱。」

「謝謝。」我說。平常我會開個玩笑，叫他再請一杯啤酒，但這次我沒有，我只是望著他駕著載滿貨物的馬車穿過小鎮。一場呼嘯的雨雪正在襲來，所以我進了里茲維爾旅館過夜。

我吃了一頓，配了兩杯啤酒，然後又點了一杯。酒吧老闆說樓下可以喝威士忌，除了我的老夥計「渴」，還有誰會出現呢，下去吧，你這個狗娘養的，他勸我喝下了四杯髒東西。隔天我在不安中醒來，從那個養著巨嬰的再洗禮派伐木工那裡拿到的工資，我已經花去了一半，再不離開里茲維爾，口袋很快就要空了。在小館子，另一個農場工人答應送我半程路去林德，剩下半程路我自己用走的，冒著針尖般的冰冷雨水，翻過濕漉漉的起伏丘陵。

我與高采烈走下山坡，進入了像窩裡的蛋坐落在乾涸河谷的小農鎮，穿過磚砌的鎮中心，開開心心走進斯利姆溫暖舒適的燒烤酒吧，喊了一聲：「天堂！」

「你又來了，怎麼了？」斯利姆說。

「最糟的事——工作。」我說。我脫下濕透的外套帽子手套，放在鍋爐旁邊，又在吧檯上轉動一塊錢，說：「老樣子，斯利姆。」

「如果一個人才第二次上我的酒吧，可以點一杯老樣子嗎？」他給我倒了一杯沙德。

「唔，既然我們，啤酒和我，馬上就要訂婚了，我會說可以。」

我又多點了兩杯，兩杯中間喝了一碗豆子湯。酒吧人越來越多，兩個工人進來，接著幾個老農民帶兒子一塊來，年輕人討論傑佛瑞斯和拳王強森即將進行的拳擊賽。我很想讀一本書，或者好歹跟誰來一場聰明的對話，但腦子比較行的男孩說，拳王可能會打死傑佛瑞斯，老苜蓿農應該留在農場，這時我只能在一旁點頭。

「不可能。」另一個男孩說：「傑佛瑞斯退休後又復出，而且減去了一百磅，他是要為白人種族而戰。」

「他復出，是為了十萬塊而戰。」我身後一個熟悉的聲音說：「那才是他復出的目的。」

我轉過身一看，厄利．萊斯頓站在門口，蓄了鬍子，穿著一件嶄新的雨衣。除此之外，那就是他，那受人歡迎的普通麥稈。「你好，吉格，聽說你一直在找我。」他說。

＊　＊　＊

我們喝了一杯，不停互拍肩膀。我告訴他暴動的經過，監獄的情形，克萊格毆打我們，工會領袖絕食抗議。

「這一定給了他們相當大的教訓。」他說：「你們這群傢伙就這樣餓肚子，有沒有想過把自己的頭敲一敲？」

「他們就已經敲夠了。」

他說他跟弟弟還有葛利．弗林去了愛達荷州和蒙大拿州，我說我都聽說了。

他說：「我給你們工會一個機會，不過那裡不適合我，那種事情已經有很多巡迴傳教士在搞，我不確定我會更相信葛利．弗林的信仰。」

我說：「我自己也差不多成了工會不可知論者。」

他看著面前的威士忌，然後轉向我。「吉格，你的車開得怎麼樣？」

我告訴他，我在伐木場和農場工作時開過一兩次卡車。「我不是機械師，但我知道怎麼開車。」

我們付了錢，斯利姆向厄利點頭道別，但沒有和他說上半句話。我的衣服乾了，我穿上外套，把扣子扣到脖子上。外頭雨停了。

厄利直接走到停在街上的一輛小T旁，這輛車配有車蓋和擋風玻璃。

「厄利，這輛福特車是你的？」

「暫時是我的。」他說。他上了車，放下手剎車，調整浮閥，我往化油器倒入燃料，搖動護柵下方的起動柄。首次啟動時，我的前臂差點搖斷了，不過引擎終究是點著了火。

我回過神時，厄利已經坐上副駕駛座。「來瞧瞧你是個什麼樣的駕駛，這是我現在唯一的機會。」

我花了點時間重新熟悉儀器。他說：「換上磁力發電機。」我「嗯哼」了一聲，試試地板上的三個踏板，右邊是剎車，中間是倒車，左邊是離合器。手剎車在兩腿之間，上下推動的手油門在方向盤旁。

「拉到最底是第一檔，上面是高速檔，中間是空檔。」

「你有這輛車多久了？」我問。

「剛到手。」他說。

我忽快忽慢開到下一個路口，不過離開林德時，我已經開得相當平穩。我離開古老的馬車道，轉向東北方向，朝著斯波坎開去。車子有車頂和擋風玻璃，卻還是冷得不得了，我們不禁在風中放聲大叫。我用手控制油門，加到最高速度——靠自己的力量快速滑翔，感覺真棒。

這樣一個暗夜，兩盞前燈投射出兩道使人不安的斜光，一下照亮了樹，一下照亮了玄武岩柱，我們彷彿正在挖掘通往地心的隧道。雙軌路越過一片淺溪床，輪胎劈劈啪啪駛過結冰，地勢雖然崎嶇不平，車子依然行駛自如。我們沿著鐵軌開了一會兒，歪著車子走過隆起的枕木。經過里茨維爾的燈火，我想起老舒爾特和妻兒就住在鎮北的小溪畔，我不知道自己能不能過著那樣的生活——或者那是另一種監牢。

我們繞過史普瑞湖，開上一條伐木小徑，沿著這條小徑又開上了州公路。走在平坦的沙礫路，我們聽得見彼此的說話聲。

「吉格，你是個天生的駕駛。」

「謝謝你。」我不得不說，我確實喜歡駕駛這輛福特車，心想該去學一學車子的機械原理，那或許是我理想的工作——既可以在路上，卻不用跳火車，也不用睡在田野裡。

我們在州公路咔嗒咔嗒開了一個小時，直到斯波坎的燈火開始在地平線上顯現。我們停下來，用他放在後座地板的五加侖油桶加油。

「你住斯波坎？」我一邊倒油，一邊問：「那我幹什麼大老遠跑去林德找你？」

他說：「你幹什麼找我？」這句話有著一個真實不假的問號，也許還有些許的懷疑。

我說：「唔，我在牢裡差一點丟了命，至少我一度以為活不成了。唱歌、絕食、拒絕勞動，在裡面我們什麼也沒做，就只有惹毛條子跟他們的有錢老闆。好像野餐的蒼蠅，躺在那裡，餓得要命。我回想上次感覺自己像個男人是什麼時候，是那天在河邊，你打一個條子，我用肩膀去撞另一個，那是我最後一次覺得自己像個男人。所以，我來找你。」

我們回車上繼續往前開，我感覺到他在看著我。拐了一個彎，我們來到日落山，那裡可以俯瞰斯波坎所在的山谷。一大片的燈火、磚頭、鋼鐵、木材和煙霧，穿過這一切中心的，是那座深幽的河谷。

「你想再有那種感覺。」厄利說。

「天啊，厄利。」我轉頭看他。「我當然想。」

＊　＊　＊

他在接下來的車程中解釋他在忙什麼。他組了一個小隊，三個人，他們正在製造兩枚炸彈，準備同一天藏放。他說，跟我見面，聽了我的故事，讓他對目標有了新的想法。他原先的目標是警察局長蘇利文，「但我們可能更幸運，有機會搞到你的朋友克萊格警佐。」

「另一個呢？」

「勒姆．布蘭德。」

我想起烏蘇拉告訴我的事，她入股了布蘭德的旅館，也許還想到她沒告訴我的。我的胸口一緊，但還是說：「好，我想不出還有誰比那兩個人更活該。」

我們繞過城北，沿著城東比肯山的山脊行駛，那裡有一塊巨石露頭，是古老的印第安人遺址，有一股天然泉水汩汩湧出，厄利的藏身處再更過去的地方。一八九〇年代，有座年代久遠的溫泉燒毀了，那裡的岩石太多，不適合整平或耕種，老舊的溫泉附屬建築就是他藏身的地方，離李奇太太家不到五英里。

他叫我把車子駛離馬路，開進一條隱約不明的車道，兩側都是樹木，車子嘎吱嘎吱開過了岩石和乾灌木叢，經過一排被風吹出來的山楊落葉堆，朝著一個作坊旁的簡易農場宿舍駛去。鐵皮煙囪冒著煙，一塊磚把門半撐開。他要我把車子停在作坊旁，我關掉引擎。我們離市區很近，只是中間隔著一條小河和巨石堆。

下了車，我聽到樹後傳來潺潺的流水聲，兩個男人從作坊走出來，瘦小的那個黑人參加過十一月的暴動，他說自己叫艾弗瑞特，握住我的手說：「我記得言論自由行動那天見過你跟你弟弟。」

「你因為鬧事被關了一個月？」我問。

艾弗瑞特特點點頭。「關在喬治萊特堡的禁閉室，結果丟了旅館的工作。」

另一個人，皮膚白淨，嘴唇薄，眼小如豆。他伸出手來，只說了兩個字：「米勒。」那人讓我感到一陣寒意。

厄利說：「米勒是我在蒙大拿州和科羅拉多州認識的，他是一流的火藥師，有豐富的雷帽經驗。」我還沒來得及說話，厄利就拍拍我的背。「這位是吉格，我們的司機，也是一個好幫手，前提是你能讓他閉上嘴。」

我跟著他們三個進了作坊，裡頭有一個取暖用的燒柴火爐，一盞提燈照亮前廳。但，沒有炸彈，整間屋子都是毛皮——鹿皮、駝鹿皮、熊皮、浣熊皮、臭鼬皮、海狸皮，還有一些我叫不出名字的小動物，肯定有一百隻處於不同狀態的動物屍體。這些獸皮有固定在標本架上的，有堆著的，有釘在木板上的，還有一些掛在牆上。刀子、鉗子、刮肉刀，還有剝皮和鞣制等工具，擺滿了一整張桌子。一隻猞猁平躺在木板上，我凝視著牠的黑眼珠。

厄利走到毛皮作坊最後面，伸手對著牆壁一推，居然就這麼把牆推開了，裡面是一間無窗的狹窄房間。我們擠了進去，艾弗瑞特提來一盞燈，我這時才明白他們為什麼需要一個頂尖的火藥師。房間裡有散開的炸藥棒，一些棉球，一些藥塞，還有我認得是水銀和銀雷管的東西，全攤在一個工作木臺上，旁邊有兩個老舊的地毯旅行袋，就是推銷員常用的那一種。

厄利解釋說，炸彈體積小，便於攜帶，一個旅行袋裝一個，同一時間送去兩個地點——警察局與斯波坎俱樂部。每個旅行袋裝上四根，重約兩磅，足以致死，但不會重到二十磅引人疑竇。「需要讓人覺得是某人的工作袋子。」厄利說。為了這個理由，他們把旅行袋多餘的重量都拆掉了，像是金屬框架和鉸鏈，就連皮革部分也削薄了。

旅行袋上方會放著零散的紙張，遮住綁在袋底的炸藥棒，雷管壓在裡面，雷管上有浸泡過氰化物的棉花。一個裝硫酸的小藥瓶固定在雷管上方，用軟木塞封住，當旅行袋被打開時，一根連接著閂子的電線會把軟木塞拔出來，讓酸液流出，浸濕棉花，接著引爆雷管，炸藥就會爆炸。

「兩磅炸不垮一棟樓，但要是我，我可不想待在打開它的房間裡。」厄利說。

厄利說東西由艾弗瑞特負責送去，他為了這個任務特地保留了旅館行李員的制服。當收件人不在，但預料快要來了，這些東西就會被留在警察局和斯波坎俱樂部。當袋子打開時，我們早已出城了，然後——

「轟。」米勒說。

厄利看著我，想確認我願意加入。我願意嗎？他說他們有件事需要我的幫忙，米勒想用尖銳的金屬包住炸藥，讓小炸彈更具殺傷力。

「用釘子當然也行，但輕一點的東西更好，金屬碎屑一類的。」米勒說。

「我告訴他們你有認識的人在機械修理廠工作。」厄利說。

我低頭看著鞋子。「這件事我來辦吧。」我說。

＊＊＊

市區東邊有一家做金屬沖壓加工剪裁的鐵皮店，我曾經想去那裡找正職工作。那晚，我拎著一個桶子，沿著流浪工人公路，一路走到他們的河邊倉庫。工廠後面有一個廢料堆，我挑出最薄最輕的碎片，鋒利的金屬碎片割得我滿手的傷痕，一想到這些碎片飛進人的身體裡，我就覺得不舒服。但我知道厄利問的是什麼——某個在機械廠工作的人——我是不可能讓他把你牽扯進來的，小萊。

米勒在桶裡挑了挑，說這些碎片非常適合，他把它們塞進小旅行袋的兩側，跟著假鈔一塊放在隔層底下。他很小心，不讓它們靠近電絲或封住酸液的塞子。「要是不小心劃開了塞子，那就——」

「轟。」艾弗瑞特說。

改裝完畢後，兩個小行李袋看起來都沒有什麼問題：薄皮直立式地毯旅行袋，兩條帶扣，上面一個鎖閂，各有一把小鑰匙。

計畫很簡單。艾弗瑞特把第一個小行李袋送去警察局，交給哈伯·克萊格警佐。他會在十一點送到，也就是克萊格值夜班前的三個小時，然後告訴服務臺警察，這是克萊格常去獵豔的酒館送來的。

「我們怎麼把另一個給布蘭德？」我問。

「我有個點子。」厄利說：「我在想，也許你那位馴獅子的朋友——」

「不行。」我說：「門都沒有，我不會讓她捲進來，如果實在不行，我自己拿去，當著他的面打開。」

「好吧，很好。」厄利拍拍我的手臂。

「還有，那是美洲獅。」我說。

「我們再想別的辦法。」厄利說。

當時大家都很安靜，我們坐在一塊喝酒打牌。在接下來的幾天，厄利開著福特車出去了幾趟，我不知道我們在等什麼，也不知道他出去做什麼。米勒說他很可能出去偷東西，厄利是個偷竊高手。在最後一個星期天的晚上，他帶著一瓶威士忌回來。「就是明天了。」他說：「明天會宣判IWW案，明天下手最適合不過了。」

他和我們握手，拍拍我們的肩膀，發給每個人三十塊的逃亡錢。

「哪兒弄來的？」艾弗瑞特搧著錢問。

「說了你也不會信。」厄利說。

我們各倒了一杯威士忌，互相敬酒，討論接下來的打算。厄利要我們分享計畫時不要說得太具體，萬一我們哪個被抓了，他不希望那人牽連到其他人。

艾弗瑞特說他要往南走，「這裡太冷了，我要去找一個女孩，靠著她過冬。」米勒也說要去更溫暖的地方。

「那你呢？」艾弗瑞特問我。

「他跟我一塊走。」厄利說：「我們走亡命之徒的路線。」他向我眨了眨眼，我覺得聽起來不錯，我們兩人開著那輛福特車在西部馳騁，世界在我們的靠近時打了個冷顫。

但，那晚我無法入睡。小時候，有一段時間我想當演員，在全國各地演戲、做獨腳戲，這就是我現在在做的事嗎——演戲？扮演亡命之徒？無政府主義者？還是我的確成了亡命之徒？無政府主義者？也許像射殺麥金利的瘋子一樣失去理智？

裝著炸彈的小行李袋會炸死人，也許也會傷及無辜。克萊格和勒姆．布蘭德，我對他們恨之入骨，但不能保證旁人不會受到傷害。厄利總是說這是我們要傳遞的資訊：東西壞了，這是唯一修復的辦法，我們不是送炸彈，而是傳遞觀念。

你在自欺欺人，我躺在那裡，想在木屋前廳裡睡上一覺，心裡是這麼想著：你不是什麼演員，不是什麼學者，你是某種旅行哲學家。

這就是你。

睡前我最後想到的是你，小萊。我很惆悵，擔心再也見不到我的弟弟，而最難過的是，我知道這對你來說反而是最好的事。

＊　＊　＊

星期一早上，我們在小屋子裡悄悄起床，除了愉悦地吹著口哨的米勒，每個人都暗自想著自己的心事。我們一身樸素，除了艾弗瑞特，他穿上了他那套行李員制服。

九點，我和厄利開車送米勒去火車站，送艾弗瑞特到對街的咖啡館，他帶著第一個旅行袋在那裡吃早餐。艾弗瑞特一跳下車，厄利就猛然想起了什麼，追著他說了一些最後的指示。他回到車上，「我忘了給他鑰匙。」

早餐後，艾弗瑞特會把克萊格的袋子送去警察局，鑰匙放在一個彌封的信封中，上頭寫著克萊格的名字，箱子有望會被放在夜班警佐的辦公桌底下，直到克萊格下午開始值班為止。艾弗瑞特送去第一個袋子後，將於十一點到郡法院找我和厄利，我們把第二個旅行袋交給他，讓他送去斯波坎俱樂部給勒姆·布蘭德，俱樂部有一個服務生告訴艾弗瑞特，布蘭德每個工作日的下午兩點都在那裡吃午餐。

接著艾弗瑞特回到火車站，米勒帶著換洗衣物和車票在那裡等他。艾弗瑞特換裝完畢，和米勒搭乘反方向的火車分頭離開，我和厄利開福特車往西走，如果一切順利，下午三、四點鐘旅行袋打開時，我們已經遠走高飛了。

回到作坊，厄利拿了第二個小旅行袋，輕輕放在後座。我跑去抽菸，盡量離福特車遠一點。厄利整理小作坊和宿舍，抹去我們到過的痕跡，我們的垃圾都丟進柴爐燒了。我看著灰濛濛的煙霧滾滾竄向天空，以二月來說，這一天晴朗得讓人吃驚，寒冷無邊的藍。

我給福特車的油箱加了足夠回到林德的汽油，又裝了兩個油桶，以免需要開得更遠。我把我們的行囊放在後座的油桶和旅行袋之間。

「今天是個好日子，不要撞爛了這機器。」厄利說。我啟動小T，上了車。一陣東北風吹進山谷，我駛向市中心時，陣陣狂風搖晃著我們。「注意顛簸。」厄利說，他看看懷錶，十一點，第一個旅行袋應該剛剛送達了。

我們開車經過火車站，如果出了問題，米勒應該會站在外面。他不在。我開上霍華街，經過幾家酒館劇院，這是一個安靜的早晨，我卻想起了烏蘇拉和斯波坎不尋常的往昔。

我也想到了你，小萊，但願能再去見你一面，為我出獄後的行逕向你道歉。最後那幾天，我想說再見，但你整天都在機械修理廠工作。即使警察發現我與此案有關，也沒有辦法把你和案子扯上關係。然後，當事態平息後，六個月後，一年後，也許我可以回來。也許我和厄利會以非法手段弄到一大筆錢，讓我可以為我們買下李奇太太屋後的小果園。或者見鬼了，那整排房子都讓我給買下來。

到了河濱街，我們轉向西邊，遇上一輛馬車停下來。街角有兩個在等待的女人，厄利對她們脫帽致意，她們嫣然一笑，我真希望能有一分鐘時間，下車用我的老招數迷死她們。

「走門羅街大橋。」厄利說。

門羅街大橋是一座高大的鋼橋，位於市中心西側，跨越兩百英尺峽谷的最深處，恰好經過瀑布。橋上掛滿了電線，中間有兩組電車軌道。老橋搖搖晃晃，所以市政府計畫在春季建一座新的混凝土大橋取代。我們嘎吱嘎吱過了河，開到河的北岸，高大的斯波坎郡法院聳立在左側，好像一座法國城堡，奶油色的磚塊，紅色的山牆，屋頂聳立著十幾個尖頂，中央是一座一百二十英尺高的高塔，塔頂掛著美國國旗和州旗。從市中心看過來，它總是顯得格格不入，孤零零坐落在北岸，彷彿某個鄰國的城堡。

厄利要我開過鐵軌，經過法院一次，然後繞到後面，讓他確認情況。我們從南邊開過去，到了法院前面林木夾道的麥迪森街，我把車停在一棵光禿禿的楓樹下。我四處尋找艾弗瑞特，卻沒有看到他的身影。

外頭一陣亂哄哄，大約三十多人在附近徘徊，有報社記者，有攝影師，還有舉著標語抗議的人。這一定是厄利選擇這個地方的原因——這裡是一個馬戲團——葛利・弗林和查理・菲利尼奧的審判結果要出爐了。

「帽子給我。」厄利說，我拿我的平頂帽跟他的軟呢帽交換。「別熄火，我馬上回來。」

「你認為艾弗瑞特出了事？」我問。

「不是，是計畫生變了。」厄利說。

「你在說什麼？」我說：「誰是——」

然後，我看到了你。

你在三十碼外，站在一棵楓樹下，離那群人很遠。你穿著一套高級西裝，灰藍色的，還穿著閃亮的新鞋和背心，領帶打了一個完美的結。我不在，誰教你打領帶？你挪動了身體重心，我於於明白了，天啊，你只是想要有歸屬感。

你看起來就像一個盛裝打扮要去高級俱樂部的人——

「不行。」我對厄利說，他正伸手要從後座拿起第二個旅行袋。「小萊在這裡，不行。」

「吉格，他不會有事的，這是唯一的辦法。」厄利說。

「天哪，厄利，不行。」

「他想這麼做，吉格。」

「不行。」

「只有他能夠接近布蘭德，只能靠他，吉格。」

「他怎麼能夠接近布蘭德？」

他轉過來看著我。「天哪，好好想一想，吉格，你是怎麼從監獄裡出來的？那幫人都被判六個月，你是怎麼一個月就能出來？」

「因為我不是選出來的幹部——」

「得了吧！是小萊！他從一開始就是布蘭德的內線，他和烏蘇拉都是。」

我閉上眼睛，**這絕對不是全部的真相，但已經夠了。**

厄利說：「現在他想要彌補，他身上有布蘭德給的五千塊，錢我們拿走，這個旅行袋讓他送去給布蘭德，當布蘭德打開時，他人早已經走了。」

我抬頭看著你，小萊，你穿著一身高級的西裝。然後，你也看到了我。

厄利說：「五千塊，想想我們能用它做什麼。」他又伸手到後座上要拿旅行袋。

34.

星期天，葛利的判決宣布的前一天，也就是他要在法院與厄利見面的前一天，小萊坐電車上了南山，走了六個街廓，來到阿爾罕布拉宮的那條馬路，站在勒姆．布蘭德的家門口瑟瑟發抖。一個年輕人從門房走出來要小萊稍候，一分鐘後，威拉德開著福特車來到車道上，做了個手勢，小萊上車。

「布蘭德先生出城了。」威拉德說。

小萊轉達厄利的口信：「他要五千塊，他說，收了錢之後，他會把他們協議的證據交給布蘭德先生，然後永遠消失。」

威拉德拿著一個小筆記本，一邊記錄，一邊問：「什麼證據？」

「他沒說。」

「五千？」

「對，星期一早上送來給我，我再給他。」

威拉德都記下了，把小萊送回門房，又開車回去主屋。小萊和警衛站在一起，警衛戴著手套，仍舊不停對著手哈氣。「你喜歡你的工作嗎？」小萊問。

「你在開玩笑吧？」對方問。

十分鐘後，威拉德沿著車道回來，小萊又上了車。

威拉德說：「好，星期一我拿錢去給你，你把萊斯頓手上他和布蘭德先生協議的所有文件證據都給我？」

小萊說：「他想先拿到錢，然後他會把證據給我，我下午帶到斯波坎俱樂部交給布蘭德先生。」

威拉德記下來。「你在哪裡和萊斯頓見面？」他頭也不抬地問。

小萊說：「我不應該說，而且我要告訴你，如果你跟蹤我，交易就取消。」

威拉德也記下了這一點，「那布蘭德先生有什麼保證呢？」

「我不知道那是什麼意思。」

威拉德說：「我們怎麼知道事情這樣就會結束，萊斯頓不會繼續來糾纏他？」

小萊說：「我不知道。」

威拉德記下了，又把筆記看一遍。他說：「好，等我一下。」小萊下車，威拉德又開車去了屋子，小萊和警衛站在小門房裡，只相隔幾步的距離。

「你有工作？」警衛問小萊。

「我在一家機械修理廠工作。」小萊說。

「你喜歡嗎？」

「喜歡。」

警衛嗯了一聲，好像他走錯了人生方向。

小萊問：「能問你一件事嗎？布蘭德先生真的出城了？」

警衛瞥了一眼房子，又看向小萊，一側的肩膀聳了一下。

一分鐘後，威拉德開車回到門房。「上車。」

小萊上了車，威拉德開車送他下南山，穿過市中心，過了河，朝李奇太太的家駛去。他說：「明天早上八點，我把錢帶來給你。布蘭德先生希望你告訴萊斯頓，他同意這麼做的唯一原因，是和德爾．達爾沃那樁令人遺憾的交易，他們之間從此再無瓜葛。假使萊斯頓為了什麼再次出現，或者告訴任何人布蘭德先生雇了他，布蘭德先生用盡財產也會將他揪出來，要了他和他的黨羽的命。」他清了清嗓子。「布蘭德先生希望你知道，到時我們會從你第一個下手。」

「我又不是——」小萊開口。

但威拉德舉起了手，好像對下達這樣的威脅感到尷尬。「別擔心，說說而已。」

小萊望著窗外深邃的天空，想到在奧斯特里茨戰役中負傷倒地的安德列公爵，他認為他即將死去，太晚才領悟到自己的渺小，英勇和榮譽的虛名，以及死亡的定局。

他們一聲不吭駛過幾個街廓，威拉德把車停在李奇太太家門前，伸出手來，小萊握了握。

「這件事之後，告訴布蘭德先生，都結束了，我真的不幹了。」

「沒問題，孩子。」威拉德說。

35.

小萊和李奇太太一起吃牛肉和捲心菜，同桌的還有她最近接待的短期房客，一個加拿大推銷員，身材瘦削，長著一張開朗的長臉。「多蘭先生，你從事哪一行？」加拿大人問。

「機械。」小萊說。

「機械有未來。」加拿大人說：「有朝一日，機械什麼都能做。」他又起一口牛肉。「一臺機器養牛，一臺機器殺牛，另一臺機器烹飪這塊牛排，另一臺機器端來給你，一臺機器把它嚼碎，取出軟骨，像餵幼鳥一樣，一點一滴注入你的喉嚨。另一臺機器幫你消化。我會消失，你也一樣，年輕的朋友，我們會在一條組裝線上，然後我們會成為組裝線的一部分，最終將剩下一臺機器。」

小萊不知道該說什麼。

「*Sta'zitto*（閉嘴）。」李奇太太說。

「沒錯。」加拿大人說。

晚餐後，小萊坐在火爐旁讀了一章《戰爭與和平》。

「你讀什麼？」加拿大人問，小萊舉起書，那人卻沒有反應，又繼續讀他的報紙。小萊難以集中精神看書，乾脆早早上床睡覺，一下子就睡著了，但天還沒亮就醒了，躺在床上等待天亮。

地平線一透出光，小萊就起身去茅房，把自己洗得乾乾淨淨，還擦了粉，把頭髮打濕。他換上新衣服。現在是冬天，西裝裡該穿他的衛生褲嗎？他擔心穿了褲子會太緊，所以換上了夏天的內褲。然後他套上光滑的西裝褲，順著褲子中間的摺痕往下摸。他換上硬挺的白領襯衫，套上背帶，穿上背心和薄薄的新襪子，腳上蹬著亮閃閃的小牛皮鞋。他緊緊繫上鞋帶打好結。他穿上外套，禮帽也戴了。最後，他拿起領帶。裁縫查斯特給他上了一堂打領結的速成課，但是在鏡子前教的，所以他記不得步驟。李奇太太家中也沒有鏡子。他心裡一陣恐慌，少了鏡子，這條領帶就打不成。此外，如果他不能看到自己穿著這身行頭，擁有這樣的衣物還有什麼意義呢？

小萊從臥室裡出來時，李奇太太正在給加拿大推銷員做早餐。「不錯的西裝。」加拿大人說：「單排扣背心，剪裁優雅，很好，很好，哪兒買的，新月百貨？」

「伯克斯和費恩，應該是在市中心吧？」小萊說。

「第一次見到三十塊一套的西裝，不錯，不錯，非常不錯。」

小萊的臉熱呼呼。他可以請加拿大人幫忙打領帶，但這個人讓他覺得不自在。也許李奇太太幫兒子打過領帶，但她只是盯著他，手裡拿著鍋鏟，身後冒著培根的油煙。

「我今天早上吃不下，李奇太太，不*mangia*（吃）。」小萊說。他走進前廳，透過窗簾偷看，看到威拉德的T型車在屋前路邊空轉。

小萊打開前門走出去，沿著人行道走去，敲敲副駕駛座的門，又把威拉德嚇了一跳。

「別老這樣。」威拉德說。他摸摸右臉，「我有青光眼，沒有周邊視覺。」

「我哪知道？」小萊問。

威拉德上下打量小萊，「天哪，你怎麼了？」

「葛利的案子今天宣判，我想讓自己好看一點。」

「好吧。」威拉德說：「確實好看。」

小萊拿出領帶，「你會不會——」

「當然會，上車。」威拉德要小萊坐在副駕駛座上，臉轉過來朝著房子。「雙溫莎結嗎？」

「隨便都好。」小萊說。他很尷尬，他買了連自己都不會處理的衣物。

威拉德拉起小萊的衣領，把領帶套在他的脖子上，放下領子，一邊打結，一邊解釋：「來，很簡單。」他把手放在小萊的手上，帶著他一起做。「從上往下，繞過來，穿過圈，再繞一次，再穿過一次，然後拉緊，調整一下。好了。」

他拍拍小萊的肩膀，坐回自己的位置。小萊坐定後，威拉德遞給他一個厚厚的信封。「要數嗎？」

「我看不用了。」

「好，收到內側口袋。」

小萊照做。

「我會去法院，去看著。」

「不要，威拉德，他說沒有人——」小萊開始說話。

「我知道他說了什麼，你不會知道我在那裡，他也不會。」

小萊覺得不是很有把握。

威拉德說：「我這麼做不是為了布蘭德，他根本不知情，他被這個厄利．萊斯頓還是恩尼斯．庫珀的傢伙，不管他是誰，反正他被嚇傻了，以為他是一個幽靈。但我知道他不是，我和這種王八蛋一起工作過，他不是無政府主義者，不是幽靈，連偵探也稱不上。他就是一個小偷，一個殺人犯。」

「殺人犯？」小萊感到一陣寒意。

「他起碼殺了兩個人，殺人像打蒼蠅一樣輕鬆。」

「誰？」

「不重要。」威拉德說：「但我希望你知道，我會看著，以免發生意外。」

「但如果發生在你的周邊視野呢？」小萊問。

威拉德坐了一會兒，然後一邊嘴角上揚，「嗯」了一聲——小萊知道這是他最接近於大笑的聲音。大塊頭拍拍小萊的外套翻領，「你看起來很不錯，少年人，十足的紳士。」

36.

郡法院位於在鐵路對面河谷上方的小山丘，威拉德停在兩個路口外的地方讓小萊下車。這是一個涼爽晴朗的日子，風吹拂著法院門前百老匯大街上的一排小楓樹。

一大群人在法院外頭流連，愛達荷和西雅圖的沃布里，各地來的流浪工人，警察，穿工作服的男人，留山羊鬍的社會主義者，戴軟呢帽的新聞記者，教會人士，禁酒社團婦女，還有穿著破舊工作西裝、套著冬季防水鞋套的律師。小萊低頭看著自己的鞋子，閃閃發光，似乎從鞋裡點亮了似的。在這裡，小萊是唯一穿得像要參加晚宴的人。

他覺得自己好傻好傻，他以為會看到什麼？某種壯觀的場面？他覺得這要怪到安娜．巴甫洛夫娜、安德列公爵和羅斯托夫的身上。現在，他來了，穿著嶄新華麗的晚禮服，胸前口袋放著五千塊——厄利說什麼來著，你是誰？一個好問題，他不知道吉格現在會怎麼看他。

他在人群中尋找威拉德，看看街上有沒有他的T型車，但沒找到人，也沒看到車，就跟著幾個律師走上寬闊的法院臺階。他一心只想著要在判決宣判當天見葛利，但一切比他想像的更複雜，好像他正在參與某種演出，就像是喜劇劇院的烏蘇拉天后，但如果是這樣的話，誰是美洲獅？

走上臺階進了法院後，一個制服警察攔下每一個人，他問小萊有沒有證件，小萊說：「要證件幹嘛？」警察就叫他去走廊，和其他來看熱鬧的站在一塊，看樣子法庭的每個座位早已分配好了。小萊曾經誤以為這會像他自己的案子，除了摩爾先生和檢察官弗雷德．普伊，只有幾個來旁觀的，沒想到整棟樓都是人，走廊擠滿了來自全國各地的報社記者、律師、工會成員和好奇的民眾。小萊不知不覺被推擠到一條走廊的盡頭，這裡有群律師圍著一只痰盂，但他們沒有一個人吐得準，煙草汁濺到了小萊的新鞋鞋頭，他立刻蹲下用手擦掉。

這群律師邋邋遢遢，令他想起圍著炊火的流浪漢。他們正在爭論工會會輸得有多慘，六個月到一年的刑期是大家的共識。不過有一位肚子大得像巨型鍋爐的律師說，普伊計畫辯稱這些人是所有麻煩的主謀，想要讓他們被判五年的特殊刑期，他說：「要是檢察官找得到先例，法官絕對將他們五馬分屍。」

一名律師說，葛利・弗林成功分散了對控方指控的注意力，但大肚腩律師湊過去，透露了一個祕密：這不重要，因為普伊自己的鄰居就是陪審團主席，「他對工會、流浪漢、外國人或拋棄丈夫的妻子毫無同情心。」另一位律師說，葛利激怒了法官，所以陪審團基本上只能決定最多能判多長。第三位律師指出，普伊今年每一場IWW案子都贏了，不大可能輸掉最大的這一樁。

這番對話讓小萊聽了火冒三丈，有一個衝動想告訴那些亂吐亂噴的律師，普伊並沒有每一場都贏，弗雷德・摩爾起碼把一個沃布里弄出了監獄。不過他終究沒有開口。

人們在大廳進進出出，但警察不許任何人上樓，他們就這樣站了一個多小時。接著忽然一陣騷動，樓上的人大喊大叫，記者像是從電線驚飛的鳥兒，「驚爆新聞！」有人喊道，但小萊分不清是哪邊，又有人喊道：「有罪！」還有人大喊：「無罪！」大廳擠入更多的記者和圍觀民眾，看過去只能看見密密麻麻的軟呢帽，他想靠近一點，卻反倒被推擠得更遠。一陣歡呼聲響起，接著是一陣怒喊，小萊不知道發生了什麼事，直到一個記者轉過身來，對著他的臉大喊：「菲利尼奧有罪，葛利・弗林獲釋！」

小萊被擠到牆邊，他看到檢察官普伊走下樓，滿臉通紅，怒不可遏，追著一個灰西裝男人。「你放了他們裡面最惡劣的！」在臺階上，顯然是陪審員的男子轉向檢察官，「唉，她不是罪犯，弗雷德，你想要我們把一個漂亮的愛爾蘭女孩送進監獄，就因為她心胸寬廣，抱著理想主義？」

一陣陣的叫喊，一波波的推擠，有人踩到小萊的新鞋，磨掉了鞋皮。他在一樓走廊底又站了半個小時，律師嘰嘰喳喳討論這個大爆冷門的結果——這是城市的失敗，是市長和警察局長蘇利文的恥辱，他們現在不能無視於葛利．弗林對於監獄的指控。

在大廳的另一頭，小萊看到弗雷德．摩爾摟著葛利走下樓梯，葛利看起來很生氣，一點也不像剛剛被宣判無罪的人。小萊非常驚訝，一是因為她原來已經懷胎這麼多個月了——她的肚子挺在前面——二是因為她在團團圍住她的人群中顯得如此渺小。她對著樓梯上跟著她的記者大聲說：「我們都應該被定罪，不然就都應該被釋放！」她發誓要上訴，在小萊身處的這一頭大廳，吐痰律師開始討論被宣判無罪的被告是否可以提出上訴。

「我認為根本不可能。」其中一人說。

「我們還沒有結束為正義而戰的這場仗！」葛利喊道：「我還沒有揭露警察、檢察官以及控制他們的富豪礦業企業的貪污腐敗！」聽了這句話，摩爾先生拉著葛利的胳膊，整群人浩浩蕩蕩從臺階上走下來，推推擠擠出了法院。

小萊想跟上去，但從樓梯下來的人不斷把他推得離葛利和他的前律師更遠。他想見她，想和她說話，說——說——

說什麼？

在喧鬧中，他自己的念頭讓他愣住了：你想說什麼？小萊愣在鬧哄哄的人群中，腦海創造出一個完整的幻想——她見到他穿成這樣，感謝他把她的新聞報導交給《工運報》，感謝他拯救了這個運動。她不再將他視為內奸、叛徒、一個鋌而走險的不成熟孤兒流浪工，而是一個做了正確事情的男人。

他做夢做到了什麼地步呢？做到她不再已婚，不再有孕在身？勒姆．布蘭德不會繼續富有，查理．菲利尼奧不會進監獄，演講禁令解禁，IWW也不會被禁？哥哥沒有去了什麼地方喝到爛醉？厄利．萊斯頓也沒有在外面等他？他讀報紙知道，自從言論自由暴動以來，工作介紹所的數量不減反增，從三十家增加到四十家，他們在這裡能有什麼用？誰會有用？就算是她，又能有什麼用？

他想起托爾斯泰伯爵的作品，在可怕血腥的博羅金諾戰役後，戰爭似乎就這麼逐漸平息下去，不是英勇地結束，而是在撤退中結束——決定俄國最終勝利的，不只有關鍵的行動，還有身心疲憊和季節變遷，這就是事物的發展規律嗎？小萊發現自己希望能和吉格討論這一點。

但隨即他想到一件事，吉格還沒有讀到《戰爭與和平》的那段情節，只有他讀到了那裡。

當他走入寒冷而清新的二月空氣中，頭頂的天空是淡藍色的，風吹著光禿禿的樹枝，他感到不知所措。站在臺階最上頭，他看到葛利站在路邊，周圍是記者和祝福她的人，大家喊著：「葛利！」也有幾個人喊道：「婊子！」——模糊的面孔，模糊的聲音，樹木在搖動。然後善良的弗雷德．摩爾小心翼翼護送她上了一輛長長的汽車，律師安撫著人群：「夠了！別再問了！」

但就在鑽進車裡之前，葛利碰巧抬頭看了一眼，她一定是看到了法院臺階上的小萊，因為她微微一笑，舉手揮了一揮——

她看到了嗎？

他永遠無法確定，因為弗雷德．摩爾上了車，車開走了，為一個過馬路的人停了下來，然後疾馳而去。

站在那裡，在法院臺階上孤伶伶，小萊認為歷史好像一場遊行，當你身處其中時，別的都不重要，你簡直不敢相信如此嘈雜的聲音——行進聲、雜耍聲、吹號聲。但是大多數人都不在遊行隊伍之中，而是從人行道、從大街上去體驗，看著隊伍經過。當遊行隊伍走向下一個地方時，他們沒事了，只能返回平靜的生活。

在寬闊的大理石臺階上，不知道誰撞了小萊一下，小萊於是往下走，來到人行道。法院前的草坪依舊有人徘徊不去，互相爭論，向那些聽不進另一邊立場的人提出自己的論據。小萊往東邊看過去，火車站上方的大鐘塔顯示十一點二十分，十分鐘後，他就要去見厄利．萊斯頓，把外套裡的錢給他。

報童賣起了《紀事報》的號外，小萊用五分錢買了一份。當今新聞的傳播速度令他驚訝，判決結果出來不到一個小時，他手上已經有著一份判決報導。他拿著報紙離開法院，靠在一棵樹上，讀起朋友受審的報導。三個大標題：IWW雙敗！愛爾蘭反叛女孩獲釋！義大利工運人士入獄！

作者說：「IWW今日吞了兩場敗仗。暴力勞工領袖利菲利尼奧先生定罪，法律的力量和民事機關之行動得到了支持。而令人憐憫的瓊斯太太無罪獲釋，使得該組織失去向全國偏遠地區民眾哄騙金錢和同情的最有趣機會。」

但小萊知道，會激怒葛利的其實是報導的最後一段，那段話也讓他自己氣得紅了臉。「但願瓊斯先生能夠立刻從蒙大拿州趕來，帶他的妻子回去享受美好的家居生活，這是每一位美國婦女應享有的特權。」

小萊環顧四周，法院臺階前的草坪上仍有不少的人。他想著那句話——美好的家居生活，這是每一位美國婦女應享有的特權。他想起母親，想起李奇太太，想起了烏蘇拉天后。他翻到這份特刊的背面，滿滿的廣告，這麼多公司行號都成為其中的一部分。肥皂、懷錶、緊身胸衣、梳子、馬鈴薯、寫字臺、高級亞麻布，還有碎布！碎布！碎布！一個特別的廣告吸引他的眼光，不知何故似乎和反面的報導同樣重要：「熟練的牙科醫生，牙冠、牙托和牙橋，每件五塊，拔牙五角。」所以，修理東西比把那樣東西取出，甚至乾脆把東西拿掉還要難上十倍，還要昂貴十倍——這似乎是托爾斯泰伯爵也不得不承認的哲學真理。

小萊摺起報紙夾在腋下，抬起頭來。

一輛T型車停在對面的馬路上空轉，厄利．萊斯頓坐在副駕駛座，而他哥哥則坐在駕駛座上。小萊的第一個念頭是：他什麼時候學會開車的？

「吉格？」他往車子走了一步。

那輛車卻冷不防駛出了停車的地方，衝到大馬路上，轉了一個小圈，放慢了片刻，副駕駛座的門猛然打開，但沒有人下車，接著車子就加速駛離了法院。吉格和厄利好像在車上打架。

車子從小萊的身邊疾駛而去，一個急轉彎，險些撞上電線杆，但還是撞到了一輛小馬車。車子接著直接拐上麥迪森街，打開的副駕駛門像斷翅一樣不停擺動。車子繼續朝縱橫交錯的鐵路軌道開去，再往前走，就是河谷了。

一九一〇年
吉格

他伸手去後面拿旅行袋，我立刻剎車，大喊：「不可以！」然後猛踩油門，車子啟動，厄利往後倒在座位上。他看著我，要笑不笑。「你知道你在幹什麼嗎？」

「不要把小萊扯進來！」

他笑了笑，伸手要去抓車門把手，但我突然把方向盤往右打，他倒在我的身上，我轉了一圈，開車離開了法院。我不確定要開到哪裡——離開就是了。

我總是在離開，打從離開懷特霍爾之後，也許打從一出生就是如此。總是在路上。但在那一瞬間，我看到弟弟穿著簇新的寬鬆西裝——**天啊，這孩子只是想在某個地方待下來**——悔恨和疑惑擊倒了我——**我這些年是要去哪裡？我為什麼不能就待著呢？**

「別這樣，吉格。」厄利說。

我重複一次：「不要把小萊扯進來。」

他動作很快，左手一刀刺下，我忽然覺得胸口繃緊，於是放開了油門。天啊，他居然刺了我的胸腔一刀，這個陰險小人想要我的命，他居然會殺人——我懷疑自己早知道他是什麼樣的人。

這時，車子如同小船遇到風浪傾斜，幾乎是停下來了。他抓起旅行袋，又準備伸手開車門，但我還知道一件事：即便他的刀插在我的身側，即便在牢中關了一個月，我還是比他強壯。他打開門時，我伸出右臂，用肘部卡住他的頭，死勾著不放，然後轉動手臂，好像他的頭骨屬於我的。我把他的臉壓在刀柄底下，他的帽子滾到了車子地板，他一拳朝我揮來，但由於頭被按在下面，角度不對，打不到頭後面的東西。我勾緊了他那背信棄義的脖子，好像要擠出肉汁一樣。

我用膝蓋把油門杆踢起來，車子開始加速行駛，厄利扭著身體抵抗我，當他明白我會不顧一切讓他遠離我的弟弟時，我在他身上感覺到了一種轉變。

車子在麥迪森街橫衝直撞，我們在車裡扭打搏鬥，車子拐來拐去，晃來晃去，他發出哼哼唧唧的呻吟，捶我的腿，打我的臉，亂揮一通——他的拳頭仍然沒有力量。我左手放開方向盤，對著他的鼻子重重打下去，然後又抓住方向盤。

他亂抓刀子，也許想再給我一刀，但我把他的脖子勒得很緊，他什麼也做不了，只能胡亂猛踢，一條腿伸出不停擺動的車門，另一條腿往前踢向擋風玻璃，踢得玻璃裂開變形。他瘋了，我想就像是一隻垂死掙扎的動物，就像是任何即將死去的東西。我依舊勒著那該死的脖子，掐住他的喉頭，不過我也一樣，胸口痛得喘不過氣來，甚至痛到大喊，而他也叫出聲來。車子上上下下開過第一組鐵軌時，一陣刺耳的聲音響起，喀——

我們咯噔咯噔開過第二組軌道，我撞到了車頂，接著在顛簸中過了第三組軌道，翻過一道矮堤，進入了田野，我撞上了方向盤。我們從雜草和岩石中間翻下山坡，搖搖晃晃，我依然抱著他的脖子。直到墜落到峽谷邊緣，我才放開了那個殺人不眨眼的王八蛋，他像玩具盒小丑彈了起來，發出驚恐的尖叫。而我，我發出勝利的歡呼，因為就在那一瞬間，小萊，我們他媽的飛起來了——

37.

小萊一路狂奔，耳邊聽見各種聲響：自己的呼吸，自己的哭泣，新鞋在街上咯噔咯噔跑著，旁人的叫喊，金屬釘鈴鐺鋃——接著，轟隆！一聲雷鳴般的巨響。他繼續往下跑，從麥迪森街朝河谷的方向奔去，越過鐵軌，在黑煙開始竄起時跑下了堤岸，好不容易終於到了峽谷，他停在崖邊拚命地張望。

剛才，他目睹車子飛馳而去，開下麥迪森街，經過幾棟建築，忽地轉了方向，又忽地加快速度，副駕駛座的門開開闔闔，過了鐵軌之後，就這樣消失無蹤。

如今，他低頭往下方看去，一個貌似一輛T型車的後半截的東西，正在下方四十英尺處的陡坡燃燒。車子的前半截不是被切斷了，就是炸飛了，在峽谷翻滾了兩百英尺，墜入了河裡。冒煙的碎片，有的散落在河岸，有的漂浮在水面，緩緩流向下游的和平谷。

小萊氣喘如牛，站在峽谷邊緣東張西望。人群開始湧向峽谷的兩側，一輛電車在橋上停下，乘客紛紛跑到欄杆邊往外探看。

「你有沒有看到？」一個人問他。

小萊癱倒在地，雙手放在膝上，對著草地嘔吐起來。

然後他翻下崖邊，抓野草、攀岩石，沿著峽壁往燃燒的殘骸慢慢靠去。不過山坡險峻，一個沒站穩，他滑了一跤，翻了個跟頭，幸好抓到一根樹根，才沒繼續往下摔。他趴下匍匐朝著燃燒的車子慢慢移動。「吉格！」

到了卡著半截車的小岩架，他掩著臉站起來，以免讓煙燻到。他盯著冒煙的半截車，破損的後座，兩個後擋板，一個裂開的車輪，扭曲變形的車頂框架。車體其他部分已經削掉，或者翻落到峽谷底，或者被炸入了河中。

他看到下方有個不完整的輪胎漂過彎道，朝著和平谷流去——所有的碎片最後將在那裡相會。

「萊恩！」

他抬頭一看，一個大個子滑下岩架朝他靠近，他倚著峽壁，俯身對小萊伸出一隻手。

「走吧。」威拉德說：「我帶你離開這裡。」

一九一一年

蘇利文

我討厭政客，我討厭政客和記者。確切地說，比起政客，我可能更加討厭記者，要是拿我踢踢打打一輩子的流浪漢來比，這兩種人同樣都令我更加討厭。流浪漢在你家草坪痾屎，起碼是情有可原，因為他不這麼做不行。政客和記者不一樣，他們在你家草坪痾屎，是故意的。

那年冬天，世上所有在草坪痾屎的人，一下子都朝我撲過來。那年秋天，我忙著逼退IWW，逮了五百個人丟進牢裡，如果那個工運小婊子葛利．弗林再拉一千個人來，我也能騰出地方關這一千個人。在我的街道上，在我受雇保護的街道上滋事起鬨的斯拉夫遊民、社會主義猶太人和老印第安人，每一個我都會為他們騰出地方。

可是，葛利．弗林才在女監待了一晚，就引起了騷動，教會生氣，婦女團體抗議，從這裡到波士頓的每一家報社，都報導我們那邊在開妓院。天啊，沒有誰會比我更想保護婦女，這正好也是我不許她們去監獄工作的理由，他們卻扭曲事實，叫我皮條客局長，說我保護警察。我底下的夥計偶爾會自己跑去找樂子嗎？那是一定的，他們有幾個很沒出息，市議會也知道，因為妓院和花煙間的老闆把他們的口袋塞得滿滿的，這些老闆也是礦場老闆，也拿錢給我的警察，讓他們的鴿舍不會出問題。

可是，把這個醜聞算到我的頭上？從沒蹚過這渾水的我？這麼多年來，要是有一個姑娘對我投懷送抱，有一隻小野鴿想靠張開雙腿免吃牢飯，我都能收到一塊錢，那養老金我也不缺了。我，一個女孩也沒碰過。可是，葛利．弗林寫了女監那篇文章後，市長開口說話了，約翰，這事我們得處理處理。

重點是，我根本不該接這個位置，我在法院附近公寓的客廳對安妮說。每次我這麼說，她就會立刻拍拍我的胳膊說，我知道，約翰。尤其是我根本就沒有坐上這個我不該坐上的位置！代理警察局長！

一九一〇年整個冬天，代理局長的麻煩事一樁接著一樁來。首先，他們宣布葛利．弗林無罪釋放！宣布她無罪！怎麼會呢？法官應該打她屁股，把她扔到牢裡，直到她流出了灰色的血。

市長又叫我去了。約翰，她被無罪釋放了，我們不能再忽視女監的事了。我說，誰忽視它，內利？我可沒有。這句話讓我肚子凹了一個拳頭大小的洞。然後，一個巡警探進市長辦公室說，局長，你絕對猜不到發生了什麼事。

宣判後不到兩小時，一輛福特T型車直接飛進了河谷。我和市長跑出去，從崖邊往外看，真是見鬼了，峽谷對面的山坡上，一輛汽車車屁股正在熊熊燃燒。我的夥計跟我說，一定是油箱爆炸，因為汽車前半部分爆炸，沿著峽谷墜到河裡了。

我看是酒鬼，不然就是偷車的死小孩，如果說惡有惡報，在山坡上悶燒就是報應了。

但這一天還沒有結束。我底下一個警探在警察局外發現一個地毯布旅行袋，旅行袋中又發現了炸彈。袋子丟在大門前，引起了疑心，好像炸彈客臨陣脫逃了。我這個警探是個好人，名叫海格，是可憐的沃特伯里的老友。海格說，他看到袋子覺得很奇怪，因為這一天恰好就是工會這樁大案子的判決日，所以沒有直接從上面打開，怕藏有電線，而是從側面剪開了皮革。他發現了什麼？

炸藥。海格問我會不會認為跟隧河的車有關。

天啊，我說，你覺得有關？我還沒想到那裡去。

我真恨不得我可以更聰明一點，因為炸彈什麼線索也沒有，只有炸藥，從蒙大拿州礦場偷來的雷管，一些從鐵皮店偷來的金屬碎片，就這樣而已。之後也沒什麼線索出現。

直到幾個星期後，我收到一張字條，上頭沒有署名，用打字機打的。

字條說，如果城裡某個著名礦場老闆雇人混入工會內部，設法讓他們跟警察發生衝突呢？你想那個內鬼會做到什麼地步？他會不會試圖炸了警察局？會不會還有一個炸彈，可以炸了隧河的車子？他會不會甚至還開槍打了調查盜竊案的警察？

就這樣，整張字條就這些內容。

那天晚上，我對安妮說，天啊，真希望我更聰明一點。

為什麼，她問。

唔，首先，我說，讓那些每天來找我碴的記者閉嘴，尤其是《新聞報》那些攪局的人，老是在報導中引用我的話──「門都沒油」──嘲笑我的土腔發音不標準，好像我才剛移民過來。他們還說，我管理全美最腐敗的警察局，必須下臺，讓整個部門重組。

安妮告訴我，約翰，你很聰明。

不，我不聰明。最糟糕的是，我自己知道我並不聰明。我在河裡發現了一輛車，在警察局外發現了一枚炸彈，都是工會幹部受審那天的事，還有一張字條說這可能跟可憐的沃特伯里的死有關，而我什麼都想不明白，安妮。

她說，也許沒什麼好想的，約翰。

我說，瞧，連你都比我聰明。

不過有件事我確實知道——我知道一個人什麼時候失去了支持和保護。

葛利．弗林獲釋，負面報導傳出，加上可能又有暴動，而且要春天了，那些開礦的、砍木頭的，都希望他們的流動工人回來工作，所以市議會對IWW舉起雙手投降，把關起來的人都放了。一個委員會把最囂張的工作介紹所關了，讓那票沃布里又動起來，等於給了這群人城市的鑰匙。

全因為女監那檔事，他們把責任推到我的身上，威脅指控我行為不端。指控一個在你們城裡幹警察，奉獻生命，從大火那年一直幹到現在的人？指控一八八九年那屆十二個警察中唯一還在堅持的人？一個只想著要維護你們街道安全的人，你們卻要指控他行為不端？

我答應雇用一個女警來平息議論，不過安排她去舞廳、公園和劇院巡邏，那才是適合正經女人的地方。市長說，約翰啊，那不是重點，我們的城市受到重創，我們希望她去監獄，領和男人一樣的工資。我說，內利，這是我的底線，因為沒有人比我更愛護婦女，但我不會拿付給一個將生命置之度外的人的工資，付她來摘雛菊。

另一方面，牧師和婦女俱樂部繼續在報紙上攻擊我：清理城市，清理城市，清理城市。

他們是以為我這輩子都在幹什麼？不過這我也屈服了，我派我的夥計去，把城裡每個賣春的都抓起來，趕走街上的流浪漢，關了鴉片煙館，又把監獄塞滿了人，就像我們對付工會成員。我們關了妓院，把花煙間的門窗釘死。

但我知道我現在受制於誰了。

我也知道這對我代表了什麼。

因此，蘿絲．艾略特一案發生時，我根本來不及做自保的反應。蘿絲．艾略特十幾歲，是內戰老兵J．H．艾略特養大的，他投訴我底下兩名警官，一個叫胡德的小子和那個老傢伙克萊格，與小蘿絲發生關係，還帶她去動手術。我們問小蘿絲，她卻說繼父J．H．才是跟她發生關係的人，而且是她六歲兒子的爸爸，雖然大家都以為那兒子是她的弟弟。但後來蘿絲改口，說克萊格可能也做了她繼父做的事，還說出幫她做手術的女人的名字，是克萊格的老相好。所以我叫克萊格走路。但是《新聞報》仍然死咬著我不放，嘲笑我的口音——**我對你們沒什麼好縮，因為我不相信你們會坎出這種垃圾**。這時，市議會正式指控我行為不端。

這下我完了。我回到家對安妮說，我不應該坐這個位子。她說，我知道，約翰。我說，我不是他們說的那樣，對吧？

不，她說，你不是，約翰，你是個好人，真的。

可我很納悶，我真的是好人嗎？我不沾酒，但是有天晚上我離開家時覺得自己醉了。我走去市區，經過了斯波坎俱樂部，看到裡頭溫暖的燈光，心裡有一樣東西碎了。我徑直走進富麗堂皇的餐廳，四個肥胖的有錢人圍坐在熊熊爐火前喝著白蘭地，我揪起勒姆．布蘭德那個矮胖子，把他從餐廳拉到街上。我只是想問他我收到的那張字條的事，或者嚇唬嚇唬他，布蘭德竟然說，這什麼意思……我會告你哦……你知道我是誰嗎？

知道啊，我說，我知道你是誰。我本來只是想嚇嚇這傢伙，卻忍不住握起我的愛爾蘭拳頭，對著他的肥臉狠狠揍了兩下，就像以前對付遊民那樣。結果，他崩潰了，我說我希望我是一個更聰明的人，布蘭德，但我只能這樣。我又給他一個記住我的權利，丟他在街上哭哭啼啼，然後走回家找安妮。

夠了，我告訴她，我受夠了。局長這位子我不幹了，我告訴她。她說，那很好，約翰。第二天，我辭職了，回頭當隊長。

我對報紙說，我什麼都沒做，只是在別人隨波逐流時，我還是行得正、坐得直。可是當弱者找人指責時，挺著腰桿的倒成了替罪羊。

我們一直住在河北岸的公寓，因為就算拿的是局長的薪水，南山我們也住不起——我應該拿這件事當成我正直清廉的證明，因為有沒有警察收賄？怎麼沒有，但上帝作證，有一個警察從來沒有收過城裡妓女的一分錢，那個人就是我——看，我不會因為做了該做的事而要求讚揚，但有時做一個正直清廉的人最困難，特別是如果這個人不完美，或不聰明，而上帝知道我既不完美也不聰明。

我對安妮這麼說。她正要出門去看戲，但還是又說了一遍，約翰，你是個好人。我坐在搖椅上，對著我們小屋的壁爐，希望她這句話是真的。這時，我身後的窗戶裂了，好像有一隻鳥撞上窗戶。我想站起來查看，但背部好痛，胸口緊繃，像是有五百磅壓在我的身上。我第一個念頭是，這世上有誰會可憐到中兩次槍呢？

子彈從我的胸口射出，落在我的腿上。他們開槍打我？天啊。後背進，前胸出，一發步槍子彈從玻璃上的孔洞射出，彈頭落在我的腿上。我又想從椅子站起來，去用他自己的步槍打死那個人，但我哪裡也去不了，他們竟然開槍打我？

我小心翼翼把子彈放在桌子上。證物。

如果不動，我會死，所以我撐著身體站起來，跌跌撞撞走到電話前，然後想起兩天前我們的線路被切斷了，不過現在已經修好了，因為根據部門政策隊長家必須有電話。接線員接起電話，我說，請接警察服務臺，值班的是艾德．皮爾森警佐。我說，派輛馬車來，艾德說，地址？我說，西辛托街一三一八號。艾德說，約翰，那不是你家嗎？我說，我知道是我家，艾德，他們在這裡開槍打我。然後我要他撥電話去劇院，叫安妮在聖心醫院等我。

我掛了電話等著。我轉向窗戶，不過外頭黑沉沉，如果要說誰會想開槍打我，那我的敵人可多著了，無政府主義者，工會成員，小偷，皮條客，黑手黨或兄弟會，甚至有一兩個警察，也可能是因為蘿絲．艾略特的案子，或是那個死胖豬布蘭德。不過理由並不重要，我只想看看這個人，看看對我家人做出這種事的人的眼睛。

我在這裡！我透過窗戶上那膽小的小洞叫道，進來，我送你去見上帝！

但我從自己的呼吸知道，要去見上帝的人不是他，是我。我不想懷著仇恨面對上帝，所以我原諒了我的敵人，原諒了小偷、流浪漢和工會成員。可我沒有原諒政客和記者，因為他們不值得原諒。最後，我也原諒了開槍打我的人，為他和我的靈魂祈禱，抱歉我們生在這樣的地方。

「沒事的。」安妮哭著走進我的病房時，我對她說，也對小凱薩琳和小約翰說。「沒事的。」我說，就這樣，我不用當差了。

尾聲

生活沒有停止，人必須活下去。

——列夫·托爾斯泰，《戰爭與和平》

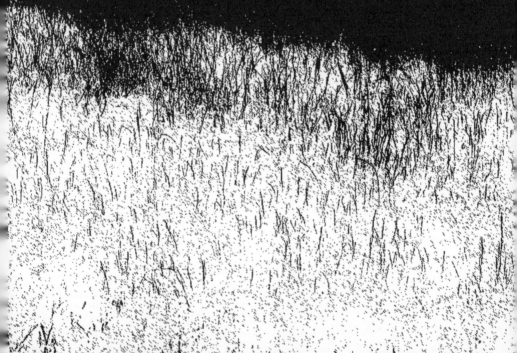

一九六四年
小萊

時間和耐心是所有戰士中最強壯的。

這是托爾斯泰的句子，我常常對兒子們說，鼓勵他們完成作業，練習棒球。我猜他們以為這句話是我編的，我從來沒有告訴他們不是，並非因為我想讓他們覺得我比實際上更聰明，而是因為他們不會分辨托爾斯泰伯爵和德古拉伯爵。

我的女兒貝琪，她遺傳到我對書籍的熱愛。她現在在高中教英語，一定已經識破我偷了托爾斯泰的句子，甚至常常想要說服我，《安娜．卡列尼娜》比《戰爭與和平》更出色，她說《戰爭與和平》「不必要地笨重」。為什麼一個父親聽到這樣的話會這般驕傲呢？這是養兒育女的一個謎。

小琪從來不需要像「時間和耐心」這樣的名言佳句，因為她靠的是自己心比天高的志氣。她天生單耳失聰，但以全優的成績從高中畢業，並靠自己讀完了師範大學。她仍然是我認識最努力工作的人——我們常說她打的是「後衛」位置——雖然家裡有兩個小傢伙，一個好吃懶做戀酒貪杯的丈夫。如果他們讓她打球，她可能也會成為家中最厲害的球員。

老么凱文也有機會成為一個愛讀書的人，只可惜不到二十歲就命喪太平洋。在一九四四年的萊特灣戰役，他的輕型航空母艦普林斯頓號遭到日本戰機轟炸，我想他溺水前都沒刮鬍子。

普林斯頓號上有一千四百六十九人，一百〇八人罹難，其餘死裡逃生，所以我想可以說是凱文運氣不好。但我不相信運氣與戰爭或生活有什麼關係，我生了三個兒子，兩個參加了太平洋戰爭，一個活著回來，一個沒有，所以我算是幸運好還是運氣不好呢？

再過幾個星期，我就要七十二歲了。我經常頭暈，在散步或爬樓梯後會喘不過氣來。醫師說我的心臟開始衰竭，我的生命即將走到盡頭，他給我開了硝化甘油舌下錠，還一直說「把該處理的處理處理」一類的話。

不過如果這真是我的最後一年，我不會太介意。除了在一九一〇年失去哥哥，二十年前失去兒子之外，我沒有什麼要抱怨的。我是孤兒，我是在斯波坎安家落戶的流浪工人。一九一六年，我娶了一個害羞漂亮的女孩，名叫埃琳娜，是我的朋友多姆和嘉瑪的女兒。幾年後，我們才知道她原來是我的老友朱勒斯的孫女。一九二〇年，在西班牙流感疫情末期，多姆去世了，不久後嘉瑪把真相告訴了埃琳娜，埃琳娜說她其實一直有所懷疑。她的母親告訴她，這個世界對於這樣的祕密來說已經變得太脆弱。幾年後，凱文出生，我們不顧我岳母的反對，給他取了朱勒斯作為中間名，我岳母認為這會給孩子帶來厄運。

「況且那也不是他的真名。」她說：「沒有了真名，朱勒斯在這個世界迷了路。」岳母在凱文出生前幾週過世，我剛說我不相信運氣，但有時確實想讓她知道她對這個名字的看法是不是對的。

我和埃琳娜在斯波坎北部撫養孩子長大，我在果園蓋了一棟小房子，我們住了十年，才搬去河谷邊較大的房子。我做了近五十年的機械師，從一家兩兄弟開的小修理廠做起，先當管理倉庫的幫手，然後做學徒，接著出師，最後當上了本地機械師的工會代表。一九四三年，老闆兩兄弟賣掉工廠，我在城北一家政府的冶煉廠找到新工作。戰爭結束後，亨利．凱薩[10]買下我們的工廠，我們本來是替船舶和飛機生產鋁材，後來改為替別克汽車和托邊邊桌製作零件。我加入美國鋼鐵工人會，兩度獲選為本地申訴專員。

六年前，我從凱撒工廠退休，現在我們靠著我的退休金過日子。我和埃琳娜閒在花園沒事做，就等著孩子請我們幫忙帶孫子。我們有八個孫子，五個是男孩，沒有一個像樣的棒球手，這算運氣好還不好呢？由於我的心臟，我不能再投球了，但每到星期五，我跟機械師老友保羅．奧蘭多會去普萊費爾賽馬場，賭哪匹馬最後一個撒尿，或賭名字聽起來跑最快的那匹馬。下午我則是看看書，整理車庫的工具，或去河邊散步。我會用收音機收聽道奇隊比賽，也常帶著報紙和一杯冰茶坐在前廊。

今天下午，我又坐在前廊讀報紙，一翻開《紀事報》，就讀到美國共產黨主席伊莉莎白．葛利．弗林去世的消息。報導說，她年輕時以勞工組織者的身分在西部宣傳理念，寫過三本書，是美國公民自由聯盟的創始成員（海倫．凱勒和最高法院法官菲力克斯．法蘭克福特也是創始成員）。她一九三六年加入共產黨，二戰期間為女性工人爭取日間托育服務。她競選國會議員未果。一九五一年，她和十六名共產黨員被捕，因「主張推翻美國政府」罪名入獄兩年。在人生最後十年，她為民權和反對麥卡錫主義而奮鬥，努力爭取恢復護照，以便能夠訪問蘇聯，希望在蘇聯再寫一本書。她在莫斯科受到英雄式的歡迎，但因糖尿病陷入昏迷，於當地去世，享年七十四歲，身後無人，兒子弗雷德已於一九四〇年去世。

只有這樣。

兩段話就說完了一生。

到了我這把年紀，你不會因老友離世而落淚，你會發出一種「啊——」的聲音，表達悲傷，也表達對友人好好過了一生的滿足。我想，那也是孤獨的聲音——又一個我再也見不著的人。之後，回憶湧上心頭，連著幾日不斷湧現，繚繞心頭。

＊＊＊

最後一次見到她的情景，在我腦海中像照片一樣清晰。一九一〇年二月二十四日，她正要上一輛車，她剛剛被宣判陰謀罪無罪。我跟著人群，但落後在法院的臺階上。她上了車，看到了我，向我微微揮手。還有一個淡淡的笑容。然後，就走了。

接下來發生的事，讓那一日永遠烙印在我的腦海——我的哥哥吉格和一個叫厄利．萊斯頓的無政府主義間諜，開著T型車從法院疾馳而去，飛出懸崖，墜入了河谷。

他們的屍體從未被尋獲，吉格和厄利也從未被確認就是駕車墜崖的人，但我知道。

那天，一個叫威拉德的人，改替礦業巨頭勒姆．布蘭德工作的前平克頓偵探，把我從河岸拖走，帶到他的車前，要我坐到副駕駛座，然後開車帶我離開。「你不會想跟警察談這件事。」他說。

我穿著為葛利的判決而買的西裝，上頭已經沾滿了泥土煤灰。我用六個月的時間付清那套衣服的錢，從此再也沒穿過。

威拉德一邊開車送我回家庭旅館，一邊輕聲說話。他說，看車子爆炸的方式，他們的車裡一定藏有炸彈，有沒有可能他們想讓我送炸彈給勒姆．布蘭德？我知道這件事嗎？

我望著他，根本不明白他在問什麼。

他說：「當然不知道，你想會不會是你哥哥臨陣退縮了？」

我想起吉格和厄利在車裡打架之前曾與他的目光相遇。「我想他不知道。」我說。

威拉德把車停在房子前。我又哭了，他點了一支煙，坐在那裡抽到我不哭為止。

「蠢的是，這一切發生之前，你已經把錢給了他們。」他說。

「錢我沒給他們。」我說。我把手伸進內側口袋，拿出了信封。

但他不願意看。「蠢。」他又說：「我打賭他們是為了錢而吵架，我打賭這就是他們摔下懸崖的原因。」

他沒有聽到我的話嗎？我再次舉起信封要他看，但他只是一直盯著前方，抽著煙。「沒有周邊視野，記得嗎？」他說。

＊　＊　＊

我幾乎不記得一九一〇年剩下的事，只記得當時的黑暗，當時的空虛。我替哥哥守喪，我在機械修理廠工作，我讀托爾斯泰，翻閱報紙。我懷疑是不是整個世界都崩潰了，新聞都是饑荒、流感、命案和戰爭，每天都有新的恐怖消息。

那年雪下個不停。三月一日，一場閃電風暴引發雪崩，喀斯喀特山脈的積雪崩落，捲起了一列大北方客車，把列車像玩具一樣拋出去，車廂從一千英尺高的堤壩翻下來，九十六人被埋在四十英尺深的雪裡。那條路線我搭過一次，就是把葛利的報導送去西雅圖的那次，月臺站著幽靈般的人。

四月，有個男孩在河邊失蹤，屍體遍尋不著，市政府決定在和平谷的瀑布底引爆炸藥。他們原本每隔幾年就會這樣做，目的是清除卡在那裡成噸的破瓦殘礫垃圾，讓它們流到下游。做這件事時，他們通常會一併處理人口失蹤案。

所以五月的第一個星期天，我去市中心看看哥哥是否從河床上來。人很多，數百人聚在我目睹吉格的汽車被燒毀的懸崖上，有人還帶了野餐籃和相機三腳架。炸藥在中午時分引爆，一縷水柱噴向天空，半秒鐘後，轟，一聲巨響，磚頭、木頭、木板和各種零散的碎片被吐到河面，往下游流去。巨大的歡呼聲響起。

在騷動中，警方確認了三具屍體，沒有一具小到可能是失蹤的男孩，也沒有吉格或厄利。有一個女人顯然是自殺的。還有一個可能喝醉失足跌進河裡的流浪老人。最後，還有一具浮腫死白的屍體，死者是丹佛私家偵探德爾．達爾沃，他三個月前失蹤，法醫說他死於胸部和喉嚨上的刀傷。

那年春天非常乾燥，夏天則是破紀錄的炎熱，我在報紙上讀到一位四處講道的傳教士的預言，他說一九一〇年的大乾旱是世界末日的開始。

感覺的確像是末日。湖泊乾涸，牛隻死亡，農場破產，整個夏天火車持續引發叢林失火，八月時，連大片森林都成了火種。一個乾燥的熱帶氣旋吹過加拿大，將一場小火煽成了大火，火勢延燒至三個州、四條山脈和九座國家森林，三百萬英畝的土地在兩天內付之一炬。

這場大火後來被稱為「魔鬼掃帚」，八十七人罹難，摧毀了半個華來士和其他四十個城鎮的部分地區。七十八名消防員犧牲，他們棄守消防警戒線逃命，結果反遭火焰吞噬。數以萬計的人疏散，有搭火車逃離的，濃煙追著列車屁股，有在灼熱鐵路隧道等待大火熄滅的，隧道的溫度高得像柴爐。七個城鎮夷為平地，永遠消失。

大火發生的第二天，一個絕望的消防隊員撤退到蒙大拿州塔夫特破舊的工作營地，想召集漆黑簡陋木頭工寮的人挖防火溝，點燃反火來拯救小鎮。但這些人更感興趣的，是喝光塔夫特的酒鋪裡的液體，消防員忙著挖防火溝，工寮的人則是步履艱難從一個酒館走到另一個酒館。最後一個醉漢一溜歪斜登上疏散列車時，炙熱的餘燼如雨點落在褪色的木建築，火車沿著鐵軌行駛不到半英里，地獄之火就吞噬了塔夫特，把它從地表永遠抹去。

我一生中希望看到的東西不多，但我願意花錢去看那一幕。

* * *

我不知道我是何時開始相信厄利．萊斯頓還活著，但在接下來的一年，我開始做跟他有關的噩夢，夢見他坐在吉格的床上，或是站在屋外，每次在報上讀到可怕的消息，就會想像他逍遙法外，縱火，引發雪崩。

他的車門沒關，甩來甩去，我懷疑我是不是看到一個身體在車子墜崖前滾了出來？然後，那年冬天，有人開槍打了約翰．蘇利文——老警察局長坐在客廳，有人從前窗對他開槍。那個星期天的晚餐上，嘉瑪．圖爾西感嘆：「這個世界啊——」我只能點頭表示同意。

他的暗殺事件佔據新聞幾個星期的時間，警察圍捕外國流浪工人審問，還逮捕兩名工人，但又放他們走。他們發現一封黑手黨寄來的恐嚇信，逮捕了義大利人，然後想起局長曾經鎮壓堂派，所以逮捕了中國人。隨後，西雅圖有個兇手說是他幹的，不過這人也說他槍殺了麥金利總統，他就是開膛手傑克。《新聞報》引用一位不願具名的律師的說法，有人出錢請刺客暗殺蘇利文，因為「某些勢力」不希望他在調查警察腐敗行徑的大陪審團面前作證。

從頭到尾我則是忍不住納悶，會不會是厄利．萊斯頓呢。

一九一一年某天，我在機械修理廠工作，威拉德走進來。他沒穿平日的西裝，而是穿了一件毛衣和淺色外套。他說他無法相信我看起來長大許多，他說：「變得好像你哥哥。」

我走到外面和他說話，他說他已經不再替布蘭德先生做事了。

「怎麼不幹了？」我問。

「他——」威拉德清了清嗓子。「身體不舒服，他受到市政府的壓力，賣了在這裡的股份，賣給不同的合夥人。他要搬去東部，和家人一塊過退休生活。」

「你有什麼打算？」

他說：「我要去不列顛哥倫比亞，我有個妹妹在那裡。」他看了看四周，然後湊過來。「萊恩，我在想啊——那筆錢，那天那筆錢，我很不想問，但是，唔，我現在有點不方便，而且——」

錢，對對。這一年來，那五千塊一直收在信封，放在我床墊底下，我一分錢都沒花，大多數時候還忘了它的存在。

「沒問題，全拿去吧。」我說。

「不行！」他的臉紅了，他說：「一兩百就好，夠我到那裡重新來過。」

「威拉德，這筆錢我不想要。」我說：「錢哪來的，發生了什麼事——我不想要。」

「聽我說——」他說：「只是錢而已，它是好是壞，看你拿它做什麼，小萊，不管你做什麼，都好過布蘭德擁有它。」

那天晚上，他到李奇太太家找我，我好說歹說，他最後願意收下五百塊。我從信封裡抽出五張鈔票給他，他顫抖著雙手把鈔票疊好放進口袋。他說：「答應我，你會利用剩下的錢。」

我說好。

在門廊上，他換了姿勢，改變了重心。「我說布蘭德身體不舒服，其實他是住進了療養院，因為他像瘋子一樣胡言亂語，他相信厄利．萊斯頓仍舊逍遙法外，隨時會來找他。」

我的嘴突然變得很乾。我告訴他，蘇利文遇害時，我也有同樣的想法。

威拉德說：「拜託，不可能的事，你親眼看到車子的殘骸，誰都不可能活下來。」但威拉德不肯看著我的眼睛，我知道連他也不是百分之百相信。

十三年後，也就是一九二四年，警方宣布他們終於破了約翰．蘇利文命案。那時我已經結婚了，家裡有三個小傢伙，很多年沒想起這位大警察局長。

當我讀到新聞報導時，不禁倒吸了一口氣。阿拉巴馬州有個女人出於自衛殺了丈夫，警察逮捕她，她說他的丈夫是一個流浪天涯的逃犯，曾在西部礦場工作，後來與無政府主義者廝混。他的丈夫告訴她，他在西部殺了幾十個人，包括西部某地一個警察，她認為應該是斯波坎或是西雅圖。

那人的名字是維克多．克勞德．米勒，我盯著他的照片，看起來不像厄利．萊斯頓，但我又怎麼能肯定呢？總之，那時厄利已經不是一個人，而是我最可怕噩夢中的一抹影子。

＊　＊　＊

威拉德走後不久，我寫信給李奇太太的兒子馬可，提議用五百塊買下他父親的舊果園。

兩天後他開車來了，我們坐在餐桌旁。「你沒那麼多錢。」他說。

「我繼承了一筆錢。」我說。

「從誰那裡？」

「我叔叔威拉德。」我把手伸進口袋，拿出五百塊放在桌上。

他盯著錢，「我們得找個律師寫買賣合約。」

「啊！」我突然想到了，「我有一個律師。」

這句話驚嚇馬可的程度，不亞於那五百塊。

兩天後，喬給我放了一個下午的假，我坐電車前往摩爾先生位於市區的辦公室，他見到我非常開心，說無法相信在葛利受審後的短短一年時間，我長大了這麼多。

「伊莉莎白好不好？」我問。

「她很好。」他說：「和她的爸媽姐妹一塊住在紐約，當然，也在那裡組織車衣工。」

「她丈夫呢？」

「她告訴他，她不適合當礦工的妻子。」他笑了笑。「他想說服她不要這樣做，但她在審判後回到紐約就提出了離婚，獨自撫養孩子。

「這場勝利算是又苦又甜。」他說：「她沒看到結果——反發言法令無效，警察局長下臺，

IWW囚犯獲釋，十九家惡名昭彰的工作介紹所被強制關閉。」他搖搖頭。「她做了這麼多，卻沒有在這裡親眼看到。」不過斯波坎的成功激發了弗雷斯諾和舊金山等地的自由言論行動，他說他兩天後就要動身去加州與IWW商量討論。

「那小孩呢？」

摩爾先生一時間似乎有點困惑。「哦，對對，是男孩，弗雷德。」他羞澀地補充道：「她給他取名叫弗雷德。」他笑了幾聲，在一張紙條上寫了什麼遞給了我。是葛利．弗林的地址。

「我根本不知道要寫什麼。」我說。

「她告訴我你把她的報導帶出來。」摩爾先生說：「你把報導送去西雅圖的《工運報》，我知道她很感動，萊恩，她和我一樣，一直認為你只是對方陰謀詭計的棋子。」

我只能點頭。

「你哥哥好不好？」他問。

我屏住呼吸，只要有人問起吉格，我總是屏住呼吸。「他很好。」我說：「坐火車，看世界。」

摩爾先生盯著我看。「你像他。」他說：「我現在才發現你長得像他。」

我微微一笑，清了清嗓子。「不知道你還是不是我的律師，但我有幾件事需要辦，我會付錢。」

我解釋說，我要買下李奇太太的果園，所以需要擬一份合約，然後在他的桌上放了五百〇五塊。我說：「從這五百塊中拿出你的服務費，剩下的捐給IWW的法律基金。還有五塊是會費，我一直沒繳。」

摩爾先生目不轉睛看著那筆錢。「你從哪——」

「繼承來的。」我說。

＊　＊　＊

我的下一站是鳳凰之家。那晚去找吉格後，我就再也沒見過烏蘇拉，我想她起碼應該知道吉格發生了什麼事。櫃檯的年輕人叫旅館經理伊蒂絲出來，伊蒂絲又說要去叫烏蘇拉。我坐在大廳裡等。

過了一會兒，伊蒂絲回來了。「先說一件事。」她說：「她不再叫烏蘇拉了，她現在用真名演出，瑪格麗特．伯恩斯。」

「哦，她不再做美洲獅表演了？」我問。

這時，她進來了，穿著一件加了裙撐的藍色蓬蓬裙，戴著羽毛帽，像以前一樣漂亮。「他們停掉了綜藝節目，謝天謝地。」烏蘇拉說。

「瑪格麗特現在參加真正的戲劇演出。」伊蒂絲說：「她加入喬治．科漢的《離百老匯四十五分鐘》的巡迴演出。」

「小角色而已。」烏蘇拉說。

「是大明星！」伊蒂絲說。

「別聽她的，製作人只是找一些本地演員替補幾個次要角色，我得到一個要唱歌的角色。」

「別聽她的，她搶盡了風頭。」伊蒂絲說。

烏蘇拉把手放在另一個女人的手臂上。「伊蒂絲，我能不能和萊恩單獨說幾句？」

我跟著烏蘇拉進了伊蒂絲的辦公室，門一關上，她就給了我一個非常溫暖的擁抱。她的氣味，她貼著我的胸脯，都讓我想到了哥哥，想到吉格是多麼喜歡她，還想起自己幼稚的幻想，以為她和吉格有一天會養我。我強忍住淚水。

「吉格的事，我也很難過。」她說。我還沒問她怎麼知道，她又說：「是威拉德告訴我的，我非常喜歡你哥哥，我希望你知道。當我聽說時，我覺得自己有責任，我不該讓你和勒姆扯到一塊，我打算——」她沒有把話說完，但湊過來悄悄說：「我寄了一封匿名信給警察，沒有結果，但我不能什麼都不做。」

我把手伸進口袋，拿出五百塊放在辦公桌上。

「這是什麼？」她問。

「繼承的遺產。」我說。

她的表情好像我在說笑。

「吉格會希望你收下。」我說。

「哦，天哪，不行。」她說。

「拜託，收下吧。」我說。

「我絕對不能收。」她說旅館完全是她的，沒有欠債，而且生意相當好。我又勸了她幾次，但最後她是唯一一個不肯拿錢的人。

她送我出旅館，走到街上，摸了摸我的臉，像是要記住。她左看看右看看，然後說：「你看起來長大了。」

「像他嗎？」

「哦，才不像呢。」

我只再見過她一次，那是八年後，一九一九年十二月。當時，斯波坎已經成為一個安靜保守的地方。淘金熱結束，木業和採礦業都衰退了，人口減少，禁酒和宗教力量順利讓斯波坎有傷風化的店家都停業了。

我和埃琳娜到市中心，想去看看新月百貨的聖誕櫥窗。格雷戈里快三歲了，丹尼爾還是個嬰兒，貝琪和凱文則還沒出生。禁酒令過幾星期才會生效，不過斯波坎已經禁酒了。我把車停在吉米杜金酒館的舊址前，下了車，正要伸手到後座去抱小格雷戈里時，感覺有一隻手碰了碰我的肩膀。

是她。她牽著一頭獅子狗，陪著一位穿著講究的老先生散步。「你好。」她說：「我是瑪格麗特・伯恩斯。」

我還沒來得及說什麼，她就朝吉米杜金酒館的舊址打了個手勢，現在那裡是兼作牌間的撞球館，不供應酒精，一塊看板宣傳裡面免費招待咖啡和薑汁汽水。

「唉。」她說：「好歹吉格沒有活著看到這一幕。」然後她牽著狗，陪著那位紳士走遠了。

「那是誰？」埃琳娜問。

「那是——」我看著她挽著那位紳士的手臂走在人行道上，肩上的皮草披肩飄動著。「烏蘇拉天后。」

＊　＊　＊

我肯定開始動筆給葛利寫了十封信，但最後一封也沒有寄給她，畢竟我只認識她幾個月，時間拖得越久，就越覺得她收到我的信沒什麼意義。認識她，好像被颱風捲起來，然後又被甩回到地面，而大風大雨已然過去了。我的老友托爾斯泰說過，一個人越靠近歷史，似乎就越沒有自己的自由意志，他的生活越受到大事件的重力所支配。

我想，當海水在凱文的四周打轉時，他會同意這句話。葛利也是。

葛利。年少時，多少次我想說出這個名字，但說不出口。我從來沒有告訴埃琳娜，不過我曾經認為我愛上了她，只是對於葛利這樣的人而言，愛，是一個奇怪的字眼。她太過堅強，似乎無法和這個字有關。當時我認識了警察、殺手、偵探和無政府主義者，沒有一個人有她的力量，能做她做的事。

現在我也看電視新聞。我看到「自由行示威者」[11]和馬丁．路德．金的新聞，他們在簡餐店和巴士上抗議。她一定也想和他們並肩作戰——獨自一人，懷著身孕，十九歲。她心中毫無疑問，善良終將得勝。

但願我也能這麼篤定。

我心裡多少覺得她太大膽，要求太多，做得太過火。我一輩子都是堅定的工會成員，但無法像她那樣，像吉格那樣，走得那麼快。我有時覺得內疚，因為我過著平靜的生活，繳交工會會費，獲得小小的回報，像葛利這樣的真正信徒，則是拿生命去抗爭。

勞工戰爭持續了整個一九二〇年代。一九一六年，三百名沃布里在西雅圖登上汽船，準備去支援艾弗瑞特的罷工，不料到達時，有兩百名武裝人員在等著。在他們下船的十分鐘，光是駕駛室就中了一百七十五發子彈。船上大多數人沒有武器，但也有少數人開槍還擊，包括一名被安插在工會內部做間諜的私家偵探。一艘汽船還因為大家逃避子彈而差點傾覆。結束後，船上死了五個沃布里，更多人死在水裡，屍體永遠沒有被打撈上來。近三十人受傷，兩名公民代表被殺，儘管後來證實他們是被同陣營的義警從背後開槍打死。二十名公民受傷，包括治安官。

第二年，吉格的老友法蘭克·利特爾，去比尤特附近替IWW進行組織工作，有六個人闖進他暫住的家庭旅館，不只痛毆他，還把他綁在車上沿街拖行，花崗岩石塊敲碎了他的膝蓋骨。他們最後打爆他的頭，把他吊在鎮子盡頭的鐵路橋上，在他的破褲釘上一張紙條，寫著「第一次也是最後一次警告」，以及其他工會領袖的名字縮寫。

你要怎樣看這樣的時代？現在看到那些南方治安官用消防管和狗對付民權抗議人士，我也有類似的絕望感，不由自主從報紙上抬起頭來對埃琳娜說：「這個世界正在自我分裂。」

我的妻子和她的母親一樣，話少但聰明，也遺傳到她外公的豪爽笑聲。「一直都是如此。」她對我說。

一九一七年，IWW已經完全被趕出了斯波坎，工會反對美國加入第一次世界大戰時，政府進行鎮壓，突擊工會各地辦公室，指控領袖煽動叛亂，驅逐數千人出境。在那些年，我再也不能承認自己是一個資深的沃布里，承認的話，後果就像承認自己是一個德國間諜那樣嚴重。

所以我不曾和兒女談論IWW、暴動、監獄，什麼都沒談論過，我覺得說了對他們也沒有意義，就像談論淘金熱或南北戰爭一樣。

我的老大格雷和他的岳父合夥做汽車經銷生意，他告訴我，總統大選他要投給貝利·高華德，還送我高華德的書《一個保守派的良心》當耶誕禮物。去年他送的是《阿特拉斯聳聳肩》。他喜歡跟我聊工會的危害和共產主義的流傳。

埃琳娜提醒他，沒有他爸爸在工會的工作，他不會有棲身之所，但他是那種自信心脆弱的人，需要一直相信自己在這個世上闖出了自己的路。

現在我坐著，腿上放著伊莉莎白・葛利・弗林的訃告，我想我會把我的過去都告訴他：他的無政府主義者伯父，他父親曾經迷戀一個長大成為共產黨主席的女孩。我不期待改變格雷的看法，只是想看看他臉上的表情。這是養兒育女的另一個謎：你如何永遠愛著孩子，當你未必總是喜歡他？

也許是要接近終點了，我有這樣的願望，想把格雷拉到一邊——把所有的孩子、所有的孫子拉到一邊——低聲說一些心裡話，把我得到的偉大智慧傳給他們，讓他們敞開心扉，在他們心中創造不可動搖的勇氣，慷慨的精神，對人性的信心。

但我唯一能想到的是**時間和耐心**。

並賭最後一匹撒尿的馬。

我記得葛利告訴過我一句話，那是我們在米蘇拉火車站坐著的那個晚上，當時我們在塔夫特遇到搶劫，差點賠上性命，輸得一敗塗地。她在那裡卻準備一回到斯波坎就重振旗鼓，再次起身反抗。

「你怎麼做到的？」我問她：「當勝算這麼渺茫時，你是如何堅持每天起床反抗？」

她想了想，然後說：「男人有時會對我說：葛利，這場戰役你可能會贏，但你永遠贏不了這場戰爭。但這場戰爭沒有贏家，萊恩，沒有人能真正贏，因為我們都會死的，對吧？

「但為了偶爾贏得一場戰鬥？你還有什麼好奢求的呢？」

＊　＊　＊

一九一一年那一天，去見弗雷德．摩爾和烏蘇拉後，我決定為自己再留下五百塊，用在我準備要蓋的房子上。這樣一來，勒姆．布蘭德的錢還剩下將近三千塊。

我想像自己走進布蘭利格雷厄姆精品店，啪一聲把錢丟在櫃檯上，說：「給我打扮打扮，查斯特！」

但我並沒有這麼做，而是去了一家製作墓碑和紀念碑的店鋪。我問店家，如果沒有遺體，沒有墳墓，還能做墓碑嗎。

「當然可以。」那人說。所以我挑了最簡單的，花崗岩，平嵌款，雕刻費四十塊。後來，我把它放在小義大利區的果園角落，上面寫著：「格雷戈里．T．多蘭，一八八六年生，一九一〇年卒。受人敬愛的兄長，IWW的優秀成員。」

挑完墓碑後，我走過市中心東區，有幾個臨時工在外頭，一個男人在乞討，救世軍門外聚了幾個人，原來銅管樂隊正在街上演奏，一個沒牙老人吹著像是經歷過冰雹的法國號。軍隊樂隊由志願者組成，但每隔一段時間會邀請一個有音樂才能的流浪工，那個沒牙的法國號手看來就是這樣的人。

我們總是笑它，叫它「饑餓軍」，但想了想我在那裡吃過多少頓飯，領過多少鞋子襯衫，我最後還是走上前，把近三千塊塞進法國號手那雙髒鞋旁的桶子——感覺很不賴。

他把嘴唇從吹口上移開，「上帝保佑你。」
「你也是。」我說。

10 Henry Kaiser（1882-1967），美國實業家，一生創辦無數公司，有「美國現代造船之父」之稱。
11 Freedom Riders，從一九六一年開始，美國民權活動人士自由搭乘跨州巴士，前往南部種族隔離嚴重地區，抗議種族歧視，這些參與者被成為「自由行示威者」。

謝辭

阿爾貝．卡繆說過：「小說是謊言，我們用小說來講述真相。」傑西文．韋斯特則說：「小說揭露了現實所掩蓋的真相。」而我的孩子們說：「爸爸，這聽起來像是瞎編的。」

孩子們，沒錯，這是瞎編的，《直到黑夜盡頭》是小說。

但這不表示故事裡沒有一些被掩蓋了的真相，一些相關的哲學問題，一些「真實」的歷史人物——其中有了不起的勞工組織者伊莉莎白．葛利．弗林，斯波坎警察阿弗烈德．沃特伯里，警察局長約翰．蘇利文，IWW組織工作者約翰．沃爾什和法蘭克．利特爾，勞工律師弗雷德．摩爾……許許多多的人。

為了將一個虛構的故事置於真實的歷史人物和事件之中，我努力查明每一個事件發生的順序，以及發生事件的輪廓。書中真實人物的言行，大多直接來自於當時的書籍或報紙報導，而小說中發生在歷史人物身上的事，大致就是他們真實的人生遭遇。

在一九〇九年和一九一〇年，斯波坎確實發生過言論自由暴動，五百名臨時工、社會主義者和工會成員被關進監獄，生活條件往往非常惡劣，至少有三個人獲釋後身亡。暴動前後，都有警察遇害，命案多年來始終未能偵破。關於部落、屠馬營和拉塔溪絞刑的歷史，也是可怕的真實事件。伊莉莎白．葛利．弗林的募款活動，她的被捕，她揭露監獄的腐敗，她的審判（事實上，她受審兩次，我濃縮成一次）——全都實實在在發生過。

但這是一部虛構的作品，日期變了，事件改了，名字不一樣，更多了捏造的動機和行動。我鼓勵讀者把歷史人物也當作虛構的人物，一個虛構的葛利．弗林，一個虛構的約翰．蘇利文，以虛構的斯波坎為背景，一切都透過虛構的鏡頭。

如果你想更進一步了解，以下是幾本關於這些人和他們的時代的好書，對我的研究很有幫助：

The Rebel Girl: An Autobiography (My First Life 1906–1926) by Elizabeth Gurley Flynn (International Publishers, 1955)

Elizabeth Gurley Flynn: Modern American Revolutionary by Lara Vapnak in the Lives of American Women series, edited by Carol Berkin (Westview Press, 2015)

Rebel Voices: An IWW Anthology edited by Joyce L. Kornbluh (CH Kerr Publishing, 1955)

Solidarity Forever: An Oral History of the IWW by Stewart Bird, Deborah Shaffer, Dan Georgakas (Lakeview, 1985) *The Wobblies: The Story of the IWW and Syndicalism in the United States* by Patrick Renshaw (Ivan R. Dee Publishing, 1967)

The Big Burn: Teddy Roosevelt and the Fire That Saved America by Timothy Egan (Houghton Mifflin Harcourt, 2009)

Big Trouble by J. Anthony Lukas (Touchstone Books, 1997)

Joe Hill by Wallace Stegner (Doubleday Books, 1950)

Bad Land: An American Romance by Jonathan Raban (Vintage Books, 1996)

Pinkerton's Great Detective: The Amazing Life and Times of James McParland by Beau Riffenburgh (Viking, 2013)

The Lost Detective: Becoming Dashiell Hammett by Nathan Ward (Bloomsbury, 2015)

Showtown: Theater and Culture in the Pacific Northwest, 1890–1920 by Holly George (University of Oklahoma Press, 2017)

Selling Sex in the Silver Valley by Dr. Heather Branstetter (History Press, 2017)

Alice: Memoirs of a Barbary Coast Prostitute, author unknown, edited by Ivy Anderson and Devon Angus (Heyday Publishing, California Historical Society, 2015)

關於精彩的西北內陸和自然史，可以參考：

Ancient Places: People and Landscape in the Emerging Northwest by Jack Nisbet (Sasquatch Books, 2015)

圖解歷史：

Spokane: Our Early History by Tony and Suzanne Bamonte (Tornado Creek Publications, 2012) and *Life Behind the Badge Vol II* (Walsworth Publishing, 2010)

African Americans in Spokane by Jerrelene Williamson (Arcadia Publishing, 2010)

Vanishing Seattle by Clark Humphrey (Arcadia Publishing, 2006)

People of the Falls by David H. Chance (Kettle Falls Historical Center, 1986)

The Spokane Dictionary, compiled by Barry F. Carlson and Pauline Flett (Alex Sherwood/Mary Owhi Moses Memorial Trust, 1989)

我要特別感謝斯波坎薩利什學校，這所充滿活力的沉浸式學校，教導各個年齡層的兒童和成年，致力保護和振興斯波坎族和其他西北內陸部落的語言。Christopher Parkin 提供了需要謹慎處理的翻譯，我要謝謝他的幫忙（他還對某角色的對白提出重要的建議）。想支持他們的工作，請上網站：www.salishschoolofspokane.org。

也要感謝斯波坎的作家和歷史學家Jim Kershner、東華盛頓大學歷史教授和作家Bill Youngs，這本小說中出現的任何蘋果手錶或手機都與他們二位無關。優秀的斯波坎新聞記者Bill Morlin，可能預測得到我需要的研究，或者只是想要提醒我，因為他總是領先我兩步，獨立替《紐約時報》和《發言人評論》撰寫了蒙大拿塔夫特歷史，我強烈推薦他的文章。

大部分的研究時間，我待在斯波坎公共圖書館，在書架上找書，查看微縮膠片，瀏覽當時的報紙，包括《發言人評論》、《斯波坎紀事》、《斯波坎新聞報》和《產業工人報》（並嚮往著報業如此繁榮的時代）。由於藏書正在逐步整理數位化，我要特別感謝斯波坎公共圖書館「西北藏書室」的工作人員讓我在裡面徘徊。當你不確定自己要找的是什麼時，沒有什麼比實體圖書館的書架更好的了。正是在西北藏書室，我找到了一個非常好的資源，那就是Jonathan David Knight一九九一年在華盛頓州立大學的歷史學碩士論文：*The Spokane and Fresno Free-Speech Fights of the Industrial Workers of the World*（*1909–1911*）。非常謝謝你，Knight先生。

感謝一些作家朋友，讀了草稿，提出建議：Anthony Doerr、Shawn Vestal、Sherman Alexie、Anne Walter、Jim Lynch、Sam Ligon和Katy Sewall。特別感謝Katy在研究和結構方面持續提供協助和鼓勵。

非常感謝我的編輯Jennifer Barth，謝謝她冷靜、聰明、穩健的參與，鼓勵我把這本書寫得更好；謝謝我的經紀人Warren Frazier，謝謝他的友誼和建議；謝謝Harper and John Hawkins and Associates的所有人。

這部小說的起源可以追溯到我的祖父Jess Walter，以及他年輕時「跳火車、搭便車」，到西部各地尋找臨時工作的故事。還有我的父親Bruce，一生都是工會的一員，他把他對公平的堅定信念傳給了我的姐姐Kristie、我的哥哥Ralph和我。最後，我想對我的孩子們，Alec、Ava和Brooklyn，以及我的妻子Anne，表示最衷心的感謝，感謝他們對我的愛、支持和鼓舞。

推薦跋

如果那份嚮往還在你心裡

文—唐福睿

美國歷史、地景、勞權與訴訟，各種陌生的人名、團體與組織、遙遠的生活型態……起初我完全不知道為什麼我應該要喜歡這本小說，但就在故事展開沒多久，當小萊站上空箱子，接替哥哥吉格唱起工人讚歌時，我就明白了——那是任何人都有的衝動與嚮往。我們需要為自己在意的人，做點什麼。

這個故事適合你——如果那份嚮往還在你心裡。我說的不僅是關於自由、平等、法治還有公義，更是關於生存的尊嚴——活得體面、沒有恐懼，有能力保護所愛，嘗試不切實際的夢想，並在必要時勇敢地承認，有些世界不懂得珍惜的美好，值得冒險用生命去交換。

《直到黑夜盡頭》講述十六歲少年小萊在母親死後，加入哥哥吉格成為流動工人。貧困勞苦的兩人，在斯波坎捲入工會與資產階級的鬥爭，雙雙被捕入獄。小萊在勞工律師辯護下，幸運獲釋，卻因為特殊際遇，而成為勞權倡議者葛利的宣傳利器。她帶著小萊巡迴演講募款，希望為在斯波坎被囚的五百名勞工發聲，卻不知小萊早已與富商布蘭德達成秘密協議，只求換得吉格獲釋。小萊周旋在理念崇高的工會領袖、懷抱陰謀的無政府主義者、貪婪冷血的富商以及腐敗的警察與法院之間。他經歷親情、友情以及愛情，為了小小心願涉足險境，最終卻發現自己追求的生存，是那麼渺小、脆弱、諷刺，又何其隨機。

我相信每個人物都有作者自己，也都有讀者自己。正是因為如此，故事才得以動人。在故事前半段，我覺得自己是葛利——那個相信善良終將勝利、無所畏懼的工會領袖。我認同她的一切主張。我願意跟隨她行動，甘冒入獄風險，也要為勞動條件、言論自由、婦女權益而戰。她不在意是否贏得戰爭，因為沒有人能逃過死亡。若能偶爾在一場戰鬥中獲勝，還有什麼好奢求的呢？多麼浪漫！

當勞工律師弗雷德在法庭上慷慨陳詞，逆風對抗檢察官與媒體，我又覺得自己像他（尤其我們極相似的英文名字和職業）。他沒有小萊心目中的律師模樣，倒像是一個穿了父親西裝的大男孩。他的勝績屈指可數，有時候還與他的能力無關，但他從未退卻。這是我認為最理想的法律人典範——能說敢衝，又不能不帶點傻勁。

然而到了故事後段，我開始覺得自己應該是小萊。尤其是當他歷經劫難，好不容易把吉格弄出監獄的那刻，他卻感到萬分氣餒。因為所有苦難都沒有意義，因為一切只需要富商布蘭德大手一揮就能實現。所有信仰與信念、生命與生計、對與錯，只是幾個富人腳下亂竄的螞蟻。

他怎麼做呢？只能繼續工作，帶著吉格，期盼一起生存下去。無產階級的勝利（如果有的話），對他而言不是生活。他只是一個想在某個地方待下來的孩子。他沒有崇高理念，也不投機取巧，他不勇敢——大多時候被時勢逼著向前走，可是他從未放棄對生存的熱切想念。所以在終章的時候我落淚了——五十年後的小萊，回憶中帶著恨，但更多是愛。他沒有說出來，但我知道，沒有愛的人是無法那樣描述自己的生命。他最後想對自己孩子說的，是要讓他們敞開心扉，要在他們心中創造不可動搖的勇氣、慷慨的精神，還有對人性的信心。

我終於明白我不是像小萊。我是想變成他。

除了人物，作者說故事的方式也是一絕。我是一個小說口味偏斜的讀者，習慣用編劇手法拆解人物與故事，總是期待小說共享劇本的影像、張力、衝突，還有場景轉換。如果說作者傑斯・沃特在創作時，腦袋裡就帶著改編劇本的點子，我絕對不感到意外。

它有各種成為賣座電影的條件。在宏大的歷史　事底下，故事在謀殺、陰謀與法庭攻防中展開，滿足對類型的需求。出場的人物有殺手、臥底、炸彈客，也有政客與叛徒，各各形象鮮明立體，對話與旁白機智幽默。雖然故事裡幾度轉換敘事觀點，初讀覺得有點刻意，但特殊罕見的人物生命經驗，加上明快的節奏，以及——我認為超棒的——每章節的停頓與再起，就像那些將你懸在椅子邊緣的劇情電影。想要知道究竟發生了什麼事情，只能看到最後。

我最在意的結局，也沒讓人失望。我心目中最棒的設計，是所有的人物終將匯聚一堂，所有未結的劇情就要獲得解答。在迎來衝突高潮的同時，故事也將回應最重要的核心提問：在這個虛構的世界裡，什麼是這些特殊片段所能反應的真實？什麼是作者心心念念，逼使他完成這個作品的理念與喟嘆？

我在這個結局裡看見的，不是階級鬥爭孰勝孰敗，不是冤獄平反或歷史轉折，更不是正邪大戰以後的是非黑白。我當然在意言論自由，也在意勞工權益，還有支撐這一切的法律以及價值。但是到頭來，賦予一切行動具體意義、讓高貴口號不致匱乏空洞、使故事得以激起漣漪的，是既不偉大也不高尚，卻始終堅持守護在身邊的彼此。

所以我非常喜歡這本小說。即便人物遠在千里之外，故事相隔世紀之久，它的一切和我的經驗不謀而合。那些我承辦勞工案件過程中，所體會的辛酸無奈，反映的不全然是法律與制度、階級與貧富種種表面問題，而是我們同意如何對待彼此——那些構築我們稱作文明的珍貴概念，同時承載著人性的不堪與齷齪。自古皆然。

工作充滿傷痛，生活更是。如果我們不願意為彼此做一點什麼。就算世界再美好，那也不值得活。這是我在這本小說裡看見的東西，也應該是一切人類反抗運動的起點。

這是我們真正應該堅守的陣地。

（本文作者著有《八尺門的辯護人》、《童話世界》。）

國際好評

一首優美抒情的頌歌，頌揚美國歷史上的社會動盪力量，既有趣又悲痛，既甜美又暴力，既純真又世故。

——《呼喚奇蹟的光》作者安東尼·杜爾

沃特著有《*The Zero*》、《*The Financial Lives of the Poets*》、《美麗的廢墟》等作品，風格迥異，但皆為上乘之作。他的最新力作證明了他多變的說故事功夫、過人的設定背景（任何背景）功力……聽說傑斯·沃特筆耕不輟，一週寫七天，一年寫三百六十五天。請永遠不要停筆。

——《科克斯評論》

了不起……繼一九三〇年代亨利·羅斯、約翰·史坦貝克和約翰·多斯·帕索斯的作品後，又一部精彩絕倫的後現代社會現實主義小說，文字質樸，加入堅強的女性角色，更合於時代之潮流。可能是沃特迄今最棒的作品。

——《出版者週刊》

這部小說有難以抗拒的人物、驚心動魄的冒險和叫人捧腹的趣味……充滿各種離奇人物，令人眼花繚亂。本年度最迷人的小說之一。

——《華盛頓郵報》

一部生動又生猛的歷史小說佳作，一觸即發的政治背景與我們的時代發出共鳴。——《今日美國》

傑斯·沃特是講故事的高手，《直到黑夜盡頭》像鑽石一樣光滑堅硬，令人想起美國動盪的過去，並暗示這一切絕非只存在於過去。

——《波士頓環球報》

沃特集結了形形色色的迷人角色，人物刻畫細膩，躍然紙上。描述美國爭取工人權益的抗爭故事中，我還沒有讀過如此令人滿意和感動的小說。

——《舊金山紀事報》

層次分明，人物眾多，是一部描寫社會生活全貌的小說。

——《時尚》

沃特在《直到黑夜盡頭》中加入了雜耍明星、流浪漢、女權鬥士、大亨、工會領袖、警察和許多活力十足的角色，為「一小說一世界」的俗語帶來了新意。這部充滿溫情和人性的小說是這位重要作家的驚人之作。

——《君子雜誌》

洋洋灑灑，令人入迷……驚心動魄的故事，強調了進步的代價，也謳歌了美國的精神。

——《歐普拉日報》

一則狂暴迅猛的冒險故事，充斥著迷人的角色。

——《每日郵報》

讓人想起F·史考特·費茲傑羅的風格技巧……對不平等的反抗和對資本主義的辯論，從一九〇九年至今天的美國，都有明顯的回響。自上個月國會大廈遇襲以來，煽動騷亂始終是社會關注的熱門話題，但《直到黑夜盡頭》更進一步探討了個人在動盪中自願或被迫的生活。

——《金融時報》

以多個層面描繪二十世紀初的美國，精彩絕倫……沃特的作品理當吸引大批讀者。

——《星期日泰晤士報》

沃特是一位卓越的作家……爭取言論自由和工人權利的激烈抗爭令人動容。

——馬克斯·戴維森，《星期日郵報》

如同一幅壯闊的織錦，熱鬧喧嘩……沃特的描摹妙不可言。

——法朗西斯卡·卡林頓，《星期日電訊報》

一部充滿詩意的合時作品，生動描繪了美國大熔爐最不平等、最動盪的時期……對二十世紀初美國的刻畫非常有趣。

——《星期日快報》

豐富多彩，擲地有聲。

——《泰晤士報》

藍小說 350

直到黑夜盡頭

作　者—傑斯．沃特
譯　者—呂玉嬋
編　輯—黃子萍
美術設計—蔡南昇
內頁排版—芯澤有限公司

總編輯—嘉世強
董事長—趙政岷
出版者—時報文化出版企業股份有限公司
108019臺北市和平西路三段二四〇號三樓
發行專線—（〇二）二三〇六—六八四二
讀者服務專線—〇八〇〇—二三一—七〇五．（〇二）二三〇四—七一〇三
讀者服務傳真—（〇二）二三〇四—六八五八
郵撥—一九三四四七二四時報文化出版公司
信箱—（一〇八九九）臺北華江橋郵局第九九信箱
時報悅讀網—http://www.readingtimes.com.tw
電子郵件信箱—liter@readingtimes.com.tw
法律顧問—理律法律事務所　陳長文律師、李念祖律師
印　刷—勁達印刷有限公司
初版一刷—二〇二四年二月二十三日
定　價—新臺幣四八〇元
（缺頁或破損的書，請寄回更換）

時報文化出版公司成立於一九七五年，
並於一九九九年股票上櫃公開發行，於二〇〇八年脫離中時集團非屬旺中，
以「尊重智慧與創意的文化事業」為信念。

直到黑夜盡頭 /傑斯．沃特(Jess Walter)作 ; 呂玉嬋譯. -- 初版. -- 臺北市 : 時報文化出版企業股份有限公司, 2024.2
面；　公分. -（藍小說;350）
譯自：*The Cold Millions*
ISBN 978-626-374-646-6（平裝）

874.57　　112019425

ISBN 978-626-374-646-6
Printed in Taiwan